SANGUE
DOURADO

NAMINA FORNA

SANGUE DOURADO

Imortais Vol. 1

Tradução
Karine Ribeiro

1ª edição

— Galera —
RIO DE JANEIRO
2021

EDITORA-EXECUTIVA
Rafaella Machado

COORDENADORA EDITORIAL
Stella Carneiro

EQUIPE EDITORIAL
Juliana de Oliveira
Isabel Rodrigues

PREPARAÇÃO
Helena Mayrink

REVISÃO
Renato Carvalho

LEITURA SENSÍVEL
Lorena Ribeiro

DIAGRAMAÇÃO
Abreu's System

TÍTULO ORIGINAL
The Gilded Ones

CIP-BRASIL. CATALOGAÇÃO NA PUBLICAÇÃO
SINDICATO NACIONAL DOS EDITORES DE LIVROS, RJ

F824s

Forna, Namina, 1987-
Sangue dourado / Namina Forna; tradução Karine Ribeiro. – 1ª ed. – Rio de Janeiro: Galera Record, 2021.
378 p. ; 23 cm. (Imortais; 1)

Tradução de: The gilded ones
ISBN 978-65-59-81036-9

1. Ficção americana. I. Ribeiro, Karine. II. Título. III. Série.

21-72636

CDD: 813
CDU: 82-3(73)

Meri Gleice Rodrigues de Souza – Bibliotecária – CRB-7/6439

Copyright © 2021 by Namina Forna
Publicado mediante acordo com a Madeleine Milburn Literary, TV & Film Agency

Todos os direitos reservados.
Proibida a reprodução, no todo ou em parte, através de quaisquer meios.
Os direitos morais do autor foram assegurados.

Texto revisado segundo o novo Acordo Ortográfico da Língua Portuguesa.

Direitos exclusivos de publicação em língua portuguesa somente para o Brasil adquiridos pela
EDITORA RECORD LTDA.
Rua Argentina, 171 – Rio de Janeiro, RJ – 20921-380 – Tel.: (21) 2585-2000, que se reserva a propriedade literária desta tradução.

Impresso no Brasil

ISBN 978-65-59-81036-9

Seja um leitor preferencial Record.
Cadastre-se no site www.record.com.br e receba informações sobre nossos lançamentos e nossas promoções.

Atendimento e venda direta ao leitor:
sac@record.com.br

Para meu pai, que me ensinou a sonhar.
Para minha mãe, que me ensinou a colocar em prática.
E para minha irmã, que me apoiou o tempo todo.

Hoje é o dia do Ritual da Pureza.

O pensamento se repete nervosamente na minha mente enquanto me apresso em direção ao celeiro, agarrando minha capa para afastar o frio. Está cedo e o sol ainda não começou a surgir por cima das árvores cobertas de neve que rodeiam nossa casinha. As sombras se intensificam na escuridão, circundando o pequeno facho de luz emitido pela minha lamparina. Um formigamento sinistro se espalha pelo meu corpo. É quase como se houvesse algo lá, na minha visão periférica...

É coisa da minha cabeça, digo a mim mesma. Senti esse formigamento muitas vezes antes e nunca vi algo estranho.

A porta do celeiro está aberta quando chego, um lampião pendurado no poste. Meu pai já está lá dentro, espalhando o feno. Ele é uma figura frágil na escuridão, seu corpo alto encolhido. Apenas três meses atrás, ele era caloroso e robusto, seu cabelo loiro intocado pelo branco. Então a varíola rubra veio, fazendo com que ele e minha mãe adoecessem. Agora ele está curvado e apagado, com os olhos remelentos e o cabelo fino de alguém décadas mais velho.

— Você já está de pé — diz ele suavemente, seus olhos cinzentos me encarando.

— Não consegui dormir mais — respondo, pegando um balde de leite e indo em direção a Norla, nossa maior vaca.

Eu deveria estar descansando, isolada, como todas as outras garotas que se preparam para o Ritual, mas há muito trabalho a fazer na fazen da e pouca gente para ajudar. Tem sido assim desde que minha mãe morreu, há três meses. O pensamento enche meus olhos de lágrimas, e eu pisco para afastá-las.

Meu pai coloca mais feno nas pilhas.

— "Abençoado seja aquele que se levantou para testemunhar a glória do Pai Infinito" — resmunga ele, citando as Sabedorias Infinitas. — Então, preparada para hoje?

Eu assinto.

— Estou sim.

Hoje à tarde, o ancião Durkas vai testar a mim e a todas as outras garotas de dezesseis anos durante o Ritual da Pureza. Assim que for provado que somos puras, pertenceremos oficialmente ao vilarejo. Eu finalmente serei uma mulher — apta a me casar, a ter minha própria família.

O pensamento envia outra onda de ansiedade pela minha mente.

Olho de esguelha para meu pai. O corpo dele está tenso, seus movimentos são pesados. Ele também está preocupado.

— Pai, eu estava pensando... — começo. — E se... E se... — Eu me interrompo, a pergunta inacabada pesando no ar. Um medo impronunciável se desenrolando na escuridão do celeiro.

Meu pai me oferece o que ele pensa ser um sorriso tranquilizador, mas os cantos de sua boca estão tensos.

— E se o quê? — pergunta ele. — Você pode me dizer, Deka.

— E se meu sangue não for puro? — sussurro, as palavras horríveis irrompendo de mim. — E se eu for levada pelos sacerdotes... banida?

Tenho pesadelos com isso, temores que se misturam aos meus outros sonhos, aqueles em que estou em um oceano escuro, com a voz de minha mãe me chamando.

— É com isso que você está preocupada?

Eu assinto.

Embora seja raro, todos conhecem a irmã de alguém ou alguma outra parente que era impura. Faz décadas desde a última vez que aconteceu em Irfut — com uma das primas de meu pai. Os aldeões ainda cochicham sobre o dia em que ela foi arrastada pelos sacerdotes para nunca mais ser vista. A família do meu pai está manchada por isso desde então.

É por isso que eles agem de maneira tão devota — sempre os primeiros a chegar no templo, minhas tias com o rosto coberto de tal forma que nem suas bocas podem ser vistas. As Sabedorias Infinitas advertem: "Apenas as mulheres impuras, blasfemadoras e incastas ficam desnudas diante dos olhos de Oyomo", mas esse aviso se refere à parte superior do rosto: da testa à ponta do nariz. Minhas tias, no entanto, têm até pequenos retângulos de tecido transparente cobrindo os olhos.

Quando meu pai voltou de seu posto no exército com minha mãe, toda a família o renegou imediatamente. Era muito arriscado aceitar uma mulher de pureza desconhecida, e ainda por cima estrangeira, na família.

Então eu cheguei — uma criança de pele escura o bastante para ser sulista, mas com os olhos cinzentos de meu pai, um furo no queixo e o cabelo levemente cacheado que diziam o contrário.

Nasci em Irfut e passei minha vida toda aqui, mas ainda sou tratada como estranha — ainda me encaram e apontam para mim, ainda me excluem. Eu nem seria aceita no templo se dependesse de alguns parentes do meu pai. Meu rosto pode até ser igualzinho ao dele, mas não é o suficiente. Preciso ser testada para que o vilarejo me aceite, para que a família do meu pai nos aceite. Assim que meu sangue for declarado puro, finalmente pertencerei.

Meu pai se aproxima, sorrindo para mim de forma tranquilizadora.

— Você sabe o que puro quer dizer, Deka? — pergunta.

Respondo com um trecho das Sabedorias Infinitas:

— "Abençoadas são as mansas e servis, as humildes e verdadeiras filhas do homem, pois são imaculadas diante do Pai Infinito."

Toda garota sabe isso de cor. Recitamos essa passagem sempre que entramos em um templo — um lembrete constante de que mulheres foram criadas para serem companheiras dos homens, servis aos desejos e ordens deles.

— Você é humilde e todas as outras coisas, Deka? — meu pai pergunta.
Eu assinto.
— Acho que sim — respondo.
Incerteza passa pelos olhos dele, mas ele sorri e beija minha testa.
— Então tudo ficará bem.
Ele volta para o feno. Eu me sento perto de Norla, ainda preocupada. Afinal, tenho mais semelhanças com minha mãe do que meu pai sabe — semelhanças que fariam os aldeões me odiarem ainda mais se descobrissem.
Preciso garantir que sejam mantidas em segredo. Os aldeões não podem descobrir.
Nunca.

Ainda é cedo quando chego na praça do vilarejo. Está um pouco frio, e dos telhados das casas próximas pendem vários pingentes de gelo. Mesmo assim, o sol está inusitadamente brilhante, seus raios refletindo nas altas e arqueadas colunas do Templo de Oyomo. Essas colunas são como uma oração, uma forma de meditar sobre o progresso do sol de Oyomo pelo céu dia após dia. Os sumos sacerdotes as usam para escolher em quais dias do ano conduzir os Rituais da primavera e do inverno. Só de olhá-las sinto outra onda de ansiedade tomar conta de mim.
— Deka! Deka!
Uma figura familiar e desengonçada acena animadamente para mim do outro lado da rua.
Elfriede vem rápido, a capa cobrindo tanto o corpo que só consigo ver seus brilhantes olhos verdes. Ela e eu sempre tentamos esconder o rosto quando estamos na praça — eu por causa da minha pele e Elfriede por causa da pálida marca de nascença avermelhada que cobre o lado esquerdo de seu rosto. As garotas têm permissão para ficar com o rosto descoberto até passarem pelo Ritual, mas não há motivo para atrair atenção, em especial em um dia como este.

Esta manhã, a pequena praça de pedra de Irfut está cheia de visitantes, centenas deles, e outros mais chegando em carroças lotadas a cada minuto. Eles vêm de todos os cantos de Otera: os do Sul, arrogantes, com pele negra e cabelo crespo; os do Oeste, de temperamento tranquilo, com longos cabelos pretos em coques, tatuagens cobrindo a pele marrom; os do Norte, impetuosos, de pele cor-de-rosa e cabelo loiro brilhando no clima frio; e os do Leste, calmos e de todos os tons, negro mais pigmentado ao branco mais claro, cabelo preto liso e sedoso descendo em rios brilhantes por suas costas.

Embora Irfut seja remoto, é conhecido pela beleza das garotas, e homens vêm de longe para ver as que estão disponíveis antes que elas passem a usar a máscara. Várias garotas encontrarão maridos hoje — se já não tiverem encontrado.

— Não é empolgante, Deka? — Elfriede dá uma risadinha.

Ela gesticula para a praça, que agora está festivamente decorada para a ocasião. As portas das casas com garotas disponíveis foram pintadas de vermelho brilhante, há estandartes e bandeiras tremulando alegremente nas janelas, e lanternas de cores intensas enfeitam cada entrada. Há até dançarinos mascarados em pernas de pau e cuspidores de fogo, e eles andam pela multidão, competindo com os vendedores de pacotes de nozes assadas, coxas de frango defumadas e maçãs do amor.

A empolgação passa por mim enquanto olho.

— É sim — respondo com um sorriso, mas Elfriede já está me arrastando com ela.

— Vamos, vamos! — ela me apressa, se espremendo contra a multidão de visitantes, muitos dos quais fazem cara feia para a ausência de guardiões ao nosso lado.

Na maioria dos vilarejos, mulheres não podem sair de casa sem um homem para acompanhá-las. Irfut é pequeno, no entanto, e há poucos homens. A maioria dos elegíveis se juntou ao exército, como meu pai fez quando era mais jovem. Alguns poucos sobreviveram ao treinamento para se tornar jatu, integrantes da guarda de elite do imperador.

Vejo uma porção deles nos arredores da praça, observando em sua armadura vermelha brilhante.

Há pelo menos doze hoje, muito mais do que os habituais dois ou três que o imperador envia para o Ritual de inverno. Talvez seja verdade o que as pessoas andam comentando: que mais uivantes mortais estão avançando a fronteira este ano.

Os monstros ocupam a fronteira sul de Otera há séculos, mas, nos últimos anos, ficaram bem mais agressivos. Eles geralmente atacam perto do dia do Ritual, destruindo vilarejos e tentando levar embora garotas impuras. Dizem que a impureza torna as garotas muito mais deliciosas...

Felizmente, Irfut está em uma das áreas mais remotas do Norte, cercada por montanhas cobertas de neve e florestas impenetráveis. Os uivantes jamais conseguirão entrar aqui.

Elfriede não percebe como estou calada: ela está ocupada demais sorrindo para os jatu.

— Eles não estão lindos com esse vermelho? Ouvi dizer que são novos recrutas, passando pelas províncias. Que maravilhoso o imperador tê-los enviado aqui para o Ritual!

— Acho que sim... — murmuro.

A barriga de Elfriede ronca.

— Vamos, Deka — insiste ela, me arrastando. — Daqui a pouco a fila na padaria vai estar enorme.

Ela me puxa com tanta força que eu tropeço, colidindo contra uma forma grande e sólida.

— Me desculpe — arquejo, olhando para cima.

Um dos visitantes está olhando para mim, com um sorrisinho fino e voraz.

— O que é isso, outro docinho? — Ele sorri, se aproximando.

Me afasto com rapidez. Como eu pude ser tão estúpida? Homens de outros vilarejos não estão acostumados a ver mulheres desacompanhadas, e podem supor coisas horríveis.

— Me desculpe, preciso ir — sussurro, mas ele me agarra antes que eu possa sair de seu alcance, os dedos ávidos tentando tocar o botão que prende a parte superior da minha capa.

— Não faça assim, docinho. Seja uma boa menina, tire a capa para podermos ver o que...

Mãos enormes o afastam antes que ele consiga terminar de falar.

Quando me viro, Ionas, o filho mais velho do ancião Olam, o líder do vilarejo, está encarando o homem, sem qualquer traço de seu sorriso fácil no rosto.

— Se você quer um bordel, há um na estrada abaixo, na sua cidade — adverte ele, os olhos azuis cintilando. — Talvez você deva voltar pra lá.

A diferença de tamanho entre eles é suficiente para fazer o homem hesitar. Embora Ionas seja um dos garotos mais bonitos do vilarejo — com seu cabelo loiro e suas covinhas —, também é um dos maiores, gigante como um touro e tão intimidador quanto.

O homem cospe no chão, irritado.

— Não fique tão nervosinho, garoto. Eu só estava me divertindo um pouco. Essa daí nem é do Norte, pelo amor de Oyomo.

Cada músculo do meu corpo fica tenso com esse lembrete indesejável. Não importa quão quieta eu fique, quão inofensiva eu permaneça, minha pele negra sempre me marcará como sulista, membro das tribos odiadas que há muito tempo venceram o Norte e o forçaram a se juntar ao Reino Único, conhecido como Otera. Apenas o Ritual da Pureza pode garantir o meu lugar.

Por favor, me deixe ser pura, por favor, me deixe ser pura. Faço uma oração rápida para Oyomo.

Puxo minha capa com mais força ao redor do corpo, desejando poder desaparecer, mas Ionas se aproxima do homem, com um olhar agressivo.

— Deka nasceu e cresceu aqui, assim como o resto de nós — grunhe ele. — Você não a tocará novamente.

Minha boca se escancara, chocada por essa defesa inesperada. O homem bufa.

— Como eu disse, eu só estava me divertindo. — Ele se vira para os amigos. — Ei, vamos pegar umas bebidas.

O grupo se afasta, reclamando baixinho.

Quando eles vão embora, Ionas se vira para mim e Elfriede:

— Você está bem? — pergunta, com uma expressão preocupada.

— Sim. Só um pouco assustada — consigo dizer.

— Mas não machucada.

Os olhos dele estão em mim agora, e tudo que consigo fazer é me concentrar em manter a compostura diante da sinceridade daquele olhar.

— Não. — Balanço a cabeça.

Ele assente.

— Desculpe pelo que acabou de acontecer. Homens podem ser animais, principalmente perto de garotas tão bonitas quanto você.

Garotas tão bonitas quanto você...

As palavras são tão inebriantes que demoro um momento para perceber que ele está falando de novo.

— Para onde vocês vão?

— À padaria — responde Elfriede, já que continuo sem palavras.

Ela gesticula para a construção pequena e aconchegante do outro lado da rua.

— Vou ficar de olho em vocês daqui — diz Ionas. — Garantir que estejam seguras.

De novo, o olhar dele fica em mim.

Minhas bochechas esquentam.

— Obrigada — digo, me apressando para a padaria enquanto Elfriede dá um risinho.

Fiel às suas palavras, Ionas continua me encarando por todo o caminho.

A padaria já está cheia, assim como Elfriede previu. Cada canto da lojinha está tomado por mulheres, as máscaras brilhando na luz baixa enquanto elas compram delicados bolos rosa de pureza e pães em formato de sol para celebrar a ocasião. Geralmente, as máscaras são simples, feitas de pedaços finos de madeira ou pergaminho e pintadas com símbolos de oração para dar sorte. Em dias de festa como este, no entanto, as mulheres usam suas máscaras mais extravagantes, inspiradas no sol, na lua e nas estrelas e adornadas com precisão geométrica em ouro ou prata. Oyomo não é apenas o deus do sol, mas também o deus da matemática. A maioria das máscaras das mulheres segue a simetria divina para agradar os olhos Dele.

Depois de hoje, eu também usarei uma, uma meia-máscara robusta branca feita de pergaminho pesado e pequenas lascas de madeira que cobrirá minha testa e meu nariz. Não é muito, mas é o melhor que meu pai pôde pagar. Talvez Ionas peça para me cortejar depois que eu passar a usá-la.

Imediatamente, descarto esse pensamento ridículo.

Não importa o que eu vista, nunca serei tão bonita quanto as outras garotas do vilarejo: magras, de cabelo loiro sedoso e bochechas rosadas. Minha aparência é bem mais robusta e minha pele é negra; minha única vantagem é meu cabelo preto macio, com cachos que formam nuvens que emolduram meu rosto.

Minha mãe uma vez disse que garotas como eu são consideradas bonitas nas províncias do Sul, mas ela é a única que pensou nisso. Tudo o que as outras pessoas veem é quão diferente eu pareço delas. Terei sorte se conseguir um marido de um dos vilarejos próximos, mas preciso tentar. Se alguma coisa acontecer com meu pai, seus parentes achariam qualquer motivo para me abandonar.

Um suor frio toma conta de mim quando penso no que aconteceria nessa situação: uma vida de piedade forçada e trabalho árduo como serviçal no templo ou, pior, ser forçada a trabalhar nos bordéis das províncias do Sul.

Elfriede se vira para mim:

— Você viu como o Ionas estava te olhando? — sussurra ela. — Pensei que ele fosse te levar embora. Tão romântico.

Aperto minhas bochechas para esfriá-las enquanto um sorrisinho surge nos meus lábios.

— Não seja boba, Elfriede. Ele só estava sendo educado.

— O jeito que ele estava te olhando, era...

— O quê? O que era, Elfriede? — uma voz doce e suave interrompe, com risinhos em seguida.

Todo o meu corpo fica gelado. Por favor, hoje não...

Me viro e vejo Agda parada atrás de nós, acompanhada por um grupo de garotas do vilarejo. No mesmo instante, sei que ela deve ter me visto conversando com Ionas, porque sua postura está tomada de raiva. Agda pode ser a garota mais bonita do vilarejo, com sua pele pálida e o cabelo loiro-branco, mas essas características delicadas escondem um coração venenoso e uma natureza maldosa.

— Você acha que só porque poderá ser colocada à prova hoje, os garotos de repente começarão a te achar bonita? — cospe ela. — Não importa o quanto você deseje o contrário, Deka, uma máscara nunca vai conseguir esconder essa sua pele feia do Sul. Me pergunto o que você fará quando homem nenhum te quiser e você for uma solteirona feia e desesperada sem marido ou família.

Aperto minhas mãos em punho com muita força, minhas unhas cravando na carne.

Não responda, não responda, não responda...

Agda olha para Elfriede com desdém.

— Essa aí, pelo menos, pode cobrir o rosto, mas mesmo que você cubra seu corpo inteiro, todo mundo sabe o que tem por baixo...

— Cuidado com a língua, Agda — uma voz séria chama da parte da frente da loja, interrompendo-a.

É a Senhora Norlim, a mãe de Agda. Ela se aproxima, as inúmeras joias em sua máscara dourada brilhando o suficiente para ofuscar qualquer um. A Senhora Norlim é esposa do ancião Norlim, o homem mais rico do vilarejo. Diferentemente das outras mulheres, que conseguem pagar apenas meias-máscaras douradas ou máscaras inteiras de prata, ela usa uma máscara formal que cobre todo o rosto, um padrão de raio de sol replicado em torno de olhos azul-claros. Suas mãos também estão decoradas, espirais de ouro e pedras semipreciosas coladas na pele.

— As palavras de uma mulher devem ser doces como fruta e mel — ela relembra Agda. — Assim dizem as Sabedorias Infinitas.

Agda abaixa a cabeça, encabulada.

— Sim, mãe — responde.

— Além disso — completa a mãe, a compaixão em seus olhos contrastando com a máscara sorridente —, Deka não tem culpa que sua pele seja tão suja quanto a de sua mãe, assim como Elfriede não pode esconder sua marca de nascença. Foi assim que elas nasceram, pobrezinhas.

Minha gratidão se transforma em raiva, o sangue fervendo em minhas veias. Suja? Pobrezinhas? Ela deveria me chamar de impura de uma vez. Dou tudo de mim para manter meu rosto dócil à medida que caminho em direção à porta, de alguma forma consigo.

— Obrigada por suas palavras gentis, Senhora Norlim — me forço a dizer antes de sair.

Preciso reunir toda a minha força para evitar bater a porta.

Então estou lá fora, inspirando e expirando rapidamente, tentando recuperar minha compostura, tentando segurar as lágrimas de raiva que pinicam meus olhos. Mal noto Elfriede me seguindo.

— Deka? — chama ela. — Você está bem?

— Estou — sussurro, segurando minha capa mais perto para que ela não veja minhas lágrimas.

Minha fúria.

Não importa o que a Senhora Norlim e os outros falem, digo a mim mesma silenciosamente. Serei pura. Dúvidas surgem, me lembrando que eu tenho as mesmas características estranhas que minha mãe tinha. Eu as afasto. Minha mãe conseguiu escondê-las até o dia de sua morte, e eu farei o mesmo. Tudo o que preciso fazer é sobreviver às próximas horas e provar que sou pura.

Então enfim estarei segura.

2

Passo o resto da manhã me preparando para o Ritual da Pureza: passando roupas para meu pai e para mim e engraxando nossos sapatos. Fiz até uma guirlanda de flores secas para meu cabelo; a cor vermelha brilhante vai contrastar perfeitamente com o azul cerimonial do meu vestido. Assim que o Ritual terminar, irei para a festa do vilarejo, e devo estar no meu melhor. Esta é a primeira vez que sou convidada para uma festa, ou para qualquer outra celebração no vilarejo, na verdade.

Para me acalmar, me concentro nas tortas de groselha que vou levar para o banquete. Tento fazer cada uma o mais perfeito possível — bordas bem dobradas, ilhas de chantili —, mas é difícil fazer isso sem uma faca. As garotas não têm permissão para ficar perto de coisas afiadas desde o momento em que completam quinze anos até o dia seguinte ao Ritual da Pureza. As Sabedorias Infinitas proíbem, garantindo que não sangremos uma gota antes do Ritual.

Garotas que se ferem antes de completar quinze anos são levadas ao templo para serem purificadas, suas famílias são condenadas ao ostracismo, as perspectivas de casamento são destruídas.

"Desprezadas são as que carregam marcas ou cicatrizes, as feridas e as que sangram, pois poluíram o templo do Pai Infinito."

Essas palavras foram repetidas para mim desde que nasci.

Se meu pai tivesse mais dinheiro, ele teria me enviado para uma Casa da Pureza, para passar o ano antes do Ritual protegida de coisas afiadas em suas paredes macias e acolchoadas. Mas só garotas ricas como Agda têm condições de pagar Casas da Pureza. O restante de nós tem que se virar e evitar facas.

Estou tão perdida em meus pensamentos que não noto meu pai se aproximando.

— Deka? — chama ele. Me viro e o vejo trocando o peso de um pé para o outro atrás de mim, nervoso, com uma caixa em mãos. Ele a abre com um sorriso hesitante. — Isto é para você.

Ele me oferece o vestido bordado que está lá dentro.

Perco o ar, as lágrimas turvando minha visão. É tingido com o azul--escuro do Ritual e tem pequenos sóis de ouro bordados na barra, mas essa não é a melhor parte. Debaixo dele, há uma meia-máscara azul delicada, com fitas de seda branca para amarrá-la. É mais bonita do que qualquer coisa que já vi, suave e elegante apesar da base de madeira.

— Como? — Recupero o ar, inflando o peito. Não temos dinheiro para comprar roupas novas, muito menos máscaras. Eu customizei um dos antigos vestidos de minha mãe para o Ritual.

— Sua mãe fez tudo em segredo para você ano passado — diz ele, tirando algo mais da caixa.

— O colar favorito dela... — sussurro, minha voz está embargada de felicidade.

Pego a fina corrente de ouro bem trabalhada e a delicada esfera de ouro pendurada nela, aquele símbolo antigo e familiar entalhado na superfície. É quase como o kuru, o símbolo sagrado do sol, mas há outra coisa nele, outra marca tão desgastada que nunca consegui compreendê-la, mesmo depois de todos esses anos. Minha mãe usava o colar todo dia, sem falta.

E pensar que ela preparou tudo isso para mim há tanto tempo.

Meu peito se aperta agora, e eu o massageio, tentando acalmar minhas lágrimas. Sinto tanta falta dela, de sua voz, de seu cheiro, do jeito que ela costumava sorrir sempre que me via.

Seco os olhos e me viro para meu pai.

— Ela garantiu que eu guardasse para você — diz ele. Então pigarreia, um rubor aparecendo em suas bochechas quando tira uma última coisa da caixa: uma guirlanda de flores frescas, seu tom forte de vermelho brilhando na luz. — Mas as flores são um presente meu. O vendedor me disse que elas duram muito.

— São lindas — digo, emocionada, enquanto olho para ele. É a primeira vez que recebo tantos presentes. — Tudo é lindo. Muito obrigada mesmo, pai.

Desajeitado, ele me dá um tapinha nas costas.

— Arrume-se, rápido. Hoje, você mostrará a eles que pertence.

— Sim, pai.

Eu o obedeço imediatamente, a determinação se firmando dentro de mim. Vou mostrar para eles. Usarei meu vestido novo e flores e então, quando o Ritual terminar, minha nova máscara combinando. Vou usá-la com tanto orgulho que nem Agda poderá me negar.

O pensamento me faz sorrir.

É fim de tarde quando chegamos ao templo. A praça do vilarejo está lotada — simpatizantes e espectadores curiosos lutam por espaço; garotas vestindo o azul cerimonial se enfileiram nos degraus do templo, com os pais ao lado. Meu pai se coloca ao meu lado bem quando os tambores soam, e observamos enquanto os jatu marcham solenemente em direção aos degraus, se preparando para a chegada do ancião Durkas, suas armaduras vermelhas fazendo um contraste reluzente contra o mar de vestidos azul-escuros, suas máscaras de guerra distorcidas brilhando à luz fraca do fim de tarde. Cada máscara se parece com o rosto assustador de um demônio e pode ser acoplada e removida do capacete facilmente.

Já que as portas ainda não se abriram, eu observo as fortes paredes brancas do templo, seu teto vermelho. Vermelho é a cor da santidade. É a cor que as garotas puras sangrarão quando o ancião Durkas as testar hoje.

Por favor, deixe que o meu sangue seja vermelho. Por favor, deixe que o meu sangue seja vermelho, rezo.

Vejo Elfriede na frente, o corpo todo tenso. Ela deve estar pensando a mesma coisa. Como todas as outras garotas, ela está com o rosto descoberto pela última vez, embora se incline um pouco para esconder a marca de nascença.

As portas do templo se abrem com um rangido, e a multidão se agita. O ancião Durkas aparece no topo da escada, seu rosto franzido e com o ar desaprovador de sempre. Como a maioria dos sacerdotes de Oyomo, a missão dele é erradicar a impuridade e a abominação. É por isso que seu corpo é tão magro e seus olhos tão intensos. O fervor religioso prevalece a se alimentar ou fazer qualquer outra coisa. Uma tatuagem dourada de kuru brilha no meio de sua cabeça raspada.

Ele estende as mãos sobre a multidão.

— O Pai Infinito os abençoa — entoa ele.

— O Pai Infinito abençoa a todos nós — a resposta da multidão reverbera pela praça.

O ancião Durkas ergue a lâmina cerimonial aos céus. É esculpida em marfim e mais afiada do que qualquer espada.

— "E no quarto dia" — recita ele em sua voz profunda usada para essas ocasiões — "Ele criou a mulher, uma companheira para erguer o homem ao seu potencial sagrado, sua glória divina. A mulher é o maior presente do Pai Infinito à humanidade. Consolo no momento mais difícil do homem. Conforto em…"

As palavras do ancião Durkas se esvanecem para um sussurro conforme minha pele começa a formigar, o sangue acelerado. Isso vem com uma súbita percepção: a calmaria do vento, o estalar dos pingentes de gelo e, em algum lugar ao longe… o som de passos pesados esmagando folhas caídas.

Algo está se aproximando… O pensamento passa por minha mente.

Eu me esforço para afastá-lo. Por que isso está acontecendo agora?

Meu pai deve ter notado minha expressão distraída, porque ele suspira tristemente, cerrando os olhos em direção ao sol.

— Sua mente sempre esteve inclinada a viajar, Deka — sussurra, a voz baixa para que os outros não escutem nossa conversa. — Você é tão parecida com a sua mãe.

Quando os lábios dele se curvam pela tristeza, franzo a testa.

— Você vai ficar com rugas — digo.

Então ele sorri, de repente parecendo o homem caloroso que costumava ser, antes que a varíola rubra e a morte de minha mãe o fizessem encolher até que ele se tornasse uma sombra de si mesmo.

— O sujo falando do mal lavado, você não acha? — brinca meu pai enquanto a fila começa a se mover.

Assinto e volto minha atenção aos degraus do templo. O ancião Durkas terminou sua declamação. O Ritual da Pureza vai começar.

Agda é a primeira garota a entrar no templo, e seu rosto está pálido de nervosismo. Oyomo será a favor dela ou julgará que sucumbiu à impureza? A multidão se inclina para a frente, tensa. O burburinho, as conversas sussurradas, tudo se transforma em um silêncio, até que só se ouvem os latidos descontentes dos cães e a respiração ofegante dos cavalos arreados nos estábulos próximos.

Momentos depois, um grito assustado irrompe do templo. Agda surge pouco depois, o lenço azul apertado contra o peito, onde o ancião Durkas a cortou com a lâmina cerimonial. Quando ela chega ao topo da escada, tira o lenço e o segura acima da cabeça para mostrar como está empapado de sangue vermelho. Uma comemoração aliviada emerge da multidão. Ela é pura. Os pais vão abraçá-la, e o pai orgulhosamente coloca uma delicada meia-máscara de ouro em forma de lua no rosto dela para declarar a feminilidade recém-descoberta. Ela lança um olhar vitorioso para a multidão, os lábios se curvando em um sorriso quando ela me olha.

Quando Agda desce as escadas, a próxima garota entra, e o Ritual da Pureza recomeça.

Mantenho os olhos na porta. Vê-la — grande, vermelha e intimidadora — me aflige, faz meu estômago revirar e as palmas das minhas mãos suarem. O formigamento se intensifica — como um cantarolar baixo agora, pelinhos se eriçam, o estado de atenção se torna mais agudo.

Algo está vindo. O pensamento volta a preencher minha mente.

Não é nada, me lembro firmemente. Já senti essas coisas várias vezes e nunca vi algo estranho...

O terror me atinge de maneira tão repentina e forte que meus joelhos se dobram. Eu agarro a mão de meu pai para permanecer de pé. Ele olha para mim com o rosto franzido.

— Deka, você está bem?

Eu não respondo. O medo congelou meus lábios, e tudo o que posso fazer é assistir horrorizada enquanto faixas sinistras de névoa serpenteiam aos pés do meu pai. Mais delas estão deslizando pela praça, esfriando o clima. Acima de nós, o sol desaparece, afastado pelas nuvens que agora tomam conta do céu.

Meu pai franze a testa ao notar.

— O sol foi embora.

Mas não estou mais olhando para o céu. Meus olhos estão na fronteira do vilarejo, onde as árvores desfolhadas pelo inverno estalam sob o peso da neve e do gelo. A névoa está vindo de lá, com um cheiro frio e afiado e algo mais: um som distante e agudo que me deixa nervosa.

Quando o som se torna um grito de estourar os tímpanos, toda a multidão fica quieta, petrificada como estátuas na neve. Um sussurro se espalha na escuridão:

— Uivantes mortais...

E assim, a calmaria acaba.

— Uivantes mortais! — grita o comandante jatu, desembainhando a espada. — Preparem-se!

A multidão se dispersa, os homens correndo em direção ao estábulo para pegar as armas, as mulheres conduzindo os filhos para casa. Os jatu avançam para a floresta, onde formas cinza gigantescas estão aparecendo, gritos inumanos prenunciando sua chegada.

O maior uivante mortal é o primeiro a sair da floresta. Uma criatura enorme, tão magra que seus ossos são protuberantes, as mãos com garras chegam quase até os joelhos, formas pontiagudas saem de toda a coluna ossuda. Parece quase humano, seus olhos pretos piscam, as narinas estreitas estão dilatadas conforme examina o vilarejo. A criatura se vira para a praça, onde ainda estou parada, aterrorizada, e minha respiração fica curta e rápida.

A criatura abre a boca, inspira...

Um grito estridente atravessa meu cérebro, uma agonia lancinante me golpeia. Meus dentes rangem; meus músculos travam no lugar. Ao meu lado, meu pai cai no chão enquanto sangue escorre de seus ouvidos e narinas. Mais aldeões já se retorcem no chão, rostos contorcidos em expressões de terror e angústia.

Além de mim, apenas os jatu permanecem de pé na praça, com seus capacetes feitos especialmente para resistir aos gritos dos uivantes mortais. Mesmo assim, os olhos deles brilham, embranquecidos, por trás das máscaras de guerra, e as mãos tremem nas espadas. A maioria dos jatu aqui são recrutas, acabaram de se juntar à guarda, como Elfriede mesmo disse. Eles ainda não lutaram nas fronteiras do sul, onde os uivantes mortais fazem cerco constante — provavelmente sequer viram um uivante antes. Será um milagre se algum deles sobreviver.

Será um milagre se qualquer um de nós sobreviver.

Esse pensamento me faz sair de meu estado de paralisia, e eu me viro para meu pai:

— Precisamos fugir! — grito, puxando-o com tanta força que ele quase sai do chão. O medo deu uma nova energia aos meus músculos, fez com que ficassem anormalmente fortes. — Precisamos ir!

Volto a olhar para o uivante mortal que está na frente, os cabelos chicoteiam ao vento.

Como se sentisse meu olhar, a criatura se vira, e seus olhos se conectam aos meus. Há algo neles... uma inteligência. O ar é arrancado de meus pulmões. De repente, cada músculo do meu corpo parece fraco, congelado sob aqueles olhos predatórios. Quando enfim me encolho, a criatura já está avançando, assim como as outras. As muitas, muitas outras. Elas estão saindo da névoa, formas cinzentas de pele como couro, prontas para o ataque. Algumas saltam das árvores para o chão, as garras marcam a neve enquanto correm de quatro.

— Defendam o vilarejo! — ruge o comandante dos jatu, erguendo a espada. — Pelo Pai Infinito!

— Pelo Pai Infinito! — repetem os jatu, correndo em direção às feras.

Um arquejo horrorizado irrompe do meu peito quando meu pai cambaleia e ecoa o grito junto com os outros homens do vilarejo, que agora estão todos colocando lenços ou faixas ao redor das orelhas.

— Corra para o templo, Deka! — grita ele para mim.

À frente dele, o comandante dos jatu avança sobre o uivante mortal mais adiante, mas a criatura não recua. Em vez disso, para, inclinando a cabeça. Por um momento, parece haver um brilho divertido em seus olhos. Divertido e mortal. Em seguida, ela se move, jogando violentamente o jatu para o outro lado da praça. O corpo dele se quebra com o impacto, sangue se espalha por toda parte.

Um sinal para os outros uivantes mortais atacarem.

As criaturas correm para o vilarejo, destruindo os escudos dos jatu, massacrando-os com garras fatalmente afiadas. Gritos ecoam, sangue jorra, o odor de urina sobe. Os jatu tentam revidar, mas são poucos e muito inexperientes contra a monstruosidade dos uivantes mortais.

Eu observo, o horror me sufoca, à medida que membros e corpos são dilacerados sem compaixão, cabeças arrancadas com alegria feroz. Dentro de minutos, os jatu são derrotados e sobram apenas os homens do vilarejo.

— Não os deixem passar! — grita o ancião Olam, mas já é tarde demais.

Os uivantes mortais atacam os aldeões, alguns saltando sobre as vítimas, outros cortando-as com garras e dentes. Quanto mais os homens do vilarejo gritam, mais frenéticas se tornam as criaturas. O sangue salpica o chão, espalhando o vermelho sobre o branco da neve; cadáveres se amontoam em um emaranhado de vísceras e folhas secas.

É um massacre.

Com o terror esfaqueando meu coração, me viro para meu pai. Ele e outros dois aldeões estão em um combate contra um uivante mortal, contendo a criatura com espadas e forcados. Ele não vê o outro uivante mortal correndo em sua direção, com sede de sangue nos olhos. Ele não vê as garras se revelando, estendidas para ele.

— NÃÃÃÃO! — o grito desesperado deixa o meu peito antes que eu possa calá-lo, tão poderoso que parece tomado por outra coisa. Algo mais profundo. — PARE, POR FAVOR! Deixe meu pai em paz! Por favor, nos deixem em paz!

Os uivantes mortais se viram na minha direção, os olhos pretos injetados de ódio. O tempo parece parar enquanto o líder se aproxima de mim. Mais perto, mais perto, até que...

— PARE! — grito, minha voz ainda mais poderosa que antes.

O uivante mortal de repente endurece, a vida esvanecendo de seus olhos. Por um momento, quase parece apenas uma casca — um recipiente vazio, em vez de um ser vivo. Os outros uivantes mortais estão da mesma forma: estátuas congeladas à luz do fim de tarde.

O silêncio cai sobre o vilarejo. Meu coração martela nos ouvidos. Mais alto. Mais alto. Então...

Movimento.

O líder se vira e cambaleia em direção à floresta, os demais o seguem. A névoa rapidamente se afasta com eles, quase parecendo seguir seus passos. Em menos de um minuto, eles somem.

Estou tomada de alívio, flutuando, como se mal estivesse conectada à minha pele. Uma sensação nebulosa me invade, fazendo meu corpo inteiro parecer tão leve quanto um dente-de-leão.

Vou até meu pai, um sorriso vidrado em meu rosto. Ele ainda está de pé no mesmo lugar, mas não parece tão aliviado quanto eu. Seu rosto está pálido, o corpo empapado de suor. Ele quase parece... apavorado.

— Pai? — chamo, estendendo a mão para ele.

Para minha surpresa, meu pai se encolhe.

— Demônio imundo! — grita ele. — O que você fez com a minha filha?

— Pai? — repito.

Dou outro passo na direção dele, confusa quando ele torna a se encolher.

— Não se atreva a me chamar assim, besta! — cospe ele.

Os outros homens se reuniram em torno dele. As mulheres começaram a sair das casas, Elfriede entre elas. Há uma expressão em seu rosto, uma que nunca vi antes. Medo.

— Seus olhos, Deka. O que aconteceu com seus olhos? — sussurra ela, horrorizada.

As palavras dela derretem um pouco da névoa ao meu redor. Meus olhos? Me viro para meu pai, prestes a perguntar o que os homens estão falando, mas ele assente para algo atrás de mim. Quando me viro, lá está Ionas, uma espada brilhando em suas mãos. Franzo a testa, confusa. Ele veio me proteger, como fez mais cedo?

— Ionas?

Ele enfia a espada na minha barriga. A dor é tão aguda, tão ensurdecedora, que mal noto o sangue caindo em minhas mãos.

É vermelho... tão vermelho a princípio, mas então a cor começa a mudar, a brilhar. Em alguns instantes, o vermelho se torna dourado — o mesmo dourado agora percorre a minha pele.

Okai escurece minha visão à medida que o sangue em minhas veias desacelera. A única coisa que se mantém em movimento é esse ouro, despejando em minhas mãos como um rio, escorrendo devagar sobre a minha pele.

— Como sempre suspeitei — diz uma voz distante. Quando olho para cima, o ancião Durkas está inclinado sobre mim, sua expressão sombria de satisfação. — Ela é impura — declara ele.

É a última coisa que ouço antes de morrer.

Quando acordo, está escuro e estranhamente quieto. O barulho e a multidão na praça do vilarejo desapareceram e foram substituídos por sombras, frio e silêncio. Onde estou? Olho ao redor, minha respiração está curta e difícil, e descubro que estou no que parece ser um porão, com tonéis de óleo cuidadosamente empilhados e alinhados contra paredes de pedra escura. Tento levantar, mas algo me impede: algemas de ferro esculpido, uma para meus pés e outra para meus pulsos. Eu puxo e giro, respirando cada vez mais pesado agora, mas as algemas não se movem. Estão presas à parede atrás de mim. Um grito se forma na minha garganta.

— Você está acordada.

A voz de Ionas corta meu pânico. Ele está de pé na escuridão, me olhando com a intensidade fria que geralmente reserva para os pedintes e os leprosos. A expressão é tão intensa que eu me afasto, assustada.

— Ionas — digo, erguendo as algemas. — O que está acontecendo? Por que estou aqui?

A boca de Ionas se curva para baixo de nojo.

— Você consegue me ver? — pergunta ele. Então adiciona, como se para si mesmo: — É óbvio que consegue.

— Não entendo — digo, me sentando. — Por que estou aqui? Por que estou algemada?

Ionas acende uma tocha. A luz é tão intensa que preciso cobrir meus olhos.

— Você consegue me ver no breu e tem a coragem de perguntar por que está aqui?

— Não entendo — repito. — Minha cabeça… tudo está confuso.

— Como você pode não se lem…

— Não fale com essa coisa — ordena uma voz fria.

Meu pai aparece no canto, com uma expressão severa. Um pilar o ocultava antes, mas agora ali está ele, à plena vista, apesar das sombras cobrindo as laterais de sua figura. Por que consigo vê-lo com tanta nitidez? Ionas acendeu apenas uma tocha. Uma pontada de medo percorre meu estômago quando me lembro das palavras de Ionas: *Você consegue me ver no breu…*

Meu pai acena bruscamente para Ionas.

— Invoque os outros.

Ionas sobe as escadas com rapidez, deixando meu pai ali, uma figura fantasmagórica na escuridão. Seus olhos ardem com uma emoção estranha quando ele se aproxima. Raiva? Nojo?

— Pai? — sussurro, mas ele não responde enquanto se agacha diante de mim, observando meu corpo até parar na minha barriga.

Há um buraco irregular no meu vestido, revelando um pedaço de pele imaculada. Eu o cubro conscientemente; algo me incomoda.

Do que estou me esquecendo?

— Nem sequer uma cicatriz — diz meu pai de uma maneira estranha, sem emoção.

Ele está apertando algo entre os dedos: o colar da minha mãe.

Deve tê-lo tirado do meu pescoço enquanto eu dormia.

Uma lágrima escorre por minha bochecha.

— Pai? — chamo. — Pai, o que aconteceu? Por que estou aqui?

Estendo a mão para ele, então paro. Há uma expressão severa e ameaçadora em seu rosto. Uma aversão latente. Por que ele não me responde? Por que ele não olha para mim? Eu daria qualquer coisa para que ele me abraçasse e dissesse o quão boba eu sou por estar tão assustada, sua doce e tola menina.

Ele não faz nenhuma dessas coisas, apenas olha nos meus olhos com aquela aversão terrível e distante.

— Seria melhor se você tivesse morrido — cospe ele.

E então me lembro.

Me lembro do Ritual da Pureza, da aproximação do líder dos uivantes mortais — como aqueles olhos pretos estavam frios quando encontraram os meus. Em seguida, dos jatu e o contra-ataque dos homens do vilarejo. Sangue na neve. Meu pai em perigo. E aquela voz emergindo de mim... aquela voz terrível e inumana... seguida pelo olhar de meu pai quando ordenou a Ionas que acabasse comigo. O olhar que só entendi quando vi o sangue dourado escorrendo pela minha barriga.

— Não — sussurro, soluços atravessando o meu corpo.

Quase posso sentir de novo a ponta irregular da espada, quase posso sentir a escuridão tomando conta.

Balanço para a frente e para trás, tão imersa em meu horror que mal percebo os passos ecoando escada abaixo, mal vejo as figuras se aproximando. Só quando já estão diante de mim por alguns minutos é que levanto os olhos e vejo o ancião Durkas lendo fervorosamente as Sabedorias Infinitas, o ancião Olam enfaixado e os outros anciãos do vilarejo em silêncio ao lado dele. Existem apenas cinco deles agora. Eu penso nos outros, e a imagem da coluna de dois anciãos sendo quebradas sob a fúria das garras dos uivantes mortais brota em minha mente e meu estômago embrulha.

Eu me curvo, o vômito pungente na língua. O ancião Durkas dá um passo à frente com o olhar cheio de nojo.

— Em pensar que acolhemos essa criatura entre nós.

Suas palavras me abalam. Eu caio de joelhos, estendendo as mãos para ele.

— Ancião Durkas — imploro —, por favor, isso é um engano! Eu não sou impura! Não sou!

A culpa surge dentro de mim, um lembrete horrível: minha pele formigou quando os uivantes mortais vieram, e eles só foram embora quando eu disse para que fossem.

Porque eu ordenei.

O ancião Durkas me ignora e se volta para os outros homens.

— Quem vai purificar este demônio e livrar nosso vilarejo de sua abominação?

As palavras dele me aterrorizam. Começo a implorar de novo.

— Por favor, ancião Durkas, por favor!

Mas o ancião nada diz, apenas se vira para meu pai, que me olha de relance. Há uma expressão em seus olhos, uma incerteza.

— Lembre-se que esta não é a sua filha — diz o ancião Durkas. — Ela pode parecer humana agora, mas é o demônio que a possuiu, o demônio que invocou os uivantes mortais e matou nossas famílias.

Invoquei os uivantes mortais? As palavras ecoam, me sufocando de pavor.

— Eu não fiz isso! — protesto. — Eu não invoquei os uivantes mortais!

Mas você os fez irem embora... O pensamento passa por minha cabeça, e eu o obrigo a sumir.

O ancião Durkas me ignora e continua a falar com meu pai.

— Você trouxe a impureza dela para este vilarejo. É seu dever expurgá-la.

Para meu horror, meu pai assente severamente, depois dá um passo à frente e estende a mão. Ionas coloca uma espada nela.

Quando brilha, a lâmina reflete a luz fraca, meu medo irrompe. Eu me aproximo da parede.

— Pai, não! Por favor, não!

Mas meu pai ignora meus apelos e se aproxima até estar bem diante de mim, a ponta da espada descansa em meu pescoço. É fria, muito fria... Olho para ele, tentando ver qualquer sinal do homem que costumava me carregar nos ombros e guardar as porções mais cremosas de leite porque sabia que eu gostava mais delas.

— Pai, por favor, não faça isso — imploro, as lágrimas escorrem por minhas bochechas. — Sou sua filha. Sou a Deka, sua Deka, lembra?

Por um momento, algo parece brotar em seus olhos. Arrependimento...

— Expurgue ela ou os jatu virão buscar você e o resto de sua família — ameaça o ancião Durkas.

Os olhos de meu pai se fecham. Os lábios se tornam uma linha fina e sinistra.

— Eu te expurgo em nome de Oyomo — declara ele, erguendo a espada.

— Pai, não...

A lâmina atravessa meu pescoço.

Sou um demônio.

Sei disso no momento que abro meus olhos. Ainda estou algemada no porão, mas meu corpo está inteiro outra vez. Nem uma cicatriz ou mácula sequer marca minha pele — nem na parte do pescoço onde meu pai me decapitou. Eu a toco, um gemido sai de dentro de mim quando sinto a pele ali, mais uma vez sedosa e lisa sob meus dedos. É como se eu tivesse renascido completamente. Até minhas cicatrizes de infância sumiram.

Me ajoelho depressa, curvo minha cabeça em oração. *Por favor, não me abandone, Pai Infinito*, imploro. *Por favor, purifique-me de qualquer mal que se apoderou de mim. Por favor, por favor, por favor...*

— Suas orações não chegarão a Ele — diz o ancião Olam, do canto. Parece que é a vez dele de me vigiar. Diferentemente dos outros, ele parece fascinado em vez de enojado. — Ele já te rejeitou do Além duas vezes.

As palavras dele são como flechas perfurando meu coração.

— Porque sou um demônio — sussurro, o horror e o nojo formam um amargor acre em minha boca.

— De fato.

O ancião Olam não parece se importar em confirmar. Mas ele não precisa. Que tipo de criatura amaldiçoada não morre ao ser decapitada? Até os uivantes mortais tombam quando a cabeça é separada do corpo. Fecho os olhos tentando me livrar da memória, respirando para afastar meu pânico crescente.

— Onde está meu pai?

O ancião dá de ombros.

— Ele está de cama.

Algo no tom dele me faz ficar alerta.

— Desde quando?

— Desde cinco dias atrás, quando os ligamentos do seu pescoço se esticaram em direção ao seu corpo e se reconectaram.

Um bolo sobe para minha garganta de novo, e eu vomito alto, esvaziando o estômago. Não resta muito nele agora, exceto água e bile. Assim que termino, limpo meus lábios e volto a enxotar mentalmente os pensamentos frenéticos e a culpa ácida.

Todos aqueles anos, meu pai aguentou ser desprezado e excluído — por minha causa. Pela promessa de que um dia seria provado que eu era pura e eu mostraria a todos que pertencia ao vilarejo. Mas sou exatamente o que eles disseram que eu era, só que pior — muito, muito pior. E agora veja o que fiz.

O ancião Olam continua a me encarar.

— Sua amiga Elfriede é pura, se você estiver se perguntando — diz ele. — De toda forma, nós a estamos observando. Ela passou muito tempo com você. Nunca se sabe como tais associações podem manchar uma pessoa.

As palavras me arrepiam.

— Ela é inocente — sussurro, horrorizada. Fui eu quem ouviu os uivantes mortais. Quem os ordenou... — Elfriede não tem nada a ver com isso.

O ancião Olam dá de ombros.

— Talvez. Suponho que o tempo dirá...

A insensibilidade da resposta é aterrorizante, mas não posso pensar nisso agora.

— Meu pai, como ele está? — pergunto.

O ancião Olam torna a dar de ombros.

— Ele não viverá muito tempo. Não, se você continuar imortal — adiciona.

Eu me encolho, a vergonha e a culpa se reviram dentro de mim. Agora entendo por que o ancião Olam está aqui — por que os outros garantiram que ele tomasse o lugar de meu pai. Ele é bom em fazer as pessoas entenderem sua opinião. Antes de se tornar chefe do vilarejo, era um comerciante muito bem-sucedido. Ele tinha jeito para fazer seus clientes acreditarem que queriam o que ele queria.

Ele não precisa fazer isso comigo. Olho para as minhas veias, o estômago embrulhando enquanto cintilam, o ouro brilhante dentro delas, a essência demoníaca para sempre me marcando como impura. Quero arrancá-las, quero cavar fundo o suficiente para esvaziá-las.

De repente, penso nos aldeões, em suas casas, e em meu pai, em seu leito de morte. Penso até em Elfriede. Agora, me lembro com bastante nitidez do medo em seus olhos quando ela olhou para mim. Do nojo. O que vai acontecer quando o demônio em mim voltar a aflorar? O que vai acontecer se ele decidir atacar? Se ameaçar o vilarejo? Se chamar mais uivantes mortais?

Todos aqueles aldeões mortos espalhados na neve...

Minha respiração fica rasa, e tento respirar, me render à graça de Oyomo. O ancião Durkas nos disse que ela sempre estava conosco, bastava que tentássemos alcançá-la — que nos submetêssemos à vontade Dele.

Eu vou me submeter. Farei qualquer coisa para me livrar da minha impureza, dos meus pecados.

Olho para o ancião Olam.

— Me mate — sussurro, lágrimas escorrendo pelo meu rosto. — Sei que você deve saber como. Sou uma abominação aos olhos de Oyomo. Eu sou uma abominação.

Um sorriso sinistro aparece nos lábios do ancião Olam. Um sorriso de vitória.

— Dizem que o fogo purifica o espírito — murmura ele, pegando uma tocha da parede e olhando significativamente para as chamas.

Outro grito se forma na minha garganta, mas o sufoco. Vai ficar tudo bem, digo a mim mesma. Tudo o que tenho a fazer é me entregar, me sujeitar às chamas, e talvez então Oyomo me perdoe por minha impureza.

Mesmo quando penso isso, sei que é uma mentira. O fogo não vai me matar. Talvez nada consiga me matar. Mesmo assim, tenho que tentar — tenho que me submeter a isso e suportar a dor até que Oyomo me conceda Sua graça novamente. Ou até que Ele me conceda a misericórdia da morte.

Clique. Clique. Clique.

Batidinhas em um ritmo agudo e insistente preenchem meus ouvidos.

Quando abro os olhos, com a visão turva, há uma mulher sentada diante de mim. Ela é pequena e delicada, e vestes escuras a cobrem da cabeça aos pés. Mais estranho ainda, ela usa luvas — manoplas, na verdade — rígidas e brancas, semelhantes a ossos. Elas têm garras afiadas nas pontas e brilham fracamente na escuridão do porão. É quase como se ela tivesse mãos brancas fantasmagóricas. Mãos Brancas... Talvez eu a chame assim.

Quando percebe que estou olhando para ela, Mãos Brancas para de tamborilar com os dedos. Sua meia-máscara de madeira brilha sob o capuz, um demônio grotesco e assustador preso num meio rugido. Eu pisco. Por um momento, pensei que fosse uma máscara de guerra, mas só os homens as usam. Será que ela é um pesadelo? Um sonho febril? Por favor, que seja um sonho. Por favor, mais dor não... mais sangue não.

Ouro, serpenteando no chão como um rio...

Pequenas adagas pinicam meu queixo e pescoço.

— Não, não, você não vai me ignorar, alaki — diz Mãos Brancas em uma voz cadenciada, com sotaque forte.

Eu me afasto das manoplas, ofegando. Isto não é um sonho; ela realmente está aqui! Um cheiro de gelo e abeto emana de sua capa, afastando o fedor sempre presente de carne queimada, gordura derretida e osso carbonizado. Enquanto inspiro profundamente, aproveitando o cheiro, Mãos Brancas se agacha de repente, seus olhos fixos nos meus. O medo me arrepia.

Eles são escuros — muito, muito escuros. A última vez que vi olhos tão escuros foi em um uivante mortal, mas ele não tinha a parte branca ao redor das pupilas.

Mãos Brancas é humana. Terrivelmente humana.

— Você está acordada. Ótimo — murmura ela. — Você está lúcida?

Pisco.

Mãos Brancas me dá um tapa tão forte que minha cabeça se inclina para trás com o golpe. Toco minha bochecha, chocada, até que ela torna a segurar meu queixo com aquelas garras.

— Você. Está. Lúcida. Alaki?

Aí está, aquela palavra de novo. A-la-ki. Eu a pronuncio em silêncio em minha mente, focando as sílabas estranhas e proibitivas enquanto me sento.

— Sim — respondo, umedecendo os lábios.

Minha voz é um nervo em carne viva, minha língua mais seca do que o leito do nosso lago no ápice do verão. Eu não falo há dias… ou já se passaram semanas? Meses? Há quanto tempo estou aqui? Minhas memórias se misturam em uma confusão de sangue e terror — de ouro cintilando no chão de pedra à medida que a espada corta, rasgando músculos que se reconstituem, tendões que se reconectam…

Os anciãos trazem baldes, a cobiça em seus olhos. Eles vão me desmembrar mais uma vez, vão me despedaçar para colher o ouro que flui em minhas veias. Um grito eclode, estridente, transtornado. Se mistura com minhas orações. *Por favor, me perdoe. Eu não queria pecar. Eu não sabia sobre a impureza em meu sangue. Por favor, me perdoe.*

Em seguida, a doçura gelada da faca, cortando minha língua...

Mãos Brancas estala suas garras.

— Não, não caia no sono de novo.

Ela remexe na capa e pega um pequeno frasco de vidro, que coloca sob meu nariz.

Um cheiro acre queima minhas narinas, e me endireito, piscando inquietamente enquanto as memórias voltam para seus recantos ocultos. Mãos Brancas aproxima o frasco novamente, mas eu viro a cabeça depressa.

— Estou acordada, estou acordada — afirmo.

— Ótimo — diz ela. — Não gosto de ser ignorada por alaki.

— Alaki? — repito.

— Significa inútil, indesejado. É assim que a sua espécie é chamada. — Mãos Brancas me encara. Quase posso senti-la franzindo a testa debaixo do capuz. — Você sabe o que é, certo?

Tenho dificuldade em entender o que ela está dizendo.

— Sou impura — respondo.

Rios de sangue dourado fluem diante dos meus olhos. Um ar de divertimento brilha nos dela.

— Sem dúvida, mas isso não explica completamente o que você é.

Algo se agita dentro de mim, um eco fraco quase parecendo curiosidade.

— O que eu sou? — pergunto. — E o que você quer dizer com minha espécie?

Ela está falando de outras garotas impuras, aquelas que morreram aqui?

Mais memórias surgem — sussurros impacientes na escuridão.

Por que ela não morre?

Elas sempre morrem na segunda ou terceira morte. Decapitação, fogo, afogamento. É sempre um dos três.

Ela é anormal.

Anormal...

— Se você escolher corretamente, eu te digo.

O som da voz de Mãos Brancas me puxa de repente de volta para o presente.

— Escolher?

Minha cabeça dói. Quero volta a dormir.

Começo a fechar os olhos de novo, mas ela tira algo do bolso. É um selo feito de ouro sólido, com um círculo de pedras obsidianas no meio de um lado e um antigo símbolo oterano no outro: um sol eclipsado cujos raios se tornaram lâminas afiadíssimas. Esta é a primeira vez que vejo um tão de perto. Apenas oficiais carregam selos, e é raro que eles venham a Irfut. Há algo estranho no círculo do primeiro lado. Estreito os olhos, forçando-o a tomar forma.

Estrelas. As pedras têm o formato de estrelas.

— A ansetha. — A voz de Mãos Brancas responde minha pergunta não dita enquanto ela aponta para o símbolo no selo. — É um convite.

Confusão toma meu rosto, e eu franzo a testa.

— Um convite para quê?

— Para você, impura. O imperador Gezo decidiu criar um exército da sua espécie. Ele te convida a se juntar e proteger nossa amada Otera daqueles que forem contra a vontade dela.

Mãos Brancas começa a desatar o nó da máscara, e eu me encolho, nervosa. É algum truque? Algum tipo de teste bizarro? Mulheres nunca tiram suas máscaras na frente de estranhos, apenas da família ou de seus amigos mais próximos. Fecho os olhos, temendo o que verei, mas a risada divertida de Mãos Brancas enche meus ouvidos.

— Olhe para mim.

Fecho os olhos com mais força.

— Olhe para mim.

Há força por trás da ordem agora.

Abro os olhos.

Mãos Brancas é a mulher mais linda que já vi. Meu queixo cai quase no meu peito quando a olho de cima a baixo. De estatura pequena, ela tem cabelos crespos e uma pele que brilha em um preto-azulado suave, como o céu noturno no auge do verão. No entanto, sua característica mais marcante são os olhos, pretos, profundos e insondáveis, como se ela tivesse visto o pior da humanidade e sobrevivido para rir de tudo.

Achei que eu tivesse suportado uma tortura indescritível, mas algo me diz que Mãos Brancas não apenas resistiu, mas prosperou e tornou--se mais forte com sua dor.

Ela é monstruosa… Essa percepção me faz estremecer, e me leva a outra. Esse é o motivo de as Sabedorias Infinitas alertarem contra falar com mulheres sem máscara, contra até mesmo olhar para elas.

Elas podem ser demônios disfarçados.

Mãos Brancas se aproxima.

— Agora me diga, o que você decidiu? Afinal, você tem apenas duas opções: permanecer aqui, onde os anciãos podem fazer você sangrar enquanto fingem cumprir o Mandato de Morte, ou vir comigo para a capital e fazer algo de útil. Algo de que nem mesmo aqueles desgraçados gananciosos lá em cima poderão zombar.

— Sou impura — digo lentamente, afastando a esperança fútil que surge com as palavras dela.

Não existe possibilidade de folga para mim, não existe liberdade. Nada vai mudar isso.

Oyomo, dê-me graça. Oyomo, perdoe meus pecados. Oyomo, por favor, me absolva.

Viro a cabeça, mas as manoplas de Mãos Brancas voltam imediatamente a me fazer pressão, afundando em minha pele. Ela força meus olhos a encontrar os dela.

— Você pode decidir seu destino, alaki, uma opção que não foi dada a suas antecessoras. — Seu tom é agradável o suficiente, mas há uma severidade imensa por trás dele. — Mas, se você deseja que o Mandato de Morte seja cumprido…

— Mandato de Morte?

É a segunda vez que ela menciona isso.

— "Nunca permita que uma alaki viva, nem ninguém que a ajude" — recita Mãos Brancas, como se estivesse lendo um pergaminho. — Essas são as palavras exatas do Mandato de Morte para sua espécie, as palavras que garantem que toda garota em Otera passe pelo Ritual da Pureza, para que sua espécie seja descoberta e executada prontamente.

Fico sem chão. *Para que sua espécie seja descoberta e executada...* Os anciãos sempre suspeitaram do que eu era, estavam apenas esperando que o Ritual confirmasse para que pudessem enfim me matar...

— Ouça bem, alaki — diz Mãos Brancas, movendo-se tão repentinamente que sinto a dor no meu peito só depois que ela o corta com suas garras enluvadas.

A inquietude perpassa todo o meu corpo quando olho para baixo e vejo que ela fez um corte no mesmo lugar que o ancião Durkas teria feito, se eu tivesse passado pelo Ritual da Pureza.

O ouro já está brotando, manchando minha pele com sua maldade. Eu me afasto, cubro o ferimento, mas Mãos Brancas recolhe uma gota e a esfrega entre os dedos.

— Este é o ouro amaldiçoado.

Ela estende os dedos manchados de dourado em minha direção. Eu observo, hipnotizada... horrorizada.

Ouro amaldiçoado?

Palavras tão terríveis...

— É o que a marca como inumana, demoníaca.

Meus olhos ardem com as lágrimas, uma mistura de horror e humilhação fútil. Mãos Brancas não precisa me lembrar do que sou. Sei que sou um demônio, asquerosa e impura, desprezada por Oyomo. Não importa o quanto eu implore, não importa que eu me entregue completamente, Ele nunca me escuta, nunca me ouve.

Por que você não me ouve?

Vou me esforçar mais, não vou gritar, não vou chorar, nem mesmo se eles me desmembrarem de novo, as facas cortando gordura, cortando osso e...

Mãos Brancas agarra meu queixo, garras cravando fundo, e meus pensamentos se acalmam de novo.

— Também a marca como uma mercadoria preciosa. — Ela se levanta. — Os uivantes mortais começaram a migrar e as fronteiras ao sul estão quase sobrecarregadas. Os jatu de lá não aguentarão os ataques por muito mais tempo. Todos os dias, essas... criaturas se aproximam cada vez mais do império. É apenas uma questão de tempo antes de sermos invadidos e derrotados por eles.

Eu estremeço com a memória, lembrando do olhar predatório do líder dos uivantes mortais quando seus olhos encontraram os meus.

— O que isso tem a ver comigo?

Mãos Brancas dá de ombros com elegância.

— Quem melhor para lutar contra um monstro do que outro monstro?

A vergonha surge de novo, e as lágrimas queimam ainda mais em meus olhos. Não consigo mais encarar Mãos Brancas conforme ela continua:

— Você morreu o que, sete, oito...

— Nove — corrijo, cansada.

Os métodos rodam pela minha cabeça. Decapitação, fogo, afogamento, enforcamento, envenenamento, apedrejamento, estripação, sangria, desmembramento...

Vários desmembramentos, sendo que apenas um me matou.

Os anciãos trazem baldes, aquela cobiça perceptível em seus olhos.

— *Vamos vendê-lo em Norgorad. Conheço um comerciante lá que paga um preço justo.*

— Nove vezes. — A voz de Mãos Brancas me arranca de minhas memórias turbulentas. — Você morreu nove vezes e reviveu todas elas. Isso significa que já foi colocada à prova. Você é perfeita para o que o imperador deseja.

— Ele quer demônios? — pergunto.

— Não, ele quer guerreiras. Um exército inteiro de impuras, lutando pela glória do Reino Único.

Meus olhos se arregalam. Existe um número suficiente de garotas como eu para criar um exército? Óbvio que existe. Todas aquelas irmãs e primas distantes levadas ao longo dos anos...

Mãos Brancas olha para mim.

— Uma vez a cada cem anos, os uivantes mortais migram para o ninho principal, o lugar de onde todos se originam. Este ano começa uma nova migração, e o imperador Gezo decidiu que é o momento perfeito para atacar. — Em oito meses, exatamente, quando todos os uivantes mortais estiverem reunidos no local do ninho, os exércitos marcharão até eles e os destruirão e a sua casa será amaldiçoada. Vamos eliminá-los da face de Otera." — Os olhos dela me prendem. — Sua espécie vai liderar o ataque.

Minha espécie... Certo pressentimento me arrepia, misturado a uma pontada de decepção. Por um momento, esperei que Mãos Brancas também fosse uma alaki. Me forço a devolver o olhar dela.

— Mesmo se isso for verdade, por que eu deveria concordar? — retruco. — O que eu ganharia com isso, além de uma eternidade de mortes dolorosas no campo de batalha?

— Liberdade desta farsa. — Ela gesticula para o porão. — Enquanto você se acovarda aqui, aqueles anciões vendem seu ouro a quem pagar mais, para que os nobres possam fazer lindas bugigangas com ele. Eles enriquecem com o seu sofrimento... Parasitas, literalmente drenando seu sangue.

A náusea enche minha garganta, e me esforço para engolir. Eu sabia o que os anciões estavam fazendo, sabia que eles estavam me desmembrando pelo ouro. Mas tenho que me submeter a isso, tenho que pagar o preço pela minha impureza.

Oyomo, me perdoe. Oyomo, conceda-me...

— Absolvição.

Meu coração quase para quando Mãos Brancas pronuncia essa palavra.

— Essa é outra coisa que você ganharia.

Tudo está tão quieto agora que mal ouço-a continuar.

— Lute em nome de Otera por um período de vinte anos e você será absolvida, sua natureza demoníaca, limpa. Você será pura de novo.

— Pura? — repito, todos os outros pensamentos desaparecendo, afugentados por aquelas palavras incríveis.

Pura. Absolvida. Humana de novo, como todo mundo...

Sem formigamentos, nunca mais.

Olho para o teto, meus olhos ardendo com as lágrimas.

Você estava escutando. Todo esse tempo, você estava escutando. Você me ouviu, afinal.

Eu mal noto Mãos Brancas quando ela assente.

— Os sacerdotes do imperador podem garantir isso, sim — responde.

Agora, há tanta coisa passando por minha cabeça, tantos sentimentos — alívio, alegria —, que preciso me controlar para não dar pulinhos. Então me lembro.

— E os anciões? E meu pai?

Mãos Brancas dá de ombros.

— O que têm eles? Eu sou uma emissária do próprio imperador Gezo. Uma personificação viva de sua vontade. Ir contra mim é ir contra Otera.

O alívio surge novamente, e a determinação, logo em seguida. Eu posso ser pura. Posso encontrar um lugar que me aceite, e até mesmo pertencer, pela primeira vez na minha vida. Posso ter um futuro: uma vida normal, uma morte normal...

Ele finalmente vai me permitir entrar em Seu Além.

— Um aviso, alaki. — A voz de Mãos Brancas interrompe meus pensamentos. — O treinamento será dez vezes mais brutal do que o dos soldados normais.

Quando me encolho, assustada, ela dá de ombros.

— Você é um demônio amaldiçoado, uma abominação detestada aos olhos de Oyomo, e eles te tratarão de acordo. — Olho para baixo, envergonhada, e ela completa: — Mas, considerando tudo pelo que você passou aqui, duvido que você encontre algo no treinamento que se aproxime do que já aguentou.

Ela se aproxima, o selo em suas mãos. Um convite. Um aviso.

— Bem, você se decidiu?

Decidir? É mesmo uma pergunta? Todos esses dias, tenho orado, me entregado, na esperança de pertencer a algum lugar — e aqui está a resposta, aquela que tenho buscado. Olho para ela, meu olhar determinado.

Eu aceito o selo.

— Sim — digo. — Me decidi. Eu aceito... com uma condição.

Um sorriso divertido aparece nos lábios dela.

— Sim?

— Você vai fazê-los dizer ao meu pai que estou morta.

No fim das contas, o ancião Durkas sequer discute com Mãos Brancas sobre o meu destino. Só é preciso um arquear da sobrancelha dela, e eu sou desacorrentada e vestida com uma velocidade tão extraordinária que é como se os próprios cães do Além tivessem se levantado para mordiscar os calcanhares dos anciãos. Eles podem odiar perder a riqueza que eu lhes trouxe, mas não ousam ir contra um emissário do imperador.

Já é noite quando me conduzem para os degraus do templo, e está tão escuro que a lua mal brilha no chão coberto de neve. Uma rajada de vento gelado atinge meu rosto, fazendo meus olhos lacrimejarem. Não doeria tanto se eu tivesse uma máscara, mas sou uma mulher impura. Agora, nunca poderei usar uma.

Esse pensamento deveria me deixar desesperada, mas só consigo me sentir agradecida. Estou livre daquele porão. Pensei que nunca estaria. Pensei que nunca sentiria o vento de novo, que não veria mais o céu. Isto quase se parece com um sonho — os sonhos felizes que tenho quando morro e minha pele assume o mesmo brilho dourado do meu...

— Pegue isto — diz o ancião Durkas, colocando algo áspero e pesado em minhas mãos. — São uma oferenda para a montaria da emissária.

Olho para baixo, surpresa ao ver um saco de estopa cheio de maçãs de inverno vermelhas. Um soluço me sufoca. As maçãs de inverno são colhidas apenas no auge da estação. Se estão tão frescas quanto parecem, eu estive trancada naquele porão por dois meses inteiros, talvez mais.

Mais soluços surgem, cada um mais forte que o anterior.

Os lábios do ancião Durkas se curvam em um sorriso de escárnio ao ouvir.

— Espere aqui — grunhe ele, indo em direção à carroça de Mãos Brancas, uma pequena e frágil estrutura de madeira com janelinhas de cada lado e uma única porta na parte de trás. Duas grandes criaturas estão atreladas a ela. Quase se parecem com cavalos, mas há algo estranho nelas.

Enquanto pisco, tentando decifrá-las em meio às lágrimas, o ancião Durkas chama Mãos Brancas:

— Eu trouxe o demônio, como você ordenou.

Demônio. Eu deveria estar acostumada com a palavra, mas a vergonha enverga meus ombros, e eu me encolho no casaco. Isto é, até que Mãos Brancas traz a carroça mais para perto e eu enxergo as criaturas direito pela primeira vez. Elas têm peitos humanos despontando da parte inferior do corpo, que se parece com a de um cavalo, e garras onde os cascos deveriam estar.

Perco o ar.

Estas criaturas não são cavalos; são equus: senhores dos cavalos. Minha mãe costumava contar sobre eles — como corriam pelo deserto com suas garras, conduzindo cavalos e camelos. Criaturas semelhantes vagam pelas montanhas mais remotas do Norte, mas são maiores e muito mais peludas. Estranhamente, esses equus usam casacos pesados sobre o corpo branco e brilhante, e até botas de peles sobre as garras. Deve ser muito frio nas províncias do Norte para a espécie.

O maior me vê olhando e cutuca o outro enquanto se aproximam dos degraus onde estou, encolhida.

— Olhe, olhe, Masaima, uma humaninha para comer — diz ele.

Esse tem uma mecha preta em sua cabeleira toda branca, e seu nariz é quase um focinho, de tão achatado.

O menor é inteiramente branco, da cabeça à cauda, e seus olhos são grandes e de um tom suave de castanho.

— Parece deliciosa, Braima. Vamos dividir? — pergunta com um sorriso.

Me encolho mais, alarmada, mas Mãos Brancas se vira para mim com um sorriso divertido.

— Não se preocupe, alaki. Braima e Masaima são vegetarianos. Eles comem apenas grama... e maçãs — comenta ela.

Pisco, e então removo rapidamente duas maçãs do saco.

— Ah, aqui, são para vocês — digo, me aproximando.

Devagar, eu as ofereço, ciente de quão enormes são os equus comparados a mim. Mãos ávidas de dedos longos arrancam as maçãs das minhas.

— Humm, maçãs de inverno! — exclama Braima, o da mecha preta, dando uma mordida na fruta.

De repente, ele não parece mais perigoso — é como um filhote grande demais fingindo ser intimidador.

É óbvio que ele é o mais velho dos gêmeos. Percebo agora que é isso o que eles são, porque, tirando seu tamanho enorme e a mecha preta, ele e o irmão são idênticos, ambos bonitos de uma maneira estranha e etérea, apesar de seus físicos poderosos.

Mãos Brancas balança a cabeça com ternura.

— Você deveria ser mais gentil, Braima — repreende ela. — Deka é nossa companheira de viagem. — Franzo a testa para essa estranha descrição das circunstâncias, e ela se vira para os anciões. — Então o que vocês estão esperando? Andem logo.

Os anciões rapidamente obedecem. Roupas quentes e alguns embrulhos de comida são colocados na carroça de Mãos Brancas, assim como vários cantis de água.

Todo o processo leva apenas alguns minutos, e então Mãos Brancas me ajuda a subir na parte de trás da carroça e fecha a porta.

Para minha surpresa, outra pessoa está sentada ali entre os casacos e cobertores de pele — uma garota da minha idade, com um corpo roliço e os olhos azuis e cabelos loiros tão típicos das províncias do Norte. Ela sorri para mim, seu rosto meio encoberto por um oceano de peles, e um formigamento percorre meu corpo, um bem diferente do de quando senti os uivantes mortais. Esse formigamento para ser quase... reconhecimento... Será que ela é da minha espécie? Uma alaki também?

— Olá — diz a garota, e faz um aceno amistoso.

Ela me lembra Elfriede, o jeito como parece ao mesmo tempo tão tímida e empolgada. Apenas o sotaque é diferente, o dela fluindo no sobe e desce rítmico dos vilarejos mais remotos do Norte, aqueles tão acima nas montanhas que leva semanas para alcançá-los.

Estou tão surpresa de encontrar alguém sentado aqui que mal noto o tilintar até olhar para cima e ver o ancião Durkas se aproximando da frente da carroça, segurando um par de algemas. Mãos Brancas já está com as rédeas na mão e observa impassivelmente enquanto ele gesticula para mim, enojado.

— Essa aí é anormal, até mesmo para uma alaki — diz ele. — Se recusa a morrer, não importa quantas vezes seja assassinada. Melhor deixá-la acorrentada longe da outra, antes que o sangue ruim espalhe sua influência.

Me encolho sob as palavras, a vergonha crescendo, mas a expressão de Mãos Brancas se torna mais fria que o vento que agora chicoteia no ar.

— Não tenho medo de garotinhas nem preciso de algemas para mantê-las sob controle — afirma ela, o tom gelado em cada palavra. — Agora, se você me der licença.

Ela estala as rédeas da carroça.

E assim, estou saindo do único lar que conheço.

O ancião Durkas me observa com um ódio arrepiante em seus olhos. Quem ele fará sangrar por ouro agora que estou indo embora?

Ao passarmos pelas últimas casas nos arredores de Irfut, Mãos Brancas gesticula em direção à garota.

— Deka, essa é sua companheira de viagem, Britta. Ela também está indo para a capital.

— Olá — repete Britta.

Supreendentemente, ela não parece estar com medo de mim, mesmo depois do que o ancião Durkas disse. Mas ela é uma alaki, afinal, assim como eu.

Consigo assentir bem pouquinho, tímida.

— Boa noite — murmuro.

— Britta vai te explicar mais sobre sua espécie — diz Mãos Brancas. — Ela deve saber. É igual a você. Bem, quase.

Observo Britta de esguelha, com cuidado. Ela me vê olhando e torna a sorrir. Tirando meus pais e Elfriede, ninguém nunca sorriu tanto para mim. Luto contra o desejo de virar minha cabeça pelo constrangimento.

— Então você também é nova nesse negócio de alaki — sussurra ela, em tom conspirador.

— Ouvi a palavra pela primeira vez hoje — respondo, olhando para baixo.

Britta assente avidamente, falando com um forte sotaque:

— Eu também não sabia, até que comecei a sangrar ouro durante a menstruação. Meu pai quase desmaiou quando minha mãe mostrou a ele o meu sangue. Mas eles fizeram o certo, chamaram ela. — Britta gesticula para Mãos Brancas. — Ela me buscou há duas semanas. Aparentemente, tive sorte.

Olho para ela, confusa.

— Antes, a maioria das meninas era executada nos templos assim que eram descobertas — explica Britta —, e suas famílias eram punidas para que nunca falassem sobre o assunto. Agora todas são mandadas para a capital. Começaram até a pegar as garotas mais novas, que ainda não estão na idade de passar pelo Ritual da Pureza. Assim que suspeitam, cortam a garota e pronto.

Desprezadas são as que carregam marcas ou cicatrizes, as feridas e as que sangram... O trecho das Sabedorias Infinitas passa pela minha mente e quase rio da ironia, da maldade de tudo. Agora entendo por que eles não querem que as garotas se cortem ou se machuquem antes do Ritual da Pureza. É para que as impuras como eu não descubram o que são, para que não façam qualquer pergunta antes que seja tarde demais.

Provavelmente também é a razão pela qual não matam garotas impuras antes do Ritual. Mate uma garota em qualquer outro momento e a família protestará, mas o resto dos aldeões também fará perguntas e objeções... É o Ritual que legitima o assassinato.

Uma garota impura é desprezada por Oyomo, sua existência em si é uma ofensa a Ele. O assassinato dela é sancionado pelas Sabedorias Infinitas, e quem pode argumentar com os livros sagrados? Quem sequer tentaria? Tudo o que as famílias conseguem ver a partir de então é o demônio que de alguma forma se infiltrou em sua linhagem.

Toda a maldade da situação dói.

Britta olha para mim, seus olhos cheios de pena.

— Deve ter sido horrível, o que aqueles desgraçados fizeram com você. Sinto muito pelo que aconteceu.

Uma nova onda de lembranças, tão repentina e poderosa, faz meu corpo tremer. O porão... o ouro... O sangue sobe à minha cabeça, e a luz parece me alfinetar. Fecho os olhos tentando afastar esses pensamentos, fraca.

— Tudo bem com você? — pergunta Britta, preocupada.

Assinto lentamente.

— Sim — respondo, então pigarreio e tento mudar de assunto. — Então, o que Mãos Brancas te contou sobre nossa espécie?

Britta ergue as sobrancelhas.

— Mãos Brancas? Esse é o nome dela?

A surpresa dela é tão inesperada, tão genuína, que sorrio e balanço a cabeça em negativa.

— Não sei qual é o nome verdadeiro dela. Eu a chamo assim por causa das manoplas.

Britta assente, entendendo. Dá azar perguntar o nome dos emissários do imperador diretamente. É melhor não dar chance ao azar, como diz o ditado.

Eu retomo o assunto.

— Então o que eu sou exatamente? O que nós somos? Mãos Brancas não explicou totalmente.

— Demônios — diz Britta, a palavra como um estilhaço de gelo no meu coração. — Bem, descendentes deles, pelo menos. — Ela se aproxima, os olhos arregalados enquanto sussurra: — Ela diz que somos descendentes das Douradas.

— As Douradas? — repito, alarmada.

Sei sobre as Douradas — todo mundo em Otera sabe. Quatro demônios antigos assolaram a humanidade durante séculos, destruindo reino após reino até que todos por fim se uniram para se proteger, formando Otera, o Reino Único. Foram necessárias várias batalhas antes que o primeiro imperador finalmente conseguisse destruí-los, e ele só foi capaz de fazer isso usando o poder de todos os exércitos de Otera combinados.

Todo inverno, os vilarejos encenam peças que narram a derrota das Douradas. Tias idosas usam máscaras esculpidas a suas imagens para assustar crianças travessas, e os homens queimam figuras de palha que as representam para espantar o mal.

E estou sendo comparada a elas. Sendo chamada de uma delas. Com o coração batendo em um ritmo repentino de pânico, procuro nas minhas coisas pelo selo dourado que Mãos Brancas me deu, contando rapidamente as estrelas embutidas na ansetha. Quando vejo o que está ali, as lágrimas invadem meus olhos. Quatro. Quatro estrelas no símbolo. Quatro Douradas.

Por que não suspeitei disso? Eu deveria saber, deveria pelo menos ter suspeitado no momento que meu sangue saiu dourado. Afinal de contas, as Douradas eram mulheres, e sempre retratadas com veias de ouro pelo corpo. Não é de admirar que Oyomo tenha demorado tanto para me ouvir, não é de admirar que eu tenha tido que me submeter às execuções e aos sangramentos por tanto tempo. Sou um insulto à ordem natural das coisas.

Britta não parece notar meu desespero enquanto sorri para mim.

— Ah, você também tem um desses — diz ela, entusiasmada, segurando um selo dourado idêntico ao meu. — Mãos Brancas me deu quando minha mãe e meu pai me entregaram. Eles ficaram muito tristes por me ver partir, mas...

— Você estava me contando sobre as Douradas — interrompo, tentando impedi-la de dizer algo mais sobre seus pais, sobre sua vida até agora.

Ela nem está horrorizada. Nem mesmo um pouquinho enojada pelo que é. Mas como poderia, quando os pais a protegeram, a mantiveram longe do perigo — do desmembramento —, enquanto eu... Meus olhos ardem com as lágrimas quando me lembro das palavras de meu pai: *Seria melhor se você tivesse morrido.*

Será que ele pelo menos chorou quando soube da minha morte, ou ficou apenas aliviado — grato por estar livre de seu fardo anormal? Será que ele ainda pensa em mim?

Enfio as unhas nas palmas das mãos para me impedir de ficar remoendo aquilo e tento focar em Britta.

— Ah, sim, as Douradas — retoma ela, animada. — Quando o imperador Emeka as destruiu, elas já haviam se misturado e tido vários filhos com humanos. Somos o resultado, tataranetas depois de mil anos, acho.

— Então nós somos demônios — concluo, um sentimento pesado e desanimador tomando conta de mim.

— Metade — corrige Britta. — Menos de um quarto, provavelmente. Mãos Brancas diz que mudamos somente quando nos aproximamos da maturidade, o que para nossa espécie acontece aos dezesseis anos. Quando começamos a menstruar, nosso sangue gradualmente se torna ouro e deixa nossos músculos e ossos mais fortes. Por isso nos curamos tão depressa, somos mais rápidas e temos mais força do que uma pessoa normal. É porque agora somos como bichos predadores, como lobos ou algo assim.

Bichos predadores... As palavras me amarguram.

Eu me lembro da onda de força que experimentei quando os uivantes mortais apareceram, lembro como eu conseguia ver naquele porão escuro mesmo quando não havia tochas. Agora entendo o motivo. É porque não sou melhor do que um animal, um demônio espreitando às margens da humanidade. Talvez seja até por isso que consegui sentir os uivantes mortais, e por isso que minha mãe também podia senti-los.

Mas isso não faz sentido. Minha mãe não era alaki. Se fosse, ela teria sangrado o ouro amaldiçoado quando a varíola rubra transformou suas entranhas em lama, e então ela teria caído no sono dourado, seu corpo ganhando um tom dourado e se curando enquanto dormia. Então ela teria voltado.

Ela teria voltado...

— Quando ela veio, eu quase conseguia erguer uma vaca. — Britta sorri. — Muito útil quando estamos ordenhando e elas começam a se agitar. Fiquei sabendo que você também é do campo.

Assinto devagar, mas minha mente está longe. Tenho muito em que pensar. Muitas coisas a lamentar.

A semana seguinte passa rapidamente, um borrão de tempestades de neve uivantes, estradas congeladas e pesadelos assustadores. Apesar de eu não estar mais no porão, às vezes sonho que as paredes estão se fechando sobre mim mais uma vez, que os anciãos estão se aproximando, com facas e baldes nas mãos, a cobiça em seus olhos. Acordo chorando na carroça, arfando entre grandes soluços, enquanto Britta se aproxima cada vez mais, com o olhar preocupado. Sei que ela me abraçaria se eu deixasse, mas não estou pronta para ser tocada pelas mãos de outra pessoa.

Na maior parte dos dias, sinto vontade de gritar até que minha garganta falhe.

Às vezes, quando acordo, os cobertores em cima de mim estão em farrapos. Eu os rasgo enquanto durmo, desfio as peles duras como se fossem pergaminho. Mesmo os homens mais fortes do vilarejo não conseguiram tal façanha. Mais uma confirmação de que sou anormal, a prole de demônios odiados em vez de uma filha da humanidade.

É quase um alívio quando ergo a cabeça depois de oito dias de viagem e descubro que estamos em Gar Melanis, a cidade portuária onde vamos embarcar no navio para Hemaira. A cidade inteira está imersa na escuridão quando chegamos — as construções caindo aos pedaços e cobertas de fuligem muito juntas, lamparinas fraquinhas iluminam os interiores sombrios. Nossa embarcação, o *Silvo de Sal*, range no cais, um velho e pequeno navio de passageiros com velas acinzentadas e tinta azul lascada nas laterais. Marinheiros robustos passam pelo convés escorregadio por conta da neve, acomodando passageiros, carregando bagagens e suprimentos. Famílias se amontoam para afastar o frio, as mães usam máscaras simples de viagem, marrons, pais com cópias em miniatura das Sabedorias Infinitas em seus cintos para garantir uma viagem segura.

Assim que embarcamos, encontro um canto tranquilo e olho para o céu noturno. Luzes verdes e roxas brilhantes o adornam: a aurora boreal, anuncia o retorno da carruagem de Oyomo à sua casa no Sul. É um sinal: depois de todas aquelas semanas no porão, Oyomo finalmente respondeu às minhas orações. Estou a caminho de Hemaira, a caminho de minha nova vida como soldado do exército do imperador — uma vida que me trará a absolvição.

Obrigada, obrigada... A oração de gratidão se repete em minha mente.

— Apreciando a vista?

Mãos Brancas está vindo na minha direção, Britta e os equus ao seu lado. Como de costume, ela está com aquele olhar, aquele sorriso divertido sempre visível sob a sombra de sua meia-máscara. Faz a pele dos meus braços formigar, uma inquietação que tento reprimir. E se Mãos Brancas estiver mentindo? E se tudo isso for um truque — uma trama dissimulada para encurralar toda a nossa espécie no mesmo lugar? Não duvido.

Nunca conheci ninguém tão misterioso, nem mesmo os sacerdotes. Britta e eu passamos mais de uma semana em sua companhia, e ela ainda não nos disse seu nome verdadeiro. Agora a chamamos de Mãos Brancas diretamente, já que ela não fez objeções.

Controlo minha expressão e me viro para ela.

— É linda — respondo.

— Não é? — Britta está com tanta pressa para participar da conversa, agora que eu estou falando, que nem presta atenção em volta enquanto se aproxima. — Quase me lembra do céu em... ARGHH! — grita, tropeçando em um monte de redes, mas em segundos ela está de pé, batendo a poeira e sorrindo, sem uma pitada sequer de vergonha.

— Quase quebrei o pescoço. Sorte que nossa espécie é difícil de matar, não é, Mãos Brancas? — brinca ela.

A outra dá de ombros.

— Na verdade, a maioria das alaki morre muito facilmente — murmura.

Britta franze a testa.

— Mas e o sono dourado? — pergunta.

— Isso só acontece se for uma quase morte.

É minha vez de franzir a testa agora.

— Uma quase morte? — pergunto, chegando mais perto.

Nunca ouvi falar disso.

— Para uma alaki, existem dois tipos de morte — explica Mãos Brancas. — Quase mortes e mortes definitivas. Quase mortes são passageiras e não permanentes. Resultam no sono dourado, que dura uma ou duas semanas e cura o corpo de todas as feridas e cicatrizes... Exceto, é óbvio, aquelas adquiridas antes de o sangue se transformar.

Um calafrio percorre meu corpo. Não tenho mais cicatrizes — nem mesmo as da infância. Todas desapareceram quando tive minha primeira quase morte.

Estou tão inquieta agora que mal noto Britta franzindo a testa para uma pequena cicatriz na mão.

— Então acho que nunca vou me livrar disto — diz ela, suspirando.

Mãos Brancas a ignora e continua.

— Uma alaki pode ter várias quase mortes, mas tem apenas uma morte definitiva, um método pelo qual pode realmente ser morta. Para a grande maioria das alaki, é ser queimada, afogada ou decapitada. Se uma alaki não morrer de uma dessas formas, ela é praticamente imortal.

De repente, me sinto tonta. Praticamente imortal? Não quero ficar para sempre sem morrer, vivendo desprezada e insultada. Não quero ficar assim um segundo mais do que o necessário.

Preciso ganhar a absolvição. Preciso!

Ao meu lado, Britta está com uma expressão de admiração.

— Imortal... — suspira ela. Então arfa. — Isso significa que podemos viver para sempre?

— Eu disse *praticamente* — corrige Mãos Brancas. — Nada é imortal, exceto os deuses. Entretanto, sua espécie envelhece muito lentamente. Centenas de anos para cada ano humano. Acrescente a isso a cura rápida e a capacidade de ver no escuro e não é de admirar que as pessoas tenham tanto medo da sua espécie, principalmente aquelas que são difíceis de matar, como Deka.

Os olhos de Britta se voltam para mim de novo, e eu fico tensa, esperando que aquele olhar apareça neles — aquele nojo que vi tantas vezes refletido nos olhos dos anciões. Mas ela nem está mais olhando para mim. Seu rosto inteiro se contorce enquanto ela encara Mãos Brancas, pensativa.

— Mãos Brancas? — chama ela. Quando a mulher mais velha se vira, ela continua: — Não vamos começar a comer gente, vamos? Quero dizer, as Douradas comiam, e nós somos suas descendentes com todas essas habilidades e...

— Você começou a desenvolver dentes afiados? — interrompe Mãos Brancas.

— O quê? — Britta franze a testa mais uma vez, surpresa. — Quero dizer, não, mas...

— A ideia de comer carne humana atrai você?

O nojo invade o rosto de Britta.

— Não, óbvio que não!

— Então não me faça mais perguntas estúpidas. Comer pessoas, sinceramente — resmunga Mãos Brancas, balançando a cabeça. Ela gesticula para que a gente saia. — Vão e garantam suas camas. É uma longa jornada até Hemaira.

À medida que Britta e eu caminhamos em direção às escadas que levam ao porão, Britta resmunga para si mesma.

— Não acho que seja uma pergunta boba. Toda aquela conversa sobre predadores e ver no escuro... era uma conclusão lógica.

Britta parece tão ofendida que uma risada borbulha dentro de mim, afastando momentaneamente minha apreensão. Eu tento segurar o sentimento enquanto passamos pela porta e entramos no porão.

— Aqui estamos.

A voz alegre de Britta é como um bálsamo para meus pensamentos, que se tornaram cada vez mais sombrios desde que entrei no porão do navio.

Tento não notar as sombras, as paredes se curvando para dentro. Tento não notar os contornos escuros da minha visão, o suor pingando pelas minhas costas.

— Isto não é aquele porão, isto não é aquele porão — sussurro para mim mesma.

O outro porão era escuro, silencioso. Cheirava a sangue e dor, não a vinho azedo e água do mar. Não havia tochas tremulando nas sombras, nenhum passageiro desempacotando seus pertences e se acomodando.

Forço minha atenção de volta para Britta, que está apontando para o canto que recebemos, onde há espaço suficiente apenas para estender dois colchões de palha e amarrar uma cortina para ter privacidade.

— Quase nos sentiremos em casa assim que colocarmos nossos colchões no chão — diz ela.

Há um tom estranho em sua voz, mas ela evita meus olhos quando eu a encaro e se agita, tagarelando cada vez mais alegremente.

— Óbvio, precisa de mais alguns toques... Talvez um pano brilhante ou algo assim. Mas é muito bom, muito mesmo.

Sua voz parece ainda mais tensa agora e, quando olho para baixo, vejo que suas mãos apertam a saia com tanta força que seus dedos estão da cor dos ossos.

Então, eu entendo.

Assim como eu, Britta foi considerada impura, arrancada de tudo que conhecia e forçada a uma vida nova e aterrorizante. Família, amigos — até o vilarejo em que ela cresceu está inalcançável. Pela primeira vez na vida, ela está completamente sozinha no mundo. E está com medo. Assim como eu.

É por isso que ela tentou se aproximar durante toda a semana, me confortando quando eu chorava por causa dos pesadelos, fingindo não perceber quando eu começava a gritar sem motivo... Ela não é como eu — acostumada a ficar sozinha, a ser odiada... Ela precisa ser aceita, precisa ser parte de uma comunidade. Com o único problema de que eu sou a única comunidade que ela tem agora — eu e ela conectadas por nossas antepassadas demoníacas e o sangue de ouro que nos liga. Por isso ela estava sempre por perto, esperando caso eu quisesse falar com ela.

Mas estive tão focada em minha própria tristeza que não quis.

Tento afastar a angústia e me viro para ela.

— Deve ter sido difícil, deixar para trás sua família, seu vilarejo — sussurro.

Uma tentativa de começar uma conversa.

Os olhos de Britta se voltam para os meus e seu queixo treme levemente.

— Foi... mas eles estarão esperando por mim quando eu voltar. — Seus lábios se firmam em um sorriso brilhante e determinado. Uma máscara que faz de tudo para esconder a dor, a incerteza brilhando em seus olhos. — Assim que eu for pura — declara ela —, vou voltar para o vilarejo. E então verei minha mãe, meu pai e todos os meus amigos.

Assinto devagar, sem saber o que dizer.

— Isso é bom. É bom ter amigos.

— Nós deveríamos ser amigas.

Britta chega mais perto, sua tentativa de sorriso desesperadamente frágil.

— Sei que acabamos de nos conhecer — diz ela —, e sei que você acha difícil confiar em alguém depois do que aconteceu. Mas Hemaira é muito longe, e eu não quero fazer isso sozinha. Você é a única que entende como é. Que entende...

Ela estende a mão.

— Amigas? — pergunta, esperança e medo reluzindo em seu rosto.

Olho para baixo, ponderando sobre sua mão estendida. Amigas...
E se ela me trair como todo mundo fez? Como meu pai, Ionas, os anciãos... Mas não, Britta não é uma das pessoas que me expulsou e me torturou — ela é uma alaki, a primeira e única que já conheci.

E ela precisa de mim tanto quanto eu preciso dela.

— Amigas — concordo, pegando sua mão.

Britta sorri, aproximando-se ansiosamente.

— Tenho tanto medo de ir para Hemaira, de me tornar um soldado
— confessa, um rio de palavras jorrando dela. É como se ela as tivesse guardado a semana inteira; uma represa apenas esperando para se romper. — Agora que temos uma à outra, talvez não seja tão ruim. Talvez você possa até voltar comigo para o vilarejo quando tudo acabar. Sei que o seu não era o melhor... E, de qualquer maneira, todos são amigáveis em Golma, e também temos muitos garotos bonitos. Óbvio que não serão os mesmos que deixei para trás, mas haverá vários lindos para escolher. — Ela me lança um olhar questionador. — Você já beijou um garoto, Deka?

— O que... eu? Não, nunca!

De onde veio essa pergunta? Nunca falei com ninguém sobre isso, mas, ao que parece, Britta não tem essas travas agora que as portas abriram.

— Eu beijei uma vez, durante um dos festivais do vilarejo. Foi ruim, muito ruim. A boca dele tinha gosto de leite azedo. — Ela torce o nariz e se vira para mim. — Então, por que você nunca beijou um garoto?

Olho para baixo, aquela sensação horrível crescendo dentro de mim novamente.

— Ninguém nunca me quis — sussurro.

Além disso, o ancião Durkas sempre nos disse que beijar leva à impureza, e eu tentei desesperadamente ser pura, apesar de tudo o que me aconteceu.

Britta franze a testa.

— Por quê? Você é tão bonita.

Ela realmente parece perplexa.

— Não sou.

Balanço a cabeça, lembranças terríveis de Ionas com um sorriso no rosto e espada na mão passando por minha mente. *Garotas tão bonitas quanto você...* Que mentiras horríveis as dele.

Britta bufa e interrompe aquela memória deplorável.

— Você é bonita, Deka — diz ela. — Seu cabelo faz cachos em volta do seu rosto de um jeito lindo, e sua pele é bonita e negra mesmo neste inverno profundo. — Em seguida, ela acrescenta, como se fosse uma reflexão tardia: — E você tem curvas. Os homens gostam de mulheres com curvas. E gordinhas. — Ela sorri. — Eles sempre gostaram de mim.

— Mas eles não gostam de garotas que parecem vir das províncias do Sul. Pelo menos, não em Irfut.

— Então talvez seja uma coisa boa estarmos indo para o Sul — diz Britta, dando um tapinha no meu braço quando o navio range e começa a se mover.

Assinto, rezando silenciosamente a Oyomo para que isso seja verdade.

— Deka, Deka, acorde. Por favor, acorde! Estamos aqui, estamos aqui!

Quando acordo, é como se a voz de Britta viesse de longe, o calor que me rodeia é tão esmagador que parece que uma pedra está sobre o meu peito. O que restou de um sonho provoca meus pensamentos, pesado e insistente. Tento agarrá-lo, mas ele desaparece quando um peso grande e quente balança insistentemente meu ombro.

— Estou levantando — digo, piscando.

Para minha surpresa, a luz ao meu redor mudou. Não é o azul frio do inverno, mas o amarelo quente do verão. Mais estranho ainda é que os cheiros do mar agora se misturam com uma nova e exótica fragrância. Flores. Mas eu nunca senti o cheiro de flores assim. São sutis e têm um perfume elegante, sua fragrância tremeluz ao meu redor em ondas delicadas.

Onde está o cheiro de gelo e neve? Onde está o frio?

Me viro para Britta, cujos olhos estão arregalados de alívio.

— Por que está tão quente? — pergunto, confusa.

Minha língua está tão seca quanto nosso feno no ápice do verão, e o suor empapa meu cabelo e minhas roupas, fazendo-os grudar na minha pele.

Britta me abraça com força.

— Pensei que você nunca acordaria! Já se passaram quatro semanas! Mãos Brancas me disse que você dormiria, mas quatro semanas inteiras...

— Quatro semanas? — Franzo a testa, me afastando dela. Quando meus músculos protestam contra esse movimento simples, estremeço. Por que eles parecem tão tensos? — O que você quer dizer com quatro semanas?

— Você dormiu por quase um mês. — Essa explicação vem de Mãos Brancas, que está me observando calmamente, apoiada na parede.

A luz do sol brilha pela porta no topo da escada atrás dela. Brilha sobre Braima e Masaima, que deixaram de usar os casacos e as botas de pele há muito tempo. Eles estão sem camisa no calor, garras flexionadas contra o chão de madeira. Moscas zumbem ao redor deles, e eles as chicoteiam com as caudas.

— Um mês? — repito, perplexa.

— Alaki travessa, fazendo seus amigos se preocuparem — repreende Masaima, balançando a cabeça.

— Mas a Silenciosa precisava descansar, Masaima — diz Braima, jogando o cabelo com a mecha preta. — Você também descansaria se soubesse que viajaria por semanas em um porão de navio muitíssimo desagradável depois de ser preso por sacerdotes em um porão de templo muitíssimo desagradável.

— Mas pelo menos eu te diria que ia dormir por muito tempo, Braima — bufa Masaima.

Mãos Brancas fica irritada com a conversa. Ela aponta para a escada, onde os outros passageiros estão agora indo em direção à porta.

— Vocês dois, subam — ordena ela. — Preparem a carroça.

— Sim, minha senhora — dizem eles, as garras batendo nos degraus de madeira.

— Sinto muito, não sei por quê, ou como, dormi tanto — digo, ainda em choque. Eu me volto para Mãos Brancas: — Isso é algo que acontece com quem é alaki? Isso é normal?

— Não — responde ela. — Mas você precisava descansar. Experiências como a que você teve podem cobrar seu preço. Mesmo os humanos, quando confrontados com uma situação como a que você passou, afastam a dor dormindo. Melhor agora do que quando você chegar a Warthu Bera.

Franzo a testa.

— Warthu Bera?

Nunca ouvi essas palavras antes.

— O campo de treinamento para onde eu e vocês iremos — diz Britta, animada, batendo no velho símbolo hemairano na parte de trás de seu selo. — É o que o símbolo significa. É o mais alto campo de elite.

Minha testa franze em confusão. Por que seríamos enviadas para o campo de elite se ainda nem fizemos nenhum treinamento?

Não consigo entender. Não consigo entender nada agora. Aquele sonho ressurge, uma vaga lembrança despontando em meus pensamentos. Some quando Mãos Brancas nos entrega pedacinhos de algo que parece carvão. Eu os reconheço imediatamente: tozali. Minha mãe costumava delinear os olhos com isso todos os dias para protegê-los do sol.

— Esfreguem nos olhos. Vocês vão precisar. Partiremos em uma hora.

— Sim, Mãos Brancas — dizemos quando ela começa a se afastar.

Depois que ela sai, Britta e eu passamos o tozali usando um pequeno jarro de água como espelho. Minhas mãos tremem enquanto esfrego o pedaço nos olhos. Meus músculos estão tão fracos agora que cada mínimo movimento os faz uivar em protesto. É ainda pior quando começo a empacotar minhas coisas. Quando foi a última vez que comi?

E como pude dormir tanto? Meus membros parecem de borracha — novos —, do jeito que ficaram todas as vezes que eu acordava depois do sono dourado. Pior ainda, há uma sensação estranha em algum lugar dentro de mim, como se algo estivesse mudando... crescendo... Não consigo deixar de sentir que estou diferente de alguma forma, de um jeito que ainda não entendo.

Britta me observa o tempo todo, com um olhar perplexo.

— O que foi? — pergunto, minha mente ainda acelerada.

— Como você sobrevive sem comer? — sussurra ela. Quando a encaro, espantada, ela explica: — Você não comeu nem tomou água. Tive que comer todas as suas refeições para que os outros não percebessem. Eu disse a eles que você estava doente, e por isso não se mexia nem falava. Mas eles teriam desconfiado se você nunca comesse. Então eu comi por você. Quer dizer, eu sabia que você era estranha, mas isso... — Sua voz retorna a um sussurro. — Isso é anormal, Deka.

Anormal... Aí está, essa palavra de novo.

Eu sei que Britta não queria me magoar, mas a palavra ainda dói. Pior ainda, é verdade. Não sinto mais fome. Desapareceu, sumiu e não consigo mais recuperá-la. Dou de ombros com tristeza, tentando afastar todos os sentimentos horríveis que crescem dentro de mim, os medos com este novo e preocupante sinal de minha impureza.

— Não sei. Isso nunca aconteceu antes. Deve ser o que Mãos Brancas disse, eu estava descansando de tudo o que aconteceu no por...

— Você está com fome agora? — interrompe Britta.

Sei que ela está interrompendo para que eu não tenha que dizer aquelas palavras odiosas. Assinto, grata.

— Acho que posso comer.

Ela logo engancha meu braço no dela, oferecendo-me um sorriso reluzente.

— Então vamos te alimentar antes que seu estômago comece a protestar — diz, me puxando escada acima.

Saímos para a luz do sol, tão ofuscante que tenho que proteger meus olhos contra o brilho. Multidões e mais multidões de pessoas circulam pelas docas, suas vozes uma formidável onda de som emergindo de cada navio, rua e barraca. Há pessoas demais, sons demais... Tenho que lutar contra o desejo de tampar meus ouvidos.

— Oyomo nos guarde! — exclama Britta. — Você já viu tantas pessoas assim?

Quando balanço minha cabeça, sem palavras, ela acena para os marinheiros e outros passageiros. Para minha surpresa, eles acenam alegremente de volta.

— Uma viagem abençoada, Britta — deseja um velho marinheiro grisalho.

Britta sorri.

— E o mesmo para a sua próxima jornada, Kelma!

Quando ela me vê olhando, dá de ombros.

— Ficamos amigos — explica. Então ela se inclina para mais perto, sussurrando: — Eles me contaram todo tipo de coisa durante a viagem. Uivantes mortais têm atacado Hemaira! Toda noite alguns deles entram, e ninguém sabe como.

Meus olhos se arregalam. Uivantes mortais na capital? Como isso é possível? Dizem que os muros de Hemaira são impenetráveis, que a cidade foi transformada em um jardim murado impossível de invadir. Que essas criaturas já podem estar aqui, tão perto... Minha mente se agita com esse pensamento.

— E o que eles dizem sobre nós, as alaki? — pergunto.

Ela dá de ombros.

— As pessoas ainda não sabem sobre nós. Apenas os sacerdotes e anciãos sabem. Mas sempre souberam.

Eu assinto, amargurada, mas um movimento chama minha atenção: Mãos Brancas acena para nós do cais, onde Braima e Masaima já estão se posicionando em frente à carroça.

— Depressa, depressa, Silenciosa — grita Braima. — O dia está passando cada vez mais rápido.

Eu acelero o passo, ciente de que as pessoas estão lançando olhares curiosos a mim e Britta. Somos duas garotas sem máscara, na idade de passar pelo Ritual e sem nenhum homem nos supervisionando. Não vai demorar muito para sermos abordadas. Assim que penso nisso, um homem gordo e que parece bem devoto, com as Sabedorias Infinitas debaixo do braço, se separa da multidão e começa a caminhar em direção a nós, um olhar severo no rosto. Antes que ele possa nos alcançar, no entanto, Mãos Brancas corta suavemente na frente dele, gesticulando para que avancemos.

— Vamos, meninas — diz ela em voz alta. — Hemaira espera, assim como o serviço que vocês prestarão ao nosso grande império.

O selo do imperador balança em seu cinto.

Os olhos do homem pousam nele e depois em nós. Ele sibila baixinho sobre mulheres ímpias enquanto se afasta, enojado.

— Vocês também odeiam esses intrometidos pomposos e arrogantes? — bufa Mãos Brancas. Sem esperar resposta, ela aponta para cima. — Vejam. Os portões de Hemaira.

Meus olhos seguem sua indicação e meu queixo cai quando vejo os muros colossais acima das docas, estátuas idênticas de guerreiros guardando cada um dos portões. Então, estes são os muros de Hemaira sobre os quais meu pai sempre me falou.

Meu pai...

Sufoco o pensamento concentrando-me nos muros. São apenas três. Três muros com três portões. Por quê? Eu me viro para Mãos Brancas para perguntar, mas ela está apontando para a entrada maior e mais próxima.

— Estamos indo para o Portão Emeka — diz ela, indicando as estátuas gêmeas do mesmo guerreiro austero com uma coroa na cabeça.

Imperador Emeka, o primeiro imperador de Otera — eu o reconheço imediatamente. Alto e negro, cabelo cortado curto, exceto pela barba. Sua imagem está gravada em cada templo e em cada salão. Aqueles olhos severos, narinas dilatadas, boca apertada e séria são inconfundíveis, assim como as estátuas que agora pairam acima de nós, suas espadas lançando sombras enormes sobre a multidão reunida abaixo.

Olho para elas, medo e inquietação passando por mim.

— Bem, aqui estamos nós — sussurro, me preparando e respirando fundo.

— Aqui estamos nós — concorda Britta, fazendo o mesmo. Seu rosto está ainda mais pálido do que o normal, nenhum traço de sorriso nos lábios.

A mão dela cutuca a minha, e eu a aperto e assinto com força. Ela não precisa dizer o que está pensando; eu já sei. Ela e eu vamos sobreviver a isso... juntas.

Mãos Brancas nos leva diretamente ao Portão Emeka, onde um rio de pessoas e animais já está fluindo para a cidade. Pessoas do Oeste, do Leste, do Sul, do Norte — todos competem por espaço com os cavalos, camelos e outros animais mais exóticos que só reconheço por causa dos pergaminhos de meu pai. Orrilhões, macacos enormes com pelo prateado e rosto estranhamente humano, puxam carruagens próximas, seus chifres afiados protegidos por revestimentos dourados e curvos. Mamutes lideram caravanas com passos pesados, várias presas se projetando por baixo de seus troncos longos e flexíveis, espinhos de marfim tomando suas costas cinza-couro gigantescas, com ainda mais espinhos na ponta arredondada das caudas. Os mestres da caravana sentam-se dentro de pequenas tendas em cima deles, soprando berrantes para anunciar sua aproximação.

Queria que minha mãe estivesse aqui. Ela sempre me falava das províncias do Sul. Apesar de nunca ter se arrependido de ir embora para se casar com meu pai, ela sempre sentiu falta de sua terra natal. Tudo o que ela sempre quis foi que eu a visse algum dia. Que eu visse o outro lado da minha linhagem.

Ela nunca teria me imaginado vindo aqui como uma recruta.

Britta aponta para os guardas do imperador que vigiam os portões.

— Olhe aqueles jatu, Deka — diz ela, boquiaberta.

Diferentemente dos que víamos no Norte, estes jatu não estão vestindo armaduras e máscaras de guerra, mas esplêndidas vestes vermelhas, enquanto guiam as filas de viajantes e inspecionam seus documentos cuidadosamente. Todos eles têm a insígnia dos jatu — o leão dourado contra o sol nascente — pregada nos ombros.

— Eles parecem muito ocupados — respondo, com uma pontada de desconforto.

Minha atenção é atraída por um flash de luz azul. Uma carruagem passa por nós, liderada por duas grandes criaturas parecidas com lagartos com asas. Eles emitem estranhos grasnidos vindos do fundo de suas gargantas.

— Zerizards! — arfo, animada.

Outro tipo de criatura sobre o qual minha mãe me falou. Eles são encontrados apenas no Sul, onde o sol é quente e as florestas não têm fim. Estreito os olhos, tentando ver melhor suas caudas azuis emplumadas, a plumagem vermelha brilhante coroando suas cabeças.

— Minha mãe adorava montar neles quando era jovem — comento.

— Eles são lindos — responde Britta com admiração.

Braima funga, jogando para trás seu cabelo com a mecha preta.

— Eles não são tão impressionantes quanto nós, são, Masaima?

— Com certeza não — concorda Masaima.

— Vocês dois são muito bonitos também — garanto.

Os gêmeos equus pisam duro, irritados, enquanto conduzem a carroça para longe do portão principal e em direção a uma pequena entrada lateral, onde há uma fila de carroças de aparência sinistra. Os condutores vestem túnicas pretas semelhantes às de Mãos Brancas, com o rosto escondido por pesados capuzes de tecido. Ao ver todas aquelas portas e janelas com barras de ferro, meu sangue começa a correr cada vez mais rápido. Devem ser as carroças com as outras alaki. Cada uma parece grande o suficiente para conter pelo menos seis.

Britta se mexe desconfortavelmente no assento.

— São as outras, não são?

— Provavelmente — respondo.

Quase posso sentir o desespero emanando das carroças.

Britta estende a mão e eu a seguro. Permanecemos em silêncio enquanto Mãos Brancas conduz a carroça até a frente da fila, onde dois jatu estão jogando owareh, um jogo de tabuleiro sulista que minha mãe adorava. Assim que a veem, eles se endireitam.

— Senhora — saúdam, correndo para abrir o portão estreito.

Para minha surpresa, os dois estão falando oterano em vez de hemairano. Hemairano é a linguagem dos nobres e da aristocracia, a linguagem usada nas Sabedorias Infinitas. A única razão pela qual consigo entendê-la é porque meu avô por parte de pai forçou todos na família a memorizarem as Sabedorias Infinitas como penitência por nossa impureza. Não sei por que eu esperava que jatu comuns a usassem.

O portão se abre com um pequeno rangido, e eu volto meu foco para a estrada à frente. Meus olhos se arregalam.

Lá, um pouco além do portão, há um lago enorme, que brilha no horizonte. A cidade se ergue de seu centro, uma série de colinas verdes exuberantes conectadas por pontes de madeira altas e arqueadas. Rios e cachoeiras cortam o espaço como ruas, com barcos pintados com cores alegres deslizando sobre eles, seus guarda-chuvas adornados protegendo os passageiros do sol.

— Oyomo nos guarde — solta Britta, olhando para a vista. — Você já viu algo assim?

Enquanto balanço minha cabeça, incapaz de pronunciar qualquer resposta, outra coisa chama minha atenção: o edifício majestoso que se projeta do pico da colina mais alta de Hemaira como uma coroa denteada. Já o vi inúmeras vezes antes, impresso em todas as moedas oteranas. O Olho de Oyomo, o palácio dos imperadores de Hemaira. O kuru, o símbolo sagrado do sol de Oyomo, decora suas múltiplas torres, e grupos de construções menores, os Salões da Administração, estão entre as colinas abaixo dele. Eu os reconheço imediatamente por causa de todas as descrições da capital que já ouvi.

É tudo tão esplêndido, tão... grande... eu mal consigo registrar. Então esta é Hemaira, a cidade dos imperadores.

— Feche a boca pras moscas não entrarem — diz Mãos Brancas, rindo do meu espanto enquanto os equus avançam alegremente pelas ruas movimentadas.

— É bom estar em casa, irmão — diz Masaima, sorrindo.

— Chega de frio e peles que dão coceira, irmão — concorda Braima. Quanto mais nos embrenhamos na cidade, mais cheia ela se torna. Carruagens puxadas por zerizards e equus lutam por espaço nas ruas apertadas. Pedestres caminham nas calçadas, a maioria deles homens, todos luxuosamente vestidos e arrumados, com joias preciosas adornando suas barbas embebidas de argila vermelha, os olhos com padrões elaborados delineados em tozali.

As poucas mulheres nas redondezas usam máscaras ainda mais elaboradas do que no Norte, ouro e prata reluzem nos rostos, em vez de madeira e papel de pergaminho. Há diversas variações. Máscaras de sol redondas para glorificar Oyomo. Máscaras prateadas de fertilidade, as bochechas exageradas como a lua cheia. Máscaras ovais de boa sorte, símbolos com contas na testa e no queixo para atrair bênçãos. Máscaras formais pretas, chifres curvados saindo de testas lisas de obsidiana.

Mesmo algumas menininhas aqui usam meias-máscaras, representações visíveis da riqueza de suas famílias moldadas em ouro e prata. Sinto uma pontada de tristeza cada vez que vejo uma. Agora nunca usarei uma máscara, nunca poderei me enfeitar com a cobertura sagrada da pureza.

Esse pensamento se esvai à medida que avançamos. Outra coisa capta minha atenção: um zumbido fraco e quase indistinguível que vai ficando mais alto conforme nos aproximamos das pontes centrais. Quando chegamos à enorme ponte que leva à colina central, onde estão o palácio e outros edifícios administrativos, já é um rugido que reverbera em meus ossos.

— Você está escutando isso? — pergunto a Britta.

Ela assente, as sobrancelhas franzidas em sinal de confusão.

— O que você acha que é?

— Lágrimas de Emeka — responde Mãos Brancas, virando-se para nós.

Franzo a testa.

— Lágrimas de Emeka?

Mãos Brancas aponta, e eu olho para o ponto indicado, uma lacuna nos muros da cidade, onde há uma única estátua, desta vez feminina.

— Continue olhando — instrui, conduzindo os equus em direção à parte superior da ponte.

No momento que alcançamos o pico, perco o ar. Lá, bem no limite da cidade, uma enorme cachoeira cai no Mar Sem Fim abaixo. Agora entendo por que Hemaira tem apenas três muros. A capital é uma cidade sobre um penhasco, a cachoeira em sua borda é uma barreira intransponível contra qualquer força que queira atacar pelo mar. A estátua que vi desponta da beira da cachoeira, uma mulher com cabelo crespo e corpo esguio, mas musculoso. Ela olha para a água, o braço estendido em direção ao horizonte em advertência.

— Fatu, a Implacável, mãe do primeiro imperador e guardiã das águas em torno de Hemaira — explica Mãos Brancas, suas palavras perfurando minha bolha de deslumbre. Há algo estranho em sua voz, uma emoção que não entendo. Tristeza? Arrependimento? — Uma visão adequada para encerrar sua jornada. Agora vamos para Jor Hall. — Ela aponta para os prédios administrativos que se erguem logo abaixo do palácio. — Preparem-se.

Assinto em silêncio, a ansiedade dando um nó em meu peito enquanto os equus seguem em frente, garras estalando sobre a ponte principal. O Olho de Oyomo nos observa de cima, uma reprovação silenciosa. Nossa jornada logo terminará. Nossas novas vidas estão prestes a começar.

Quando alcançamos as ruas próximas aos prédios administrativos, o medo se enrosca como uma serpente em meu estômago. Eu mal noto como as ruas são organizadas aqui, mal noto os jardins exuberantes agarrados a edifícios imponentes e altos quase tão antigos quanto a própria Otera. Só consigo pensar na mudança iminente das minhas circunstâncias. O que Hemaira reservará para mim? Será como Mãos

Brancas prometeu? Alguma de suas promessas será verdadeira? Ainda sinto aquela dúvida persistente, aquela pontada de desconforto sempre que estou na presença dela.

Por favor, deixe que seja verdade, eu oro em silêncio enquanto caminhamos pela rua. Estamos nos aproximando de um enorme prédio vermelho que leva a insígnia jatu em seus estandartes. Jor Hall, o centro da administração dos jatu. Meu pai falou tantas vezes sobre ele quando contava sobre seu tempo no exército que o reconheço de vista. Fileiras de garotas serpenteiam na lateral, um cheiro azedo, desagradável e familiar exalando delas: o fedor de corpos sujos.

Sei então, mesmo sem perguntar, que aquelas meninas são alaki. A mesma sensação de calafrio que senti quando vi Britta me atravessa.

A náusea agita meu estômago quanto mais nos aproximamos delas.

As outras alaki estão dolorosamente magras, as roupas rasgadas e sujas, os pés descalços e feridos. Nem uma única máscara cobre seus rostos — nenhum manto ou capuz protege sua modéstia dos guardas corpulentos e vestidos de preto que olham maliciosamente enquanto verificam os símbolos nas costas de seus selos antes de direcioná-las para fileiras diferentes. Algumas estão machucadas, sangue escorre por suas vestes, cicatrizes cruzam braços e ombros expostos. Elas não morreram, pelo menos não recentemente. Se tivessem, suas feridas e cicatrizes já teriam sido completamente reparadas pelo sono dourado.

Mas a morte física não é a pior coisa que uma alaki pode sofrer. Sei, pelas expressões assombradas nos olhos das outras garotas, pela maneira como elas não resistem quando são tiradas de forma abrupta — sete, oito de cada vez — da parte de trás das carroças, que todas sofreram muito. Mesmo quando os guardas as empurram em direção a Jor Hall, os estandartes balançando taciturnos com a brisa, a maioria delas não faz qualquer barulho. Que métodos os outros transportadores usam para manter as meninas na linha? Sinto um calafrio só de pensar.

Agradeça a Oyomo por Mãos Brancas. Apesar de todas as minhas dúvidas, o máximo que ela fez durante nossa jornada foi trancar as portas da carroça à noite para que não fugíssemos. Ela nunca nos bateu ou nos tratou mal, nunca nos ofendeu, embora eu suspeite de que todas essas coisas e muito mais aconteceram com as outras garotas.

Eu espero, minha ansiedade crescendo, conforme ela para a carroça diante do salão e se aproxima para abrir a traseira para nós.

— É aqui onde nos separamos, alaki — diz ela, indicando que desçamos.

Obedeço de forma hesitante, com os braços firmemente cruzados. Os guardas estão nos observando agora, carrancas queimando meus ombros. De repente, desejo que ainda estivesse com minha velha capa, a que deixei em Irfut. Estava esfarrapada e gasta, mas sempre me encobria, sempre me fez sentir segura. Aqui, não tenho essa proteção — nem mesmo a meia-máscara que eu imaginei que estaria usando agora.

Enquanto me movo para a frente da carroça, enjoada, palmas suando, os equus gêmeos se voltam para mim com expressões tristes.

— Devemos dizer adeus agora, alaki — diz Braima com um beicinho.

— Gostamos de todas as maçãs de inverno que você nos deu, Silenciosa — acrescenta Masaima, olhando para mim. — Estavam muito deliciosas.

— Da próxima vez que nos vermos, darei mais maçãs a vocês — digo baixinho, afagando ele e o irmão.

Eles assentem, e eu me viro para Mãos Brancas. A ponta da boca dela está curvada, como sempre, mas os olhos estão fechados por trás da meia-máscara. Ela parece quase... arrependida quando me olha, embora eu não entenda por quê.

— Mãos Brancas, eu...

— Eu devo deixá-las agora — diz ela, me interrompendo com um gesto. Ela olha de mim para Britta. — Não sejam estúpidas e morrerão poucas vezes.

Nós duas assentimos em silêncio. Ela aperta nossas mãos. É a maior demonstração de carinho que ela já expressou por nós nesse mês em que viajamos juntas, e o gesto aumenta o medo que cresce dentro de mim. Tento reprimi-lo enquanto Mãos Brancas continua seu adeus.

— Lembrem-se, isso vai ser difícil, mas vocês superarão. Que a sorte as guie — sussurra ela.

— Desejo o mesmo para você — respondo, mas ela já está andando para a carroça. Ela sobe, Braima e Masaima acenando em despedida.

Quando ela desaparece, o medo se aperta mais, acelerando meu coração.

Por favor, por favor, deixe-me ser capaz de suportar o que virá.

7

— Elas foram feridas, não foram, as outras meninas? — pergunta Britta alguns minutos depois.

Não respondo, meus músculos tensionados demais para sequer falar à medida que caminhamos pelos corredores escuros e cavernosos de Jor Hall. Cada um leva a uma câmara de um dos diferentes campos de treinamento alaki. A julgar pelo número de fileiras, são dez.

Enquanto Britta e eu mantemos o ritmo na fila que segue até a câmara para Warthu Bera, o campo de treinamento de que Mãos Brancas nos falou, as outras garotas se encolhem umas contra as outras, algumas soluçando, outras tremendo a cada passo. Elas estão com medo dos jatu que patrulham os corredores, os com a ansetha, o símbolo das estrelas, brilhando em seus ombros. Mãos Brancas avisou a Britta e a mim sobre esses jatu — nos disse para tratá-los com cautela. Eles foram especialmente treinados para acabar com alaki e uivantes mortais e, como tal, são muito mais brutais do que seus compatriotas. Eles são a razão pela qual o cheiro de suor e medo tem aumentado constantemente desde que entramos no salão.

Bem, uma das razões.

A outra são as garotas com mantos rasgados e olhos semicerrados que se arrastam ao nosso lado, seus movimentos lentos e rígidos como se suas almas tivessem sido arrancadas dos corpos.

Eu reconheço esse olhar, essa postura.

É a mesma que as donzelas do templo do ancião Durkas têm às vezes. Aquele que diz a todos que elas não são mais donzelas. Mais uma vez, fico grata por Mãos Brancas. O que teria acontecido conosco se tivéssemos outros transportadores — homens? Estremeço ao pensar nisso, no preço que algumas das garotas aqui já pagaram para ganhar a absolvição.

— Deka? — chama Britta, seus olhos se voltando para as garotas de olhos vazios.

— Elas foram feridas de mais maneiras do que podemos imaginar — respondo por fim, minha expressão sombria.

Ela me encara, lágrimas receosas brilham em seus olhos.

— Tivemos sorte, não tivemos?

Aperto a mão dela.

— Ainda temos — sussurro com firmeza. — Nós temos uma à outra.

E falo sério, cada palavra. Tenho sorte de ter Britta ao meu lado, de ter mais alguém com quem suportar isso.

Ela assente quando alcançamos as portas duplas no final do corredor.

A sala aonde entramos é tão imensa que é difícil ver o outro lado dela. Esculturas douradas ornamentadas decoram as paredes de pedra preta brilhante, e o chão é quase igual. Luto para não ficar boquiaberta. A única pedra preta que já vi foi no templo de Irfut, e havia apenas o suficiente para decorar o altar. A quantidade nesta sala poderia manter todas as famílias de Irfut alimentadas por mil anos ou mais.

Ainda mais assustadora é a fila de garotos esperando por nós, todos eles usando armaduras e máscaras de guerra.

Quase tropeço com a visão.

Há cerca de cem meninos no total, quase o mesmo número que nós, alaki, e eles estão em posição de sentido, as costas retas, as mãos sobre o coração. Eles variam em idade de dezesseis a cerca de vinte anos, e todos eles parecem sérios, seus olhos repletos de asco por trás das máscaras de guerra.

Meu batimento cardíaco dobra para uma batida frenética e apreensiva. Tenho que resistir fisicamente ao desejo de me abraçar.

— O que está acontecendo? Por que eles estão aqui? — pergunta Britta, se aproximando nervosamente de mim.

Balanço a cabeça.

— Não sei.

Estou tão nervosa com a visão de todos esses garotos que levo alguns instantes para notar as plataformas. São dez e avançam, sólidas e imponentes, bem alto acima de nós, com escadas de ambos os lados. Há soldados sentados em oito delas, mantos amarelos espalhados, pergaminhos e tinteiros na ponta dos dedos. As duas do meio, no entanto, estão ocupadas por comandantes jatu, altos e negros, usando máscaras de guerra. Meus olhos são imediatamente atraídos para o comandante à esquerda. Não apenas por causa de seu cabelo, que é trançado em um estilo intricado e pintado com argila vermelha brilhante, mas por sua estatura, menor que a do outro e mais graciosa, apesar de sua musculatura.

Ele parece quase... uma mulher, mas isso não pode ser possível. Mulheres não podem ser comandantes jatu.

— Endireitem a fila! — grita o guarda ao nosso lado, me assustando.

Quando ele empurra a menina na minha frente, um grito de raiva ecoa de repente pelo corredor.

— Tire suas mãos imundas de cima de mim!

Vem do final do corredor, onde uma garota alta e magra está lutando contra um grupo de transportadores, pelo menos quatro deles. Ela os empurra tão ferozmente que alguns colidem contra a parede. Eu esfrego os olhos, piscando mais algumas vezes para ter certeza de que estou vendo o que estou vendo. Ela afastou os transportadores como se fossem pulgas. Nunca vi isso ser feito antes, nem mesmo por um homem. É esta a força das alaki que Mãos Brancas mencionou, a que algumas vezes me permitiu rasgar meus cobertores de pele enquanto eu dormia?

Quando ela pega uma espada de um dos transportadores e a brande ameaçadoramente, alguns dos jatu avançam, de lanças erguidas. Em instantes, eles a circulam, as pontas afiadas a centímetros da garganta da garota.

— Deixem ela em paz!

Todos se viram, incluindo eu, em direção a esse comando poderoso e repentino. Vem do garoto alto e musculoso que agora sai da fila, cada passo seu é lento e deliberado à medida que caminha até a garota orgulhosa.

— Ela é um soldado na guerra contra os uivantes mortais — declara ele da maneira cortada e toda articulada de alguém mais acostumado a falar hemairano do que oterano. — E os soldados têm direitos.

Direitos? A palavra roda em minha mente, reluzente e inacreditável. Direitos são para homens e garotos — não para mulheres, e certamente não para alaki. Mesmo assim, a palavra floresce, como uma esperança distante que tenho medo de tocar.

— Não é mesmo, capitão Kelechi?

O garoto olha para o comandante mais alto.

Para minha surpresa, o homem concorda.

— De fato, recruta Keita — responde ele. — Todo mundo aqui tem direitos, embora haja alguns que os forçariam para além dos limites do senso comum.

Ele lança um olhar desaprovador para a garota orgulhosa, que cospe no chão de nojo.

Fazendo um som irritado com a garganta, o comandante gesticula para o garoto — Keita — avançar.

— Informe-a sobre seus direitos como um novo membro do exército do imperador, recruta Keita.

— Sim, senhor.

Keita caminha em direção à garota orgulhosa, remove o capacete e a máscara de guerra durante o percurso. Fico surpresa ao descobrir que ele é negro como eu — bem, mais retinto —, embora seu cabelo seja cortado tão rente que o faça parecer careca, e seus olhos sejam dourados e penetrantes como os de um falcão. Ele aparenta ter cerca de dezesseis anos, mas há uma dureza em seus olhos, uma experiência que demonstra mais maturidade.

Quem é Keita, para conhecer tão bem o comandante?

Sua armadura parece diferente da dos outros jatu, mais ornamentada. Meu pai me disse uma vez que cada armadura jatu traz símbolos hemairanos celebrando batalhas antigas e vitórias alcançadas. A armadura de Keita tem mais símbolos do que qualquer armadura jatu que já vi, e um emblema de um orrilhão encíclico adorna cada ombro.

Talvez seja uma herança passada a ele pelo pai, ou por um tio. A aristocracia tem vários desses itens. De qualquer forma, isso o marca como algo mais do que os jatu a seu redor. Ele é mais rico, sem dúvida. Deve ser um dos nobres hemairanos de quem sempre ouvi falar. Isso explicaria sua tranquilidade ao se dirigir ao comandante, assim como por que ele se sente tão confortável falando fora de hora.

A desconfiança toma os traços orgulhosos e elegantes da garota quando ele se aproxima.

— Nem mais um passo! — rosna ela, sua pele negra corada de raiva. — Não ouvirei mais suas mentiras! Soldados do exército do imperador? Absolvição? Mentira, tudo mentira! Vocês só querem nosso sangue neste chão para poder vendê-lo, seus bastardos inúteis!

Ela golpeia com a espada na direção dele.

Keita ergue as mãos em um gesto apaziguador.

— É a verdade. Você é livre para fazer o que quiser — diz ele, olhando para o resto de nós. — Todas vocês são livres para fazer o que quiserem. Se alguém deseja ir agora, pode ir.

Uma onda de sussurros incertos, mas esperançosos, se ergue. Ao meu lado, Britta se mexe.

— Você acha que ele está falando a verdade?

Por um breve e brilhante momento, me permito acreditar em Keita, me permito acreditar em suas palavras. Então me lembro de Ionas, lembro de como ele enfiou a espada na minha barriga apenas horas depois de me dizer quão bonita eu era.

A tensão invade meu corpo novamente.

Keita será igualzinho quando chegar a hora. Não importa o que ele faça agora, ele mostrará seu verdadeiro eu em breve. Todos mostram.

— Não — eu digo, balançando a cabeça.

Cansada, observo enquanto os outros jatu se viram para o capitão, protestando.

— Mas, capitão Kelechi... — arfa um jatu.

— Com certeza você não vai deixar isso acontecer! — argumenta outro.

O comandante mais alto levanta a mão pedindo silêncio.

— O recruta Keita está certo — diz ele. — Ou as alaki querem estar aqui ou não. Um soldado indisposto é inútil. Vocês estão livres para irem embora se quiserem, mas lembrem-se de que são impuras, e o mundo lá fora só verá isso. Sem mencionar que os uivantes mortais irão atrás de vocês onde quer que se escondam.

Ele assente e os jatu relutantemente abrem a porta, obedecendo a seu comando.

Observo tudo isso, tensa, assim como Britta.

Ao nosso redor, as garotas murmuram, pensando no que fazer.

Keita dá um passo à frente mais uma vez.

— Podemos garantir a segurança de vocês até a fronteira de Hemaira — afirma. — Depois disso, é por conta própria.

Ele olha incisivamente para a garota orgulhosa, e qualquer esperança que eu tivesse se desintegra na minha boca.

Aí está, a condição. Sim, podemos sair daqui, mas assim que deixarmos os portões de Hemaira, retornaremos às nossas antigas vidas — ao Mandato de Morte, à constante ameaça dos uivantes mortais... Keita é como todos os outros, nos dando impossibilidades e chamando-as de escolhas.

A garota orgulhosa parece saber disso, porque olha para a porta aberta e então para ele.

— Temos sua palavra? — pergunta, desconfiada, olhando dele para o comandante, que assente.

— Juro pelo kuru de Oyomo — responde Keita, referindo-se ao símbolo sagrado do sol. — No entanto, tenho que dizer: vocês podem ser úteis nos campos de treinamento. Podem ser guerreiras, e quando acabarem, receberão a absolvição. Ou vocês podem passar suas vidas como párias, sempre temendo o Mandato de Morte. A questão é simples: ou vocês estão conosco, ou estão contra nós. A escolha é de vocês.

Depois de fazer uma mesura curta e rápida para a garota, ele retorna à posição na fila. Estou feliz que ele se foi — e com raiva de mim mesma por quase ter acreditado em suas palavras. Por que eu pensei, mesmo por um momento, que ele seria diferente de Ionas e de todos os outros?

Minha atenção volta para a garota agora parada no meio do corredor, seus olhos sérios e escuros. Ela olha para a porta mais uma vez e depois de volta para a fila. Seu olhar vai de uma para a outra — porta, fila, fila, porta. Consigo ver sua mente acelerada, fazendo os mesmos cálculos que a minha fez. Por fim, ela escolhe. Endireita as costas e caminha até a fila, tão majestosa quanto uma rainha. Ela vai ficar. Quase posso sentir o sorriso satisfeito de Keita enquanto, lenta mas seguramente, as outras garotas seguem o exemplo.

Quando todas as garotas retornam à fila e tudo está como antes, o comandante mais alto caminha até a borda da plataforma e remove a máscara de guerra. Seu rosto é tão retinto que é quase da cor do céu à meia-noite, e sua expressão é severa, com olhos castanho-escuros cortantes que nos observam por cima das maçãs do rosto afiadas como facas.

— Eu sou o capitão Kelechi, comandante dos jatu designados para Warthu Bera, seu honrado campo de treinamento — declara ele, sua voz ressoando pelo salão. — À sua frente estão os mais novos recrutas de Warthu Bera. — Ele aponta para a fila de garotos, que rapidamente removem seus capacetes e máscaras de guerra. — Eles estão aqui para servir como seus uruni, seus irmãos de armas. Depois que suas três primeiras semanas de treinamento inicial forem concluídas, eles se juntarão a vocês e fornecerão ajuda durante os meses de combate. Esperamos que formem parcerias duradouras e profundas com eles, que se estenderão bem depois de deixarem estes muros.

— Irmãos? — sussurra Britta, sua expressão descrente tal qual a minha.

Não consigo imaginar nenhum desses meninos de aparência arrogante como nossos novos irmãos.

Ao nosso lado, uma garota de tranças longas zomba baixinho:

— Mais como espiões, garantindo que a gente fique no lugar.

O capitão continua, ignorando os sussurros crescentes.

— Como todas vocês sem dúvida sabem, os uivantes mortais começaram a se concentrar no ninho perto das montanhas N'Oyo, centenas de milhares deles.

— Centenas de milhares... — repete Britta em um sussurro, ecoando meus pensamentos desesperados.

Eu sabia que havia um monte de uivantes mortais por aí, mas nunca poderia ter imaginado a quantidade real.

— O que talvez vocês não saibam é que Hemaira está no caminho deles. É por isso que o imperador Gezo decidiu que todas as alaki, até as novatas, devem fazer invasões mensais, tanto para reduzi-los em número quanto para se preparar para a cruzada. Vocês devem saber tudo sobre o inimigo, cada força, cada fraqueza, antes de enfrentá-los no campo de batalha, e os recrutas as ajudarão nessa missão.

Sussurros explodem. Invasões mensais? Ele quer dizer que vamos ter mesmo que enfrentar os uivantes mortais lá fora?

Perco o ar, horrorizada, e o capitão Kelechi continua:

— Nos próximos meses, vocês terão de enfrentar os monstros mais temidos de toda Otera, mas não vão enfrentá-los sozinhas. Seus novos uruni estarão com vocês a cada passo do caminho. Mesmo enquanto completam o treinamento inicial, eles estarão do outro lado do muro, esperando para se juntar a vocês, seus irmãos de armas.

Ele acena para os recrutas, e eles marcham para formar uma única linha atrás dele, em posição de sentido. O comandante mais baixo, que tem permanecido em silêncio durante todo este tempo, gesticula para que façamos o mesmo. Demora um pouco mais, os jatu nos empurrando, mas em alguns instantes estamos paradas em uma fila oposta, de modo que os dois comandantes se encaram.

Assim que estamos em posição, o capitão e seu companheiro silencioso se movem outra vez, e os recrutas dão um passo para o lado, então lentamente começam a passar por nossa fila.

Agora eu entendo. É assim que receberemos nossos parceiros: nos juntando com o jatu que estiver ao nosso lado quando o capitão Kelechi ordenar que parem.

Meu coração vai à boca a cada passo que os recrutas dão. *Por favor, não me junte com um garoto cruel ou que odeie alaki,* imploro silenciosamente a Oyomo. O rosto de Ionas aparece na minha memória, e eu o afasto, rezando ainda mais. *Por favor, por favor, por favor...*

A procissão continua, parecendo se estender para sempre enquanto a fila dos recrutas avança lenta e deliberadamente até o fim da nossa. Os garotos passam — altos, baixos, gordos, magros; do Sul, do Leste, do Oeste, do Norte; todos com o mesmo olhar ameaçador, muitos mal contendo o escárnio. Estou muito nervosa agora, minhas mãos estão suando e meu estômago está completamente embrulhado. Tenho plena consciência da minha aparência miserável — cabelo e roupa esfarrapados, rosto sem máscara.

Baixo os olhos e os mantenho cuidadosamente fixos no chão, incapaz de continuar olhando. Minhas orações jamais serão atendidas. Os garotos parecem tão relutantes em estar aqui quanto nós — alguns deles até com raiva, evitando olhar para nossos rostos. Só posso imaginar o que eles pensam, sabendo que terão de trabalhar com garotas impuras. Descendentes de demônios que são fortes o suficiente para jogá-los para longe assim como a garota orgulhosa fez.

Continuo suando, meus olhos firmemente abaixados, até que por fim ouço o comando:

— Parem.

Por um instante, não consigo olhar para cima. O que vou encontrar se fizer isso? Nojo? Medo? Engulo com força, me preparando para a decepção. Então levanto a cabeça. Para minha surpresa, parado diante de mim está um garoto baixo do Oeste, cabelo preto, três linhas tatuadas do queixo ao lábio. Quando ele sorri para mim, olhos castanhos gentis, sinto um tremor de alívio. Ele não é um dos garotos maiores, os ameaçadores. Na verdade, se eu apertar os olhos, ele parece quase feminino, com seus cílios longos e sorriso tímido. Eu sorrio de volta, meu estômago se aquietando.

Em seguida, o capitão Kelechi grita:

— Recrutas, deem mais um passo e fiquem frente a frente com sua parceira.

Dar mais um passo?

O pavor cresce dentro de mim quando o garoto do Oeste dá de ombros tristemente em um pedido de desculpas e então obedece ao comando, indo ficar diante de uma garota com cabelo ruivo flamejante. Levanto a cabeça e o desespero toma conta de mim. Olhos dourados severos olham para os meus. Recruta Keita. Ele é meu novo parceiro.

Mal ouço o capitão Kelechi quando ele fala de novo, quase não ouço nada além das batidas em pânico do meu coração.

— Apresentem-se! — ordena.

Keita olha para mim, seu rosto sem expressão.

— Eu sou Keita — diz ele. — Keita de Gar Fatu.

Preciso reunir todas as minhas forças para continuar olhando para ele em vez de abaixar a cabeça de vergonha. Por fim, consigo vocalizar uma resposta.

— Deka de Irfut — murmuro.

Ele assente.

O capitão Kelechi e seu parceiro se viraram um de frente para o outro.

— Estendam as mãos — instrui o capitão, estendendo a mão para o comandante silencioso, que ainda está mascarado, ao contrário de todos os outros homens.

Agora, mais do que nunca, tenho certeza de que é uma mulher. Todos os homens já tiraram as máscaras.

Ela agarra o antebraço dele e ele faz o mesmo, uma imitação obscena de um ritual de casamento.

— Estendam as mãos uns para os outros no espírito de companheirismo.

Keita e eu nos encaramos e fazemos o mesmo.

Tremo quando a mão dele toca a minha. É quente, com calos... Ele tem mãos hábeis — mãos de espadachim. O tipo de mão que Ionas usou para enfiar aquela espada na minha barriga. A lembrança me domina, e tenho que me forçar a não puxar minha mão. Olho nos olhos dele, tentando superar meu medo.

Mas os olhos dele se desviam, uma expressão fria tomando conta de seu rosto. O aperto de Keita no meu braço afrouxa.

Fico quase grata quando o capitão Kelechi fala.

— De agora até a hora da morte, vocês estão ligados — diz ele. — Irmãos e irmãs de armas. Uruni.

As palavras enviam um arrepio pela minha coluna. Parece quase... um aviso. Quando olho para cima novamente, a expressão de Keita está mais sombria e severa do que nunca. Mal consigo respirar, mal consigo ficar tão perto desse garoto que agora será minha conexão com o mundo normal. Um mundo do qual não tenho certeza se quero mais fazer parte. Um mundo que certamente não quer ser parte de mim.

— Bom te conhecer, Keita — eu digo, me forçando a afastar o desconforto.

Ele assente bruscamente.

— Bom te conhecer, Deka de Irfut — responde.

Então solta minha mão.

Com isso, a cerimônia termina. Os garotos saem em fila pelo outro lado do salão, os comandantes logo atrás, e os transportadores voltam. Tudo acontece tão rápido que mal percebo dois oficiais de manto amarelo tomando seus lugares nas plataformas vazias, mal noto quando formamos fila de novo... desta vez diante das plataformas. Agora começa a admissão de verdade. As garotas vão até os oficiais, que as examinam e escrevem suas informações em pergaminhos com a ajuda dos assistentes de túnica marrom que agora correm de um lado para outro como formigas. A menina na minha frente — uma sulista frágil e que parece doente — chora baixinho enquanto os assistentes a cutucam, dizendo suas informações em voz alta.

— Altura: cinco mãos, três nós. Gravemente desnutrida. Sintomas primários de escorbuto.

Franzo a testa. Desnutrida? Como é que essa garota está desnutrida assim e eu não, depois de dormir todas aquelas semanas no navio? *Anormal...* A palavra surge na minha cabeça de novo, em um sussurro, banindo todos os pensamentos de Keita e do jeito frio que ele olhou para mim. Ignoro meus temores sorrateiros e tento pensar em outras razões pelas quais existem diferenças entre mim e a garota. Talvez algumas alaki tenham uma saúde pior do que outras e algumas, como eu, sejam naturalmente mais saudáveis. Existem tantas explicações possíveis.

O transportador da garota, um homem atarracado de barba, começa a reclamar bem alto quando recebe apenas meio saco de ouro como pagamento.

— Me prometeram sessenta otas por garota! Sessenta! — diz ele.

A resposta do assistente é alta e implacável.

— Aquela ali está doente e mal alimentada. Você foi alertado a não maltratar a propriedade do imperador.

Propriedade do imperador... Sou dominada pelo nojo quando ouço essas palavras. Achei que éramos soldados.

Agora, todos os transportadores já se dirigiram para o meio da câmara, exceto Mãos Brancas — não que eu esteja surpresa de ela não estar aqui. Não acho que Mãos Brancas realmente precisa do ouro que estão distribuindo pelos serviços dos transportadores. Nossa jornada pareceu mais um divertimento para ela do que qualquer outra coisa. Mais uma vez, eu me pergunto quem exatamente ela é e por que embarcaria em uma empreitada como aquela pelo que parecia ser só diversão.

Estou revirando a questão em minha mente quando um cheiro horrível de queimado chega às minhas narinas, seguido por gritos desesperados. Eu me viro, seguindo o som, meus músculos tensos, e vejo um assistente mergulhando as mãos de uma garota ruiva em uma urna do que parece ouro líquido.

O ouro amaldiçoado, nosso próprio sangue.

Minha boca fica azeda e o vômito sobe, mas eu engulo e olho para a garota, que está chorando incontrolavelmente enquanto olha para as próprias mãos. Elas foram douradas — o ouro agora indo da ponta dos dedos aos cotovelos. É quase como se ela já estivesse morta — a meio caminho do sono dourado. Esse pensamento faz com que pequenos riachos de suor escorram pelas minhas costas, conforme a fila avança mais uma vez.

O dourar não vai doer, digo a mim mesma de maneira encorajadora. Só vai arder um pouco. Só um pouquinho. Mas sei que isso não é verdade. O cheiro de queimado está se intensificando, mais fresco e mais visceral do que o cheiro que às vezes atormenta minhas lembranças. Há alguma coisa diferente no ouro amaldiçoado daquela urna, algo na maneira como foi preparado, que faz com que grude na pele alaki.

Mais gritos soam, e a escuridão envolve minha visão. Estou perto de arrancar minha pele, meu corpo inteiro no limite agora.

— Deka, respire. Deka! — A voz de Britta parece distante. Braços suaves me envolvem. Segurança. Aconchego. — Estou aqui, Deka — sussurra sua voz. — Você está segura comigo. Segura.

Segura...

Levo alguns minutos, mas por fim eu dou uma respirada irregular e consigo assentir.

— Estou bem — murmuro.

Engulo minha náusea e me endireito bem a tempo de ver o assistente dourar a garota à minha frente. Quando ela tira as mãos, o ouro brilha em sua pele. Minhas mãos tremem. Eu sou a próxima.

O oficial do Leste acima de mim está pálido e intimidador na penumbra.

— Aproxime-se, criança — ordena ele, ajustando os óculos imperiosamente.

Assim que me aproximo, ele se vira para o assistente.

— Nome? — pergunta ao assistente.

— Deka de Irfut — o assistente lê obedientemente.

— Você está aqui por sua própria vontade? — pergunta o oficial.

— Sim — sussurro.

Do outro lado da câmara, outra garota grita quando ambas as mãos são mergulhadas na urna. O cheiro de carne queimada aumenta e, com ele, meu medo.

— Mais alto.

— Sim, estou — respondo.

Tento não olhar para a urna de novo.

— Você busca a absolvição?

— Sim, busco.

O oficial assente, satisfeito.

Fico tensa quando um dos assistentes começa a me examinar, mãos ásperas puxando meu corpo.

— Peso: moderado. Altura: cinco mãos, cinco nós. Cabelo: preto. Olhos: cinza. Sem marcas distintivas. Saúde excelente.

Feita essa avaliação, o assistente direciona minha atenção de volta para o oficial, que continua com as perguntas. Ergo minha cabeça.

— Você jura lealdade ao imperador Gezo e seus exércitos?

Essa é uma pergunta que eu não esperava, então levo um momento para responder.

— Sim — respondo finalmente.

Mais gritos soam, o suor frio encharca minhas costas.

— Você foi trazida aqui pela Senhora dos Equus.

— A Senhora dos... — Demoro um momento para entender que ele está falando sobre Mãos Brancas. Óbvio que esse seria o apelido dela, por causa de Braima e Masaima. Ela os trata mais como companheiros do que como corcéis. — Sim — respondo, forçando a palavra a passar por cima do pânico.

O oficial assente de novo.

— Ela não te machucou fisicamente, nem tentou vender sua virtude a outros?

Pisco, surpresa com a pergunta. Agora entendo o que aconteceu com as garotas de olhos vazios. Os transportadores não deveriam machucá-las, mas uma coisa que aprendi nos últimos meses é que as pessoas sempre fazem coisas que não deveriam. Uma visão dos anciãos lampeja em minha mente, suas facas e baldes se aproximando enquanto se preparam para mais um sangramento. Eu inspiro, então expiro a memória.

— Não — respondo.

— Bem, isso é um alívio — diz o oficial em voz baixa. — Não vamos precisar de um pergaminho a mais para ela.

Cerro os dentes. Garotas perderam sua virtude à força, tiveram a vida devastada, e ele só está preocupado com ter que trabalhar mais. Ele é como os jatu que acabaram de sair, com suas falsas promessas de direitos e liberdades. Tenho que respirar novamente para evitar que a raiva apareça no meu rosto.

Ele se vira para o assistente.

— O ouro — ordena.

Enquanto o assistente traz a urna, o oficial me encara.

— Este ouro foi formulado especialmente para marcá-la como propriedade do imperador. Ele ficará mais fraco a cada ano e desaparecerá quando você atingir o vigésimo ano de serviço. Um sono dourado não vai fazê-lo desaparecer, então não tente se matar para diminuir seu tempo.

Não tente… se matar…

Estou tão chocada que não consigo formular pensamentos completos. Quando enfim entendo o que ele está dizendo, o assistente já está arregaçando minhas mangas, e então mergulha minhas mãos na urna. Um gemido escapa dos meus lábios, embora tudo que eu sinta seja uma picada breve e gelada antes que o ouro cubra minha pele. Tento não reagir ao cheiro de queimado vindo da minha própria carne, mas meu corpo treme novamente e o gosto ácido em minha boca se intensifica à medida que aquele odor horrível invade minhas narinas.

— Ela está dourada — diz o assistente.

— Está devidamente registrada — conclui o oficial. Então, ele olha para mim pelos óculos. — Traga orgulho para Otera nos próximos anos, alaki. Você e seu uruni.

Vomito assim que sou levada para fora do salão.

Não há nada no meu estômago. Nada além de bile e poeira. E isso é a única coisa que me salva da ira dos dois jatu que supervisionam meu grupo quando eu vomito violentamente fora do salão. Minhas mãos ainda estão em carne viva e ardendo por causa do dourar, mas já posso senti-las se curando, uma nova pele se formando sob o fino brilho do ouro, que, estranhamente, é tão flexível quanto a pele por baixo. Há mesmo algo estranho no ouro que eles usam.

O jatu mais baixo ri com escárnio, enojado.

— Controle-se, criatura.

Ele me empurra em direção à fila de carroças desajeitadas que mais parecem prisões esperando do lado de fora do salão.

Há vinte carroças no total, cada uma de uma cor diferente, designando os diferentes campos de treinamento espalhados pelas colinas, nos limites de Hemaira. Britta e eu nos encaminhamos para as ameaçadoras carroças vermelhas que esperam no final da fila. São as que vão para Warthu Bera. Pelo menos cem garotas serão levadas para lá até o fim da noite. Os recrutas jatu sem dúvida já estão a caminho, prontos para receber o próprio treinamento inicial.

O cheiro do medo fica mais forte à medida que nos aproximamos das carroças, garotas se agarram desesperadamente e sussurram umas para as outras — rumores, suposições, qualquer coisa que tenham ouvido ao longo da jornada. Mas a mente de Britta ainda está em nossos novos uruni.

— Me pergunto por que não querem que a gente comece a treinar com eles agora... — murmura ela. Há um tom estranho em sua voz.

Vejo que ela está pressionando de leve o ouro em suas mãos. Ela sibila baixinho, as lágrimas inundando seus olhos, e eu me aproximo.

— A pele vai sarar logo — sussurro. — Vai ficar tudo bem, você vai ver.

Tremendo, Britta inspira e então assente.

— Vocês ouviram? — a garota ruiva que vi ser dourada sussurra, chamando nossa atenção para ela. — Os campos de treinamento vão ser supervisionados pelos okai, os espiões pessoais do imperador.

— Ouvi dizer que eram todas mulheres — responde outra, esta baixa e negra.

A lembrança do comandante menor passa pela minha mente no mesmo instante.

— Mulheres? — diz outra garota. — Não pode ser. Quem já ouviu falar de mulheres como professores?

Eu nunca ouvi, com certeza.

As Sabedorias Infinitas proíbem mulheres de trabalhar fora de casa, exceto quando a serviço do marido e da família. E, ainda assim, pode ser que haja professoras em Warthu Bera — espiãs.

Já ouvi falar das Sombras do imperador — todo mundo já ouviu. Elas são enviadas sempre que o imperador precisa que algo seja feito rápida e silenciosamente. Dizem que elas têm poderes superiores aos das pessoas normais, que podem misturar-se às sombras e derrubar inimigos a distâncias enormes. E talvez sejam nossas professoras? Não consigo nem imaginar.

Ao meu lado, a garota ruiva balança a cabeça.

— Ouvi dizer que eles não tinham escolha a não ser usar mulheres. Foram muitos incidentes com os transportadores homens. Você viu algumas das garotas...

— Britta, Asha, Adwapa, Belcalis, Deka — brada o jatu atarracado, lendo nossos nomes em um pergaminho. — Andem!

Eu aperto o passo, lutando para ignorar os tremores sutis que ainda atormentam meu corpo enquanto me apresso em direção às carroças.

O dourar não foi tão doloroso, mas aquele cheiro, aquele cheiro horrível de queimado, ainda está em minhas narinas, trazendo lembranças que preferia que continuassem firmemente enterradas. O jatu e seu parceiro abrem a porta para nos deixar entrar, e eu olho para Britta. Ela parece um pouco melhor agora, um pouco da cor voltou ao seu rosto.

— Melhorou? — pergunto.

Ela assente enquanto o jatu baixinho tranca a porta atrás de nós.

— Carregada! — grita o alto, batendo no teto.

— Em frente! — grita o mais baixo.

— Em frente! — ecoa o alto, batendo novamente.

A carroça entra em ação, chacoalhando na rua. Conforme nos afastamos de Jor Hall, observo seu interior. Há três outras meninas conosco. Duas delas são gêmeas — ambas de pele escura como a meia-noite, o que no mesmo instante me leva a crer que devem ser Nibari, uma tribo ferozmente independente que vive nas montanhas das mais remotas províncias do Sul. Deve ter sido uma série de eventos muito infeliz que as trouxe aqui. Os Nibari são extremamente leais uns aos outros, e minha mãe me disse uma vez que eles não adoram Oyomo, apenas algum deus secreto que mantiveram do tempo anterior ao Reino Único.

Ainda mais alarmante é nossa última passageira, a garota orgulhosa. Ela se aninha o mais longe possível do resto de nós, o cabelo preto desgrenhado em volta do rosto enquanto fixa aquele olhar decidido na porta gradeada que nos separa do mundo exterior. Talvez ela já esteja se arrependendo da decisão de ficar.

Não existe escapatória, quero dizer a ela. Mesmo se a grade de metal não estivesse bloqueando a porta, também seria necessário lidar com os jatu. Há um contingente deles designado para cada caravana de carroças, e todos eles são especialmente treinados para lidar com alaki. Não ficaria surpresa se houvesse ainda alguns recrutas entre eles, cavalgando para acompanhar suas novas "irmãs". Preciso engolir o amargor que surge com esse pensamento.

A carroça continua chacoalhando, suas rodas batendo ruidosamente nas pedras que compõem a estrada. Apesar disso, o silêncio é avassalador — assim como a tensão ao nosso redor, sufocante como fumaça. Britta se contorce ao meu lado. Ela é uma daquelas pessoas que odeia silêncios constrangedores — ou qualquer silêncio, aliás.

— Bem, aqui estamos nós — diz ela, invocando seu sorriso mais alegre. Quando os olhos de todas se voltam para ela, Britta se remexe desconfortavelmente, mas continua, corajosa: — Alguém tem ideia do que nos espera quando chegarmos lá? Além dos recrutas, óbvio.

Ela ri nervosamente dessa dolorosa tentativa de fazer piada.

— Você acha que isso é um jogo? — rebate a garota orgulhosa, suas feições aquilinas afiadas, como um falcão, para Britta. — Você acha que estamos indo ser cortejadas, que vamos aprender a ser verdadeiras donzelas e fazer costura? — A garota se inclina para mais perto, um sorriso de escárnio no rosto. — Nós somos monstros, e eles vão nos tratar como monstros. Vão nos usar, nos fazer sangrar e, quando terminarem, vão descobrir qual é nossa morte definitiva e nos executar uma por uma.

Ela se recosta no assento, zombando.

— Uruni... dá para acreditar nessas mentiras? Estão mais para espiões, aqui para garantir que a gente não saia da linha ou fuja durante os ataques. — Ela conduz o olhar duro para Britta. — Quanto mais cedo você entender isso, melhor.

Britta fica vermelha, lágrimas brotam de seus olhos e a raiva cresce de repente dentro de mim. Quem é essa garota para falar de forma tão rude com Britta? E logo hoje, depois de tudo o que acabamos de aguentar, depois de todas as humilhações. Por que atacar a única pessoa que está tentando melhorar as coisas?

Eu me viro para a garota orgulhosa.

— Você não tem que fazer isso, não tem que assustá-la — digo.

Olhos da cor da meia-noite se viram para mim.

— Não? Você pode estar iludida sobre o que é isso aqui, ser parceira do recruta Keita e tudo mais — zomba ela —, mas eu não estou, e preferiria me preparar em silêncio.

Sou tomada por uma onda de calor antes mesmo que eu perceba.

— Meu parceiro não tem nada a ver com meus sentimentos — retruco. — E, para ser sincera, você escolheu isso, assim como nós. Você teve uma escolha e decidiu continuar aqui.

— Não — rebate a garota orgulhosa. — Eu escolhi escapar do Mandato de Morte, mesmo que só por mais alguns dias. Eu escolhi sobreviver, em vez de ser executada no momento que saísse por aquela porta. Não confunda minha decisão com nada mais.

— Ah, por favor, todas nós escolhemos escapar do Mandato de Morte — interrompe uma voz irritada.

Quando nos viramos, dois pares de olhos estão nos observando, a irritação evidente neles. A cabeça calva da gêmea mais alta brilha no escuro da carroça enquanto ela fala.

— Este é o caminho que todas nós escolhemos. Se fomos forçadas ou não, não importa. Estamos aqui agora. Vamos fazer o melhor que pudermos ou morreremos, simples assim.

Estou surpresa que ela tenha ficado do meu lado. Os povos do Norte e do Sul nunca se dão bem, e meu sotaque deixa óbvio que sou do Norte, apesar de minha aparência. Talvez ela não se preocupe com o rancor entre as províncias.

Só espero que todas as outras aqui sintam o mesmo.

Ela e a irmã parecem mais velhas do que nós — talvez dezoito anos ou algo assim —, embora ela tenha uma aparência muito mais feroz do que a irmã menor e mais baixa, cujo cabelo preto está trançado em pequenas fileiras que descem pelas costas. Quando ela dá de ombros, a luz do luar dança pelas intricadas cicatrizes em seu rosto e ombros. Meu coração se aperta quando as identifico. Essas são cicatrizes tribais, provavelmente surgidas bem antes de seu sangue mudar e do ouro amaldiçoado começar a curar todas as feridas. As tribos do Sul as usam para marcar seus membros. Minha mãe tinha duas em cada bochecha.

— Então, vamos fazer nosso melhor e ser amigas — retoma Britta.

As outras se voltam para ela, e ela encolhe por um momento. Então, endireita a postura. — Ou aliadas, pelo menos — gagueja. — Quero dizer de verdade, não como nossos novos parceiros.

Não posso deixar de admirá-la por sua bravura.

— Britta tem razão — digo. — Estamos indo para um lugar que não conhecemos, para enfrentar horrores que nem imaginamos. Podemos aguentar sozinhas. — Um porão escuro. Sangue dourado nas pedras. — Ou podemos nos unir, ajudar uma à outra. Britta já me ajudou antes. Eu dormi durante toda a nossa jornada pelo mar, e ela comeu minha comida para que os outros não começassem a fazer perguntas sobre mim, sobre como eu conseguia sobreviver sem comer.

— Deve ter sido um sacrifício enorme para você. — Os olhos da garota orgulhosa examinam o corpo gordo de Britta com desdém. — Alguns dias de banquete para te alegrar.

O sarcasmo dela me irrita.

— Foram quatro semanas — digo friamente. — Quase um mês.

Agora seus olhos se arregalam.

— Um mês? — arfa ela.

As Nibari também estão chocadas.

— Um mês? — pondera a mais alta. — Você parece saudável para alguém que não comeu por um mês.

A menor assente em concordância, mas segue sem falar. Estou começando a me perguntar se ela consegue.

— Não acho que nossa espécie morra de fome — respondo.

— Não morre. — A expressão sombria nos olhos da garota orgulhosa diz que ela sabe disso por experiência própria. — Mas sofremos as consequências. Nossa capacidade de cura só vai até certo ponto, e precisamos de comida para alimentá-la. — Ela me olha de cima a baixo. — Seu cabelo está cheio e seu corpo não está magro. Sua pele está sem rugas e você não tem feridas ao redor da boca. Há quanto tempo você passou fome?

Enquanto tento me lembrar, Britta se inclina para a frente.

— Ela ainda não comeu.

Eu pisco, surpresa ao perceber que ela está certa. Quando foi a última vez que comi — ou até mesmo que bebi alguma coisa? Tento definir o dia, mas minhas lembranças escapam, da mesma forma que têm feito desde o tempo no porão.

Os lábios da garota orgulhosa se curvam em uma expressão de escárnio.

— Você é anormal — diz ela, enojada.

Eu estremeço com a palavra e vejo a Nibari mais baixa se agitar ao meu lado e se virar para a garota orgulhosa.

— Todas somos, você também. — Como a irmã, ela tem olhos astutos e um semblante desafiador. Cicatrizes tribais também cobrem suas bochechas e ombros. — Como é que você acha que conseguiu arremessar longe todos aqueles guardas em Jor Hall? Que mulher humana você conhece que tem uma força assim?

A garota fica rígida.

— Óbvio que sei...

— Não se pode zombar de outra pessoa por ser anormal quando se é considerado exatamente o mesmo pelas outras pessoas — interrompe a Nibari mais baixa.

— Mais uma razão para nos unirmos — anuncia Britta, estendendo a mão para as gêmeas. — Eu sou Britta.

As gêmeas olham para a mão dela e depois uma para a outra. A mais alta e careca aceita primeiro.

— Sou Adwapa, primeira filha de Tabelo, chefe dos Nibari.

— E eu sou Asha, segunda filha de Tabelo, chefe dos Nibari — diz a mais baixa, as tranças balançando enquanto assente.

Quando ambas se voltam para mim, também estendo a mão.

— Deka de Irfut — me apresento, apertando a mão das duas, uma de cada vez.

— Prazer — dizem elas em uníssono.

Todas nos voltamos para a garota orgulhosa. De início, ela apenas nos olha, contrariada. Por fim, suspira e revira os olhos.

— Muito bem. Sou Belcalis de Hualpa — diz ela, citando uma cidade do extremo Oeste perto da fronteira com as Terras Desconhecidas.

— Prazer — dizemos.

— Isso não nos torna amigas — rosna ela.

O largo sorriso de Britta expõe a covinha em sua bochecha esquerda.

— Mas nos torna aliadas.

Eu assinto.

— Vamos cuidar umas das outras e ajudar umas às outras tanto quanto for possível.

Isso parece acalmar Belcalis.

— Tanto quanto for possível — repete ela, e acrescenta: —, mas entendam isto: vou fugir deste inferno o mais rápido possível.

As sobrancelhas de Britta se juntam.

— Então você não quer ser pura? "Abençoadas são as mansas, e servis, as humildes e verdadeiras filhas do homem, pois são imaculadas diante do Pai Infinito." É o que as Sabedorias Infinitas dizem.

Belcalis revira os olhos.

— Você realmente acredita nessas mentiras? Pureza é uma ilusão. É a mesma coisa com a absolvição e tudo o que você lê nesses livros malditos. É de pensar que vocês, tolas, já saberiam disso agora.

Meu queixo quase cai. Nunca ouvi ninguém falar sobre as Sabedorias Infinitas dessa forma antes, muito menos sobre a pureza. Rapidamente, olho para cima, enviando uma rápida oração de perdão ao Pai Infinito. *Por favor, por favor, não nos puna por isso,* imploro.

Eu me viro para as outras.

— Talvez devêssemos orar — sugiro.

— Se você está tão inclinada — diz Adwapa, dando de ombros.

É óbvio que ela não tem intenção de orar. Nem sua irmã ou Belcalis. Há algo nas províncias do Sul que faz com que as pessoas desafiem tanto o Pai Infinito?

Eu não quero fazer parte disso. Não quero fazer parte de nada que possa me mandar de volta para aquele porão, para todo aquele sangue, aquela dor...

Fico aliviada quando Britta chega mais perto.

— Vou orar com você, Deka — diz ela, estendendo a mão.

— Obrigada — eu sussurro e seguro sua mão.

Oramos juntas em silêncio enquanto avançamos em direção às fronteiras da capital.

Nosso destino, ao que parece, é uma série de colinas isoladas nos arredores da cidade, perto do muro. A noite caiu, então uma escuridão opressiva envolve a caravana de carroças de alaki que avança para a colina. Apesar da escuridão, vejo tudo perfeitamente: a grande construção vermelha no topo da colina mais alta, suas janelas tão pequenas quanto alfinetes, as paredes vistosas e vermelhas. Emana um sentimento imponente, quase sinistro, mas foi feita para ser assim. Essas paredes, essas janelas minúsculas — são tanto para manter os habitantes no interior quanto para manter os outros fora. Este deve ser Warthu Bera, nosso novo campo de treinamento.

Fico boquiaberta com o tamanho. Essas colinas onduladas, o lago no meio — Warthu Bera é grande o suficiente para abrigar um vilarejo. Na verdade, é muito parecido com um vilarejo, com todas essas construções menores ao redor da grande no topo. A única diferença é que tudo aqui foi feito para a guerra. Se eu estreitar os olhos, posso ver o que parece ser um campo de areia a distância e pontas afiadas projetando-se das profundezas do fosso ao redor. Não preciso perguntar para saber que estão lá para qualquer alaki que pensar em escapar usando essa rota. Há torres de vigia nos muros, todas fervilhando de jatu usando armaduras. Nossos novos guardas. Keita e os outros podem alegar que somos soldados com poder de escolha, mas eu sei que não. Até os soldados normais são punidos por deserção, e estamos longe de ser normais.

É um pensamento desagradável, então tento afastá-lo quando o portão se abre e cruzamos a ponte para começar nossa subida. Finalmente chegamos ao pátio da maior construção, onde mulheres de meia-idade vestidas de laranja estão alinhadas ao lado de uma estátua do imperador Gezo. Fico em choque ao perceber que estão todas sem máscara, as cabeças descobertas. Ainda mais preocupante é o fato de que todas têm o que parecem ser bengalas curtas de madeira embainhadas nas laterais do corpo. Desvio o olhar, perplexa com aquela visão.

Essas são as mulheres que vão nos treinar?

Minha tensão aumenta, o sangue formiga sob minha pele, enquanto as carroças param.

— Desmontar! — O grito ecoa de jatu para jatu. — Libertem as alaki!

Quando as chaves clicam na fechadura da carroça, Britta e eu nos olhamos uma última vez.

— Seja forte — sussurra ela para mim, o rosto pálido na escuridão.

— Você também — sussurro de volta.

Ainda está quente lá fora quando saímos da carruagem, nos juntando à massa de garotas reunidas no pátio. As temperaturas aqui não despencam como no Norte, ao que parece. O ar está úmido e tem um odor metálico penetrante. Não preciso respirar fundo para saber que é sangue — ouro amaldiçoado. Depois de meses no porão, posso reconhecer o cheiro quase sem inspirar.

Fico ainda mais tensa quando uma matrona robusta com um peito formidável se separa do grupo. Ela quase se parece com um touro, toda sobrancelhas salientes e olhinhos redondos. Olho para baixo, desconcertada pela visão de seu rosto sem máscara, e é quando noto a pequena tatuagem em formato de sol na parte de trás de sua mão, em um vermelho brilhante fácil de reconhecer. Solto uma arfada. O sol vermelho. O emblema das donzelas dos templos, aquelas mulheres solteiras desaventuradas o suficiente para serem obrigadas a servir em templos e outros locais de adoração.

Agora entendo por que todas essas mulheres estão expostas, seus rostos descobertos mesmo na presença dos jatu. Elas não são nossas novas professoras, são as mulheres que os servem.

— Sigam-me, neófitas! — ordena a matrona, entrando no prédio.

Eu nunca ouvi a palavra *neófitas* antes, mas sei que ela deve estar falando sobre nós. Entro na fila atrás das garotas das outras carroças, seguindo-a através do enorme arco. Há aquele símbolo do sol eclipsado na maior pedra acima da entrada, embora esteja desgastado. Franzo a testa. Esse desgaste mudou o símbolo, fez com que parecesse mais familiar, como se eu já o tivesse visto em outro lugar além de no selo de Warthu Bera.

Mas onde?

— Depressa! — grunhe a matrona, apressando-nos pelos degraus que levam às profundezas do edifício, para um banheiro subterrâneo com uma série de banheiras de ladrilhos.

Assistentes em túnicas amarelas estão de pé ao lado de cada banheira, segurando toalhas finas e navalhas afiadas. Meu coração passa a bater duas vezes mais rápido ao ver os objetos.

— Dispam-se! — brada a matrona com aparência de touro.

Quando todas nos viramos, assustadas com o comando, ela passa os dedos no cabo da vara presa ao lado do corpo. Tiramos nossas roupas rápido para garantir que não seremos vistas. Minhas bochechas esquentam e meus olhos se viram para o chão, para o teto; qualquer lugar que não os corpos das outras garotas. Mesmo assim, vejo de relance: corpos de todos os tamanhos e formas, alguns cobertos de pelos, outros lisos, exceto pelo cabelo — alguns como os Nibari, com cicatrizes tribais ou tatuagens feitas antes do sangue se transformar em ouro amaldiçoado.

Estou impressionada com o quão diferente os corpos das outras garotas são. Minha mãe e eu nunca fomos bem-vindas nas casas de banho de mulheres em Irfut, por isso ela é a única mulher que já vi totalmente nua, seu corpo negro parecido com o meu. Em pouco tempo, apenas uma garota permanece vestida.

Belcalis.

Ela envolve os braços ao redor do corpo, um gesto de desafio apesar da incerteza, da vergonha agora cintila em seus olhos.

A matrona vai até ela e ergue seu queixo com a ponta da vara.

— Ouvi dizer que havia uma encrenqueira entre vocês — diz ela com um forte sotaque, Rs e Ss deslizando como ondas em sua língua.

— Deve ser você. Diga-me, alaki, por que você se recusa a atender a minha ordem?

— Eu não quero me despir — retruca Belcalis.

— Recatada, não é? — zomba a matrona.

— Se isso te agrada.

— Me agrada você se despir!

Ouço a vara antes de vê-la, um chiado baixo cortando o ar no momento que o cabo crava nas costas de Belcalis. Ela solta um som abafado e ofegante enquanto cai no chão, sangue dourado jorrando das costas. Perco o ar. Aquela bengala não é uma vara qualquer, é um rungu, um porrete que os soldados usam para agredir os adversários. Já vi um em ação antes, vi meu pai praticando com ele e com as muitas outras armas que guardou de seu tempo no exército. O dele, no entanto, não tinha uma ponta de arame para rasgar carne e osso como o da matrona.

Então é assim que vão nos manter na linha.

A matrona se aproxima, põe o pé nas costas de Belcalis e a pressiona ainda mais contra o chão. Belcalis grunhe de dor, mas a matrona não move o pé. Apenas sorri para ela, com um olhar arrepiante.

— Besta insolente — zomba, arrancando o rungu.

Cubro a boca com a mão, meu estômago embrulhando enquanto mais sangue dourado jorra no ar. Ver todo esse sangue é nauseante, mas ainda pior é o que está por baixo: uma massa de cicatrizes, cada uma formando uma camada tão espessa nas costas de Belcalis que mesmo o arame do rungu não conseguiu penetrar completamente. Agora entendo por que ela parece tão desafiadora, por que não recua quando é ameaçada por uma autoridade. Ela está acostumada a ser espancada, a sangrar — até mesmo a passar fome. Suas costelas expostas, a coluna magra e a expressão vazia e distante contam uma história — uma de horror indescritível.

Era assim que eu estava no porão — com esse distanciamento, essa resignação?

A matrona fica impaciente. Ela toca no rungu novamente.

— Você não vai obedecer, alaki? — desdenha ela. — Você não vai seguir o caminho? Então imagino que terei que te espancar para que o siga.

Ela levanta o porrete novamente e Belcalis se encolhe.

É um movimento desagradável, feio.

— Não! — grito antes que possa me controlar. — Por favor, não a machuque.

A matrona se vira para mim, com uma expressão fria de divertimento.

— O que é isso? A encrenqueira tem uma amiga. — Abandonando Belcalis, ela se aproxima de mim. Agora vejo seu rosto de perto, mandíbula achatada e severa, nariz fino como uma lâmina. Suas sobrancelhas estão franzidas, aqueles olhos minúsculos brilhando sob elas.

— Você me parece familiar. Já nos encontramos antes?

Balanço a cabeça.

— Abra a boca e fale, alaki.

O horror seca minha garganta, mas de alguma forma encontro forças para engolir.

— Não. Nós nunca nos encontramos.

Ela bufa.

— Muito bem, então. Agora, você tinha algo a dizer sobre a sua amiga. O que era mesmo?

Meus olhos vão para o sangue dourado serpenteando pelas pedras. Eu me lembro daquele sangue, lembro de como ele se acumulou ao meu redor no porão…

— Não a machuque… por favor — sussurro.

Engulo para afastar a ansiedade enquanto a matrona se aproxima e acaricia meu pescoço com a ponta do rungu. Seus olhos minúsculos observam quando eu me retraio por conta do arame.

— Não tive a intenção de ofender — continuo —, só quis dizer que Belcalis é muito… devota. Ela não está acostumada a ficar nua perto de outras pessoas.

— Devota? — A matrona gargalha da minha mentira. — Como se Oyomo fosse dar atenção a qualquer uma de vocês, bestas infernais. — Eu me encolho com esse insulto, e ela se vira para Belcalis, um sorriso fino em seus lábios. — E você... então seu nome é Belcalis. Bom saber.

Do outro lado da sala, Belcalis me lança um olhar ameaçador, e fico alarmada. *Não foi minha intenção,* tento explicar com os olhos.

A matrona se aproxima dela novamente, mas desta vez uma das assistentes se posiciona na frente dela e inclina a cabeça respeitosamente.

— Matrona Nasra, a hora se aproxima. As karmokos esperam por você.

A matrona Nasra bufa.

— Muito bem. Certifique-se de que as garotas estejam todas limpas, especialmente ela — a mulher aponta para Belcalis —, e corte o cabelo delas bem rente. Nada de piolhos em Warthu Bera — ordena ao sair.

Assim que ela sai, a assistente que falou se vira para as garotas.

— Lavem-se, rápido. Não temos muito tempo. — Ela direciona outra assistente para Belcalis. — Leve-a para uma sala privada. Não quero ouro amaldiçoado na água.

A assistente faz uma reverência, acompanhando Belcalis até a saída.

— Sim, senhora — diz ela.

Quando passam por mim, Belcalis me olha.

— Da próxima vez que você tiver vontade de me ajudar, não ajude — sibila.

Então ela vai embora, e o resto das garotas, incluindo eu, entra na água. Uma das assistentes se aproxima com uma lâmina e raspa minha cabeça. Tento não ver os fios de cabelo preto crespo caindo na água, tento não ceder às lágrimas que pinicam meus olhos. Nem sei mais o que pensar. Exaustão, emoção, o dourar... a coisa toda me sufoca, me deixa com os olhos marejados de confusão.

Mas vou sobreviver a tudo isso, me asseguro com severidade. Vou sobreviver a isso e a seja lá o que mais aconteça.

Oyomo, ajude-me a aguentar.

Em menos de uma hora, estou limpa e vestida com túnicas verdes ásperas e sandálias de couro. Também estou tão careca quanto todas as outras garotas submetidas às navalhas das assistentes. Se alguma vez tive dúvidas sobre minha nova posição, elas foram sanadas no momento que meu cabelo foi jogado na fornalha como se não fosse nada. As Sabedorias Infinitas afirmam que o cabelo de uma mulher é seu maior orgulho, a fonte de sua graça e beleza.

Agora nenhuma das garotas aqui o tem.

A partir de agora, não passo mesmo de um demônio, minha última reivindicação da feminilidade tirada de mim. Essa percepção mexe comigo, uma náusea que aumenta à medida que as matronas e suas assistentes nos levam pelos corredores até um enorme salão central. Uma fila de garotas está esperando lá, cada uma usando armadura de couro e carregando espadas de madeira. Como o nosso, o cabelo delas foi raspado, mas o da maioria voltou a crescer e está quase na altura da nuca. Imagino que isso significa que estão aqui há pelo menos alguns meses.

Devem ser as garotas que foram enviadas para cá antes de nós, as alaki mais velhas.

Bem na frente está um trio de mulheres sem máscara, a orgulhosa bandeira vermelha e dourada de Warthu Bera atrás delas. Meus olhos são imediatamente atraídos para a mulher no meio. Ela tem pele negra retinta, braços com músculos poderosos e um olhar severo e inabalável. O mais impressionante de tudo é a argila vermelha brilhante que tinge as intricadas tranças em torno de sua cabeça. É imediatamente familiar, assim como a silhueta da mulher.

O comandante silencioso de Jor Hall!

É ela — só que agora está sem máscara e usando vestes verde-escuras, um grande broche dourado em seu ombro. Nele está o símbolo do eclipse do arco da entrada. Onde já vi isso antes? A pergunta me incomoda.

Tenho que me esforçar para não olhar para baixo quando ela dá um passo à frente e levanta a mão em saudação. Ao meu redor, outras garotas fazem o mesmo, expressões de dor em seus olhos. Provavelmente esta também é a primeira vez que estão vendo tantas mulheres sem máscara.

— Salve, nossas honradas neófitas alaki — cumprimenta a mulher séria.

— Salve! — ecoam as garotas de armadura, suas vozes uma entidade única e poderosa.

Tenho um calafrio ao ouvir.

A mulher continua falando, sua voz retumbante ecoando pelo corredor.

— Em nome de Vossa Majestade Imperial, imperador Gezo, o Quinto, honrado soberano e governante do Reino Único, nossa amada Otera, dou-lhes as boas-vindas a Warthu Bera.

— Bem-vindas! — ecoam as garotas de armadura.

— Meu nome é Karmoko Thandiwe — diz a mulher —, sou a instrutora-chefe de Warthu Bera, a gloriosa casa de treinamento onde vocês se encontram. Refiram-se a mim por qualquer outro título, ou pronunciem meu nome incorretamente, e cortarei suas línguas pela insolência e as colocarei em uma jarra para me fazer companhia.

Com essas palavras, o ar fica frio e as garotas se entreolham, assustadas. Em silêncio, tento costurar a pronúncia do nome à minha memória: Ten-Di-uei, Ten-Di-uei.

Karmoko Thandiwe continua seu discurso.

— À minha esquerda está Karmoko Calderis.

Ela gesticula, e uma mulher de cabelo castanho com as proporções semelhantes às de um urso se aproxima e nos examina com o único olho azul não escondido por um tapa-olho de couro. O broche do eclipse também brilha em seu ombro.

— Ela será a mestra de armas de vocês nos próximos meses.

Karmoko Thandiwe faz um gesto novamente e Karmoko Calderis dá um passo para trás com um breve assentir.

— À minha direita está Karmoko Huon — diz Karmoko Thandiwe.

Uma mulher pequena, de aparência gentil, pele pálida e olhos escuros dá um passo à frente. Seu cabelo preto desce como um rio por suas costas, pequenas joias em formato de flores o adornando. Ela sequer se parece com uma guerreira, e seu sorriso doce quando assente para nós apenas reforça essa impressão. Ela também leva o broche do eclipse e, quando distraidamente passa o dedo sobre ele, meu coração bate mais rápido, embora eu não saiba por que motivo.

— Ela será a mestra de combate de vocês — informa Karmoko Thandiwe.

A mulher de aparência gentil se afasta, seus olhos escuros nos observando quase timidamente. Mais uma vez, me pergunto como essa mulher foi escolhida para ser nossa mestra de combate. Ela é como uma borboleta, tão delicada e linda que alguém poderia esmagá-la se não tomasse cuidado.

— De agora até o momento que vocês deixarem Warthu Bera — continua Karmoko Thandiwe —, nós, suas karmokos, suas professoras, serviremos como guias. Cada uma de nós serviu como Sombra, o tipo mais mortal de assassinas de Vossa Majestade Imperial. Todas nós ganhamos posições notáveis na *Heráldica das Sombras,* o livro que lista as façanhas de nosso grupo e que fica aqui, na famosa Warthu Bera, a Casa das Mulheres. Temos orgulho de ter sido treinadas dentro destes mesmos muros, e estamos ainda mais orgulhosas de dar a vocês a mesma honra. De agora até o momento que saírem deste campo de treinamento, vocês trabalharão mais duro e sentirão mais dor do que jamais sentiram, até que moldemos vocês, das garotas fracas e inúteis que são, em guerreiras, defensoras de Otera. "Vençam ou morram." Esse é o nosso lema aqui.

Minhas sobrancelhas se juntam. Guerreiras? Defensoras? As karmokos têm certeza de que estão falando sobre nós? Olho para Karmoko Huon novamente, tentando imaginá-la como uma assassina mortal. Se ela de todas as pessoas pode ser uma guerreira, talvez o mesmo seja possível para...

Algo está vindo.

A premonição indesejada formiga sob minha pele e eu me reteso.

— Britta — chamo, minha respiração fraca quando me viro para minha amiga.

Será que ela também sente isto — a consciência intensificada, o pânico subindo pela coluna?

Será que as outras garotas sentem?

Todas parecem calmas, mas não têm ideia do que está por vir. Me lembro muito bem do que aconteceu no vilarejo da última vez que me senti assim. O sangue, o medo, os corpos espalhados pela neve...

— O que foi? — sussurra Britta.

— Uivantes mortais. Eles estão aqui.

— O que você quer dizer com "aqui"?

Enquanto Britta olha ao redor, em pânico, Karmoko Thandiwe caminha em nossa direção, o olhar severo.

— Todas vocês já ouviram falar dos uivantes mortais, certo?

À minha volta, as garotas assentem.

— Alguma de vocês já os encontrou antes? — Quando as meninas fazem que sim timidamente de novo, ela berra: — Abram a boca e usem a língua! A resposta correta é: "Sim, Karmoko!"

Quase morro de susto, tão poderosa é a voz dela. Nunca ouvi uma mulher falar assim, nunca ouvi tamanha autoridade vinda de uma garganta feminina. Meu coração bate ainda mais rápido quando respondo junto às outras, minha garganta irritada:

— Sim, Karmoko.

— Mais alto! — ordena ela.

— Sim, Karmoko!

— Melhor. — Ela assente, olhando para as garotas que levantaram as mãos. — Considerem-se sortudas por ter encontrado tais monstruosidades e sobrevivido. Ao restante de vocês, permitam-me igualar o placar.

Igualar o placar? Que placar?

Karmoko Thandiwe gesticula e as garotas mais velhas marcham em nossa direção, passos firmes e seguros.

— Para trás, neófitas! — ordena a jovem pequena e magra que está à frente, com o cabelo preto e pele negra mais clara das províncias centrais do Leste. Ela tem uma cicatriz irregular por toda a lateral da bochecha, antiga, mas bem enrugada. Eu estremeço. Provavelmente é de antes de se tornar uma alaki. — Para trás! Para trás!

Eu logo obedeço, me movo para trás até alcançar um dos cantos da sala, assim como as outras neófitas. As garotas mais velhas se espalham em uma fila única diante de nós — uma barreira, nos mantendo no lugar.

Agora, minhas mãos estão suando e meu coração está batendo tão rápido que parece que vai pular para fora do peito. Eles não podem realmente querer trazer uivantes mortais, certo? Achei que o capitão Kelechi tinha dito que os encontraríamos nas invasões. E se aqueles monstros escaparem — e se nos atacarem como os de Irfut fizeram? E se eu reagir da mesma forma que antes, meus olhos mudando de cor, aquela voz demoníaca emergindo da minha garganta?

Solto um gemido. Pensar em todas testemunhando isso é quase demais para suportar.

Quem sabe o que as karmokos fariam com alguém como eu — alguém com habilidades além do comum para uma alaki.

Abafo o pensamento enquanto Karmoko Thandiwe gesticula para a matrona Nasra, e a matrona pressiona uma pequena estrutura de metal circular na parede. Um ruído abafado aumenta conforme o chão se abre, revelando uma caverna subterrânea escura, com uma escada de pedra que leva a um conjunto de gaiolas de ferro dispostas no centro.

Grunhidos abafados e inumanos saem dessas gaiolas, névoa se aglomera ao redor delas. Meu corpo inteiro congela, meus medos agora confirmados. Há uivantes mortais sob Warthu Bera, e as karmokos pretendem trazê-los para cima.

A garota da cicatriz desce as escadas com um grupo das meninas mais velhas, dirigindo-se à maior jaula, onde um som sinistro soa: o barulho de correntes. Olhos escuros e predadores brilham dentro da jaula, o contorno de uma figura magra e gigantesca mal visível nas sombras. Um uivante mortal, acorrentado.

Meu coração bate forte, meus dentes cerrados, o suor escorre pelas minhas costas.

Britta se aproxima de mim.

— Está tudo bem, Deka — sussurra. — Estou aqui.

Assinto e inspiro fundo para reunir coragem, voltando a atenção para o que está acontecendo na caverna abaixo. O uivante mortal ainda não saiu, e a garota da cicatriz está ficando impaciente.

— Tirem ele daí — ordena ela.

As demais logo a obedecem. Uma garota alta e negra abre a porta da gaiola enquanto as outras esperam, de espada em punho. Estranhamente, o uivante mortal não se move. O que está fazendo? Por que está parado ali? Meus músculos ficam tensos.

Por fim, a garota da cicatriz se cansa. Ela se lança para dentro da gaiola e puxa uma das correntes do uivante mortal.

Com um uivo abafado de indignação, o uivante mortal avança na direção dela, as ondas de seu pelo prateado pálido em um turbilhão de movimento, olhos escuros semicerrados com fúria. Mas a garota com a cicatriz e as outras não recuam nem fogem. Em vez disso, agarram as correntes e usam uma força inumana para forçá-lo a subir as escadas até que esteja diante de Karmoko Thandiwe, que casualmente o joga no chão. Em seguida, pisa na garganta dele, pressionando com mais força até que desmaie.

Fico completamente espantada, de modo que levo alguns minutos até me lembrar de quão perto estou de um uivante mortal, do que pode acontecer quando estou na presença de um. Eu me viro para Britta, alarmada.

— Tem alguma coisa errada com os meus olhos? — pergunto.

Ela olha para mim, franzindo a testa.

— Não. Era para ter?

Com o alívio correndo em minhas veias, balanço a cabeça e viro o rosto para a frente de novo, no momento que Karmoko Thandiwe remove o pé e aponta para o uivante mortal inconsciente.

— Isto é um uivante mortal, o inimigo que agora está invadindo o Reino Único — declara ela. — Seu inimigo natural. Por toda Otera, uivantes mortais caçam a sua raça, mas, aqui em Warthu Bera, vocês vão aprender a resistir a eles, seus gritos, sua força infernal e sua velocidade. Vocês vão aprender a se transformar de caça em caçador. Como treinar mais, de forma mais implacável, até se tornarem as melhores, as guerreiras mais temíveis de todo o regimento alaki do imperador. Então, quando cada uma de vocês servir ao imperador por vinte anos, serão recompensadas com o Rito de Purificação, uma cerimônia sagrada feita pelos sumos sacerdotes para purificá-las de seu sangue demoníaco. — Ela olha ao redor, seus olhos paralisando cada uma de nós quando declara: — Vocês serão puras novamente.

Puras... Eu perco o ar.

Os próximos vinte anos não podem passar rápido o bastante.

À minha volta, afloram sussurros, exclamações de alegria e alívio.

— Você ouviu isso? — diz uma garota perto de mim, boquiaberta. Katya, acho que é o nome dela. É aquela da fila das carroças, com o cabelo ruivo tão brilhante que parecia uma chama brotando de sua cabeça. Agora está tão careca quanto o resto de nós, até suas sobrancelhas foram raspadas. — Vamos ser puras. Puras de verdade — exclama.

Ela parece quase tão animada quanto eu me sinto. Mesmo que Karmoko Thandiwe tenha repetido as mesmas esperanças que o capitão Kelechi, algo sobre a fala dela acende um fogo em mim. Ou talvez seja o fato de ter sido uma mulher quem disse.

Mas nem todo mundo está tão impressionado. Adwapa consegue parecer entediada ao murmurar:

— Bem, isso é um alívio.

Por já ser careca, ela foi poupada da indignidade da lâmina, mas a cabeça de sua irmã Asha agora também brilha quando ela assente.

Karmoko Thandiwe levanta a mão pedindo silêncio e o salão se acalma.

— Olhem para a esquerda — comanda ela. Obedecemos rapidamente. — Agora para a direita. — Tornamos a obedecer. — De pé de cada lado de vocês estão suas irmãs, de sangue e de armas. Irmãs de sangue. Elas viverão e morrerão com vocês no campo de batalha. Elas são sua família agora. Isso está entendido?

Levo um momento para perceber que ela quer uma resposta.

— Sim, Karmoko Thandiwe — respondo, juntando-me ao coro de vozes.

— Agora olhem para suas irmãs de sangue mais velhas, as aprendizes. — Ela aponta para as garotas de armadura. — De agora em diante, vocês sempre se referirão a cada uma delas como "honrada irmã de sangue mais velha". Elas estão aqui há um ano. Elas lhes indicarão o caminho. — Quando assentimos, ela se vira para nos encarar mais uma vez. — Quero que entendam uma coisa. Das milhares de alaki que vieram a Hemaira, vocês são as cem mais talentosas. As mais rápidas, as mais fortes, as mais mortais. A maioria de vocês chamou a atenção dos anciãos de seu vilarejo antes de passar pelo Ritual, ou ao tentar, inutilmente, escapar de seu destino. Todas vocês se mostraram promissoras. Força, astúcia, resiliência: muito mais do que uma alaki comum. É por isso que foram escolhidas.

De repente, lembro de Britta me contando como era tão forte que quase conseguia erguer uma vaca, lembro de Mãos Brancas surpresa com todas as vezes que eu morri e ressuscitei.

— Lembrem-se bem disso — avisa a karmoko —, porque estão aqui com um propósito e apenas um propósito. Em exatamente dez meses, o imperador enfrentará os uivantes mortais, e ele escolheu as alaki que liderarão o ataque.

Ela olha ao redor, seus olhos muito sérios.

— Vocês estarão na linha de frente dos exércitos do imperador — declara. — Vocês cavalgarão para a batalha e lutarão pela glória de Otera, e ganharão a guerra contra os uivantes mortais ou morrerão tentando. Quantas vezes for preciso.

Ao final do discurso de Karmoko Thandiwe, o silêncio recai sobre o salão.

Minha respiração vem em rajadas curtas e inconsistentes, as palavras dela ecoando em meus ouvidos. Ganharão a guerra contra os uivantes mortais... A linha de frente dos exércitos do imperador... Minhas mãos tremem e eu as aperto. Saber a barganha com a qual concordei é uma coisa. Estar aqui de verdade, vendo os uivantes mortais escondidos sob meus pés — os monstros contra os quais um dia lutarei —, é outra.

Mal vejo as aprendizes erguendo o uivante mortal inconsciente e devolvendo-o à gaiola, mal noto quando a matrona Nasra fecha a abertura no chão e depois se curva em respeito às karmokos. Só quando Karmoko Thandiwe assente para nós é que volto minha atenção para o presente. É então que vejo algo estranho. A karmoko está olhando diretamente para mim, com um olhar peculiar. É quase como se ela me reconhecesse. A expressão some antes que eu possa piscar, mas sei que meus olhos não estavam me enganando.

Você me parece familiar... As palavras da matrona Nasra soam na minha cabeça.

Como se minha mente a tivesse convocado, a matrona caminha até a parte da frente do salão e bate palmas para chamar a atenção.

— Muito bem, neófitas, andem. Hora do jantar! — grita.

Obedeço, assim como as outras garotas, seguindo-a até o próximo salão, cheio de mesas compridas de madeira e cadeiras parecidas.

Quando me sento ao lado de Britta e das demais, minha mente está agitada, de volta ao símbolo de eclipse nos broches das karmokos — para a estranha sensação que tive quando a Karmoko Huon o tocou. Eu o traço mentalmente outra vez, imaginando a forma daquele sol sombreado deslizando sob a ponta dos meus dedos, as bordas suavizadas por anos de uso diário.

Deixo escapar uma arfada.

Já senti esse símbolo antes, toquei nele mil vezes antes de vê-lo no selo que Mãos Brancas me deu. É o mesmo símbolo que está no colar da minha mãe, aquele que nunca consegui distinguir porque estava muito gasto, e que está em todos os lugares para onde olho agora: no arco acima da porta de onde as assistentes estão saindo, nos pratos fumegantes de comida nas mãos e nos centros das mesas, até mesmo no meio do teto, bem acima de nós.

Aponto para ele e pergunto às garotas ao meu lado:

— Alguém sabe o que é aquele símbolo?

Todo esse tempo e eu nunca perguntei. Belcalis e Asha balançam a cabeça, mas Adwapa assente.

— É a umbra, o emblema das Sombras.

Franzo a testa, meus pensamentos mais acelerados. Minha mãe tinha esse símbolo no colar, o usava todos os dias. E símbolos como esse, ligados ao imperador, só podem ser usados com permissão especial. Mesmo esculpir um por engano é motivo para sentença de morte — até crianças pequenas sabem disso. O chão fica instável sob meus pés à medida que uma teoria estranha e impossível desliza em minha mente.

E se minha mãe fosse uma Sombra?

Parece improvável — até mesmo impossível —, mas explicaria tantas coisas: o motivo pelo qual ela era sempre tão cuidadosa e permanecia na periferia do vilarejo, o fato de ter se mudado para Irfut, para começo de conversa. A maioria das mulheres nunca deixa seu vilarejo natal, e se deixa é para se mudar para um vilarejo logo ao lado, não para uma província totalmente diferente.

Isso pode explicar os olhares estranhos da Karmoko Thandiwe e da matrona Nasra, e por que minha mãe sentia o formigamento, mesmo sendo humana. Alguns dos homens em Irfut comentavam que o imperador recolhe pessoas estranhas para servi-lo, pessoas que desafiam a ordem natural das coisas, mas às quais foi concedida dispensa especial pelos sacerdotes. E se minha mãe fosse uma delas? Se fosse, o que isso me torna?

Tem que haver respostas aqui em algum lugar.

Enquanto as aprendizes colocam pratos de frango com ervas e arroz à nossa frente, os olhos de Britta se estreitam.

— Você está com uma expressão engraçada — diz ela, comendo um pedaço de frango com as mãos, como é tradição nas províncias do Sul.

Minha mãe costumava fazer o mesmo, embora meu pai quisesse que ela usasse talheres. Ela sempre disse que as mãos eram boas o suficiente. Esse pensamento faz com que uma pontada de tristeza percorra meu corpo. Afasta o cheiro desagradável de frango, que faz meu estômago se revirar. Desde que fui queimada, não aguento o cheiro de carne assada. Lembra muito o cheiro da minha pele.

Respiro fundo e encaro Britta.

— Eu acho que minha mãe era uma Sombra — sussurro.

— O quê?

— Tem um colar que ela sempre usava, ia para todos os lugares com ele. O colar tinha uma umbra.

Parece tão estranho dizer isso em voz alta, até mesmo bobo, mas expressar meus pensamentos em voz alta os solidifica. Sei que estou certa, posso sentir.

— E aquela matrona horrível disse que você parecia familiar... — A agitação ilumina o rosto de Britta e ela arfa. — E se ela conheceu a sua mãe? E se elas treinaram juntas ou algo assim?

— É isso o que estou pensando.

A voz de Britta se reduz a um sussurro.

— Será que isso explica como você sabia que os uivantes mortais estavam lá embaixo?

Ela se curva sobre o prato de comida para que as outras não nos ouçam falar.

Será? Penso na pergunta.

— Não sei — admito. — Só tenho umas sensações às vezes. E ela também tinha...

Olho para Britta, me preparando para sua reação — horror, medo? Mas ela apenas assente.

— Então temos que conseguir aquele livro, a *Heráldica* sobre a qual a karmoko falou. Se todas as Sombras estão listadas lá, talvez sua mãe também esteja. Talvez possamos descobrir mais sobre ela.

Britta parece tão determinada, tão animada, que algo se suaviza no meu peito. E eu com medo de que ela risse de mim ou me rejeitasse.

Eu assinto.

— E se ela não estiver lá, pelo menos eu saberei com certeza.

— De qualquer maneira, pelo menos vai nos distrair. Toda aquela conversa sobre fazer invasões e sermos guerreiras. Como posso ser uma guerreira? Eu, Britta de Golma, filha de um produtor de repolho. Não consigo imaginar.

— Nenhuma de nós consegue — diz Belcalis ao lado dela, me assustando.

Estive tão absorta na conversa sobre minha mãe que quase me esqueci que ela estava sentada ali. Que todas as outras garotas também estavam.

Para minha surpresa, elas não se separaram por províncias, da forma como as pessoas que visitam Irfut tantas vezes fazem — as do Norte e do Sul em particular. Em vez disso, todas elas se aproximam, assentindo em concordância.

— Quero ir para casa. — Este sussurro temeroso vem de Katya. — Vencer? Guerreiras? Morrer? — Ela se vira para nós, as sobrancelhas raspadas se juntando como lagartas pálidas. — Eu nunca pedi isso. Tudo o que eu queria fazer era casar, ter filhos. Eu só quero ir para casa, voltar para Rian.

— Rian? — Pisco. — Você tinha um noivo?

Katya assente.

— Quando apareceram para me levar, ele correu atrás da carroça. Ele disse que me esperaria, não importa quanto tempo demorasse. — Ela olha para as mãos recém-douradas, sua voz fraca por conta das lágrimas. — Ele está esperando por mim. Ele ainda está esperan...

Ela para de repente, lutando contra os soluços, e Britta coloca o braço ao redor dela.

Eu apenas observo, sem saber o que fazer. Assim que meu sangue saiu dourado, todos que eu conhecia me abandonaram: meu pai foi embora, os aldeões se voltaram contra mim — até Elfriede me largou. O fim de dezesseis anos de amizade, em um piscar de olhos.

Mas o noivo de Katya ficou com ela. Tentou lutar por ela. Mesmo que ele tenha ido contra os anciãos do vilarejo, os sacerdotes, não consigo imaginar tamanha lealdade de um homem — de qualquer pessoa, na verdade. Existem realmente pessoas assim no mundo? Poderia haver alguém assim para mim?

Nem sei se é possível, se alguém, em algum lugar neste vasto mundo, algum dia vai amar alguém como eu — que não envelhece e descende de demônios —, mas quero encontrá-lo. Quero sobreviver por tempo o suficiente para experimentar esse tipo de amor: leal, inabalável, constante. O tipo de amor que minha mãe me deu antes de morrer. O tipo de amor que Katya e Britta parecem invocar tão facilmente.

E não tenho que fazer isso sozinha.

Observo as outras garotas, os olhos de Katya arregalados de medo, os de Britta incertos. Se fosse qualquer outro lugar, nem falaríamos umas com as outras, mas estamos todas no mesmo barco agora, todas diante de anos de dor, sofrimento, sangue... Irmãs de sangue — foi assim que Karmoko Thandiwe nos chamou. Um termo que me dá coragem.

Oro rapidamente para Oyomo antes de me voltar para as outras.

— Não sei vocês — digo —, mas pretendo sobreviver por tempo o suficiente para sair deste lugar. Já cansei de morrer.

As sobrancelhas de Katya se juntam.

— Já cansou? Espere, você quer dizer que você realmente já morreu...

— Nove vezes — sussurro, as palavras como espinhos na minha boca.

Os olhos dela se arregalam.

— Nove vezes?

Enquanto a incredulidade invade seu rosto e as outras se voltam para mim com expressões idênticas de choque, explico:

— Fui submetida ao Mandato de Morte antes de vir para cá. Mas eles não conseguiram encontrar minha morte definitiva, então tentaram de novo e de novo... — Me interrompo. — Não quero passar por isso mais uma vez. Não quero mais mortes, mais dor. Quero ter uma vida, uma vida real desta vez. Uma vida feliz... Mas, para isso, preciso sobreviver. Todas nós precisamos.

Olho de uma garota para a outra, respirando fundo para reunir minha coragem.

— Karmoko Thandiwe disse que somos irmãs de sangue, então vamos nos ajudar. Se quisermos sobreviver pelos próximos vinte anos, temos que fazer isso juntas, não apenas como aliadas, mas como amigas. Como família...

Estendo minha mão, meu coração retumbando na garganta.

— Irmãs de sangue? — pergunto, mil pensamentos bombardeando minha mente.

E se eu estiver pedindo muito? E se elas me derem as costas, me desprezarem como todos no vilarejo fizeram, e se...

Uma mão macia pousa sobre a minha.

— Irmãs de sangue — declara Britta quando olho para ela, alarmada. Ela sorri. — Agora e para sempre, mas você já sabia disso, Deka.

Quando assinto, aliviada, Katya também se inclina para a frente.

— Irmãs de sangue — sussurra. — Sei que acabamos de nos conhecer, mas se vocês vão se juntar, eu quero fazer parte disso.

Assinto, devolvendo seu sorriso ansioso.

É a vez das gêmeas e, pela primeira vez, elas parecem quase sérias enquanto se entreolham e dão de ombros.

— Pode ser — dizem uma para a outra, colocando as mãos sobre as nossas. — Irmãs de sangue — confirmam em uníssono, sorrindo para mim.

Um quentinho se espalha pelo meu corpo, um brilho de felicidade. Elas estão mesmo dizendo sim, todas elas. Quando sorrio, outra mão pousa inesperadamente na minha. A de Belcalis.

— Irmãs de sangue — diz ela, a boca uma linha fina enquanto as outras sorriem e a abraçam.

E, simples assim, estamos ligadas.

Irmãs de sangue.

Com a felicidade faiscando dentro de mim, pego um punhado de arroz e começo a comer, com cuidado para não engolir pedaços de frango. Preciso aumentar minha força. Afinal, sobreviver é um trabalho árduo. Assim como será descobrir a verdade sobre o passado de minha mãe.

12

❖ ❖ ❖

Começa com um mar escuro e constante, antigo, mas familiar. Estou flutuando dentro dele, envolvida no calor, imóvel. Vozes, femininas e poderosas. Elas me chamam.

— Deka... — sussurram.

Uma delas quase soa como minha mãe.

Eu me viro em direção às vozes, nem um pouco surpresa ao encontrar uma luz dourada tremeluzindo à distância. Uma porta, esperando que eu a abra. Enquanto nado, leve neste vasto mar, ouço outra coisa...

— Levantem seus traseiros preguiçosos, neófitas!

Acordo de repente, piscando na escuridão enquanto duas aprendizes entram apressadas no quarto compartilhado, empurrando as garotas para fora de suas camas como se elas se movessem devagar demais. Há mais aprendizes no corredor, seus gritos sincronizados com as batidas frenéticas de tambores próximos.

— O que... hã... o quê? — diz Britta, confusa, se levantando num pulo.

— Temos que nos arrumar — digo, quase arrancando-a da cama.

As aprendizes estão do lado de fora da porta. Uma delas é a garota da cicatriz, de ontem, e a outra é uma garota negra gorda, de aparência quase angelical, com cabelo escuro e cachos abertos. Ambas estão vestindo túnicas azul-escuras — um uniforme, igual aos verdes que ganhamos ontem.

— Saudações matinais, neófitas — diz a garota da cicatriz.

— Saudações matinais. — Minha resposta é tão incerta quanto a das outras garotas quando nos reunimos em torno dela.

Ela dá um passo à frente.

— Sou Gazal, sua honrada irmã de sangue mais velha. Vocês se referirão a mim como Honrada Irmã de Sangue Mais Velha Gazal, ou Honrada Irmã de Sangue Sênior. Qualquer outra forma de tratamento não será tolerada.

O ar imediatamente fica pesado, a tensão aumenta até que a garota mais gorda dá um passo à frente. Comparada a Gazal, ela é o calor e o sol personificados ao sorrir para nós.

— Sou Jeneba, sua honrada irmã de sangue mais velha — diz alegremente. — Espero que com o tempo nos tornemos amigas.

Minha tensão começa a diminuir. Jeneba parece uma daquelas pessoas felizes que se dão bem com todo mundo.

Mal tenho tempo de assentir para ela antes de Gazal falar de novo.

— Jeneba e eu fomos encarregadas de tomar conta deste quarto compartilhado — explica ela. — Juntas, nós as guiaremos durante sua primeira semana em Warthu Bera e, com o tempo, por toda a sua estada neste campo de treinamento... Isto é, se vocês sobreviverem.

Quando um silêncio tenso recai, todas as neófitas olham umas para as outras apreensivamente, Jeneba dá um passo à frente e bate palmas para chamar a atenção.

— Muito bem, neófitas, vocês têm quinze minutos para se limparem. Vamos! Vamos! Vamos!

As palavras dela são como um raio, faz com que as garotas partam em direção à câmara de limpeza o mais rápido que conseguem. Eu me apresso, sem querer ficar para trás, mas quando avisto os espelhos de bronze polido da câmara e dez pias de pedra com jarros de água e outros suprimentos de banho cuidadosamente colocados nelas, desacelero, pasma. Em Irfut, a única pia que vi foi a do templo, e era reservada para os homens. Paro diante de uma, olhando boquiaberta para o espelho quando percebo que meu cabelo já cresceu e formou uma pequena nuvem fofa. O mesmo aconteceu com todas as outras neófitas, mas só estou percebendo agora porque não estou tão desorientada quanto estava quando acordei. Deve ser um efeito da cura alaki. Enfim um benefício de ser impura.

— Quatorze minutos — grita Jeneba.

Volto a me mexer, limpando meu rosto com o pano e água. Quando termino, olho para o pequeno pedaço de madeira ao lado do meu jarro de água, perplexa.

— O que é isto? — sussurra Britta, fazendo a pergunta que está na ponta da minha língua.

— É para limpar a boca — responde Belcalis, usando o dela para esfregar os dentes.

Logo faço o mesmo, ofegando quando um sabor gelado explode na minha boca. Não é de admirar que os hemairanos prefiram isso aos panos que usamos em Irfut para limpar a boca. Quando acabo, coloco rapidamente as vestes verdes e as sandálias de couro, e quando os tambores tornam a soar, estou vestida e pronta para seguir Jeneba para o pátio.

Ainda está escuro quando saio — apenas algumas tochas fracas iluminam nosso caminho. Mesmo assim, o tempo está agradável e quente, o ar do início da manhã ameno com o perfume das flores exóticas. Por um momento, fico onde estou, desfrutando a sensação. O nascer do sol sempre foi frio em Irfut. Este calor deveria ser desconfortável para uma pessoa do Norte como eu, mas, de alguma forma, parece perfeito.

A umbra esculpida no arco parece brilhar para mim quando passo debaixo dele, um lembrete de que tenho que ler a *Heráldica das Sombras* para descobrir tudo o que puder sobre o passado de minha mãe. Faço uma anotação mental para perguntar a Jeneba onde está. Ela parece legal, comparada às outras aprendizes.

Karmoko Thandiwe está de pé calmamente diante da estátua do imperador Gezo, com Gazal ao seu lado, quando chegamos ao pátio. A aprendiz está com uma mão atrás das costas e a outra sobre o coração em uma postura militar rígida. Ela parece ainda mais intimidadora agora do que quando nos acordou.

— Bom dia, neófitas — grita Karmoko Thandiwe, aquele corpo musculoso ereto como uma vareta, tranças de argila vermelha brilhando na escuridão. — Espero que vocês tenham dormido bem.

Nos entreolhamos.

— Sim, Karmoko — respondemos.

Karmoko Thandiwe sorri.

— Ainda não está certo.

Gazal dá um passo à frente e bate com a mão sobre o coração.

— Neófitas, quando na presença das karmokos, fiquem em posição de sentido! — Ela demonstra. — Costas retas, mão direita sobre o coração, a esquerda atrás das costas!

Fazemos rapidamente o que nos é dito, Jeneba verifica se estamos fazendo direito. As aprendizes designadas para os outros quartos compartilhados ajudam suas próprias partes da fila. Conforme nos inspecionam, vejo movimento nas janelas superiores. As matronas estão observando. Isso, aparentemente, é um divertimento para elas.

Quando estamos todas em posição de sentido, Karmoko Thandiwe se dirige a nós.

— Para serem guerreiras, vocês devem ser fortes de corpo e espírito. Isso começa com uma corrida. Toda manhã.

Meus olhos se arregalam.

Corrida?

Mulheres não podem correr em Otera. Qualquer garota pega andando mais rápido do que uma caminhada é chicoteada pela insolência. "Leves e graciosos são os passos da mulher pura", adverte as Sabedorias Infinitas. O lembrete faz uma náusea sutil agitar meu estômago.

— Vamos lá, neófitas! — ordena Gazal, me arrancando dos meus pensamentos. — Vamos!

Ela demonstra, corre pela trilha em um ritmo rápido e constante, as outras aprendizes atrás dela. As outras neófitas e eu tentamos imitar, arfando enquanto lutamos para controlar a respiração e o ardor nos músculos das pernas. Quando Gazal finalmente para na base da primeira colina, estou tão exausta que apoio as mãos nos joelhos para me equilibrar.

— Tudo bem, neófitas — diz Gazal, parecendo quase energizada agora. — Seus corpos devem estar totalmente aquecidos. É hora de acelerar o ritmo!

Ela dispara morro acima, movendo-se ainda mais rápido do que antes.

Balanço a cabeça, horrorizada.

— Não consigo ir mais rápido — reclamo com Britta entre uma respiração e outra. — Minhas pernas estão pegando fogo.

A respiração de Britta está tão irregular quanto a minha.

— Nem eu.

— Ah, parem de reclamar — diz Adwapa alegremente, passando correndo por nós.

Ela e a irmã são as únicas que parecem não se incomodar com o fato de estarmos correndo. Mas elas são Nibari, afinal — sua tribo apenas finge obedecer às Sabedorias Infinitas quando sacerdotes ou emissários se aventuram em seus desertos. Era o que minha mãe sempre me dizia, pelo menos.

E deve ser verdade, porque Adwapa está quase saltitando quando diz:

— É só uma corrida leve. Em casa, costumávamos correr quilômetros.

— No calor — acrescenta Asha. — Em montanhas.

— Então por que vocês não mexem o traseiro de volta para as montanhas e nos deixam aqui para morrer? — dispara Britta. Então se arrepende. — Desculpem, não quis dizer isso. Estou muito cansada. Acho que é isto que vai me dar minha primeira quase morte.

Assinto, esgotada.

— A verdade é essa — digo, relutantemente recomeçando a correr.

Esta segunda rodada é ainda pior do que a primeira, meus músculos reclamam por conta do ritmo. Para minha surpresa, no entanto, quanto mais corro, mais fácil fica. É quase como se meus músculos estivessem ganhando força, estendendo-se até seu potencial máximo. Logo, meu desconforto é coisa do passado enquanto subo e desço as colinas, meus pés mal tocando o chão. A paisagem ao meu redor começa a mudar — ondas suaves e brilhantes, como se as árvores estivessem debaixo da água. O ar se distorce, os sons se tornam mais distintos — entrei em um mundo completamente diferente, onde cada coisa está muito mais nítida.

Sorrio de orelha a orelha quando uma gota de orvalho cai lentamente diante de mim, sua beleza cristalina facilmente perceptível pela minha visão aguçada. Nunca me senti tão feliz antes. Nunca me senti tão livre.

— É assim que os pássaros se sentem? — grita Britta, animada. — Não me espanta que não quisessem que a gente corresse.

Eu paro, esse lembrete tão lancinante quanto uma flecha. As Sabedorias Infinitas nos proíbem de correr, assim como fazem com a maioria das coisas que não preparam as garotas para o casamento e para servir a suas famílias. Garotas não podem gritar, beber, andar a cavalo, ir para a escola, aprender um ofício, aprender a lutar, andar sem a companhia de um homem — não podemos fazer nada que não tenha relação com ter um marido e uma família e lhes servir. O ancião Durkas sempre nos disse que é assim porque estão tentando nos mostrar como viver uma vida feliz e justa.

E se, na verdade, o objetivo deles fosse nos prender?

Eu interrompo esse pensamento, a culpa me inundando. O caminho dos fiéis é a confiança e a submissão — quantas vezes o ancião Durkas nos disse isso? Posso não entender agora, mas Oyomo tem um plano maior para mim. Tudo o que tenho que fazer é me entregar e ter fé.

Mesmo que eu esteja aqui, fazendo coisas que vão contra os ensinamentos, tenho que acreditar que Oyomo entende meu coração, que Ele vê que estou tentando ao máximo ser fiel.

Eu me entregarei. Eu serei fiel.

Não terei mais pensamentos perigosos...

Gazal por fim nos guia de volta para o pátio. No momento em que o alcançamos, eu caio de joelhos, de repente exausta demais para ficar de pé por mais tempo. As outras fazem o mesmo, mas também estão rindo, saboreando a descoberta que acabaram de fazer, a alegria que acabaram de sentir. A alegria que ainda estou tentando esquecer.

Oyomo, me perdoe. Oyomo, me perdoe.

Não é certa a euforia que senti enquanto corria. Devo expulsá-la de meus pensamentos.

Fico quase grata quando Gazal nos encara com sua expressão fria de costume, me distraindo.

— Isso é suficiente para o aquecimento desta manhã, neófitas — diz ela. — Voltem para os quartos. Vocês têm vinte minutos para se limpar e colocar as roupas que receberam, depois mais dez para o café da manhã. As aulas começam logo.

Essa é a única informação que ela dá antes de voltarmos correndo para nossos quartos.

13

— Olhe, ali está Jeneba — diz Britta, apontando para a alegre aprendiz sulista quando voltamos lá para fora no final daquela manhã.

Já tomei banho, me vesti e comi a aveia e o mel que as assistentes prepararam para nós de café da manhã. As linguiças que os acompanhavam dei para Britta, porque o cheiro delas revirou meu estômago.

Acho que não consigo mais comer carne.

— Você queria perguntar sobre a *Heráldica*, lembra? — diz Britta antes de correr na direção dela. — Honrada Irmã de Sangue Mais Velha Jeneba! Honrada Irmã de Sangue Mais Velha Jeneba!

Jeneba se vira para nós.

— Neófita Britta — responde ela. — Algum problema?

— Não, só tenho uma pergunta para você, Honrada Irmã de Sangue Mais Velha. A *Heráldica*... Onde está?

— No Salão dos Registros, ao lado da biblioteca no andar superior. — Ela faz uma pausa, olhando para Britta. — Foi sua mãe ou sua avó que era uma Sombra?

— Mãe, provavelmente — eu digo, atraindo a atenção para mim.

Uma de suas sobrancelhas se levanta.

— Então é para você, Neófita Deka. Que intrigante. Bem, boa sorte para tentar chegar lá. — Quando Britta e eu olhamos para ela, confusas, Jeneba explica: — Neófitas têm autorização para entrar na biblioteca apenas nos dias livres, e vocês só os terão após as primeiras três semanas. Então, mais uma vez, boa sorte para você, neófita.

Assim que ela vai embora, me viro para Britta, horrorizada.

— Três semanas? Eu não posso esperar tanto tempo.

Quem sabe o que vai acontecer até lá? E se a gente começar a treinar com uivantes mortais? As aprendizes nos disseram no café da manhã que elas não fizeram isso antes do terceiro mês em Warthu Bera, mas porque estavam treinando apenas para ataques contra ninhos locais de uivantes mortais.

Agora que a migração dos uivantes está para acontecer, todas estão se preparando para a cruzada, o que significa que passaremos por um treinamento ainda mais intenso do que o delas. Eu não ficaria surpresa se tivéssemos que treinar com os uivantes a partir desta semana.

— Tem que haver outra maneira... Tem que haver! — digo a Britta, o pânico crescendo.

E se meus olhos mudarem de cor na presença deles de novo? E se alguém vir e me expor?

O pavor me sufoca enquanto penso no que poderá acontecer: as karmokos me forçando a entrar nas cavernas sob Warthu Bera para realizar testes como os que os anciãos fizeram em Irfut, os jatu me arrastando para ser executada de novo e de novo. Não posso passar por isso outra vez, não posso! Tenho que descobrir sobre minha mãe, encontrar algum método para controlar qualquer habilidade que esteja crescendo dentro de mim.

No momento, a *Heráldica* é a única esperança que tenho.

Tento acalmar meus pensamentos, e Britta responde:

— Haverá, Deka. Nós só temos que procurar por ela. Além disso, você conseguir sentir os uivantes não é uma coisa boa?

Eu paro.

— O quê?

— Pense em como será útil quando formos atacar e coisas assim. Pode ser muito valioso. Poderíamos usar em ataques, sentir os uivantes mortais antes mesmo de eles aparecerem. Isso pode nos dar uma vantagem.

Britta dá de ombros, completamente inconsciente de que acabou de transformar toda a minha visão de mundo.

Valioso...

Todo esse tempo, estive apavorada com minha habilidade. Mas e se for uma arma útil — uma espada para desembainhar quando a situação exigir? E Britta viu tão facilmente o que eu não conseguia, aceitou com tanta facilidade o que nem minha própria família aceitou.

As lágrimas queimam meus olhos e eu pisco para afastá-las.

Observo Britta continuar:

— Talvez, em vez de tentar esconder esse negócio, você deva tentar dominá-lo. Controlá-lo.

— Você tem razão — finalmente consigo dizer.

— Tenho, não é? — Ela parece muito satisfeita consigo mesma. — Vamos descobrir o que conseguirmos sobre sua mãe, e então poderemos começar a treinar essa sua habilidade... quero dizer, depois de terminarmos essas primeiras semanas.

Ela me puxa para a frente, seguindo a fila das outras garotas.

Nossa primeira aula do dia é em uma pequena construção simples de madeira que fica no meio da colina. O sol começou a aparecer no céu faz pouco tempo, mas já está quente quando entramos. Karmoko Huon está esperando por nós, de pernas cruzadas em uma esteira de junco, uma meia-máscara de um amarelo pálido cobrindo-a da testa ao nariz. Esta manhã, ela está usando uma túnica azul bonita, bordada com flores cor-de-rosa, e seu cabelo está preso por um pente decorado com joias. Dois jatu fortemente armados estão atrás dela, os braços cruzados ameaçadoramente.

— Acomodem-se, neófitas — diz ela com sua voz suave e calma, apontando para as esteiras de junco dispostas em duas fileiras organizadas.

Britta e eu nos entreolhamos, em seguida, obedecemos, nos ajoelhando em uma saudação a ela antes de seguirmos, apressadas, para as esteiras bem no fundo, junto com as gêmeas, Katya e Belcalis. Ajoelhada, tenho uma vaga consciência de que Gazal está nos olhando das sombras, onde algumas outras aprendizes se sentaram. Há cerca de cinco ou seis delas, mas Gazal e Jeneba são as únicas que reconheço.

Karmoko Huon bate palmas.

— Bem-vindas à sua primeira aula de combate, neófitas — diz ela.
— Eu sou Karmoko Huon e vou ensiná-las a usar o corpo como arma.
É um prazer conhecê-las.

Ela se curva formalmente para nós. Todas a observamos, sem saber
como responder a essa nova saudação.

— Curvem-se à karmoko! — ordena Gazal.

Quando logo tentamos obedecer, desajeitadas, Karmoko Huon ergue a mão.

— Eu acho, Gazal — diz, achando graça —, que é preciso demonstrar primeiro. — Ela se vira para nós. — Assim. — Ela encosta a cabeça
no chão. — É assim que vocês cumprimentam suas karmokos quando
estão no tatame. Agora tentem.

Nós rapidamente reproduzimos a reverência.

A boca de Karmoko Huon se contrai.

— Bom. Não está perfeito, mas bom.

Nos entreolhamos, aliviadas.

— Pelo menos não passamos vergonha — sussurra Britta baixinho.

De repente, me pergunto se os recrutas estão tendo os mesmos problemas que nós. Duvido.

Uma lembrança das mãos de Keita, calejadas pela espada, surge, e eu a
espanto, me voltando para Karmoko Huon, que se levanta graciosamente.

— Agora — diz ela, com determinação —, para entrar em combate,
vocês devem primeiro conhecer suas formas. Formas são posturas de
batalha. Cada uma é uma pequena parte da dança com a qual vocês
logo ficarão intimamente familiarizadas. A dança da morte.

Meus olhos se estreitam. Uma dança? Como uma dança vai nos
ajudar a lutar contra os uivantes mortais?

Do meu outro lado, Adwapa zomba baixinho.

— Dança da morte. Essa aí vai nos fazer ser mortas.

Um grampo de cabelo bate na parede atrás dela, algo preso embaixo
dele. Um pedaço de carne, sangue dourado ainda pingando. Adwapa
se vira, vê, e seus olhos se arregalam de choque.

— Minha orelha! — arfa, segurando a orelha esquerda. A metade superior sumiu.

Karmoko Huon sorri suavemente, rearrumando a parte de seu cabelo agora solta do resto dos grampos. Pela primeira vez, seu olhar parece de aço, o poder escondido por trás daquele exterior ornamentado. Com calma, ela estende a mão em direção a Adwapa.

— Parece que perdi meu grampo de cabelo, neófita. Você pode buscá-lo para mim?

Segurando a orelha ensanguentada, Adwapa pega lentamente o grampo e, tremendo, entrega-o a Karmoko Huon. A karmoko sorri agradecida e a dispensa com um aceno de cabeça. Assim que Adwapa retorna ao seu lugar, Karmoko Huon se volta para o resto da classe.

— Podemos continuar?

— Sim, Karmoko — respondemos depressa, ainda em choque.

Karmoko Huon assente e se levanta.

— Agora demonstrarei a primeira forma.

Ela fixa os pés separados e desloca o peso para que fique concentrado na parte inferior do corpo. Quando estende os braços em um movimento gracioso, mas preciso, a expressão séria, algo dentro de mim estremece. Karmoko Huon me lembra de Mãos Brancas: bonita por fora, mortal por dentro.

— Na forma de Terra Imóvel, vocês estão centradas, em seu estado mais poderoso — diz ela. — Estão na posição perfeita para atacar ou fugir. — Ela demonstra rapidamente, seus movimentos precisos, mas fluidos. — Vou mostrar.

Ela chama o maior dos dois jatu atrás dela, um homem enorme, e faz uma mesura formal quando ele se aproxima. O homem rapidamente se curva também.

Ele se lança em um ataque, e todas nós assistimos, extasiadas. Como a karmoko vai lidar com esse ataque tão direto? Para minha surpresa, Karmoko Huon o vira de costas antes que ele possa tocá-la e, em seguida, torce seu pulso em um ângulo estranho e doloroso.

— Eu me rendo! Eu me rendo — grita o jatu, os olhos esbugalhados de dor.

A karmoko o solta, mas seus olhos são frios como pingentes de gelo.

— Primeira lição, neófitas: uma alaki não se rende. Você vence ou morre. Para uma alaki, para qualquer guerreiro, a morte deve ser uma amiga íntima, uma antiga parceira que você cumprimenta antes de entrar no campo de batalha. Não tenham medo da morte, não se escondam dela. Abracem-na, domem-na. É por isso que sempre dizemos "Nós, que estamos mortas, te saudamos" para nossos comandantes antes de nos encaminharmos para a batalha.

Uma sensação estranha e desconfortável cresce dentro de mim. A morte deve ser uma amiga íntima... Eu mal consigo entender o conceito.

Karmoko Huon finalmente libera a mão do jatu e se curva para ele mais uma vez.

— Meus agradecimentos por sua ajuda — diz ela docemente.

O homem corpulento assente, parecendo dolorido, depois sai mancando, fazendo careta.

Agora, estamos todas quietas, tensas. Karmoko Huon se volta para nós.

— Vocês sabem por que escolhi demonstrar esse movimento com ele, neófitas? — pergunta.

Nós balançamos a cabeça lentamente.

— Porque eu queria mostrar a vocês que o tamanho não importa.

— Nenhum adversário é infalível, por maior que seja. Uivantes mortais podem ser maiores, mas não importa quão assustadores pareçam, quão intimidantes possam ser: vocês são tão fortes quanto, tão rápidas quanto, especialmente quando entram no estado de combate, que experimentaram esta manhã quando correram e seus sentidos se acentuaram, seus reflexos ficaram mais aguçados. Exploraremos mais isso com o passar do tempo. Por enquanto, vamos continuar a aula.

14

— Levantem seus traseiros preguiçosos, neófitas!

Não preciso desse lembrete agressivo. Depois de duas semanas e meia, a rotina se tornou parte de mim, então já estou limpa e vestida quando Jeneba chega para nos levar ao pátio. Os recrutas estão lá esperando, a armadura de couro em seus corpos brilhando sob a luz bruxuleante das tochas.

Pisco, assustada com a visão.

Não vemos os recrutas desde o dia em que formamos pares em Jor Hall. Nós os ouvimos treinando, óbvio, suas vozes vindo do outro lado do muro. Mas mesmo em dias lunares, quando temos uma tarde inteira livre, não nos encontramos — não que eu esperasse que acontecesse. Ao contrário de nós, eles ficam livres para entrar na cidade no dia de folga, livres para se misturar com as pessoas além das muralhas de Warthu Bera, assim como as assistentes e as matronas. As únicas pessoas que nunca deixam Warthu Bera são as alaki — não que tenhamos permissão para vagar dentro do campo de treinamento também. Confirmei isso quando tentei entrar no Salão dos Registros nos últimos dois dias lunares.

Assistentes e matronas ficam de guarda nos corredores constantemente, prontas para abordar qualquer alaki que se desvie do caminho com a ponta farpada do rungu, aqueles porretes pesados horríveis que gostam tanto de carregar por aí. Como Jeneba disse, as neófitas não podem circular por nenhuma das áreas restritas até o fim das três primeiras semanas.

Felizmente, elas estão quase acabando.

Daqui a exatamente três dias, vou entrar no Salão dos Registros. Então, lerei a *Heráldica de Okai* e terei respostas às perguntas que têm me atormentado desde que cheguei a este campo de treinamento.

Quase consigo imaginar agora, ver o nome de minha mãe ali, ler sobre sua vida, seus feitos, aprender sobre suas habilidades — e sobre as minhas também.

Pensar nisso me enche de expectativa

Enquanto me deleito com a sensação, olhos dourados encontram os meus do outro lado do pátio. Eu congelo, desconcertada, quando Keita assente para mim, sua expressão fria tal qual quando o conheci. As aprendizes estão nos instruindo a juntar as filas, então relutantemente me aproximo dele, feliz que meu cabelo já cresceu até o tamanho que costumava ter, cortesia da cura alaki. Terei que cortá-lo de novo em breve, já que interfere no treinamento. A maioria das garotas os apara todas as manhãs, assim como as aprendizes, e algumas, como Adwapa, mantêm a cabeça perfeitamente careca.

Quando estamos lado a lado, Keita me cumprimenta.

— Saudações matinais, Deka — murmura ele.

— Saudações matinais — respondo, lutando contra a vontade de abaixar a cabeça.

Assim como antes, fico desconfortável quando estou perto dele. Algo nele me faz lembrar de Ionas e do que aconteceu da última vez que me aproximei de um garoto.

Talvez seja sua altura. Ele é tão alto quanto Ionas, e isso não é algo comum.

Forço minha atenção para a frente do pátio enquanto Karmoko Thandiwe dá um passo adiante, a pele escura brilhando contra o cabelo coberto de argila. Esta manhã, ela está vestindo uma túnica azul meia-noite e uma meia-máscara pintada de um ônix muito escuro. As outras karmokos atrás dela e do capitão Kelechi usam máscaras semelhantes, como sempre fazem quando há homens por perto.

Não as invejo. Só posso imaginar como essas máscaras seriam incômodas durante o treinamento, com todo o suor e sujeira que temos com que lidar.

— Nas últimas duas semanas e meia, vocês aprenderam o básico sobre velocidade, força, armamento e combate — anuncia Karmoko Thandiwe. — Hoje, iniciarão o treinamento em pares, começando com a corrida diária. Lembrem-se, vocês estão em duplas a partir de agora, e deverão considerar os pontos fortes e fracos uns dos outros. Entendido?

— Sim, Karmoko — grito junto às outras garotas.

Ela assente para Gazal, que dá um passo à frente, com seu uruni, um garoto magro e loiro do Norte, ao lado dela.

— Vamos lá, neófitas, movam seus traseiros! — ordena ela, começando uma corrida rápida.

Eu a sigo, mantendo o ritmo facilmente. Nas últimas duas semanas, a corrida se tornou minha parte favorita do dia. Já consigo notar o ar desacelerando ao meu redor enquanto me movo mais rápido colina acima, os músculos relaxando, os sentidos ganhando vida. Estou entrando no estado de combate com muito mais facilidade do que quando cheguei.

Me viro para olhar para Britta, prestes a conversar com ela, como sempre, mas ela não está lá, nem as outras garotas, agora que estou reparando. Estão todas na base da colina, arrastando-se pelo menos cinco passos atrás dos recrutas, embora seus músculos devam estar tendo espasmos e se contorcendo pelo esforço de correr tão devagar. Elas estão fazendo exatamente o que fariam em seus vilarejos natais — contendo seu potencial para não ofender um rapaz que poderia ser um possível marido. Mas Warthu Bera não é como nossos vilarejos, e existem perigos muito maiores em jogo do que o de chatear alguns garotos. A lembrança dos cadáveres na neve em Irfut passa pela minha mente, e eu cravo minhas unhas na pele.

Corro para Britta e as outras, sem me importar quando os recrutas param e observam, surpresos com minha velocidade.

— Vocês não podem reduzir a velocidade por causa deles — digo. — São eles que têm que acompanhar vocês.

— Deka — sussurra Britta. Ela olha para os recrutas boquiabertos, envergonhada. — Você não pode deixar que eles te vejam assim, no estado de combate. Vai assustá-los.

As outras garotas ao redor dela assentem, concordando.

— Ela tem razão — diz Katya.

— Assustá-los? — Não acredito no que estou ouvindo. — Vocês acham que estamos aqui aprendendo todas essas coisas novas, nos colocando em perigo, só por diversão? Há uivantes mortais do outro lado destes muros, e eles vão nos matar se não aprendermos a lutar contra eles. Nós vamos *morrer* lá fora.

As lembranças bombardeiam minha mente, súbitas e violentas. O ouro, o sangue... perco ar, quase conseguindo senti-lo pingando na minha boca, como costumava acontecer.

— Você já morreu, Katya? — pergunto.

Ela pisca.

— Bem, não...

— É uma agonia, maior do que qualquer uma que você já sentiu, e se não for sua morte definitiva, você acorda com medo de que aconteça de novo. Então, depois que acontece várias vezes, você começa a desejar a morte de verdade. Uma morte final, só para que você não tenha que...

Eu me interrompo, tremendo com a força das minhas emoções. As lágrimas estão borrando minha visão, e algumas caem antes que eu possa impedir.

Tenho que respirar fundo, me acalmar para poder voltar a olhar para minhas amigas, para as outras neófitas agora reunidas atrás delas, seus olhos arregalados de pavor. A maioria ainda não enfrentou a morte. Vieram de cidades e vilarejos próximos à capital e foram levadas para Jor Hall imediatamente após o Ritual. Sempre que conversamos sobre como chegamos a Warthu Bera, elas dizem que os transportadores já estavam esperando nos templos.

Elas nunca experienciaram a frieza gelada de uma espada quando ela corta sua carne, nunca tiveram que enfrentar aqueles momentos longos e assustadores antes de finalmente perder a consciência.

Apenas aquelas como Belcalis e eu — as alaki que vieram de tão longe da capital que os transportadores levaram meses para chegar até nós — tiveram o azar de encarar o Mandato de Morte e o terror que vinha com ele. Mas, de alguma forma, nós duas sobrevivemos. Ao contrário de todas as meninas que não resistiram após as duas ou três primeiras mortes, nós duas sobrevivemos.

E temos que honrar isso.

Respiro fundo para afastar as lembranças enquanto me viro para as outras garotas.

— Durante toda a nossa vida, fomos ensinadas a nos diminuir, a ser mais fracas que os homens. É isto o que as Sabedorias Infinitas ensinam: que ser mulher significa submissão perpétua.

Era assim em Irfut, eu sempre aceitava tudo porque pensava que fosse a vontade de Oyomo. Foi a vontade de Oyomo que o vilarejo virasse as costas para mim, que os anciões me desmembrassem para vender o meu sangue? Foi a vontade Dele que arrancassem a minha língua para que eu não pudesse gritar? E todas as outras coisas que estão nas Sabedorias Infinitas, as regras contra correr, rir muito alto, se vestir de certas formas — tudo isso era a vontade Dele?

— A verdade é que as garotas têm que colocar um sorriso no rosto, têm que se moldar para agradar os outros, e então, quando os uivantes mortais vêm, elas morrem. *Morrem.* — Olho para cada uma de minhas irmãs de sangue. — Na minha opinião, temos uma escolha agora. Somos garotas ou somos demônios? Vamos morrer ou vamos sobreviver?

Tenho tentado desesperadamente evitar ter esses pensamentos, mas o que importa se de qualquer forma estou aqui, prestes a enfrentar a morte mais uma vez? O que importa se estamos todas aqui, arriscando nossos corpos e vidas a serviço de Otera?

As outras meninas me observam, os olhos arregalados de medo, horror, mas eu fico em silêncio, deixando que decidam por si mesmas.

Já sei minha resposta.

Não vou morrer aqui neste lugar horrível. Não vou morrer antes de descobrir a verdade sobre mim. Eu vou sobreviver, e vou fazer isso por tempo suficiente para sair deste lugar, tempo suficiente para encontrar alguém que me ame e que me adore da mesma forma que o noivo de Katya a adora. Tudo o que tenho que fazer é ser corajosa pelo menos uma vez.

Tiro um dos alfinetes da lateral da minha túnica e o enfio na palma da mão.

Dói, uma dor aguda e lancinante, mas eu nem estremeço. Minhas semanas aqui já me deixaram mais durona, já tornaram minha pele mais resistente. O ouro começa a pingar e eu o passo no peito, marcando o mesmo lugar onde teriam me cortado durante o Ritual da Pureza. O sangue brilha, o ouro amaldiçoado que agora estou sangrando em prol da minha própria causa — não pela dos outros.

— O que você está fazendo... — começa uma garota, mas eu a ignoro.

— Sou um demônio — declaro — e sobreviverei para ganhar minha absolvição e minha vida.

— Eu também. — A voz de Belcalis vem de trás de mim, e, quando me viro, lá está ela, erguendo sua mão também ensanguentada, uma expressão nos olhos que diz que ela entende, que se sente como eu. — Sou um demônio.

— Sou um demônio — ecoam as gêmeas, o peito brilhando enquanto esfregam as palmas ensanguentadas nele.

E outras garotas estão fazendo o mesmo.

Até Britta e Katya, que estavam tão horrorizadas no começo, vêm até mim com as palmas ensanguentadas.

— Sou um demônio — diz Britta, limpando a mão no peito.

Os recrutas sussurram, confusos, alarmados por essa súbita demonstração sangrenta, mas é tarde demais para parar a onda.

— Demônio. Eu sou um demônio — declara cada uma das garotas, se fazendo sangrar para mostrar o sangue dourado.

O sangue que tanto ouvimos dizer ser amaldiçoado. O sangue que nos une.

Não demora muito para que todas as garotas estejam juntas.

Sangrando.

E desta vez, quando voltarmos a correr, não vamos nos segurar.

◆

Enquanto caminho para o café da manhã, uma presença desagradável aparece ao meu lado. Keita.

— Foi um discurso interessante — diz ele, puxando conversa.

— Garotas humanas ou demônios. Jeito inteligente de motivar as outras...

Paro, tentando ignorar os gritos agudos ecoando a distância quando o olho. Estamos parados perto da entrada das cavernas onde os uivantes mortais são mantidos, e eles estão agitados, como sempre.

— Um aviso, no entanto — diz ele. — Os comandantes podem não ficar muito satisfeitos com toda essa acolhida tão intensa à sua herança, Deka.

Uma nuvem de medo me permeia, mas eu a afasto respirando fundo. Estou cansada de ter medo.

— Isso é uma ameaça? — pergunto.

— Não, um aviso.

— Então vou pensar no assunto.

Algo parecido com um sorriso aparece nos lábios dele, e Keita se aproxima.

— Sabe, estou aliviado.

— Por quê? — pergunto, curiosa.

Ele dá de ombros.

— Quando nos juntaram, pensei que você fosse delicada demais para ser um soldado.

— Delicada demais? — repito, surpresa. Ninguém me considerou delicada desde que meu sangue saiu dourado. — Sou uma alaki — lembro a ele.

Keita assente.

— Pode ser, mas nem todas estão preparadas para matar uivantes mortais.

— Você está?

Ele dá de ombros.

— Me disseram que sou bom em exterminá-los — responde simplesmente.

Há algo no olhar dele, uma convicção absoluta.

— Fiquei preocupado de você não ser feita para isso, de que você fosse ser um peso no campo de batalha. Talvez eu estivesse errado, talvez você seja capaz de superar seu medo — diz ele.

A calma certeza em seus olhos me irrita, mas eu sei que é melhor não mostrar isso.

Em vez disso, sorrio docemente para ele.

— Sabe, também estou aliviada.

— Por quê?

— Fiquei com receio de que você fosse bonito demais para sujar as mãos.

Os olhos dele se arregalam de surpresa e, por um momento, as laterais de seus lábios tremem.

— Bem, somos os dois cheios de surpresas, não somos? — diz Keita enquanto se afasta.

15

◈ ◈ ◈

— Não acredito que enfim estamos aqui!

A voz de Britta está estridente de tão animada à medida que caminhamos pela biblioteca, a câmara escura e cavernosa no último andar de Warthu Bera, Katya, Belcalis e as gêmeas ao nosso lado. A cada passo, minha expectativa cresce. Em apenas alguns segundos, eu estarei lá, diante da *Heráldica*. Então, lerei suas páginas e finalmente encontrarei as respostas para as perguntas que têm me atormentado desde o dia em que entrei neste campo de treinamento.

Pelo menos, espero que sim.

Sempre existe a possibilidade de que não haja respostas na *Heráldica* e eu simplesmente desperdicei o tempo de todo mundo vindo aqui. Talvez eu devesse apenas ter criado coragem e falado com a matrona Nasra ou com Karmoko Thandiwe sobre minhas suspeitas. Teria sido muito mais fácil do que passar por essas estantes, a ansiedade e a apreensão reviram meu estômago. Mas não — detesto a matrona Nasra e Karmoko Thandiwe é assustadora demais para que arriscasse qualquer contato. Melhor fazer isso com as minhas amigas.

Britta não percebe que estou introspectiva.

— Pense, em alguns minutos, você pode ter todas as respostas de que está atrás.

— Ou nada — resmunga Belcalis —, porque criou todo um delírio do nada, e estarmos aqui, na nossa única tarde lunar, é um grande delírio.

Ainda bem que posso confiar nela para sempre expressar meus maiores medos em voz alta.

— Por que você tem sempre que ser uma atrapalha-prazeres? — reclama Britta.

— Atrapalha-prazeres? — Belcalis para e a olha. — Você acabou de inventar isso?

Britta sorri.

— Sim. Bem adequado, né? Tem um certo...

— Chegamos.

Britta faz um gesto positivo com a cabeça para a pesada porta de madeira à nossa frente: a entrada para o Salão dos Registros.

Isattu, a assistente retinta designada para o nosso quarto, está organizando os pergaminhos na estante ao lado da entrada. Ela sorri quando nos vê, os lábios cheios de boa vontade e alegria. Diferentemente da maioria das assistentes e matronas, ela foi imediatamente designada para Warthu Bera quando se tornou uma donzela do templo, há dois anos, então manteve a felicidade que teria sido arrancada dela se tivesse que servir aos sacerdotes.

— Ah, aí estão vocês, neófitas — diz ela, destrancando a porta. — Devo dar só um lembrete: vocês estão proibidas de falar sobre qualquer coisa que lerem no livro para qualquer pessoa lá fora, sob pena de morte. Se fizerem isso, lembrem-se: as paredes têm ouvidos, especialmente quando se trata das Sombras...

Assinto, tentando ignorar os calafrios que passam por mim enquanto ela nos conduz a uma pequena sala circular, o pesado telhado de vidro filtrando a luz que entra. Pergaminhos se acumulam nas prateleiras presas às paredes, suas bordas envelhecidas e delicadas, como se estivessem aqui há centenas de anos. Chamas tremulam dos candeeiros e uma umbra foi esculpida no chão. Não é a visão mais interessante aqui, no entanto. O grande pedestal de pedra no meio da sala é — ou melhor, o livro grosso com capa de couro em cima dele.

Isattu vai até lá e abre o livro.

— Você disse que sua mãe tinha vinte e cinco anos quando te teve?

— Concordo e ela explica: — A maioria das potenciais okai é levada para o treinamento aos dez anos, então, se você tem dezesseis anos agora, sua mãe teria que ter ingressado em Warthu Bera há mais ou menos trinta e um anos. — Ela vira as páginas até encontrar o que procura. — Você pode começar aqui. As okai estão listadas em ordem alfabética de acordo com o ano, e cada entrada tem duas páginas. Bom, vou deixá-las agora.

Assentindo, me aproximo do livro.

— O momento da verdade... — murmuro, os músculos tensos.

— O momento da verdade... — Britta sorri, me apoiando.

Viro as páginas, os nomes passando — Aada, Analise, Binta, Katka, Nirmir, Tralgana... Quando chego ao *U*, desacelero, meu coração martelando no peito. O nome de minha mãe era incomum em Irfut, mas e se for o oposto aqui em Hemaira? E se houver várias mulheres com seu nome e eu não consiga dizer qual é ela? Mas, não... cada Sombra tem uma insígnia diferente de identificação listada. Devo conseguir reconhecê-la quando a vir.

Continuo avançando até que finalmente estou nos últimos nomes. Ua, Uda, Ukami, Una, Uzad, Uzma. Paro, viro as páginas de volta, minha respiração acelerada. Não vi o nome da minha mãe. Eu as viro de novo e de novo, mas não importa quantas vezes vire a página, o resultado é o mesmo.

— Ela não está aqui — sussurro, lágrimas turvam minha visão. — Ela não está aqui.

Vou até um canto e me afundo no chão, a derrota pesando sobre mim.

Todas essas semanas, estive imaginando encontrar o nome de minha mãe, conseguir respostas para todas as minhas perguntas sobre o que ela era — sobre o que eu sou. Mas não existem respostas, porque ela nunca esteve aqui. Eu inventei toda uma fantasia na minha cabeça para me distrair do fato de que eu sou só...

— Deka, olha! Ela está aqui! — Dou um pulo quando Britta me chama com tanta animação. Ela está ao lado do livro, apontando para uma página. Eu nem a vi se aproximar do pedestal. — Eu a encontrei! Ela esteve aqui um ano depois do que Isattu pensou.

— O quê? — arfo, levantando.

— "Umu de Punthun, nove anos, pele negra retinta, olhos pretos, cabelo castanho curto, marcas tribais Othemne, duas em cada bochecha. Insígnia de identificação: colar dourado, umbra esculpida."

De repente, me esqueço de como respirar.

— É ela... — digo, lágrimas brotando nos meus olhos enquanto observo a entrada de apenas um parágrafo. — Ela esteve aqui. Ela foi uma Sombra...

A confirmação de tudo o que suspeitei é demais para aguentar, e começo a chorar, grandes lágrimas descendo por minhas bochechas.

— Ah, Deka — conforta Britta, me abraçando.

Enquanto ela me apoia, Katya lê.

— Aposentada depois de quinze anos de serviço devido a motivos pessoais.

Então ela para.

— O que mais diz? — pergunto.

Katya balança a cabeça.

— Só isso.

Só isso? Minhas sobrancelhas se juntam.

— Não pode ser. E como ela era? O que ela estudou... ela tinha alguma característica especial?

— Característica especial? — Katya franze a testa. — Não, é só isso.

— Me deixa ver.

Me afasto do abraço de Britta e olho para o registro, meu peito apertando quando vejo que Katya tem razão. Não há mais nada ali. Nenhuma menção a qualquer habilidade, nenhuma descrição adicional, nada.

Meus pulmões parecem se retrair. E o formigamento, a habilidade de sentir os uivantes mortais? E o jeito que meus olhos e voz mudam quando estou perto dos monstros? Pensei que a *Heráldica* tivesse respostas, mas não há nenhuma aqui — não há nada que possa me ajudar.

Estou de volta ao ponto de partida e, ainda pior, minha primeira missão com os uivantes mortais será em apenas algumas semanas.

Conforme caminho em direção ao arsenal mais tarde naquela noite, estou de tão mau humor que nem noto o cheiro de sangue se alastrando pelo ar. É preciso um grito — miserável e muito humano — para que meus pensamentos voltem ao presente. Britta e eu nos entreolhamos, os olhos arregalados na escuridão crescente. Sabemos o que esse grito significa. Um novo grupo de guerreiras deve ter retornado dos arredores de Hemaira sem matar sua cota necessária de uivantes mortais. As aprendizes que não mataram sua parte estão sendo esfoladas.

Vi isso várias vezes nas últimas semanas: a matrona Nasra descascando a pele das costas das aprendizes com a mesma facilidade com que faria com uma cidra. Vi o sangue dourado pingando, ouvi os gritos horríveis das garotas azaradas o bastante para serem punidas, e então o silêncio, o terrível, terrível silêncio.

— Sofrer torna os demônios mais fortes — a matrona sempre explica, um sorriso macabro nos lábios.

Se é verdade, todas as alaki em Warthu Bera devem estar fortes como aço.

Outro grito corta o ar, e minhas mãos se fecham em punho, a pele delas esticam tanto que poderia se romper. Primeiro, a falta de informações sobre minha mãe na *Heráldica*, e agora isso. O que mais terei que suportar antes que este dia infeliz termine?

— Ignore — diz Keita, me olhando de relance enquanto marcha em frente, carregando várias atikas de madeira, nossas longas e planas espadas de prática. Ele e mais dois uruni estão nos ajudando a devolvê-las ao arsenal antes de voltar para o quartel. — Apenas ignore.

As palavras fazem minha pele ferver de raiva. Mesmo que tenhamos estabelecido uma trégua incômoda, Keita não é meu amigo. Poucos garotos são nossos amigos. Depois do que aconteceu durante a corrida, eles estão desconfiados de mim e das outras meninas, com medo do nosso poder. Agora eles sabem que nossa força é muito maior do que a deles — e que só vai continuar crescendo.

— Fácil pra você dizer — respondo, me virando para ele. — Não é você que está sendo esfolado.

— Não somos nós que conseguimos nos regenerar — diz Acalan, o uruni da Belcalis. Um rapaz do Norte, alto e corpulento, ele tem uma aparência azeda e devota que me lembra o ancião Durkas em seus momentos mais hipócritas.

— Mesmo que esse fosse o caso — retruca Britta —, o que obviamente não é, vocês ainda não seriam punidos, e você sabe disso.

— É verdade — concorda Katya. — Eles nunca punem os garotos. Mesmo quando as garotas morrem.

— Mas Oyomo proíbe que um recruta seja ferido — continuo. — Isto é, enquanto todas as garotas que vão a combate são esfoladas.

— Então agora vocês querem que a gente sangre? — resmunga Acalan. — Vocês querem que a gente sofra como...

— Não vamos discutir — interrompe Surem, o uruni de Katya, com seu jeito calmo e gentil. Ele é o garoto do Leste tatuado e sorridente que pensei que seria meu par. — Estamos quase no arsenal. Vamos só...

Não estou mais o escutando. Um formigamento repentino e nervoso está surgindo em minhas veias, e só levo um segundo para reconhecer a causa. Uivantes mortais... mas não aqueles nas cavernas sob Warthu Bera. Com o coração batendo forte, sigo meus sentidos até o muro ao nosso lado, onde rapidamente localizo quatro figuras horrivelmente familiares rastejando pelas pedras, suas peles brancas brilhando além da névoa que envolve seus corpos.

Saltadores: os uivantes mortais que pulam em suas vítimas e as despedaçam usando garras e dentes. Estão realmente nos muros, assim como fomos avisados tantas vezes que poderia acontecer. Os outros parecem não ter notado ainda.

Estes uivantes mortais são muito maiores do que aqueles que as aprendizes usam para treinar, seus corpos musculosos e saudáveis, os olhos alertas na escuridão. Então essa é a diferença entre os uivantes em cativeiro e os livres. Eu quase tinha esquecido, mas agora minha visão está ficando mais nítida, e consigo vê-los melhor, meus ouvidos estão abafando todo o resto para que eu possa ouvir seus passos baixos e isolados. Já estou entrando no estado de combate, assim como Karmoko Huon nos ensinou. Não preciso de uma corrida para estimulá--lo: está se manifestando por instinto.

Largo as atikas extras que estou carregando, fazendo isso lentamente para não atrair a atenção dos uivantes mortais, ciente dos olhos de Keita disparando em minha direção. Esta é a primeira vez que o vejo tão atento fora da prática de combate. Talvez ele os sinta também, sinta o frio de suas brumas agora se aproximando de nós.

— Deka, o que foi? — sussurra ele.

Olho para o muro.

— Uivantes mortais, quatro deles nos muros a leste; saltadores, enormes.

Todos congelam, alarmados, mas rapidamente meço a situação. Somos seis contra quatro deles. Mas é necessário de três a quatro garotas para acabar com um uivante durante as invasões. E geralmente essas garotas têm espadas de verdade.

— Estamos em desvantagem — sussurra Britta. — Precisamos correr para o Salão Principal e soar o alarme.

Keita assente, seus olhos estreitos contra a escuridão enquanto tenta distingui-los. Assim como os outros garotos, ele não consegue ver tão bem no escuro quanto uma alaki.

— Pessoal — diz ele, se virando para os outros, todos tensos depois das minhas palavras. — Não consigo vê-los, então correremos quando Deka disser. E faremos isso em silêncio.

— Mas... — começa Acalan, resistência em sua voz.

Keita o interrompe, sério.

— Somos os únicos aqui, e não temos armas e capacetes de verdade para nos proteger dos gritos. Quando Deka disser — repete, assentindo para mim.

Olho para os uivantes mortais. O primeiro deles está pisando no chão nesse exato instante. Quando percebe que estou olhando, levanta a cabeça, os olhos encontrando os meus. Há algo naquele olhar, uma inteligência predatória. O uivante abre a boca.

— AGORA! — grito, disparando pelo caminho.

Um borrão passa por mim, Katya, já liderando, seus olhos arregalados de terror.

— UIVANTES MORTAIS! — grita ela, o pânico a fazendo desconsiderar as instruções de Keita. — ATAQUE DE UIVANTES MORTAIS...

Uma enorme forma branca bate nela, arremessando-a aos arbustos. Quando ela cai, o uivante vai atrás dela, mas Surem rapidamente o bloqueia, com a atika pronta. O uivante sibila para ele, dentes e garras expostos em irritação.

— DROGA, KATYA! — urra Keita, se aproximando.

Faço o mesmo, chocada ao ver os outros três uivantes se separando atrás de nós para ir até as aprendizes e os jatu que agora correm para atender ao chamado de Katya. *Por que eles não estão gritando?*, eu me pergunto. Somos os mais próximos deles... por que não estão tentando nos atacar?

Mal tenho tempo para pensar nisso antes que o uivante na frente de Katya se mova, as garras cortam facilmente a espada de madeira de Surem. Surem geme quando a espada se desfaz. O uivante ergue as garras novamente, prestes a desferir o golpe mortal, mas Katya se levanta, empurrando Surem para fora do caminho e depois recua.

Por um momento, tenho certeza de que ela está segura, de que escapou das garras. Ela é uma das garotas mais rápidas de Warthu Bera, afinal de contas. Mas então ouço o barulho repugnante de ossos sendo esmagados, vejo as garras se projetando de seu peito.

— Ah! — arfa ela, os olhos arregalados de surpresa.

Sua coluna vertebral se rasga para trás, puxada pela garra do uivante.

O tempo parece ficar suspenso, meu corpo inteiro preso no âmbar, enquanto vejo Katya sangrar pelo buraco enorme nas costas. Uma estranha cor azul está saindo dele — um tom de azul que eu nunca vi em nada antes. Seu corpo estremece uma vez, duas vezes, então para. Eu sei, sem ter que perguntar, que ela se foi. Não há o brilho dourado de uma quase morte, nenhum sono dourado para ela.

— Katya... — sussurro, meu peito esvaziando, o horror chumbando meus membros.

Eu me viro para o uivante, que permanece parado, olhando para ela. Quase parece... surpreso. Chocado por ela ter morrido tão facilmente. Uma sensação profunda ressoa dentro de mim, um vulcão ativo que transforma meu sangue em fogo e minha respiração em cinzas.

— AFASTE-SE DELA, SUA BESTA! — grito com ódio, as palavras saem em uma erupção da minha boca. Minha voz está grossa, poderosa agora, quando eu repito: — AFASTE-SE DELA!

Todo o corpo do uivante mortal logo fica rígido, seus olhos reviram. Ele cambaleia para longe, membros se repuxam como se estivessem presos por cordas. Adwapa e Asha mergulham no espaço que ele deixou, erguendo rapidamente o corpo de Katya. Assim que o fazem, a exaustão desaba sobre mim, uma onda de cansaço abafando tudo ao meu redor, entorpecendo meus sentidos. Tudo o que vejo são flashes: os outros uivantes mortais agarram aquele que está cambaleante e fazem o caminho de volta pelo muro por onde vieram, correndo. Adwapa coloca suavemente o corpo de Katya no chão enquanto as aprendizes e as karmoko enfim chegam. Surem corre para o lado de Katya, chorando.

Karmoko Thandiwe gesticula para que as aprendizes tirem o corpo de Katya dele.

— Quem deu o aviso inicial? — pergunta ela, olhando ao redor.

— Deka — responde Britta. — Mas então Katya começou a gritar, e... — Ela para, a voz sumindo.

Eu a ignoro, meus olhos presos ao corpo de Katya, naquela horrível cor azul escorrendo de sua coluna. Há apenas alguns instantes, ela estava correndo na minha frente, o longo cabelo ruivo brilhando na escuridão... e agora... agora... todo o meu corpo cede, de repente incapaz de sustentar o próprio peso.

Mesmo depois de quase um mês aqui — um mês vendo pelo menos um cadáver de alaki retornar de cada ataque —, eu ainda não entendia quão facilmente podíamos morrer. Afinal, aquelas eram aprendizes, garotas mais velhas, distantes de mim e de meus amigos. Mas Katya — como ela pôde sucumbir de forma tão fácil? Como as garras do uivante mortal a acertaram logo na primeira vez? Conforme as lágrimas caem livremente pelo meu rosto e a exaustão pesa em meus membros, dedos estalam, me forçando a olhar para cima.

É Karmoko Thandiwe, franzindo a testa enquanto me encara.

— Seus olhos, Deka — murmura ela, pensativa. — Seja lá o que aconteceu com seus olhos...

É a última coisa que ouço antes de a escuridão me alcançar.

16

— Vi o que você fez noite passada.

A voz de Keita é um sussurro indesejável na minha orelha.

É noite e estamos no lago, observando os ritos funerais de Katya. É proibido enterrar alaki, então a estamos queimando na água, em um pequeno barco que transformamos em pira funerária. Na ausência de um guardião, Surem está encarregado dos ritos, e ele lê as Sabedorias Infinitas solenemente. Surem deixará Hemaira assim que o ritual terminar, partirá de volta para casa, nas províncias do Leste. Ele não aguenta a ideia de testemunhar mais mortes de companheiros.

Não o culpo. Se eu pudesse escolher, também iria embora. Não importa que minha mãe tenha estado aqui um dia, que ainda haja perguntas que precisam de respostas. Quero fugir daqui — correr para algum lugar bem distante. Mas estou presa a estes muros, assim como Katya estava.

A pele dela é do índigo profundo do céu de verão agora, e seus longos cachos ruivos brilham em pequenas manchas enquanto o fogo cintila sobre eles. Ela nunca cortou o cabelo depois daquele primeiro dia aqui, nem mesmo quando atrapalhou o treinamento. Sempre pensei que as matronas iriam puni-la por isso, mas nunca aconteceu. Quando o cabelo queima, cheira a maçãs — as grandes e vermelhas das províncias do Norte, que ela uma vez me disse que gostava. Não sei se isso é um pensamento fantasioso ou não, mas afasta o cheiro metálico de sangue de minhas narinas, a memória persistente de sua coluna arrancada, o olhar do uivante mortal quando me dirigi a ele — o mesmo olhar que vi no de Irfut.

Inspiro o cheiro para expulsar o pensamento horrível antes de me virar para Keita.

— O que você quer dizer? — murmuro.

Estou tão entorpecida que nem mesmo tenho medo de que Keita suspeite de mim, que Karmoko Thandiwe provavelmente também suspeite. Que tipo de vida é essa que escolhi, em que as pessoas morrem tão facilmente? Em que amigos morrem tão facilmente?

Uma muito melhor do que a que você tinha antes... Reprimo o pensamento inútil. Não quero pensar de forma prática agora, não quero pensar sobre o que aconteceu ontem, quando o uivante estava perto de Katya e eu disse...

Keita se aproxima.

— Não vou contar para ninguém — diz ele. — E, se ajuda, acho que Karmoko Thandiwe também não.

Essa garantia não faz nada para atenuar a sensação nervosa e agitada que está se apossando de mim.

— O que você quer exatamente? — pergunto, levantando a cabeça.

Se estar aqui na presença constante de uivantes mortais me ensinou algo, é que Britta estava certa: meu dom é valioso, o que significa que outras pessoas farão coisas horríveis para colocar as mãos nele. *Em mim.*

Uma lembrança do porão passa pela minha mente: sangue dourado no chão, os anciãos se aproximando, baldes nas mãos. Eu a afasto, esperando a resposta de Keita.

Ele leva um momento para responder.

— A mesma coisa que quero de todos — diz ele, determinado. — Ajuda para exterminar os uivantes mortais.

— O que isso tem a ver comigo?

— Não se faça de boba, Deka. Seja lá o que você fez noite passada, parece que pode ser útil. Acho que devemos explorar isso... em segredo, é óbvio.

Quase rio da ironia. Há apenas algumas semanas, Britta sugeriu a mesma coisa. Me forço a prestar atenção enquanto ele continua:

— Não acho que meus comandantes levariam isso numa boa, muito menos os sacerdotes.

Essas últimas palavras, *os sacerdotes*, provocam uma agitação, e aquela lembrança reaparece, a mão do ancião Durkas, uma faca nela. Respiro para me acalmar.

— Por que eu deveria confiar em você? Se você viu o que acha que viu, por que eu deveria acreditar que você não vai me entregar para os sacerdotes ou os comandantes?

Ele dá de ombros, seu olhar iluminado encontrando o meu.

— Há monstros no nosso portão cujos gritos podem fazer os tímpanos de uma pessoa explodirem, e cujas garras podem cortar ossos com mais facilidade que uma faca na manteiga. Você não quer vingança?

Keita tem um olhar agora — uma amargura. Ele não está falando só de mim, mas também de si mesmo, talvez até dos outros uruni.

— Você não está cansada de perder pessoas para eles? De sempre perdê-las?

Assinto, a raiva fervendo de repente dentro de mim. Mais imagens passam pela minha cabeça: o ataque ao vilarejo, todos aqueles cadáveres caídos na neve, depois o porão, sangue dourado se acumulando no chão e, finalmente, Katya, garras perfurando seu peito.

Os uivantes mortais já tiraram tudo de mim. O que mais vou deixá-los levar? Sei que posso controlá-los — que posso forçá-los a cumprir minhas ordens. Preciso aprender mais sobre a minha habilidade. Preciso usar o que quer que seja essa coisa dentro de mim para me vingar daqueles monstros. Para vingar Katya.

— Estou cansada — sussurro, então pensando em tudo que perdi. Minha mãe, meu pai, minha vida em Irfut. Penso em Katya, que só queria ir para casa, ser uma esposa para Rian, ter uma família. — Estou muito, muito cansada.

Keita assente.

— Eu também, e é por isso que terei o prazer de jurar minha lealdade a você, protegê-la com minha vida, se o que vi você fazer puder nos ajudar a matar mais deles. — Quando olho para ele, assustada com essa declaração fervorosa, Keita estende a mão direita. — É sério. Parceiros? De verdade, desta vez?

Encaro sua mão estendida, a confusão aumentando. Nenhum homem jamais me ofereceu a mão antes, como se fôssemos iguais, mas é exatamente o que Keita está fazendo. Talvez ele realmente esteja falando sério. Ou talvez seja um truque, um que pode custar minha vida. De qualquer forma, ele já tem suas suspeitas sobre mim. Talvez seja melhor que eu me alie a ele, observe-o para ver quaisquer fraquezas que eu possa explorar. Uma barganha sinistra, com certeza, mas o que não é nesta nossa vida?

Eu pego a mão dele, maravilhada com o quão estranha parece contra a minha. Pele contra ouro, negro contra o dourado.

— Parceiros, de verdade.

Desta vez, Keita aperta minha mão antes de soltá-la. Perco o ar, embora não saiba por quê. Talvez seja o cansaço.

17

◈ ◈ ◈

— Alguma mudança? — pergunta Keita, sua voz ecoa pelas paredes úmidas e escuras.

É de manhã cedo e estamos nas cavernas debaixo de Warthu Bera, usando os poucos minutos que temos entre as aulas para testar nossa teoria sobre minha habilidade. As outras estão na sala de aula de Karmoko Huon, ainda se arrumando após o treino de combate. Eu as avisei para ficarem longe até que eu esteja mais segura sobre Keita. Ainda não tenho certeza da motivação dele. Enquanto ele fica de guarda no fim da passagem, olho para um balde de água, minha pele formiga febrilmente. Os uivantes mortais estão presos na caverna ao lado, e seus grunhidos e sons abafados de estalidos fazem meu sangue correr mais e mais rápido, assim como acontece com toda a névoa que agora me cerca. Eles a soltam sempre que estão agitados, e estão sempre agitados aqui.

Examino meu reflexo, então suspiro. Meus olhos ainda estão sem graça e cinzentos como dez minutos atrás.

— Nada — digo para Keita. Pego o balde para esvaziá-lo, então paro e penso. — E se eu chegar mais perto?

— O quê? Não, eles não estão usando mordaças...

— Só continue de guarda — interrompo, me afastando.

A caverna ao lado foi organizada como estábulo improvisado, gaiolas em cada lado. As luzes tremulam levemente nos candeeiros, iluminando os juncos no chão, as correntes prendem o ocupante monstruoso de cada cela. Uivantes mortais ficam mais agressivos quando estão na mesma gaiola, então as karmokos os separam. Há cerca de vinte aqui no total, a maior parte dos uivantes de Warthu Bera. Os poucos restantes são mantidos nas outras cavernas. Minha pele se arrepia e meu coração acelera quando me aproximo deles. Os que estão aqui não estão amordaçados, então um único grito deles pode acabar comigo.

Mas não, isso não é verdade. Eu me lembro de como foi em Irfut, os ouvidos de todos sangrando enquanto apenas eu consegui continuar de pé. Foi a mesma coisa quando Katya morreu. Eu podia ouvir os gritos, sentir seu poder, mas não fui afetada por eles como os outros. Só preciso me concentrar em minha respiração, manter minha mente no presente, como Karmoko Huon me ensinou. Eu vou ficar bem.

Respirando fundo em busca de força, caminho pelo centro do corredor, ciente do brilho de olhos escuros predatórios, do tilintar de correntes à medida que corpos enormes se esticam nos cantos. O cheiro forte e pungente que toma conta da caverna se acentua, assim como um cheiro mais leve e extremamente adocicado que não consigo identificar. Ignoro os gemidos baixos, o medo crescendo dentro de mim, enquanto caminho até a gaiola maior, a central. Um sibilo sutil começa entre as gaiolas quando o ocupante desta se ergue devagar, diferente dos outros, os espinhos prateados que se projetam das costas fazem com que eu o reconheça imediatamente da nossa primeira noite em Warthu Bera. Quando se aproxima, o corpo gigantesco brilha na luz reduzida, minha boca fica seca.

Chocalho, o uivante mortal alfa de todos os que estão aqui.

O líder.

Olho para ele, para os olhos brilhando de ódio na minha direção.

— Vamos lá, grite — sussurro. — Quero que você grite.

Algo surgiu dentro de mim, um sentimento sombrio e abrupto que eu quase chamaria de raiva, acompanhado da ponta afiada de outra emoção: luto. Penso em Katya, penso naquelas garras odiosas rasgando seu corpo, e chego mais perto. Por pouco fora do alcance destas garras. Sinto agora os outros uivantes mortais agitando-se ao meu redor: saltadores brancos aveludados, seus longos braços permitindo que escalem as barras das gaiolas com facilidade; os operários, imensamente altos e magros nos cantos, emitindo sons estridentes. Karmoko Thandiwe nos ensinou como classificá-los, como entender suas fraquezas, seus pontos fortes.

Eu os ignoro, concentro-me em Chocalho.

Eu sei, pelos avisos das karmoko, que ele comanda os outros uivantes aqui. Uivantes mortais andam em bandos, têm sempre um líder para conduzi-los. Eles podem não ter inteligência humana, mas isso não significa que não sejam espertos.

— Por que você não faz nada? — pergunto enquanto ele grunhe suavemente na escuridão.

Chocalho não está se movendo, não está tentando me atacar. Mesma coisa com os outros uivantes, todos emitindo sons enquanto observam. Por que não estão atacando? Por que não estão tentando lutar comigo? É quase como se eles estivessem mais fracos, mais lentos de alguma forma, do que aqueles que mataram Katya — ou até mesmo aqueles em Irfut. A falta de reação deles me incomoda. Me enche de raiva.

— O que há de errado com você? — sibilo, encarando Chocalho.

De repente, não me importo com o fato de que estou tão perto da gaiola que ele poderia acabar comigo, não me importo que as matronas que cuidam dos uivantes possam me encontrar aqui e me dar uma surra por minha insolência. Só consigo pensar em Katya, naquela expressão em seus olhos. Aquele medo.

— Grite! — ordeno. — Me ameace. FAÇA ALGUMA COISA.

Mas ele não faz nada.

Aquele som de estalidos aumenta, ele e os outros uivantes mortais fazendo barulho de cliques uns para os outros, suas vozes crescendo e crescendo até que...

— Deka! — chama Keita, de longe. — Deka, precisamos ir, os tambores estão soando.

Solto o ar. Olho para o balde de água, sem me surpreender ao ver que meus olhos ainda estão normais no reflexo. Não sei por que eu esperava algo diferente.

Esvazio o balde em um cocho próximo, em seguida, inspiro para me recompor.

— Já vou — respondo por fim, saindo da caverna.

Os uivantes mortais continuam com os cliques depois que saio.

Encontro Keita me esperando na intercessão, preocupado. Só de vê-lo assim fico irritada. Não sei por que ele finge se importar.

— O que aconteceu? — pergunta ele. — Você está bem? Eles gritaram?

Balanço a cabeça.

— Nada aconteceu. E meus olhos não mudaram. Pelo menos, não estavam diferentes no reflexo.

Keita assente, parecendo se recompor.

— Bem, isso é decepcionante — murmura.

Cruzamos pela passagem, cada um perdido nos próprios pensamentos, até que algo muda nas sombras. É Gazal, de pé na entrada da caverna ao lado, aquela para a qual a matrona Nasra abriu o chão há dois meses. É nossa sala de aula de estratégia de batalha, em que aprendemos como fazer as invasões e como lutar de maneira eficaz durante a cruzada.

— Neófita Deka — chama ela. — Você ficará depois da aula. Há algo que Karmoko Thandiwe quer discutir com você.

Esse anúncio faz com que eu sue frio. Será que a karmoko quer me perguntar sobre o que aconteceu naquela noite com Katya? Eu me forço a respirar e mandar embora aquele pensamento cheio de pânico. Assinto respeitosamente para Gazal.

— Obrigada por me informar, Honrada Irmã de Sangue Mais Velha.

Satisfeita, ela entra na caverna principal, Keita e eu logo atrás. Meus músculos ficam tensos, os sentidos em alerta máximo quando noto Karmoko Thandiwe de pé no centro, as outras neófitas e seus uruni já se acomodando às mesas de madeira à sua frente. A lição está prestes a começar.

Por favor, não me pergunte o que aconteceu com os uivantes mortais, por favor, não me pergunte o que aconteceu com os uivantes mortais, eu oro desesperadamente enquanto Keita e eu nos juntamos aos outros.

Felizmente, Karmoko Thandiwe nem parece me notar conforme caminha na frente das mesas, um pergaminho na mão. Ela o vira em nossa direção, exibindo uma imagem, uma que nunca deixa de me fazer tremer de medo por dentro.

— Vocês conhecem as Douradas, as ancestrais infernais das alaki — diz ela.

Assinto, relutantemente observando os monstruosos seres com veias douradas representados no pergaminho. Há quatro delas: uma tão branca que brilha; a outra negra com uma barriga em forma de pêndulo e seios protuberantes; a terceira vermelha, com escamas e asas, como um dragão; e a quarta amorfa e escura como uma mancha de tinta. Vê-las me deixa inquieta. Pensar que sou descendente delas, de seres tão assustadores, de formas tão terríveis. Posso ter aceitado que sou uma alaki, mas lembretes como esse ainda me abalam.

Afasto o pensamento enquanto Karmoko Thandiwe entrega o pergaminho à neófita mais próxima a ela, uma garota do Sul chamada Mehrut, baixa e de olhos como os de uma corça.

— Hoje, começaremos a aprender sobre a herança demoníaca que as Douradas deixaram para vocês e como usá-la contra os uivantes mortais — diz ela. — Abram seus pergaminhos na seção três. Vamos começar.

Quando a aula termina, continuo sentada, a ansiedade aumentando. O que Karmoko Thandiwe quer comigo? Estou tão tensa que tudo o que ela nos ensinou sobre a fisiologia alaki desapareceu e foi substituído por milhares de cenários horríveis envolvendo rungus cheios de sangue e perguntas sobre minha verdadeira natureza. Meus medos crescem cada vez mais até que Keita se aproxima e coloca a mão no meu ombro. Eu tremo com o calor surpreendente do toque, meus pensamentos se acalmando de forma abrupta.

— Se Karmoko Thandiwe quisesse te denunciar para os jatu, ela já teria feito isso — diz baixinho —, então se lembre disso antes de entrar em pânico.

Nem sei como ele notou o que eu estava sentindo, mas solto o ar.

— Vou lembrar — sussurro.

Ele assente, indo para a porta, mas agora os outros perceberam que não os estou acompanhando.

— Você não vem, Deka? — pergunta Britta.

— Daqui a pouco — digo, gesticulando para que eles sigam sem mim. — Guarde o jantar para mim. Karmoko Thandiwe quer falar comigo.

— O que você fez? — pergunta Li, o uruni de Britta. Ele é um garoto magro das províncias do Leste, todo sorridente e tranquilo.

— Nada que eu saiba — digo rapidamente. Então franzo a testa. — E por que você acha que eu fiz alguma coisa?

Acalan grunhe pomposamente.

— Bom, o que mais pode ser? Ela nunca pede nada para você.

— Vamos comer, estou faminto — reclama Li.

— Você está sempre faminto — comenta Britta.

— O sujo falando do mal lavado, né? — retruca Li.

Keita se vira para mim, um lembrete silencioso nos olhos: *Não entre em pânico.*

— Vou guardar seu jantar, Deka — diz ele.

Me forço a assentir.

— Obrigada.

As vozes desaparecem no corredor.

Agora estou sozinha com Karmoko Thandiwe na grande e assustadora caverna, a tensão cresce em minhas entranhas enquanto a vejo guardar seus pergaminhos.

Por fim, ela se dirige a mim.

— Venha comigo, Deka — diz baixo.

Assinto.

— Sim, Karmoko.

Meu nervosismo aumenta à medida que ela me conduz para fora das cavernas e por uma escadaria estreita que nunca vi antes. As laterais parecem se aproximar quanto mais subo. O que a karmoko planeja para mim? Ela quer me prender, me estudar e me fazer sangrar? Meus pensamentos passam em um turbilhão cada vez mais rápido até que enfim não consigo mais aguentar de ansiedade.

Paro, apreensiva.

— Karmoko Thandiwe — chamo.

— Sim?

— Isso é sobre antes? Sobre o que aconteceu com os uivantes mortais?

Ela se vira para mim de testa franzida, parecendo confusa.

— Algo aconteceu quando os uivantes vieram? Não me lembro.

Eu pisco, perplexa, e ela se aproxima.

— Mas, se algo aconteceu — sussurra na minha orelha —, seria sábio guardar segredo, não? Assim como seria sábio explorar isso no momento mais oportuno...

O choque me atinge como uma onda.

Ela não vai me prender? Me analisar como aos uivantes mortais presos debaixo de Warthu Bera? Meus músculos parecem fracos. Todo o meu corpo parece desajustado.

— Não entendo — digo, olhando para ela.

Karmoko Thandiwe dá de ombros.

— Não tenho intenção alguma de te machucar, alaki. Você é filha de Umu, não é?

Pisco, surpresa com essa confirmação casual depois de todas as minhas semanas tentando saber do assunto.

— Você conheceu a minha mãe?

Ela assente.

— Ela entrou quatro anos depois de mim. Era uma Sombra admirável. Feroz, determinada. Uma pena o que aconteceu com ela. Poderia ter sido uma lenda, mas engravidou. De você, imagino?

Assinto, então olho para ela.

— Então foi por isso que ela foi embora? Por minha causa?

A karmoko assente em concordância.

— Foi um baita escândalo. Nós Sombras não temos permissão para casar, então foi enviada uma ordem de execução. Por sorte, ela tinha algum nobre como benfeitor que a protegeu. Conseguiu levá-la a tempo. Não faço ideia de como ela conseguiu, fugir na última semana da temporada de chuvas, com alagamentos por todos os lados. Estou feliz que ela sobreviveu. Como ela está?

— Morta — respondo, em um transe agora. — A varíola rubra.

Karmoko Thandiwe pisca antes de tornar a assentir.

— Ela viveu uma boa vida?

— Foi feliz até o fim. — Olho para ela. — Tenho uma pergunta. Ela era como eu? Ela tinha alguma… anormalidade?

— Pelo que pude notar, ela era perfeitamente humana. — Karmoko Thandiwe me encara, os olhos diretamente nos meus. — Verdade seja dita, de todas as alaki que conheci nos dois anos desde o mandado do imperador, nenhuma era como você.

— Nenhuma outra…

Paro no meio da frase quando ouço um assovio familiar. Vem do topo das escadas, onde uma porta aberta leva para um pequeno jardim privativo ao lado do pátio.

— Mãos Brancas?

— É assim que você chama a Senhora dos Equus? — Karmoko Thandiwe ergue a sobrancelha. Ela dá um passo para o lado, abrindo espaço para mim na escadaria. — Ela está esperando por você.

Ofegante, passo por ela escada acima e saio para o jardim, onde Mãos Brancas está sentada em um monte de travesseiros. Um banquete está servido diante dela, e os gêmeos equus estão aninhados ao seu lado, se empanturrando. O cheiro nebuloso e doce de seu cachimbo de água se espalha pelo jardim, misturando-se com o ar quente da noite.

— A Senhora dos Equus! — arfo, me aproximando. — Braima, Masaima, vocês estão aqui!

Os gêmeos erguem o olhar da refeição de maçãs amarelas e outras frutas exóticas.

— Olá, Silenciosa. — Masaima sorri gentilmente.

— Sentiu nossa falta? — completa Braima, se levantando.

Eu me aproximo, acariciando-os alegremente, e então espero enquanto eles me afagam à maneira deles, passando o nariz em mim. Masaima começa a mordiscar meu cabelo, mas não me importo.

— Senti muita falta de vocês! — digo, abraçando-os.

Quanto tempo faz desde que os vi, jogando papo para conseguirem comer todas as maçãs da carroça? Abraço-os mais forte, sorrindo quando me abraçam de volta.

— O mundo é muito mais bonito quando estamos por perto, não é verdade? — comenta Braima, jogando sua cauda com uma mecha preta.

— Certamente é, irmão — concorda Masaima. — Fazemos tudo ser melhor.

Pisco para afastar as lágrimas que queimam meus olhos.

— Bem, vocês com certeza fizeram meu dia melhor — digo, soltando-os.

Então me viro para Mãos Brancas, nervosa. Se não fosse por ela, eu ainda estaria em Irfut, ainda estaria naquele porão. E agora ela está aqui. Por que ela está aqui?

— Senhora dos Equus — digo respeitosamente, me aproximando.

— Mãos Brancas serve — responde ela com um movimento leve da mão. — Na verdade, gosto bastante desse nome.

Quando paro perto dela, sem saber o que fazer, ela me olha, achando graça.

— Me diga, essa aproximação esquisita é como eles te ensinam a cumprimentar os mais velhos em Warthu Bera agora? — pergunta, tragando preguiçosamente o cachimbo e soprando pequenos anéis de fumaça no ar.

— Não. — Apoio um joelho no chão, fazendo o cumprimento formal que as karmokos preferem fora das aulas. — Saudações noturnas, Mãos Brancas.

— Saudações noturnas, Deka. — Ela me olha de cima a baixo e então continua: — Você certamente ficou mais exuberante nos últimos dias. Warthu Bera deve estar te fazendo bem.

Dou de ombros.

— Um pouco — digo, pensando em Katya. — Obrigada por trazer Britta e eu até aqui.

Sei agora que, se não fosse por sua intervenção, provavelmente teríamos sido separadas e enviadas para campos de treinamento inferiores, como tantas alaki são. Foi ela quem decidiu que éramos dignas de Warthu Bera. E foi bom ela ter feito isso. Tenho que piscar para afastar os pensamentos acerca do que Karmoko Thandiwe me contou sobre minha mãe. Algo no que ela disse ainda está me incomodando, embora eu não tenha certeza do quê.

— E como está nossa sempre animada Britta? — pergunta ela.

Sorrio.

— Ainda mais animada, agora que está derrubando garotos nos campos de areia.

— A exuberância deve estar no ar. — Mãos Brancas abaixa o cachimbo, então morde delicadamente uma fruta. — Imagine a minha surpresa quando fiquei sabendo que justamente *você* estava se fazendo sangrar e se chamando de demônio. Você, a alaki que quase se dissolvia em uma poça de vergonha toda vez que eu dizia as palavras "sangue amaldiçoado". Imagino que você não esteja mais em dúvida sobre a verdade das minhas palavras.

A vergonha faz meu rosto inteiro esquentar. Eu não tinha noção de que ela sabia que eu duvidada das promessas que ela havia usado para me trazer até aqui.

— Não, não estou — digo sinceramente. — Warthu Bera é exatamente o que você prometeu. Eu não… tenho mais vergonha do que sou. Não importa minha origem, o que eu sou tem valor.

Para minha surpresa, Mãos Brancas dá uma gargalhada alta.

— Bem, certamente é bom ouvir isso. E bem melhor do que quando você ficou chorando na carroça. Me irritou bastante. Carambola?

Ela me oferece um prato de frutas delicadas meio verde, meio amarelas, com formato de estrelas.

Balanço a cabeça em negativa.

— Não, obrigada — respondo.

— Nós aceitamos — diz Braima, com um olhar guloso e avançando para a carambola.

— Não faz sentido desperdiçar uma fruta boa assim — acrescenta Masaima.

Mãos Brancas bate nos dedos deles.

— Não é para vocês — diz, séria. — Vocês podem ir comer ali, experimentem os figos daquela árvore. — Ela aponta.

Quando os equus fazem beicinho e galopam para longe, ela se vira para mim.

— Uma lição para você, Deka. Quando alguém, especialmente alguém mais velho, oferece comida, você come. É a tradição nas províncias do Sul.

Assinto e logo pego o prato.

— Obrigada, Mãos Brancas. — Ao me sentar de frente a ela, cuidadosamente, algo me vem à cabeça. — Por que você está aqui? Você trouxe mais garotas para Warthu Bera?

Olho pelo portão do jardim para o pátio, onde a lua brilha sobre a estátua do imperador. Há apenas uma carroça lá — a mesma que nos trouxe do Norte.

Mãos Brancas balança a cabeça.

— Não, Warthu Bera tem garotas o suficiente.

Agora estou confusa.

— Então por que está aqui?

— Porque eu dou aula aqui, é óbvio.

— Dá aula? — repito.

— A Senhora dos Equus está sendo modesta, para não te impressionar com a própria importância — diz Karmoko Thandiwe conforme se aproxima. — Ela supervisiona Warthu Bera, além de todos os outros campos de treinamento.

Sinto minha boca se escancarar quando me viro para Mãos Brancas.

— Você...

— Supervisiono todos os campos de treinamento? Sim, acho que faço isso. — Ela dá de ombros, então coloca um pedaço de queijo no meu prato. — Prove este, fica excelente com a carambola.

Balanço a cabeça, ainda em choque. Se ela supervisiona todos os campos, isso significa que ela é nobre — apenas os ricos e poderosos recebem missões importantes assim.

— Não posso comer com você — digo. — Não seria adequado, você é...

— Sua nova karmoko? Óbvio que sou — interrompe Mãos Brancas, presunçosamente. Enquanto olho dela para Karmoko Thandiwe, ela continua: — De vez em quando, aceito uma aluna ou duas para prepará-las para as batalhas mais... difíceis, o que, óbvio, é o motivo de eu ter trazido você e Britta para cá. Embora sua amiga Belcalis também me fascine, assim como a sempre irritada Gazal.

Franzo a testa.

— Você conhece Belcalis? E Gazal?

— Com certeza. Fico de olho em alunas com potencial. Vocês quatro serão minhas novas aprendizes. As aulas começam amanhã.

— Você se apresentará a ela depois do jantar — acrescenta Karmoko Thandiwe. — Imediatamente.

Me curvo para ela.

— Sim, minha senhora.

— Você quer dizer "sim, Karmoko" — corrige Mãos Brancas, sorrindo para mim. — Bem, é isso. A não ser que você queira ficar aqui e fumar conosco.

Só a ideia já me assusta. Me ponho de pé.

— Não, Karmoko — arfo, então faço uma reverência e saio, deixando Mãos Brancas no jardim, com Karmoko Thandiwe atrás dela.

Estou na metade do caminho de volta para o quarto compartilhado quando entendo o que me incomodou nas palavras de Karmoko Thandiwe. Ela disse que minha mãe fugiu na última semana da estação das chuvas. Mas eu nasci no mês dos lobos de prata, mais de dez meses depois.

Vi Karmoko Thandiwe recitar passagens inteiras de cabeça na aula. Ela está sempre certa em relação a datas. Mas a referência que ela me deu não é humanamente possível. Se ela estiver correta, minha mãe estava grávida pelo menos um mês inteiro antes de conhecer meu pai. De jeito nenhum sou filha biológica dele. De jeito nenhum eu sou normal.

Então, por que estou remoendo as palavras dela na minha cabeça, me perguntando se há algo mais ali?

Quando chego ao lago na manhã seguinte, Mãos Brancas está sentada em um pequeno tapete, um cálice de bronze do potente vinho de palma local em sua mão. Tem sido um dia hemairano mais quente do que o normal, e o cheiro de jasmim-da-noite envolve tudo em uma névoa de doçura. O cheiro me intoxica de tal forma que levo alguns segundos para ver as armas dispostas ao lado de Mãos Brancas, o metal brilhando na luminosidade fraca da noite. O pânico acelera minha pulsação, afastando os pensamentos que me atormentaram o dia todo — minha conversa com Karmoko Thandiwe, minhas dúvidas sobre quem é meu pai...

Tudo o que consigo ver agora são essas armas, brilhando sinistramente na luz reduzida. As neófitas são obrigadas a usar armas de madeira nos primeiros dois meses, e o final do meu segundo mês ainda não está próximo. Devo usar armas de metal apenas no terceiro mês, quando estiver me preparando para as invasões.

Ainda assim, aqui está uma variedade de armas de metal, e evidentemente o objetivo é que sejam usadas.

Mil perguntas passam pela minha cabeça. O que exatamente Mãos Brancas quis dizer com "batalhas mais difíceis" e por que ela escolheu nós quatro — Britta, Belcalis, Gazal e eu — para essas batalhas?

Dou uma olhada nas outras três garotas e não fico surpresa ao ver que todas também parecem nervosas, exceto, é óbvio, Britta, a quem contei sobre a chegada surpresa de Mãos Brancas na noite passada.

— Saudações noturnas, Karmoko — cumprimenta ela com um largo sorriso, ajoelhando-se rapidamente para Mãos Brancas.

A boca de Mãos Brancas forma um sorriso.

— Saudações noturnas, Britta. — Então ela se vira para o resto de nós. — Vocês chegaram no horário. Ótimo. Odeio quem se atrasa, vocês não?

Nós nos entreolhamos, sem saber como responder, e ela se levanta, limpando a poeira do corpo. Está usando as vestes marrons sóbrias de karmoko, e não me surpreende que combinem mais com ela do que as velhas vestes pretas de viagem. Ela se aproxima e inclina de leve a cabeça, nos cumprimentando.

— Sou sua nova karmoko — anuncia. — Vocês podem me chamar de Karmoko, ou Karmoko Mãos Brancas. Gosto muito desse nome. — Ela pisca para mim enquanto diz isso.

Eu logo faço uma reverência.

— Saudações noturnas, Karmoko Mãos Brancas — digo, em coro com as outras garotas.

— Saudações noturnas — responde ela.

Então nos vê observando as armas.

— Vocês notaram minhas ferramentas de ensino. Ótimo. Como devem ter ouvido, eu as selecionei especialmente para irem a certas invasões por Warthu Bera e, consequentemente, sinto que não há razão para insultar suas habilidades naturais dando-lhes espadas e equipamentos de treino. Vocês quatro são alaki, podem e já enfrentaram o pior, em sua maioria. — Ela olha para Britta, que cora, envergonhada pelo destaque. — É por isso que decidi dar estas aulas. Agora que estou aqui, é hora de eu moldar as campeãs desta escola.

— Campeãs? — repete Belcalis.

Mãos Brancas não responde. Ela está agora se aproximando de Gazal, uma expressão preocupada no rosto. Franzo a testa quando vejo a mesma coisa que ela. A testa de Gazal brilha de suor e seus olhos estão ligeiramente distantes. Ela está olhando para o lago, pálida como um fantasma. Quase me pergunto se ela está doente, mas as alaki não adoecem. Assim que nosso sangue começa a mudar, nos tornamos imunes à maioria das doenças, nossos corpos lutam contra elas e se curam tão rápido quanto faz todo o resto.

— Você não parece nada bem — diz Mãos Brancas suavemente. — Gazal, não é?

— Sim, Karmoko. — Gazal assente, seus olhos voltando rapidamente para a água.

Quando os olhos de Mãos Brancas seguem os de Gazal, uma expressão calculista surge. Casualmente, ela pega a aprendiz pelo cotovelo.

— Por que não vamos até o lago para te refrescar?

— Não! — A palavra é estridente ao sair dos lábios de Gazal, e ela se livra do toque de Mãos Brancas.

Um entendimento silencioso aflora nos olhos de nossa nova karmoko.

— É o lago, não é? — Quando Gazal não responde, ela repete as palavras. — Não é, aprendiz?

Com relutância, Gazal assente.

— Por quê?

Gazal balança a cabeça freneticamente, aquela expressão assustada a dominando. Meus olhos se arregalam enquanto a observo. Nunca a vi tão nervosa antes.

— Eu não posso, eu...

— Você precisa dizer para poder superar — insiste Mãos Brancas calmamente. — O lago não pode mudar, e eu certamente não mudarei, então, seja lá o que for, diga agora, para que possamos continuar com a aula.

— Por favor — geme Gazal, os olhos fixos nas águas escuras.

— Por favor o quê?

— Por favor, eu não quero ficar perto daquilo, eu não quero...

Nunca vi Gazal tão perturbada, nem sabia ser possível ela ficar assim. De repente, sinto um desconforto profundo, como se estivesse testemunhando algo que não deveria.

— Isto não está certo — sussurra Britta ao meu lado.

Assinto. Mãos Brancas gosta de brincar com as pessoas, mas isto não é nem um pouco justo. A expressão dela está implacável agora ao se virar para Gazal.

— Por que você não quer ficar perto da água? — pergunta ela, então engata: — Não posso fazer nada se você não me disser o motivo.

Gazal apenas balança a cabeça, os olhos ainda mais arregalados. A ideia de falar sobre isso obviamente a aterroriza.

— Muito bem — diz Mãos Brancas, agarrando-a pelo braço.

Ela começa a arrastar Gazal para o lago.

— Não. NÃO! — grita Gazal, fincando os pés, mas Mãos Brancas é implacável.

Ela puxa a garota para cada vez mais perto até a aprendiz não aguentar mais.

— Eles me prenderam dentro dele! — grita ela.

Gazal cai, lágrimas caindo de seus olhos. Ela está chorando muito, o corpo inteiro tomado pela força do choro.

— Eles me trancaram em uma gaiola, dentro do lago! Acharam que eu ia morrer, mas não morri. Só me afoguei de novo e de novo. Só me afoguei! — Lágrimas descem pelo seu rosto, o corpo inteiro tremendo. — De novo e de novo e de novo e...

Mãos Brancas a agarra.

— Quem são eles? — pergunta.

— Minha família — chora Gazal.

Mãos Brancas balança a cabeça.

— Suas irmãs de sangue são sua família. Quem são eles?

— A Casa de Agarwal — responde Gazal, confusa.

Ainda há lágrimas jorrando de seus olhos.

Mãos Brancas a agarra pelo cabelo, a puxando.

— Eu perguntei QUEM SÃO ELES?

Não consigo mais assistir.

— Mãos Brancas, por favor, pare — digo, me aproximando. — Você não precisa assustá-la.

Ela se vira para mim, os olhos mortalmente calmos.

— Me interrompa, Deka, qualquer uma de vocês me interrompa, e eu te mostro uma dor que você nunca sentiu antes.

Todas nos afastamos, horrorizadas.

Mãos Brancas continua puxando Gazal pelo cabelo, nem mesmo se mexendo quando a garota luta tanto que seus pés afundam nas margens lamacentas do lago. Ela empurra Gazal para baixo até que a cabeça dela esteja quase na água.

— QUEM SÃO ELES? — ruge.

— NINGUÉM! — geme Gazal, enfim entendendo. — Eles não são ninguém, por favor, Karmoko! Eles não são mais nada para mim.

Esta resposta satisfaz Mãos Brancas. Ela solta o cabelo de Gazal, então caminha de volta e escolhe uma espada. Ela olha para o objeto, seus olhos avaliando a lâmina.

— Se você tivesse uma espada naquela época, ninguém seria capaz de fazer isso com você.

Ela se aproxima e joga a espada aos pés de Gazal.

— Você tem uma agora. O que vai fazer?

Tremendo, Gazal pega a espada, olha para Mãos Brancas e depois para a arma. A Karmoko pega o restante das armas e as entrega para nós, dando a Britta o martelo de guerra por último.

Por fim, ela se volta para Gazal e assente.

— Você pode me atacar, mas essa será uma aventura muito curta. Ou pode escolher. — Ela gesticula para nós. — Escolha uma oponente.

Quase instintivamente, sei quem Gazal vai escolher.

— Ela — sussurra, sua voz ficando fria quando aponta para mim. — Eu escolho ela.

Mãos Brancas bate palmas, encantada.

— Excelente escolha, aprendiz! Deka é a oponente perfeita para você.

Gazal se aproxima, seu olhar mortal, e algo se acalma em mim — uma mudança sutil conforme meus sentidos se aguçam. Dou um passo para trás, respiro fundo e aperto minha espada com força. Gazal quer sangue — dá para ver. No entanto, estou pronta para ela. Como Karmoko Huon sempre diz: "Primeira regra de combate: esteja preparado para lutar em todos os momentos."

Amplio minha postura quando Mãos Brancas assente para Gazal.

— Acabe com ela.

Gazal corre para mim tão rápido que me movo apenas alguns segundos antes de sua espada cortar onde meu pescoço estaria. A surpresa arranca uma arfada da minha garganta. Ela não quer apenas meu sangue, ela quer minha cabeça, a maneira mais fácil de matar uma alaki. Mas estou preparada para morrer em combate, assim como Karmoko Huon me ensinou. E, ainda melhor, já sei que a decapitação não é minha morte final. Eu uso esse lembrete para respirar, para me concentrar em acompanhar Gazal enquanto ela me ataca novamente, suas investidas rápidas como um relâmpago. Em seu estado de combate, Gazal é como o vento — a alaki mais rápida de Warthu Bera, agora que Katya se foi.

Isso significa que tenho que ser mais esperta, ou, se não for cuidadosa, esta aula terminará com ela arrancando minha cabeça.

— Cuidado, Deka! — grita Britta.

Eu giro, seguindo o grito para encontrar Gazal já nas minhas costas. Tenho meros segundos para me afastar antes que ela consiga enfiar a espada na minha barriga. Eu me esquivo, mas ainda assim não sou rápida o suficiente. A espada corta meu antebraço e estremeço, cerrando os dentes contra a dor aguda. O ouro brota, fazendo a ferida arder. Ignoro. Já senti dores piores do que esta, passei por muitas coisas piores. Isso é apenas um arranhão, digo a mim mesma.

Mãos Brancas ri, erguendo sua taça em um brinde a mim.

— Vença ou morra, Deka. De qualquer maneira, você aprenderá sua lição.

Lição... A palavra reverbera pelo meu corpo, uma lembrança de que tive muitas outras lições no último mês. Lições destinadas a me ensinar a sobreviver — não, a vencer — mesmo frente a todas as adversidades possíveis.

Vença ou morra...

Não vou morrer de novo. Não hoje, pelo menos.

Olho para Gazal, seu corpo aparentemente tomado pela selvageria que brilha em seus olhos. Sem chance de argumentação com ela. Sem chance de conseguir conversar. Gazal precisa expurgar sua dor, e eu sou quem ela escolheu para ajudá-la a fazer isso. A única coisa honrosa que posso fazer é lutar. Vencer.

Conquistar.

Ergo minha espada.

— Tente — eu digo.

Gazal faz isso com um grito. Quando ela se lança, no entanto, giro para o lado e bato o punho da minha espada em seu crânio. Ela mal consegue agarrar minha manga antes de cair, inconsciente. Vai demorar pelo menos uma hora até que acorde, a julgar pelo tamanho do galo em sua cabeça.

Mãos Brancas se aproxima, batendo palmas.

— Esplêndido, esplêndido! Que raciocínio rápido, Deka. — Eu desabo, meu corpo inteiro tremendo agora. — Simplesmente magistral. Sabia que eu tinha feito a escolha certa.

— Escolha? — É Belcalis quem pergunta. Ela passou a batalha inteira em uma contemplação silenciosa, como de hábito. — Por que ela? Por que nós, de todas as garotas em Warthu Bera, Karmoko?

Mãos Brancas dá de ombros.

— Você tem raiva, muita — responde. Então aponta para uma Gazal ainda inconsciente. — Aquela ali tem dor... Um lago inteiro de dor, como você acabou de ver. — Depois é a vez de Britta, e o dedo de Mãos Brancas aponta para ela. — Aquela é forte, leal e fará tudo o que for preciso. — Quando Britta pisca, surpresa, Mãos Brancas se vira para mim. — E aquela é anormal.

Aí está de novo, essa palavra odiada. Anormal. Mas não sinto vergonha e náusea como antes. Agora que sei que minha habilidade tem valor, minha principal reação é a curiosidade. Mãos Brancas sabe de onde veio minha habilidade. Eu já tinha adivinhado em Irfut, mas agora tenho certeza. É por isso que ela está usando essa palavra para me descrever. Não é uma censura, mas uma verdade.

— O que você quer dizer com anormal? — pergunto. — O que eu sou exatamente? Sou mesmo uma alaki?

Esta última pergunta escapa de mim — um medo escondido tão a fundo que nunca tinha reconhecido até agora.

Um sorriso divertido se forma nos lábios de Mãos Brancas.

— Se você é mesmo uma alaki? — Ela ri. — Que pergunta boba de se fazer, Deka. Óbvio que você é. Você é a alaki mais valiosa de toda Warthu Bera. — Franzo a testa para ela, confusa com essa declaração, e ela se aproxima, me olhando. — De todas as garotas aqui, só você tem a capacidade de comandar uivantes mortais.

Mesmo que eu já soubesse disso, a confirmação ainda é um choque. Assim como outras constatações. Se Mãos Brancas sabe sobre minha habilidade, então provavelmente estava ciente do que eu era desde Irfut, poderia estar procurando por mim naquela época. O que significa que ela sabia sobre mim — sabia o que eu era. Isso significa que existem outras garotas como eu? Eu rejeitei essa possibilidade, mas agora não tenho tanta certeza. Tudo o que sei é que Mãos Brancas tem as respostas que procuro.

— Você é a benfeitora? — deixo escapar.

O dia todo estive pensando sobre isso, sobre o misterioso benfeitor que Karmoko Thandiwe disse que ajudou minha mãe a escapar. Achei que poderia ter sido uma das karmokos de Warthu Bera daquela época, ou talvez até um jatu ou um oficial, mas e se tiver sido Mãos Brancas? Ela é uma nobre — tem dinheiro, poder, a capacidade de transportar pessoas para onde quiser.

— Foi você quem ajudou minha mãe a escapar de Warthu Bera?

Mãos Brancas apenas pisca.

— Sua mãe esteve em Warthu Bera? Fascinante...

Ela diz isso daquele seu jeito evasivo, então não consigo dizer se está mentindo ou não. Tudo o que sei é que ela sabe mais do que diz.

— O que você sabe sobre mim? Sobre o que eu sou? — imploro.

Ela dá de ombros.

— Eu sei que usar seu poder te esgota. Que você fica vulnerável depois de usá-lo. Sei que você é valiosa para nós. Para esta luta.

Meu coração tamborila nos ouvidos. Valiosa para nós? A maneira como ela diz essas palavras, seu olhar tão significativo para mim — sei exatamente o que ela está pensando. Mãos Brancas pretende usar minha habilidade durante a cruzada. Ela pretende expô-la para que todos vejam. Meus músculos se contraem; minha respiração sai em jorros. Um grito primitivo começa a crescer em algum lugar dentro de mim, mas Mãos Brancas estala suas garras, forçando minha mente de volta ao presente.

— Sei que você tem perguntas, Deka — diz ela —, e responderei a todas antes que a cruzada termine. Mas, por ora, saiba que não vou colocá-la em perigo.

E assim, em um instante, o grito se dissipa e consigo respirar novamente. Se há uma coisa que sei sobre Mãos Brancas é que ela é uma mulher de palavra, embora suas intenções sejam sempre nebulosas.

Ela se vira para Britta.

— Você me perguntou em determinado momento por que foi escolhida. É para isto: para proteger Deka durante os períodos vulneráveis, para evitar que ela se machuque durante esse tempo.

Ela aponta para o martelo de guerra de Britta.

— Com esse martelo de guerra, Britta, você será a protetora de Deka. Sua aliada mais verdadeira.

Britta olha para o martelo, as sobrancelhas franzidas.

— Foi por isso que você me trouxe — diz ela lentamente. — Foi por isso que você nos uniu...

Mãos Brancas não se preocupa em negar.

— Como as representantes mais fortes de Warthu Bera, vocês quatro serão enviadas nas invasões mais difíceis. Aquelas em que os uivantes mortais são mais numerosos ou hábeis, onde o terreno é mais implacável... Aquelas em que a voz de Deka é necessária.

Ela olha para nossos rostos, seus olhos por fim pousando em Britta.

— Você não apenas é forte, Britta, mas realmente se preocupa com Deka, e é por isso que ela precisa de você. Uma protetora para garantir sua segurança. Uma amiga para garantir que ela continue sã em meio ao horror dos próximos meses. Você está à altura dessa missão?

Me volto para Britta, minhas perguntas sobre Mãos Brancas colocadas de lado por uma emoção ainda mais importante: o medo. E se ela tiver medo de mim? E se ela me odiar por colocá-la em uma situação tão perigosa? É um pensamento irracional, eu sei, mas só essa mera ideia é tão dolorosa que mal consigo respirar.

Mas então Britta levanta o martelo e sorri.

— Deka e eu somos irmãs de sangue. Pertencemos uma à outra.

Mãos Brancas sorri.

— Fico feliz de ouvir isso. — Agora ela se vira para Belcalis. — E você, Belcalis de Hualpa, o que você acha?

Belcalis bufa.

— Não sei o que é toda essa bobagem sobre o valor de Deka, mas só quero sobreviver ao meu tempo para que possa sair deste lugar. Se Deka pode nos ajudar a derrotar os uivantes mortais mais rápido, vou protegê-la também — diz ela, se aproximando de mim e Britta.

Estremeço em uma onda de alívio, tão repentina que quase faz meus joelhos cederem. Belcalis também não me odeia. Ela ainda é minha amiga.

Mãos Brancas sorri.

— Foi o que pensei. Afinal, você, mais do que qualquer outra pessoa, entende a dor que Deka suportou. A mesma que você suportou. Você, mais do que qualquer outra pessoa, entende o que precisa ser feito.

De repente, me lembro das cicatrizes nas costas de Belcalis, as que se amontoavam como um mapa. Desapareceram agora, mas nunca vou esquecê-las. Nunca me esquecerei de que ela sofreu tanto quanto eu.

Belcalis assente brevemente e Mãos Brancas continua:

— Enquanto isso, mantenham o segredo de Deka neste grupo. Só vocês e as karmokos sabem, e gostaríamos de manter assim por enquanto.

Quando as outras concordam, dando suas palavras, ela pega uma espada, ponderando.

— Agora... qual de vocês quer me desafiar?

19

— Me conte os seus sonhos, Deka — pede Mãos Brancas.

É nosso quarto dia de aulas no lago. Nosso combate habitual sem limite terminou, e Britta, Belcalis e Gazal voltaram ao Salão Principal, mas Mãos Brancas me pediu para ficar mais, embora não tenha me dito o motivo. Mãos Brancas é muito boa em não responder a perguntas. Eu sei bem disso: já a incomodei com muitas. O que ela sempre diz é que me explicará tudo em seu devido tempo, o que será em algum momento antes do fim da cruzada.

Acho que tenho que ficar satisfeita com isso por enquanto. Eu poderia perguntar a Karmoko Thandiwe, mas tenho a sensação de que nem de longe ela saberá tanto quanto Mãos Brancas sabe.

— Meus sonhos? — pergunto finalmente, confusa.

O que meus sonhos têm a ver com qualquer coisa que estamos fazendo?

— Você tem tido pesadelos — diz ela. — Sonhos recorrentes também. — Quando vê minha expressão chocada, ela dá de ombros, sorrindo. — Não fique tão alarmada. Todas as alaki têm sonhos assim. Especialmente as anormais. Me conte os seus.

Pigarreio, envergonhada.

— Sempre começa no oceano... pelo menos, parece o oceano. Está escuro, mas há essas... presenças lá. Não sei se são diferentes ou uma coisa só, mas elas me chamam.

— O que elas dizem?

— Meu nome. Dizem meu nome e me levam a essa... porta. É dourada, toda brilhante.

Olho para ela, mordendo o lábio. Quase assustada demais para falar.

— O que é, Deka? — incentiva Mãos Brancas.

— Elas usam a voz da minha mãe — suspiro. — Quando me chamam, usam a voz da minha mãe. Mas sei que não é ela. Minha mãe morreu. Se foi.

As palavras trazem um pouco daquela velha dor, e eu massageio meu peito para acalmá-la.

Mãos Brancas assente, parecendo perdida em pensamentos.

— A porta... você já passou por ela? — pergunta.

Balanço a cabeça.

— Nunca.

Ela se vira para mim, uma expressão estranha no rosto.

— Desta vez, quando elas te chamarem, você vai.

Franzo a testa.

— Mas não consigo controlar quando os sonhos...

Uma dor aguda atinge meu pescoço. Tudo o que consigo ver é o sorriso fraco no rosto de Mãos Brancas enquanto ela diz:

— Lembre-se, quando elas te chamarem, vá.

Então estou caindo.

Escuridão completa, um oceano de calor. É o mesmo de sempre, o lugar que estive vendo desde que minha mãe morreu. Algo se mexe dentro dele, vasto e antigo, mas não tenho medo. Já o encontrei várias vezes antes, senti sua presença rolando dentro de mim.

— Deka... — chama, um ressoar nas águas.

Quase soa como minha mãe.

Mas não é ela. Está mentindo para mim, usando a voz de minha mãe para isso. Nado na outra direção, tentando me afastar. Então um brilho dourado surge de repente, uma porta se abrindo atrás de mim.

— Deka... — a voz vem de novo, implorando desta vez.

Provoca minha memória, um lembrete de algo importante que estou esquecendo. Algo sobre aquela porta. Eu me viro e lá está ela, dourada e brilhante, crescendo mais e mais até bloquear totalmente o meu campo de visão.

Entre, Deka... As palavras invadem meus pensamentos quase sinistramente. Uma ordem.

Eu obedeço, nadando para mais e mais perto do ouro até que a porta me engole, e então não há nada além daquela linda cor tomando conta de mim.

— Você pode acordar agora, Deka.

Acordo com uma arfada, obedecendo a Mãos Brancas, mas logo percebo que fiz isso apenas pela metade. Não estou acordada de verdade, não estou aqui de verdade. Essa é a única explicação para de repente tudo estar brilhando tanto. Está escuro ao meu redor, mas todas as coisas vivas brilham — as plantas, os insetos, as árvores. É quase como se houvesse um halo sobre tudo, uma luz cintilante e mística. Me viro para Mãos Brancas. Ela está ao meu lado, uma brilhante chama branca na escuridão, o corpo inteiro iluminado.

— O que você vê? — pergunta ela, a voz parecendo vir de longe.

Ela parece distante, muito distante. Mas sei que está aqui. Assim como eu. Estou mesmo dormindo ainda?

— Você está brilhando... — sussurro, o espanto me inundando.

— Isso é bom.

— O que está acontecendo? — pergunto, minha voz soando distante para os meus próprios ouvidos.

Mãos Brancas caminha ao meu redor.

— Ensinaram a você sobre o estado de combate?

Assinto devagar, tudo muito leve e calmo agora.

— O que você experienciou é apenas a superfície dele. Isto, o que você está sentindo e vendo agora, é sua forma mais pura, um estado de sentidos aguçados quando você está a meio caminho do sono e do acordar, a meio caminho deste mundo e do próximo. Olhe para as suas mãos — instrui ela.

Olho para baixo, chocada ao ver que elas estão brilhando que nem o corpo de Mãos Brancas, só que há partes delas que brilham mais do que todo o resto: minhas veias, se espalhando pelo meu corpo, iluminando-o na noite. Consigo vê-las até através de minha pele.

— Quando você entra em um estado de combate profundo, pode ver o que os outros não podem, sentir o que não conseguem, se tornar mais rápida e mais forte do que é normalmente possível para uma alaki. Este é o estado que você usará para desenvolver sua voz. Pegue.

Uma sombra vem em minha direção, e minhas mãos automaticamente se erguem, agarrando o objeto. Fico boquiaberta. É uma espada, bem afiada. Eu a segurei pela lâmina, mas não estou sangrando — nem uma feridinha minúscula marca minha pele. Eu a encaro, ainda mais perplexa. O ouro amaldiçoado fez uma poça debaixo da minha pele ali, protegendo-a. Posso vê-lo se movendo mesmo debaixo da pele luminosa.

Mãos Brancas sorri.

— Ótimo. Você já está controlando seu corpo. Quando fizer o mesmo com sua voz, ficará em uma posição muito melhor, prometo. Bem, então vamos começar. Temos muito a aprender. Vamos começar fazendo você entrar no estado de combate sozinha.

Na manhã seguinte, acordo mais cedo do que costumo.

Chocalho já está na parte da frente da gaiola quando chego. Seus olhos brilham na escuridão, aquelas pupilas escuras como a meia-noite me monitorando. É quase como se ele soubesse que eu estava vindo, mas já tem alguém lhe fazendo companhia. Mãos Brancas está sentada em um banquinho na frente dele, aquela meia-máscara contorcida de demônio em seu rosto. Pisco, assustada com a visão. É raro ver karmokos usando máscaras quando homens não estão por perto. Mas acho que Chocalho é macho, embora eu nunca tenha olhado para a sua genitália de perto o bastante para verificar.

— Saudações matinais, Karmoko — digo com uma reverência nervosa, mas Mãos Brancas impacientemente dispensa meus cumprimentos.

— Você está pronta? — pergunta.

Inspiro fundo, olhando para Chocalho.

— Acho que sim.

Ela assente.

— Entre no estado de combate.

Simples assim?

Tento não demonstrar meu desconforto enquanto assinto, visualizando o oceano escuro em minha mente, assim como ela me instruiu a fazer na noite passada. A princípio, não há nada, apenas os milhares de pensamentos errantes na minha cabeça: *E se eu não conseguir fazer isso? E se algo acontecer e...*

— Acalme seus pensamentos — ordena Mãos Brancas. — Encontre algo em que se concentrar.

Eu faço o que ela diz, olhando para as minhas mãos, para o ouro que as cobre. Está tão grosso quanto no dia em que mergulhei minhas mãos naquela urna. Se eu olhar por tempo suficiente, quase posso ver minhas veias por baixo dele, senti-las latejando sob o brilho dourado. Lembro de como o sangue se moveu por elas ontem à noite, protegendo minhas mãos quando peguei a espada. O sangue tão dourado quanto minhas mãos. Tão dourado quanto aquela porta...

Meus pensamentos se acalmam, meu corpo já começando a ficar sem peso.

— Isso aí — sussurra Mãos Brancas, sua voz vindo de muito longe.

— Concentre-se na porta.

Está lá agora, bem na minha frente. Eu me movo em direção a ela, nadando na escuridão. Nadando para a luz. Há muito dela agora, tudo diante de mim fica com um brilho branco — tudo vivo, na verdade. Isso inclui Chocalho. Seu corpo inteiro parece cintilar agora, uma luz branca brilhando na escuridão. Apenas seus olhos ainda estão escuros.

Ele olha para mim com uma expressão estranha. Medo? Curiosidade? Não consigo distinguir.

Me aproximo dele, meus passos parecendo flutuar no ar. Quando estou apenas levemente fora de alcance, olho em seus olhos.

— Chocalho — digo. — Ajoelhe-se.

Minha voz está abafada até para meus próprios ouvidos.

Alguns momentos se passam, nada acontece, mas então há um som familiar e alto. Seus espinhos, rangendo nas costas. De forma lenta mas definitiva, ele cai de joelhos, com um olhar vazio. O mesmo olhar que havia nos outros uivantes — daquele que matou Katya e do outro em Irfut. Sinto uma descarga de choque pelo corpo quando percebo: consegui! Eu o controlei!

— Ora, Deka — a voz de Mãos Brancas de repente está bem próxima do meu ouvido. — Acho que você acabou de dar seu primeiro comando intencional.

Meu sorriso vacila, a exaustão crescendo dentro de mim. Então tudo escurece.

20

◇ ◇ ◇

— Uivantes mortais se reuniram em uma caverna perto dos arredores da fronteira sul de Hemaira — anuncia Karmoko Thandiwe, olhando para o outro lado da sala.

É fim de tarde e estou na biblioteca pessoal das karmokos junto com várias outras alaki: Beax, uma atenciosa aprendiz do Norte com olhos verdes e cabelo preto; Mehrut, a aprendiz baixinha sulista em que Adwapa está sempre de olho; e Britta, Belcalis, Gazal e Adwapa. Mãos Brancas e as outras karmokos estão sentadas em silêncio no canto, nos avaliando. Amanhã a esta hora, nosso pequeno grupo estará nos arredores de Hemaira, caçando uivantes mortais. E não apenas os comuns. Esse bando em particular matou mais de cinquenta homens na semana em que estava na fronteira sul. A maioria dos uivantes mortais leva pelo menos dois ou três meses para causar tal devastação. São estes que caçaremos em nosso primeiro ataque.

Meu coração bate forte, medo, nervosismo e ansiedade se juntando. É para isso que venho treinando todos esses meses.

— Os uivantes mortais estão se concentrando aqui, perto das casas na selva de vários nobres — diz Karmoko Thandiwe, caminhando até o centro da biblioteca, onde um mapa de Otera foi esculpido no chão. Ela aponta com uma lança para a área para onde iremos, um pequeno vilarejo na fronteira esquerda de Hemaira. — Vocês e seus uruni vão cavalgar até lá amanhã e enfrentá-los nesta caverna. — Ela aponta para o local, depois olha para cima e assente para mim. — Deka, é aqui que seu talento particular será útil.

Me aproximo com relutância, percebendo as perguntas que surgem nos olhos das outras irmãs de sangue. Assim que a alcanço, Karmoko Thandiwe se vira para encará-las.

— Todas vocês conhecem Deka — começa ela, dando um tapinha no meu ombro. — O que não sabem, no entanto, é que ela não é exatamente como o resto de vocês.

As garotas tornam a se entreolhar, confusas. Meus músculos ficam tensos, a ansiedade os apertando. Nenhuma de nós das aulas de Mãos Brancas contou a qualquer uma das outras sobre minha habilidade, e, agora que o momento chegou, estou apavorada. Será que elas vão me odiar? Ter medo de mim?

Uma mão toca de leve na minha. Britta.

— Está tudo bem, Deka — sussurra ela, sorrindo. — Estou bem aqui.

Devolvo o sorriso, aliviada.

— Deka é uma anomalia entre sua espécie — explica Karmoko Thandiwe, olhando ao redor da sala. — Ela tem o poder de comandar uivantes mortais.

As outras garotas arfam, e Adwapa me lança um olhar chocado.

— Deka? — sussurra, uma pergunta em seus olhos.

Assinto rapidamente, de repente tímida.

Beax levanta a mão.

— Não entendo, Karmoko. Você quer dizer que ela pode hipnotizá-los?

— Quase isso — responde Karmoko Thandiwe. — Ela só pode fazer isso por curtos períodos de tempo, mas, como podem imaginar, essa é uma habilidade muito útil, então devemos explorá-la.

Agora ela olha para o outro lado da sala, seus olhos severos.

— Um aviso: poucas pessoas sabem do talento de Deka. Apenas quem está nesta sala, os comandantes jatu e alguns outros poucos têm acesso a essa informação. Ninguém mais pode saber. Nem mesmo suas outras irmãs de sangue, sob pena de morte.

Beax assente e olha para mim, pensativa. Eu me endireito, tento parecer mais forte — digna, de alguma forma. Ainda não sei por que recebi essa habilidade, mas não quero parecer tão tímida a ponto de as outras irmãs de sangue me descartarem por minha falta de confiança.

— Agora, vamos falar de estratégia — declara Karmoko Thandiwe. Ela olha para as outras irmãs de sangue, depois para mim. — O plano é simples. Deka, você se aproximará primeiro, acompanhada por seu uruni e Britta. Você vai atrair os uivantes mortais usando sua voz, e os deixará imóveis, se puder. As outras e seus uruni irão então exterminá-los, de forma rápida e simples. Entendeu?

Assinto.

— Sim, Karmoko — confirmo, meus músculos mais tensos do que nunca.

Finalmente chegou a hora de cumprir meu propósito. Só de pensar, minha boca fica seca. *Eu consigo fazer isso, eu consigo fazer isso...*

Karmoko Thandiwe sorri para mim e assente.

— Então, vamos examinar os pontos mais delicados.

O clima está sombrio quando nos reunimos com nossos uruni naquela noite. Nosso grupo teve permissão para ter duas horas livres, como é o costume com cada nova equipe de invasão, então decidimos passar o tempo jantando. Parece quase uma espécie de funeral — uma chance de dizer adeus antes que seja tarde demais. Afinal, é muito provável que alguns de nós morram amanhã.

Não sou a única que se sente assim. Estou comendo meu ensopado quente com pão quando Acalan, o uruni de Belcalis, se remexe ao meu lado.

— Qual é a sensação... de morrer? — pergunta ele baixinho.

Ele está com uma expressão, uma vulnerabilidade que nunca vi antes.

— Frio, muito frio — respondo. — Dá para sentir o sangue desacelerando dentro de você. Depois, vem a escuridão, a solidão. Morrer é muito solitário...

— E depois? — pergunta Acalan, incerto.

Talvez ele não seja só bagunça e grosseria, afinal.

— Depois?

Tento imaginar. É uma coisa difícil. Sempre me lembro de morrer, mas nunca consigo me lembrar direito do que vem depois. Tudo de que me lembro é a escuridão e a paz. Se tento pensar em algo além disso, a lembrança se afasta. Muitas das minhas lembranças fazem isso agora. Às vezes acho que não quero me lembrar delas — não quero sentir o medo que as acompanha.

— É morno.

Para minha surpresa, esta resposta vem de Belcalis, e há um sorriso leve em seus lábios quando ela ergue os olhos do creme que preparou a noite toda. Belcalis é muito boa com cataplasmas e soluções, um talento que aprendeu trabalhando na botica do tio. Ela os prepara sempre que está nervosa ou ansiosa, embora, como alaki, não precisemos de nenhum desses remédios.

— Está sempre morno, como se algo estivesse te cercando, te mantendo seguro.

— Assim parece até que você gosta.

Essa observação perplexa vem de Kweku, o uruni gordo e geralmente alegre de Adwapa. Suas sobrancelhas estão franzidas, grandes olhos castanhos confusos embaixo delas.

Belcalis dá de ombros.

— Eu não me importo... de estar morta, quero dizer. Na verdade é bem calmo, como se você estivesse flutuando em calor e felicidade. Sempre que as pessoas nos chamam de monstros, penso em quando estou morta, em como é a sensação, e me pergunto: se sou esse monstro todo, por que Oyomo é tão gentil comigo no Além?

A resposta não cai bem para Acalan, e ele se levanta rapidamente.

— Oyomo é gentil com todos, do melhor dos melhores ao pior dos piores. E talvez seja bom você não compartilhar essas palavras. Os sacerdotes podem acusá-la de blasfêmia.

Ele logo se afasta, as costas rigidamente eretas. Não consigo evitar sentir que isso se deve mais ao medo do que à raiva. Ao contrário de nós, os recrutas morrem apenas uma vez.

— Vou falar com ele — diz o uruni de Britta, Li, com uma expressão como se pedisse desculpas ao sair também.

Kweku rapidamente faz o mesmo, deixando-nos em silêncio.

Alguns instantes se passam devagar, até que Britta suspira.

— Tudo conforme o esperado.

Todos nós soltamos uma risada nervosa, mas ainda seguimos os garotos com o olhar até que desapareçam colina abaixo, no quartel, antes de nos voltarmos uns para os outros. Keita continua ali, para minha surpresa. Apesar de nosso relacionamento ser um pouco mais próximo agora, ele ainda não é do tipo que joga conversa fora.

Ele se vira para Belcalis.

— Você já morreu muitas vezes, então? — pergunta.

Ela dá de ombros.

— Apenas seis. Na maioria delas, sangrei até morrer.

— Seis? — Quando Belcalis volta a dar de ombros, despreocupada, Keita balança a cabeça. — E... sangrou até morrer?

— Às vezes, os sacerdotes pegam nosso sangue para vender — explica Belcalis, misturando o cataplasma cada vez mais rápido. Ela não quer mais falar sobre o assunto.

— Eles sempre levam muito — acrescento rapidamente, tirando a atenção dela. — Uma vez, acordei enquanto os anciãos do vilarejo estavam me desmembrando, e todo o porão estava coberto de sangue. Foi desagradável. E doloroso. Mas principalmente desagradável. Eu tinha me acostumado, entende? Eles me desmembraram várias vezes.

Agora estou acostumada a dizer isso sem sentir o medo e a náusea de antes, então a expressão que toma conta do rosto de Keita me assusta. É horror. Horror puro e sem filtro.

— Eu tenho que... com licença — diz ele de repente, se levantando.

Seu corpo treme à medida que ele se afasta.

Eu o observo ir, então suspiro. Às vezes, esqueço como os recrutas são protegidos. Sim, eles são soldados e, sim, eles convivem com a brutalidade, com o horror, mas não entendem como é a vida para nós. A dor que suportamos.

Eu deveria ter contado a ele sobre meu passado mais cuidadosamente, deveria tê-lo preparado, mas agora que falei as palavras em voz alta, não me arrependo.

— Acho que vou ficar sozinha um pouco — digo enquanto me levanto.

As outras assentem conforme me afasto.

Minha árvore favorita é a nystria de flores azuis na colina ao lado. É gigante e antiga, seus galhos tão largos que bloqueiam minha visão de quase tudo à volta. O resto de Warthu Bera sempre parece longe, uma lembrança distante, quando entro no espacinho sob os galhos e inspiro a fragrância delicada que exala das flores. É aqui que Keita me encontra alguns minutos depois, deitada calmamente à sombra.

— Desculpe por ter me afastado — diz ele, agachando-se ao meu lado. — Você estava me contando sobre a coisa mais horrível que já aconteceu com você e eu fugi como uma criança. Eu só... Nunca poderia ter imaginado isso, o que eles fizeram com você. Eu ainda não consigo...

Keita desvia o olhar, lutando para encontrar as palavras. Por fim, se recompõe e se volta para mim.

— Sinto muito, Deka. Do fundo da minha alma, sinto muito pelo que foi feito a você, sinto muito pelo que foi feito a todas vocês. Sei que não faz diferença, mas só quero dizer, para que você saiba como eu me sinto.

Eu pisco, surpresa com suas palavras. O que quer que eu estivesse esperando, certamente não era isso. Isso deve ser o máximo que Keita já me disse de uma vez.

Assinto enquanto ele se senta, então me viro e sorrio.

— Eu não te compararia a uma criança. Você é mais como um daqueles lagartos de árvore.

Aponto para um lagarto verde-claro correndo pelos galhos.

A boca de Keita se contrai.

— Não aceito menos que um lagarto com chifres — diz ele.

— Lagarto com chifres, então — concordo.

O sorriso dele se alarga por um momento. Então ele suspira.

— Sinto muito — sussurra de novo. — Sinto muito pelo que aconteceu com você, sinto por não ter ficado para ouvir você terminar o que estava dizendo.

— Está tudo bem — respondo. — Eu não deveria ter te contado, para início de conversa.

— Você não deveria ter passado por tanto horror, para início de conversa — diz Keita, com o olhar sombrio. — O que aqueles anciãos fizeram... isso não deveria acontecer.

— Mas o que você acha que é o Mandato de Morte? — pergunto suavemente. Sei que ele sabe o que é. Todos os jatu desta tropa sabem. Eles já foram incumbidos de colocar o mandato em prática se os sacerdotes falhassem. Isso, é óbvio, antes de as alaki se tornarem necessárias.

— É assim. Sempre foi assim.

Keita desvia o olhar com culpa, então me aproximo. Não quero que ele se afaste de mim, desta conversa. Esta pode ser a única chance que terei.

— A minha espécie não tem escolha — digo. — Lute ou morra... não importa o resultado, nossas vidas não são nossas. Belcalis está certa, sabe? Eles nos chamam de demônios, mas somos mesmo?

Keita abaixa o olhar.

— Não sei. — Ele suspira. — Não sei mais. Quando me tornei um recruta, pensei que era isso o que sua espécie era. Achei que te odiaria quando trabalhássemos juntos, e mesmo quando fizemos o trato, ainda não confiava em você. Mas agora...

— Mas agora? — repito.

— Agora, quando eu olho para você, tudo que consigo ver é minha parceira. E agora, quando ouço o que fizeram com você...

As mãos dele se fecham em punho. Keita precisa respirar antes de relaxá-las. Ele se vira para mim.

— Quem te desmembrou? Quais são os nomes deles?

— O que isso importa? — Dou de ombros. — De acordo com as Sabedorias Infinitas, eu sou um demônio. Além disso, já acabou.

Keita segura minha mão e a aperta. O calor da mão dele é como uma fornalha, se espalhando por minha pele.

— É importante para mim — responde ele. — Você é importante para mim.

Suas palavras fazem meu coração bater mais forte e retorcem meu estômago em nós. Não sei por que de repente estou quente, por que de repente fiquei corada na presença dele.

— Você é meu uruni — digo baixinho, tentando lembrar a mim mesma. — Agradeço por se preocupar.

— Mesmo se eu não fosse seu uruni, eu me importaria.

Para minha surpresa, a outra mão de Keita toca meu queixo. Ele o ergue para que meus olhos possam encontrar os seus, que parecem doces, intensos... Meu corpo inteiro estremece.

— Eu me lembro de ter visto você em Jor Hall naquele primeiro dia — diz ele suavemente. — Quando vi você parada lá, tão assustada, com Britta ao seu lado, você me fez lembrar de algo que eu tinha esquecido.

Meu coração está batendo tão rápido agora que temo que vá explodir no meu peito.

— O quê? — sussurro.

— De mim mesmo, quando era mais jovem. Eu sinto muito — diz Keita abruptamente, afastando a mão. — Sinto muito por não poder fazer nada, Deka, sinto muito que sua vida tenha sido tirada de você, que a violência a tenha trazido até aqui... assim como me trouxe.

Eu o encaro, tentando entender essas últimas palavras. Sempre soube que havia alguma tragédia no passado de Keita, mas nunca perguntei, pois sei que ele não iria querer que eu me intrometesse. Sinto que ainda não é a hora, então apenas pisco.

— Está tudo bem — digo. — Pelo menos eu tenho minhas irmãs de sangue agora. É o suficiente. Nunca tive amigas assim no meu vilarejo. Na verdade, nunca tive muitas pessoas ao meu lado.

Lembro quão facilmente meu pai e Elfriede me abandonaram. Torno a piscar, surpresa. Não penso neles há semanas, nem mesmo me questionei de novo se sou filha de meu pai ou não. Agora que Mãos Brancas está aqui, não me importo em esperar por respostas, me sinto segura de saber que, não importa qual seja a verdade, ninguém vai me trancar em um porão ou me fazer sangrar por causa das minhas habilidades.

Talvez seja por isso que eu consigo estar aqui, assim, com Keita.

Os olhos dele parecem brilhar enquanto ele olha de soslaio para mim.

— Eu sou seu amigo, Deka?

— Você quer ser? — Digo essa parte tão baixinho que acho que ele não ouviu.

Mas então Keita sussurra em meu ouvido, sua respiração agitando o curto tufo de cabelo encaracolado acima da minha orelha.

— Eu acho que sou algo muito melhor. Sou seu uruni, agora e até o dia de nossas mortes.

É a coisa mais gentil que ouvi em muito tempo.

21

❖ ❖ ❖

Já estou mil vezes preparada para a batalha quando o sol surge no horizonte no dia seguinte. Minhas armas foram afiadas, minha armadura de couro foi ajustada e meu cavalo está equipado com tudo o que é preciso para a longa jornada até a fronteira de Hemaira. Estou tão nervosa que um tipo estranho de energia me preenche enquanto coloco a cela no cavalo. Nem me sinto limitada pela armadura agora, embora seja o mesmo couro grotescamente pesado que todas as alaki receberam. Tudo o que sinto é uma compressão leve sobre meu corpo.

Ao meu redor, as outras também estão selando os cavalos e fazendo os preparativos.

Para minha surpresa, Adwapa ainda não me fez qualquer pergunta sobre a revelação de ontem de Karmoko Thandiwe. Quando pergunto por que enquanto montamos nos cavalos, ela revira os olhos.

— Bom, eu sempre soube que você era estranha — explica ela.

Decido não fazer mais perguntas.

Conforme cavalgamos para os portões de Warthu Bera, vejo Keita e o restante dos uruni esperando do outro lado, atrás do cavalo do capitão Kelechi. Um estranho calor toma conta do meu corpo ao vê-lo, resplandecente na armadura ornamental laranja-avermelhada dos recrutas. Tento contê-lo, mas continua passando sob a minha pele.

Uma multidão de civis se juntou atrás dele e dos outros recrutas, pescoços esticados enquanto olham boquiabertos para nosso minúsculo regimento, que consiste em nós, alaki, duas matronas com experiência em batalha e as quatro assistentes que servirão de apoio; felizmente, uma delas é Isattu, a assistente geralmente designada para nosso quarto compartilhado.

A ponte levadiça desce, e Gazal, a alaki responsável por esta expedição, ergue o braço com o punho fechado, em seguida, o abaixa com autoridade.

— Capacetes! — berra.

Rapidamente colocamos nossos capacetes — perfurantes e pontiagudos com máscaras de guerra na forma de carrancas de demônios presas à frente.

— Atravessem o fosso! — comanda Gazal.

Obedecemos, cavalgando pela ponte levadiça. Uma sensação estranha me invade no momento que chegamos ao outro lado: nervosismo, lateja em minhas veias. Esta é a primeira vez que vejo o exterior de Warthu Bera desde que entrei, a primeira vez que não estive dentro de seus limites, isolada por seus muros — protegida por eles. Tremo com esse pensamento, meu coração acelera. Eu me pergunto o que as pessoas comuns farão quando nos virem sair pelos portões. Apesar de toda a nossa armadura, a maioria de nós é mais baixa e menor, de forma geral, do que os recrutas. Elas suspeitarão do que somos? Elas já sabem sobre nós?

As aprendizes dizem que a maior parte do povo as ignora quando do saem para a batalha, mas, ultimamente, tem havido murmúrios, rumores insatisfeitos que ouvimos às vezes quando observamos a saída delas. Quem sabe o que vai acontecer hoje... Afasto o pensamento enquanto nossa procissão para no final da ponte levadiça, onde um dia de feira está a todo vapor, com multidões circulando, comprando produtos frescos.

O capitão Kelechi se aproxima para nos dar as boas-vindas. Ele liderará nosso grupo a partir de agora — um fato surpreendente, dada sua posição como chefe de todo o jatu. Para minha surpresa, ele cavalga até mim, então para e me olha lentamente, me avaliando por cima de seu nariz longo e aristocrático. Parece que esta é a primeira vez que ele está realmente me vendo, embora eu já o tenha visto inúmeras vezes, sua silhueta alta e escura e postura rígida inconfundíveis não importa aonde ele vá.

— Você é Deka de Irfut — diz friamente, olhos castanhos me analisando de cima a baixo. — O demônio entre os demônios.

Eu me certifico de manter meu rosto inexpressivo.

— Sim, capitão — respondo.

Ele move o cavalo para mais perto.

— Funciona apenas com os uivantes mortais? Seu dom, quero dizer.

Por um momento, fico confusa com sua pergunta, então entendo. Ele está perguntando se meu dom funciona com humanos. Se funciona nele.

— Só com os uivantes mortais — confirmo.

O capitão assente bruscamente.

— Certifique-se de que seja assim — diz. — Certifique-se de manter seus meios profanos para si mesma, porque se eu suspeitar por qualquer motivo de que você está agindo de outra forma, vou lhe dar tantas quase mortes brutais que você vai se maravilhar com minha engenhosidade daqui até o infinito.

Assinto, o sangue gelando dentro de mim.

— Sim, capitão.

Ele faz um movimento breve com a cabeça, virando o cavalo.

— Mexam-se! — ordena.

Conduzo o cavalo à frente, mantendo meus olhos fixos na estrada. Ao nosso redor, a multidão murmura desconfiada, tendo notado a estatura menor das alaki, sem contar as curvas óbvias de nossa armadura.

— Prostitutas!

Ouço gritarem a palavra mais de uma vez enquanto continuamos.

Eu me apresso para alcançar Keita. A expressão ameaçadora dele é uma barreira que apenas o homem mais corajoso ousaria cruzar. Seus olhos estão tomados de preocupação quando ele me olha de relance.

— Está tudo bem, Deka? — pergunta. — O capitão não te ameaçou, né?

— Não, por que você acha isso?

Não quero que ele saiba o que aconteceu.

— Eu o vi sussurrar para você — explica Keita. — O que ele disse?

Meu rosto enrubesce e dou de ombros de uma forma que espero parecer casual.

— Ele só me deu um conselho.

— Sobre o seu dom?

Assinto. Já contei a ele sobre as revelações de Mãos Brancas, nossas aulas e o que aconteceu, o anúncio de Karmoko Thandiwe.

— Ele disse que eu...

— Demônios! — A palavra explode na multidão. — Elas são todas demônios!

Um homem maltrapilho abre caminho, fervor ardente em seu rosto.

— Não se deixem enganar! Toda semana elas saem daqueles portões, vestidas com a armadura imunda da corrupção. Elas querem nos corromper, apodrecer Otera completamente.

A multidão começa a murmurar, muitas pessoas concordando.

— Ele tem razão! — berra um homem.

— Demônios! — grita outro.

— Prostitutas! — Esta última declaração vem de uma das poucas mulheres na multidão, uma velha cuja máscara em forma de sol é de um amarelo intenso e traz um sorriso grotesco, acompanhada por dois meninos; seus guardiões, sem dúvida.

Não demora muito para que a multidão comece a entoar a palavra.

— Prostitutas! Prostitutas! Prostitutas!

À medida que o coro aumenta, me encolho instintivamente em direção a Britta, cavalgando à minha direita. Mesmo que sejamos bem treinadas, sei muito bem o poder que uma multidão humana pode exercer. Penso em meu vilarejo, penso no que aconteceu lá depois que os uivantes mortais atacaram — a maneira como todos os aldeões se reuniram ao meu redor, observando impassivelmente enquanto Ionas destripava meu...

Este não é o meu vilarejo.

Eu pisco, e essa compreensão preenche todo o meu ser.

Estes não são os aldeões que se voltaram contra mim, que me torturaram. Eu não sou a mesma garota que se acovardou e se permitiu ser desmembrada. Estou mais forte agora, e mais rápida também. E, mais importante, fui treinada para o combate.

O homem maltrapilho fica com tanta raiva que se lança contra Britta.

— Prostitutas demoníacas! Eu vou matar...

Eu o puxo pela frente de suas vestes.

— Não toque nas minhas amigas — rosno. — Vou te quebrar todo antes que você consiga acertar um golpe que seja.

— E eu vou ajudá-la a espalhar cada pedaço seu por toda a Otera — diz Britta ao meu lado.

Eu o deixo cair de volta no chão empoeirado e limpo minhas mãos de forma teatral. Ao fazer isso, uma onda de calor reverbera por mim. Alegria. Não acredito que fiz isso, não acredito que me defendi — e minhas amigas — daquele homem. Alguns meses atrás, eu teria apenas me encolhido em um canto.

— Isso aí — sussurra Britta com orgulho para mim enquanto avanço.

Keita, por sua vez, traz o cavalo para mais perto do meu, e os outros uruni rapidamente o imitam, formando uma barreira entre a multidão e nós.

— Eu nunca teria imaginado isso — diz ele com uma risada. — Nossa pequena Deka, finalmente mostrando os dentes.

— Continue falando assim, e eles vão afundar em você — murmuro.

Mas agora o homem se voltou para a multidão em busca de apoio.

— Elas são demônios! — grita ele. — Vocês, jatu, não podem mentir para nós, sabemos o que vocês fazem naquela colina. Sabemos que estão fazendo todo tipo de coisa profana. Não podemos ter tamanha sujeira entre nós!

— Ele está certo! — clama a idosa com a máscara de sol, segurando os netos mais perto.

— Não queremos a sujeira delas aqui! — brada outro homem.

Minha tensão começa a aumentar, e minhas mãos avançam em direção ao cabo da minha atika. Agradeço que esta seja feita de aço, ao contrário de nossas espadas de treino. Tenho que estar preparada para tudo.

O capitão Kelechi vira seu cavalo abruptamente para encarar a multidão.

— Muito bem — grita. — Se vocês querem que elas vão embora, quem quer tomar o lugar delas? Estamos indo atacar um ninho de uivantes mortais próximo. Quem quer ir?

A multidão se acalma, confusa com a pergunta.

O capitão Kelechi continua.

— Se meus soldados são demônios e, portanto, não são dignos de lutar... não, de *morrer* por Otera, quem entre vocês os substituirão em nosso exército? — Ele olha para o homem. — Você vai? — Então aponta para outro membro da multidão. — E você? Ou você?

Uma por uma, o capitão Kelechi aponta pessoas na multidão, pedindo que elas tomem o nosso lugar. A multidão se cala, alarmada... e envergonhada. Há diversas pessoas ali, e nenhuma delas tem coragem de encará-lo.

Quando ninguém dá um passo à frente, o capitão Kelechi assente de novo.

— Da próxima vez que quiserem tirar algum de meus soldados, certifiquem-se de que estão prontos para ocupar o lugar dele primeiro.

O capitão lança um olhar severo para o homem, que se afasta, mal-humorado. Ele não esperava que ninguém o questionasse, isso é óbvio.

Eu o observo ir embora e sinto o alívio crescer dentro de mim. As pessoas na capital são muito menos dedicadas ao ódio do que as dos vilarejos, ao que parece.

Assim que o sujeito desaparece, o capitão Kelechi se volta para nós.

— O que vocês estão esperando? Andem!

Rapidamente obedecemos.

Enquanto continuamos pela rua, o som familiar das Lágrimas de Emeka trovejando a distância, me viro para Keita, perplexa.

— Ele é sempre assim? O capitão, digo.
Keita se vira para mim e dá de ombros.
— Ele é melhor e pior do que você pode imaginar.

As fronteiras a leste de Hemaira são de terra, secas, a beleza da cidade dando lugar a uma planície selvagem e não cultivada, repleta de grama amarelada e imponentes baobás. Os baobás são nativos, mas o calor do verão os ressecou de tal forma que suas folhas secaram nos galhos. Até mesmo os riachos e cachoeiras secaram, todos evaporando pelo calor implacável do sol.

Quanto mais avançamos, mais minha ansiedade cresce. O ninho que invadiremos está nos limites da selva, no fundo de uma caverna. O capitão Kelechi rastreia os movimentos dos uivantes mortais por meio de coucals, os pássaros mensageiros que ele troca com suas sentinelas. As criaturas estão excepcionalmente agitadas hoje. Já consigo senti-las ao longe, uma presença vaga e distante que faz meu sangue correr cada vez mais rápido. Desde que comecei a ter aulas com Mãos Brancas, a sensibilidade do meu sangue vem aumentando muito.

O plano é atacar o ninho amanhã cedo, quando eles estiverem mais vulneráveis. Como os humanos, os uivantes mortais são ativos durante o dia e dormem à noite.

Conforme o dia passa, meus nervos ficam cada vez mais à flor da pele. Estou animada para finalmente começar a matar uivantes mortais — para finalmente cumprir o propósito para o qual as karmokos têm me treinado e vingar a morte de Katya —, mas e se eu não puder usar minha voz? Estou acostumada a invocá-la durante as aulas com Mãos Brancas — e se eu não conseguir fazer isso aqui, sem ela para me guiar?

Meu nervosismo aumenta à medida que montamos acampamento na margem da selva, todos os cenários possíveis fazendo meus pensamentos serem consumidos pelo medo. Estou tão preocupada que não noto quando Keita se senta ao meu lado no tronco onde estive afiando sem pensar minha atika pelos últimos trinta minutos.

— Ainda está fazendo isso? — sussurra ele em meu ouvido, achando graça.

Meu coração quase salta do meu peito.

— Pelo amor de Oyomo, Keita! — arfo. — Você quase me fez cortar o dedo!

Cuidadosamente, ele tira a espada de minhas mãos e a examina.

— Esta é a quinta vez que vejo você afiando essa espada desde que montamos o acampamento, e a lâmina nem sentiu o gosto de sangue ainda. — Ele me olha de esguelha. — Está com medo?

— Óbvio que estou com medo.

— Você seria desajuizada se não estivesse — concorda ele, se reclinando na árvore atrás de nós.

Ele está tão perto agora que consigo sentir o calor de sua coxa na minha. Tento não estremecer com o contato.

— No meu primeiro ataque aos uivantes mortais, vomitei tanto que desmaiei — diz ele. — Quando acordei, a invasão já havia acabado.

— O quê? — Me viro para ele, o espanto crescendo. Esta é a primeira vez que ele me diz isso. Já conversamos sobre seu tempo em Jor Hall, mas nunca sobre isso.

— Vergonhoso, né? — Keita dá de ombros. — Lá estava eu, coberto do meu próprio vômito, quando eles me acordaram.

— Quantos anos você tinha? — pergunto, curiosa.

Apesar do tempo que passamos juntos treinando, sigo sem saber muito sobre a vida anterior de Keita — mas, bem, ele também não sabe muito sobre a minha. Ambos temos segredos que queremos guardar.

Keita faz uma pausa, seus olhos distantes.

— Oito — responde por fim. — Eu tinha oito anos.

Meus olhos se arregalam.

— Oito? — repito. Keita tem dezessete anos agora, o que significa que ele está atacando uivantes mortais há nove anos inteiros. —

Por que alguém levaria uma criança para uma invasão? — pergunto, chocada.

— Eu insisti — diz ele com um dar de ombros. Quando o encaro, ele explica. — Os uivantes mortais tinham acabado de atacar minha casa, mataram minha família: minha mãe, meu pai, meus irmãos... eu queria vingá-los. Não é fácil passar de caçula para órfão em um piscar de olhos.

Meu estômago se revira. Tudo faz sentido agora. É por isso que Keita é tão desesperado por vingança, por que ele não é tão despreocupado e brincalhão quanto os outros garotos. Se todos que eu já amei fossem mortos de uma só vez de um jeito tão horrível, eu também me fecharia.

Ele sorri um pouquinho, com uma expressão triste e amargurada.

— No fim, eu nem consegui ficar consciente.

Ponho a mão no joelho dele.

— Sinto muito — digo. — Eu não sabia.

— Eu não te contei. — Keita dá de ombros de novo. — Está tudo bem, eu acho. Não dá para se tornar o lorde de Gar Fatu sem que alguém morra primeiro.

— Gar Fatu? — repito. É o nome da região onde meu pai serviu em seus tempos de exército. — *Lorde* de Gar Fatu?

Sempre pensei que Keita pudesse ser da aristocracia, mas um lorde? E de Gar Fatu, de todos os lugares? Gar Fatu é a última fortaleza que guarda a fronteira entre Otera e as Terras Desconhecidas, um dos castelos mais estratégicos de Otera. Por que ele está aqui com a gente em vez de na corte, fazendo o que quer que os lordes e as damas chiques façam? A família dele é uma das mais importantes, nobre. Pelo menos foi. Estão todos mortos agora, e por isso ele está aqui.

Quando volto a encará-lo, ele está me dando um sorriso triste — uma expressão que não chega a seus olhos.

Ver isso me fere.

— Não faça isso — digo abruptamente.

— Não fazer o quê?

— Não finja que está tudo bem quando não está. Não faça piadas horríveis para esconder sua dor. Eu sei o que é perder um dos pais. Perder toda a família. Você não tem que fingir comigo. Nunca comigo.

Keita parece chocado quando me olha, seus olhos dourados analisando os meus. Por fim, ele assente.

— Não vou fazer de novo.

— Você jura?

Eu estendo meu dedo mindinho para ele como costumava fazer com minha mãe, até perceber o que estou fazendo. Rapidamente, afasto meu dedo.

Para minha surpresa, ele pega minha mão e entrelaça seu dedo mínimo com o meu.

— Juro.

Ficamos sentados ali, dedos entrelaçados, o ar da noite esfriando ao nosso redor. O resto do acampamento parece se distanciar — as outras alaki circulando, os recrutas amontoados em torno de um jogo de tabuleiro para acalmar os nervos. Por fim, o silêncio fica demais. Eu solto meu dedo desajeitadamente, pigarreando.

— Você participou de alguma invasão depois? — pergunto. — Depois daquela em que você vomitou, quero dizer.

Keita dá umas batidinhas com os pés no chão.

— De inúmeras — diz ele. — É por isso que fui designado para Jor Hall. Eu tinha visto mais uivantes mortais do que todos os jatu juntos, mesmo sendo apenas um recruta, então eles decidiram que eu poderia facilmente supervisionar algumas alaki. Depois, me mandaram para Warthu Bera. Era muito mais adequado para mim, disseram. Mas tive que desistir da minha posição. Agora sou só um humilde recruta, como todos os outros.

— Você conquistou muito mais coisas do que pensei — digo, impressionada. — Fico feliz que você seja meu uruni.

Keita sorri, um vislumbre de seus dentes brilhando por trás dos lábios. Perco um pouco o ar, meu mundo inteiro de repente preso naquela extensão branca.

— Espere até finalmente começarmos a cruzada e eu passar dias sem me lavar. Meu cheiro vai te impressionar mais do que qualquer coisa que você já sentiu na vida — diz ele.

Não consigo conter uma risada.

— Pare de brincadeira, Keita, eu...

— Palavras adequadas, alaki.

Quando olhamos para cima, o capitão Kelechi está parado próximo a nós, sua boca contorcida em uma carranca de desaprovação. Keita e eu nos levantamos imediatamente.

Keita pigarreia.

— Capitão, eu estava...

— Conversando com sua parceira quando deveria estar inspecionando o perímetro? — interrompe o capitão, erguendo a sobrancelha.

Keita se curva.

— Desculpe, capitão — diz ele rapidamente. — Farei isso agora.

Assim que ele desaparece nas sombras, o capitão Kelechi se vira para mim.

— Durma um pouco, alaki. Precisaremos de você em sua melhor forma pela manhã.

— Sim, capitão.

Eu me curvo, mas quando levanto minha cabeça, ele já se foi.

22

◇ ◇ ◇

A lua acaba de começar a baixar no céu quando chegamos ao ninho de uivantes mortais na manhã seguinte. Embora o resto da selva esteja fervendo, esta área se encontra banhada por uma névoa fria e úmida. Isso nos ajuda a saber que estamos no lugar certo. Olho para as árvores, maravilhada, apesar da tensão em meus músculos. Nas florestas do meu vilarejo, nunca tivemos árvores grandes como aquelas, com trepadeiras caindo dos galhos e flores de cores vivas aninhadas no tronco. São tão bonitas que quase me fazem esquecer do medo angustiante que estou sentindo.

E se eu não conseguir mergulhar no estado de combate? Pior ainda — e se eu não conseguir usar a voz? E se eu congelar, do mesmo jeito que aconteceu quando estava com Katya, e alguém morrer?

E se, e se, e se...

Britta me dá um tapinha, gesticulando para que eu me concentre. Assinto, tentando afastar esses pensamentos inúteis ao respirar profundamente do jeito que Mãos Brancas me ensinou. Estou tentando alcançar aquele oceano escuro em minha mente, a porta dourada dentro dele. Felizmente, ele surge com facilidade e, assim, entro no estado de combate profundo, o que me permite ver com ainda mais nitidez no escuro, as criaturas cintilando com aquele brilho estranho e sobrenatural enquanto me movo silenciosamente entre as árvores com os outros. Logo localizo os saltadores, as sentinelas dos uivantes mortais escondidas nos galhos. Os batimentos cardíacos deles brilham mais intensamente que os outros, tambores vivos que batem tão alto que quase consigo senti-los vibrando sob minha pele.

Gesticulo para que o grupo pare, apontando para cima. Há dois saltadores ali, ambos bem camuflados nas árvores. Ninguém mais os viu ainda — ninguém mais tem a vantagem de ser capaz de rastreá-los sem ser visto, do jeito que consigo. Felizmente, eles também não nos notaram. Um movimento em falso e eles notarão.

O capitão Kelechi aponta o dedo para mim e faz um gesto. É hora de você ir, diz o sinal.

Assinto, e então Britta e eu nos movemos, prosseguindo de fininho e lentamente pela vegetação rasteira, tomando cuidado para não fazer nenhum barulho que possa alertar os uivantes mortais. Tenho uma vaga consciência de que Keita segue ao meu lado, sua sombra se misturando com a das árvores. Parece que os anos de ataques noturnos aos uivantes o deixaram tão silencioso quanto mortal. Britta, infelizmente, não é tão graciosa, mas também avança em silêncio pela selva, protegendo minha retaguarda.

Em pouco tempo, chegamos perto dos dois uivantes mortais. O mais próximo de mim está examinando a área, olhos alertas para ameaças. Franzo a testa, observando. Como aqueles que atacaram nossos muros há dois meses, ele parece mais forte, mais vivo, de alguma forma, do que os uivantes em Warthu Bera. Mas não parece notar que estou escondida embaixo dele. Aprendi a ser furtiva durante as muitas aulas com Mãos Brancas.

Eu sou a caçadora agora.

— Não façam barulho — ordeno, minha voz reverberando, aquele poder familiar emanando de minha pele. — Venham aqui.

Ambos os uivantes se viram para mim ao mesmo tempo, seus olhos pretos se arregalando de surpresa antes de rapidamente ficarem vidrados. Os corações desaceleram, as batidas diminuem para quase nada. Quando eles começam a descer lentamente, fico aliviada. Está realmente funcionando!

Eles logo estão no chão, e Keita age rápido, cortando suas cabeças antes que possam recobrar qualquer consciência. Quase vomito quando um cheiro almiscarado atinge o ar e sangue azul jorra de onde estavam as cabeças.

Flashes. Ouro no chão. O olhar do meu pai. O olhar de Katya...

Britta me dá um tapinha e me afasto da lembrança odiada. Não estou mais naquele porão e ninguém vai me decapitar aqui. Enquanto recupero minha compostura, Keita se aproxima de mim, os olhos procurando por qualquer sinal de cansaço. Ainda não venci a exaustão que surge sempre que uso minha voz para dar algum comando. Já posso sentir aquela sensação nebulosa se espalhando por meus membros. Não vou conseguir ficar de pé por muito mais tempo.

— Excelente trabalho — diz ele. — Eles nem perce...

O som de galhos se mexendo nos alerta. Assim que me viro, percebo um par de olhos pretos de um uivante mortal espiando de uma árvore próxima. O uivante para, horrorizado, quando vê os corpos de seus companheiros massacrados.

Ele abre a boca — apenas para fazer um som gorgolejante horrível quando uma faca rasga sua garganta, prendendo-o na árvore. Belcalis abaixa a mão, mas sua faca chegou tarde demais. O grito agonizante do uivante está ecoando pelas árvores. Por um momento, Keita e eu nos entreolhamos, esperando que estejamos seguros — que os outros uivantes não tenham acordado com o barulho.

Então os gritos começam, cada um mais horrível do que o outro, tão altos que consigo ouvi-los através do capacete. Eu o jogo de lado, tentando ouvir de onde vem. Sou resistente aos piores efeitos dos gritos, e meu tempo nas cavernas com Chocalho e os outros uivantes apenas me fortaleceu.

A névoa fica mais espessa, as criaturas enfurecidas produzindo-a cada vez mais, e Keita me agarra, correndo em direção ao resto do grupo.

— Caramba, são muitos deles! — sibila, acelerando.

Tento acompanhar, mas cada passo é uma batalha contra o cansaço que agora pesa sobre meus membros.

— Pode deixá-la comigo! — diz Britta, me erguendo como se eu não pesasse nada.

— Fique perto dela! — responde Keita, preparando sua espada ao alcançarmos os outros.

O capitão Kelechi está preparado para nossa chegada.

— Peguem as espadas! — ordena quando o grupo se reúne.

Britta me coloca no meio do círculo, e então todos os outros se agrupam, de costas uns para os outros, espadas apontadas para a ameaça que se aproxima. Ao nosso redor, a névoa está ficando ainda mais espessa e as copas das árvores farfalham à medida que figuras cintilantes galopam pelos galhos, enquanto outras avançam pela vegetação rasteira. Eu observo, meus membros tão exauridos agora que mal consigo ficar de pé. A exaustão coloca mais peso em todos os meus músculos.

— Certifiquem-se de não haver brechas — grita o capitão Kelechi.

— Sim, senhor — respondo, minha língua arrastada pelo cansaço. Meu corpo está ficando cada vez mais pesado, meus olhos lutam para continuar abertos.

Mas não importa, porque os uivantes mortais estão aqui, suas silhuetas imponentes movendo-se silenciosamente na escuridão. Há pelo menos trinta deles — mais do que eu já vi na vida, os sentidos intensificados do estado de combate profundo me permitindo ver seus batimentos cardíacos em um branco furioso contra o brilho prateado da pele. Quando eles veem os corpos dos amigos, voltam a gritar, aquele som ao mesmo tempo angustiado e zangado perfurando meus ouvidos. Mas não fica pior, nada da agonia em brasas que costumava queimar meu cérebro.

Os gritos atingem um nível febril quando o maior uivante, uma monstruosidade prateada com espinhos brancos como penas nas costas, dá um passo à frente. Quase se parece com Chocalho, seus espinhos fazem barulho enquanto ele sinaliza para os outros uivantes. Mas Chocalho é bem menos assustador que esse monstro gigante e imponente que faz os outros uivantes começarem a andar em círculos, em movimentos lentos e deliberados. Observo com os olhos tão pesados que parece que estou debaixo da água.

Quando eles nos cercaram completamente, o uivante mortal prateado se vira para nós, os olhos brilhando de ódio, e faz um movimento deliberado, simulando cortar o pescoço. Os uivantes grunhem baixo, ruídos estrondosos deixando as gargantas, a mensagem explícita: eles pretendem nos matar lenta e dolorosamente.

— Pelo amor de Oyomo, vocês viram isso? — exclama Kweku. — Vocês viram o que ele acabou de fazer?

— Eles vão nos matar — sussurra Britta, apavorada. — Eles vão matar todos nós.

Tanto terror vibra em sua voz que corta a onda de exaustão que me esmaga. Há muitos uivantes mortais para esperarmos uma vitória se tivermos que usar as espadas. Preciso fazer alguma coisa, preciso tentar. Inspiro fundo, lutando para mergulhar mais ainda no estado de combate, lutando para me livrar dos tentáculos da fadiga agora se fechando ainda mais em torno de mim.

— Você pode controlá-los, Deka? — sussurra o capitão Kelechi.

Engulo em seco, minha língua pesada pelo medo e pela exaustão.

— Posso tentar.

As mãos do capitão Kelechi apertam a espada.

— Não tente. Faça.

Assinto, fechando meus olhos, e me permito entrar ainda mais fundo no oceano escuro do meu subconsciente. A voz está sussurrando lá como sempre, uma mistura de meus próprios pensamentos e do poder dentro de mim. Eu a alcanço, alcanço a porta dourada que ela me oferece, e, quase imediatamente, eu o sinto: o poder surgindo em minhas veias.

Sorrio, permitindo que o poder me preencha. Permitindo que me dê forças. Não vou deixar meus amigos morrerem — não aqui, não agora.

— Parem de se mexer! — ordeno, uma onda de poder vibrando de meu corpo. — Fiquem completamente parados.

Sou tomada pela surpresa quando as batidas do coração dos uivantes mortais diminuem, a prata pulsando até se tornar um cinza opaco. Seus olhos ficam vidrados e todos eles congelam, incapazes de se mover. O silêncio preenche a selva enquanto os outros olham para mim, maravilhados.

— Por Oyomo! — diz um recruta, emocionado.

É o suficiente para despertar o capitão Kelechi de seu torpor.

— O que vocês estão esperando? Vamos, acabem com eles!

As palavras colocam todos em ação. Eles começam a atacar os uivantes mortais paralisados, que simplesmente ficam lá, os olhos piscando freneticamente enquanto são decapitados um por um. Uma sensação sombria e sufocante surge dentro de mim. Isso parece errado, muito, muito errado. Os uivantes mortais estão completamente indefesos, nenhum deles mexe nem um dedo enquanto são abatidos — massacrados. Caio no chão, sem ser mais capaz de sustentar meu próprio corpo, observando conforme rios de sangue dos uivantes encharcam o chão.

A repulsa se apodera de mim à medida que a pilha de corpos sem cabeça em pouco tempo se transforma em uma pequena montanha. Quando a lua desaparece atrás da colina, o cheiro impregna completamente o ar, e cada respiração me enche de náusea.

Por fim, a batalha acaba, e as outras irmãs de sangue e até mesmo seus uruni me abraçam e me beijam alegremente enquanto sigo deitada, meu corpo imóvel.

— Você conseguiu! Você conseguiu! — comemora Britta.

— Por Oyomo, Deka, você nos salvou — diz Belcalis. Então franze a testa. — Deka, seus olhos…

— Eu sei — sussurro, as palavras mais fáceis que consigo dizer, dadas as circunstâncias.

A escuridão se aproxima para me levar.

Quando finalmente me permito sucumbir, noto algo que não percebi antes. Uma garotinha negra, de cerca de onze anos, a camisola branca esvoaçando enquanto ela foge de nós, entrando mais na floresta.

— Uma garota… — digo.

Então me rendo às trevas.

23

◆ ◆ ◆

Quando acordo, está cedo e estamos acampados fora do ninho de uivantes mortais agora abandonado. Parte do trabalho da invasão é verificar o ninho para garantir que nenhuma das criaturas conseguiu se esconder, e é por isso que sempre precisamos montar acampamento próximo aos ninhos, se passamos a noite em um ataque. Como tudo que cerca os uivantes mortais, o solo aqui está frio e úmido, e estreme-ço com a temperatura enquanto meus olhos piscam e se abrem.

— Você acordou! — arfa Britta quando me sento.

Ela está ajoelhada ao meu lado, os olhos sonolentos e cansados. Com certeza ficou acordada a noite toda como os outros, vasculhando a área em busca de qualquer uivante remanescente.

— Estou — digo, olhando ao redor.

O cheiro de sangue de uivantes mortais invade minhas narinas. Engasgo, me arrepiando ao ver os cadáveres empilhados ali perto. Os recrutas os cercam, Acalan e Kweku curvados sobre o de espinhos pra-teados, as sobrancelhas franzidas em concentração. Então vejo suas facas — se movendo...

— O que eles estão fazendo? — pergunto a Britta, horrorizada.

Ela dá de ombros.

— Estão pegando troféus. Acalan diz que quer os espinhos. Para dar de presente.

Essa ideia me enche de tamanho nojo que quase vomito no catre que Britta fez para mim. De repente, me lembro dos mais anciãos, bal-des nas mãos enquanto me faziam sangrar.

Britta se inclina sobre mim, colocando a mão na minha testa.

— Tudo certo com você? — pergunta. — Você não está quente.

Limpo minha boca, assentindo.

— Estou bem — resmungo. — Só um pouco cansada ainda.

Enquanto ela assente desconfiada, de repente me lembro de algo.

— A menina — arfo. — Alguém a encontrou? A garotinha na floresta.

Britta franze o cenho.

— Do que você está falando? Que garotinha?

— A que fugiu depois que matamos os uivantes mortais.

Britta apalpa minha testa de novo.

— Tem certeza de que está bem, Deka? Não havia humanos na floresta além de nós.

— Mas...

— Nós teríamos visto uma garotinha.

Assinto.

— Talvez tenha sido uma alucinação — digo, agora incerta. — Eu estava muito cansada ontem. Talvez tenha sido o cansaço.

Britta me lança outro olhar suspeito.

Fico quase aliviada quando Keita se aproxima. Então vejo que ele está carregando o que parece ser uma pele ensanguentada de uivante mortal. Eu cuidadosamente evito olhar para a pele enquanto ele sorri para mim. Keita parece em paz agora, extremamente em paz. Ele deve estar acostumado a isso, matar uivantes, pegar troféus como os outros recrutas. É isso que ele faz desde criança? O pensamento faz meu estômago revirar.

— Você está acordada — diz Keita. — É bom ver que está se recuperando. — Ele percebe que estou observando a pele. — O primeiro que matei ontem à noite — explica ele, com uma expressão quase tímida. — Eu estava indo enterrá-la. É um hábito estranho, eu sei, mas parece certo, então...

— Deka! Nós massacramos todos eles, graças a você. — Acalan se aproxima com uma expressão alegre no rosto. Demoro alguns segundos para perceber o que é: sede de sangue. — Você é realmente a comandante dos uivantes mortais — diz ele com aquele olhar terrível.

— E nós somos os assassinos mortais — acrescenta Adwapa, animada, vindo em nossa direção. — Deka faz com que eles sigam como cordeiros para o matadouro...

— E então nós os aniquilamos! — conclui Li, sorrindo ao chegar mais perto, Kweku ao lado dele.

Estão todos sorrindo para mim. Quase me assusta como estão felizes. Como parecem à vontade.

E eu tornei tudo isso possível...

O que eu fiz?

Me levanto, incapaz de suportar essa conversa por mais tempo.

— O que está acontecendo agora? — digo, indicando a caverna com a cabeça.

— Há zerizards lá — responde Adwapa. — Estão em currais e tudo.

Franzo o cenho.

— Por que os uivantes mortais iam querer zerizards?

— Eles não querem. Uivantes não encurralam animais. — Esta resposta firme vem de Keita.

Ele põe a pele da criatura no chão, vira-se em direção à caverna e depois olha para mim de uma forma estranha e hesitante.

— O que foi? — pergunto, me aproximando.

Ele pigarreia.

— Há... pessoas lá dentro — diz por fim. Meu coração se aperta ao pensar na garotinha, e Keita acrescenta: — Cadáveres, quero dizer. Mas só na entrada.

Assinto, a náusea aumenta quando entendo o que ele está tentando dizer. Parece que os uivantes mortais precisavam de um lugar para colocar todas as pessoas que mataram, afinal.

— Vou ficar bem — digo, avançando. — Já vi coisas piores.

Partes do meu próprio corpo, espalhadas pelo chão...

Keita faz um sinal afirmativo com a cabeça, me seguindo.

Está pelo menos vinte graus mais frio na caverna do que lá fora, e um cheiro horrivelmente familiar pesa o ar, metálico e cru. Vem do canto da entrada, onde o vermelho-escuro salpica o chão e estranhas formas marrons estão jogadas ao acaso na terra.

Partes de corpos humanos, como disse Keita.

Eu tremo, de repente congelando. Tento não olhar mais. Tento não ver nada que possa parecer a cabeça de uma garotinha. Esses devem ser os restos mortais de alguns dos nobres que foram atacados. Tento não analisar se há marcas de mordida neles. Dizem que os uivantes mortais gostam de roer os ossos depois.

— Você está bem? — pergunta Keita.

Faço um aceno positivo, tentando evitar que minha expressão desmorone em uma de puro horror.

— Parece que não estou mais acostumada com o frio — digo.

— Você vai se acostumar logo — afirma ele. — E... com os cadáveres também.

Quando olho para Keita, assustada, ele assente.

— Eu também não conseguia olhar para eles quando comecei. Ainda não consigo. Algumas coisas nunca são fáceis, não importa quantos anos você passe no campo de batalha.

Assinto, estranhamente reconfortada por suas palavras.

— Vamos ver o ninho — digo.

O interior da caverna é muito maior do que eu esperava. Em vez de uma estrutura pequena, escura e apertada, fico surpresa ao encontrar um espaço enorme, com paredes colossais que se curvam para formar um teto alto. Um buraquinho no meio permite que uma luz fraca caia sobre o bando de zerizards aglomerados no centro da caverna, comendo o que parecem ser frutas variadas. Eles cacarejam de forma entusiasmada quando nos veem. Keita vai examiná-los, mas eu continuo olhando em volta.

A terra mais próxima das paredes está espalhada, como se tivesse sido revirada. Devia ser aqui que os uivantes dormiam. Consigo ver seus rastros agora, impressões distintas no solo de pés arqueados de quatro dedos. Ao olhar ao redor, nervosa, sinto um formigamento sutil percorrendo meu corpo, um estado de atenção crescendo dentro de mim. É diferente do pressentimento que tenho às vezes.

Desta vez, não parece que algo está se aproximando. Parece que já está aqui.

Viro para o canto da caverna, onde uma pequena passagem escura leva mais para dentro. A sensação está vindo de lá, tão forte que parece que estou entrando no estado de combate profundo, mesmo sabendo que ainda estou bem acordada. Minha visão não mudou, nenhum brilho ainda. Mesmo assim, posso sentir o oceano escuro se estendendo no meu interior, a porta dourada se abrindo, seus segredos farfalhando atrás dela.

Eu a alcanço à medida que deslizo pelo caminho áspero coberto de trepadeiras, chegando a um ainda menor que se curva mais profundamente, me apressando para ter certeza de que não estou sendo seguida. Não sei para onde estou indo, só que preciso ir, tenho que seguir esse sentimento estranho e urgente até onde ele me levar. Agora, o oceano está subindo dentro de mim. Não tenho mais certeza se estou totalmente acordada, mas, por algum motivo, não é como quando uso o estado de combate para treinar minha voz. Este é um tipo diferente de estado.

Um de saber.

Em pouco tempo, chego ao final da passagem, onde vejo o que parece ser uma porta esculpida. Me aproximo, franzindo a testa. O que é isso?

— Deka? — A voz de Britta é tão inesperada quanto alta. — Deka, você está aí?

Quando sua forma familiar aparece na curva, eu peço silêncio.

— Fale baixo — digo, alarmada.

Tenho a sensação de que este é um lugar sagrado — um que não devemos perturbar. Então Belcalis aparece também, Adwapa logo atrás dela.

Suspiro. Acho que não sou tão furtiva quanto pensava.

— O que é este lugar? — pergunta Belcalis, olhando ao redor.

— Não sei, pergunte a Deka — diz Britta, virando-se para mim, mas não tenho tempo para responder.

O saber está me impulsionando para a frente.

— Shhh, fiquem quietas — eu as aviso, entrando pela porta.

Perco o ar no mesmo instante.

Esta nova parte da caverna foi moldada por mãos humanas — isso logo fica aparente pelos pilares e teto grandiosamente esculpidos, pela pedra azul no chão. Mas não é isso que me choca, e sim as estátuas colossais. Há uma em cada um dos quatro cantos da câmara, e todas são mulheres, de diferentes províncias de Otera. Suas feições são distintas, assim como as roupas que vestem.

Há uma mulher do Sul de aparência sábia em mantos esvoaçantes, seu rosto anguloso e astuto; uma mulher delicada do Norte, vestida com peles, corpo tão redondo quanto seu rosto sorridente; uma guerreira do Leste, armadura de escamas cobrindo-a da cabeça aos pés e asas nas costas; e uma mulher maternal do Oeste, de barriga redonda e fértil, com um olhar acolhedor.

As mulheres nas estátuas parecem não ter idade — de alguma forma, ao mesmo tempo velhas e jovens — e vão até o teto, gigantes. Eu me acerco da mais próxima, a do Sul de aparência sábia, e é então que noto outra coisa. Algo que me faz parar no meio do passo.

Veias douradas.

Elas brilham quase etereamente sobre a pele da estátua, idênticas às que brilham sob a minha. Quanto mais perto delas chego, mais minha pele se arrepia, a compreensão rapidamente surgindo.

Britta se aproxima, parecendo inebriada ao olhar para as estátuas.

— Estas são...

— As Douradas... — completa Belcalis.

Não há dúvida sobre isso. As veias são inconfundíveis, assim como os outros detalhes: a barriga de grávida da mulher do Oeste, a escuridão da do Sul, o brilho pálido da do Norte, a armadura escamosa da do Leste, com suas asas.

— Elas não parecem nem um pouco demônios — diz Britta, chocada. — Parecem...

— Deusas — sussurro, pensando em todas as estátuas de Oyomo que vi, nos encarando dos cantos dos templos. — Elas parecem deusas.

— Quem adoraria demônios como deuses? — pergunta Belcalis.

— Pessoas desesperadas — responde Adwapa. — Pessoas que não querem que suas famílias sejam devoradas, seus filhos, mortos. Pessoas que querem que seus filhos sejam deuses.

— Não entendo. — Britta franze a testa, virando-se para Adwapa. — O que você quer dizer?

Adwapa dá de ombros.

— Você já se perguntou como exatamente nossa espécie surgiu?

— As deusas deram à luz os nossos ancestrais, disso eu já sei — bufa Britta.

— Sim, mas como nos deram à luz? Se somos a mistura de humanos e demônios, de onde veio a parte humana?

Arfo, finalmente entendendo o que Adwapa está tentando dizer.

— Quem quer que tenha construído isso, quem quer que tenha adorado as Douradas... são aqueles com os quais as Douradas acasalaram. Nossos ancestrais humanos.

— Exatamente — concorda Adwapa.

— Mas este templo está limpo, bem-cuidado — diz Britta. — Quem quer que tenha feito isso, ainda está por aí. Vocês acham que eles ainda estão por aí, os adoradores?

— Você quer dizer blasfemadores — corrige Belcalis. — É isso o que os sacerdotes dirão, não é?

Não presto mais atenção nelas, meus pensamentos de repente voltam a sussurrar para mim. O saber está me chamando para outra coisa: o laguinho no meio da caverna. Como os pés das deusas, ele foi cercado por velas e flores. Uma estranha luz azul brilha dentro dele, se movendo e mudando a cada poucos segundos.

Há alguma coisa dentro dele...

Meu corpo inteiro está formigando agora. Caminho lentamente em direção à criatura no laguinho, com cuidado para não fazer movimentos bruscos. É quase como se o saber estivesse me guiando, o subconsciente sobre o qual Mãos Brancas me falou ao sussurrar instruções distantes em meu ouvido.

— Deka, o que você está fazendo? — A voz de Britta parece muito longe.

Eu a ignoro enquanto olho para o laguinho, que é muito mais profundo do que imaginei. Na verdade, ele é mais como a ponta de um lago subterrâneo profundo. Estranhamente, posso ver com nitidez até o fundo, e algo está nadando ali — algo reptiliano, deslizando sobre uma série de objetos grandes, cintilantes, parecidos com pedras, cada um quase dourado.

Perco o ar e vejo a criatura vir espiralando para cima, um animal mutável, quase em forma de serpente. Ele para logo abaixo da superfície da água — me observando. Consigo identificar vagamente dois olhos pretos inteligentes, um focinho curto, quase felino, e o que parecem ser orelhas membranosas, se agitando contra a água. Sua aparência é como a de um drakos, um daqueles dragões aquáticos que podem ir da terra ao ar, mas sei que não é isso. Esta criatura é algo que ninguém viu antes — tenho certeza.

Nos encaramos intensamente. Ela parece querer algo de mim.

A resposta me vem à mente quase por instinto, um comando retumbante do oceano escuro.

Estenda a mão...

Obedeço, mergulhando a mão na água e ofegando assim que um frio muito mais penetrante do que jamais senti antes congela meu sangue. Quando olho para baixo, a criatura abre a boca, revelando fileiras de dentes afiados como navalhas.

Ela morde meu braço, enfiando até que o ouro comece a pontilhar a superfície da água.

— Deka! — grita Britta, correndo, mas já estou erguendo o braço, a criatura ainda presa a ele.

Parece estar encolhendo agora, assumindo uma aparência quase felina à medida que suas escamas azuis se transformam em pelos e suas orelhas se encolhem até se tornarem triângulos lisos aveludados. Em segundos, se desenganchou do meu braço e está subindo para poder se enrolar no meu pescoço. A criatura se transformou no que parece ser um grande gatinho azulado, exceto pelos chifres nodosos brancos na testa e aqueles olhos pretos inteligentes, que me encaram tão solenemente que não posso deixar de acariciar suas bochechas.

É aveludado ao toque, mas ainda consigo sentir as escamas sob o pelo.

Meu... Essa consciência surge das profundezas da minha mente, o oceano escuro sussurrando segredos, um conhecimento que ainda não entendo.

Mesmo assim, eu sei que é real, sei que é a verdade. Mãos Brancas me disse para confiar nesta voz, confiar no poder escondido dentro de mim, e confio, e é por isso que sei que o que quer que seja esta criatura, ela não tem nada a ver com os uivantes mortais ou os humanos lá fora, nada a ver com nada que encontramos ontem. Esteve aqui muito antes deles e provavelmente estará aqui muito depois, assim como o que quer que estivesse guardando no lago, aquelas pedras grandes e brilhantes.

Meu. A consciência vibra sob minha pele.

Acaricio a criatura debaixo do queixo e sorrio quando ela gorjeia para mim — quase como um miado.

— Você quer ir para casa comigo? — pergunto, voltando a sorrir quando emite de novo aquele som, agora concordando.

— Deka — repete Britta, a voz finalmente quebrando meu torpor. Ela aponta para a criatura. — O que é isto?

Eu me viro para ela e para Belcalis, que agora estão com suas armas em punho, desconfiadas.

Alarmada, aperto a criatura contra meu peito.

— Este é Ixa — digo, o saber fluindo em minha cabeça. — Ele é meu.

— Não contem a ninguém sobre o templo — sussurro para as outras quando nos reunimos ao resto da equipe de invasão.

Neste momento, Ixa está escondido em segurança na minha armadura, logo acima do meu coração.

Os recrutas e as outras alaki vasculharam a caverna minuciosamente e não encontraram nenhum sinal de mais uivantes mortais. Eles não parecem ter notado o caminho que percorremos, e acho que não vão, a não ser que a gente conte. Mesmo agora, o saber ainda ressoa dentro de mim, me guiando, embora eu não saiba como ou por que razão.

— Por quê? — questiona Britta.

— Não sei, só acho que é...

— Sagrado — completa Belcalis. — Aquele lugar é sagrado e devemos deixá-lo intocado.

Eu assinto, aliviada por mais alguém ter sentido o que senti, e Adwapa bufa.

— Vocês duas são tolas, e seus sentimentos são estúpidos e perigosos. Assim como essa coisa que você está carregando, Deka, mas vamos falar sobre isso mais tarde. Por enquanto, não quero ser o demônio que mostra a um grupo jatu um templo dedicado a seus ancestrais demoníacos, e com certeza não quero ser o demônio que mostra aos jatu uma criatura qualquer nova e estranha. Isso não vai acabar bem para nenhuma de nós, entenderam?

Todas assentimos, entendendo o ponto de vista dela.

— Conversamos sobre isso quando chegarmos em casa — diz Britta, com os olhos fixos no local da minha armadura onde Ixa está escondido.

À medida que cavalgamos de volta para Warthu Bera, dou umas batidinhas na armadura para ter certeza de que Ixa continua lá, parando apenas quando ele se mexe, fazendo barulho alto o suficiente para que eu possa ouvir. É um som que me enche de um estranho tipo de alívio. Ixa é meu, e irei protegê-lo não importa o que aconteça; ficarei com ele, não importa o que aconteça. Ele parece sentir o mesmo, porque, quando entramos em Hemaira, ouço um som na minha cabeça — muito baixo e muito distante, mas mesmo assim nítido.

É a voz de Ixa, infantil e inocente, enquanto diz:

— *De... ka...*

24

Quando acordo na manhã seguinte, cedo, vejo minhas amigas se aproximando sorrateiramente da minha cama, armas em punho. Ixa está dormindo no meu peito, mas ele se levanta no momento que eu o faço e sibila um som baixo e assustador que arrepia meus braços.

— Está tudo bem, Ixa — sussurro para ele, inquieta.

Ele logo para de sibilar.

Mas então as meninas erguem suas armas.

Ixa pula para o chão, seus músculos se mexendo e mudando. Em segundos, ele está de volta à sua verdadeira forma, parecendo aquele drakos aquático, escamas brilhantes, músculos poderosos trabalhando sob elas enquanto ele adquire um tamanho monstruoso. Um rosnado baixo toma forma em sua garganta, vibrando pelo meu corpo.

— O que em nome de Oyomo... — arfa Belcalis, erguendo a espada.

— Eu disse que essa coisa não era normal! — diz Adwapa, horrorizada. — Longe de ser normal!

Ixa rosna novamente e eu estendo as mãos, tentando acalmar os dois lados.

— Shhh, Ixa — peço, tocando-o.

O alívio toma conta de mim quando ele acaricia minha palma com seu nariz gigantesco. Para uma criatura de aparência tão ameaçadora, ele é muito gentil. Quase como uma criança...

De... ka?, ele sussurra, inseguro. Sua voz está ainda mais nítida agora, um sussurro alto na minha mente.

— Isso, isso — digo suavemente, meu coração batendo rápido. — Sou eu, Deka.

Pode mudar de novo?, pergunto com meus pensamentos. *Por favor, Ixa?*

De... ka.

Ixa encolhe e, em poucos instantes, está de volta ao tamanho de um gatinho e pula para a cama mais uma vez.

— Vocês viram isso? — arfa Britta, perplexa. — Essa coisa do nada se transformou. E por que se transformou? — Ela estreita os olhos para mim. — Você teve algo a ver com isso?

— Ixa é ele, não uma coisa — replico, ignorando sua pergunta. — E o que exatamente vocês quatro estão fazendo?

Britta aponta para Ixa, que agora está se aconchegando no meu travesseiro.

— Estamos aqui por causa disso. O que exatamente é isso?

Olho para ele, então dou de ombros.

— Sinceramente, não tenho certeza do que ele é.

— Você entende que essa coisa não é normal, certo? — diz Asha.

A essa altura, a irmã já contou a ela tudo sobre a invasão e o que encontramos lá — menos a parte sobre minhas habilidades, é óbvio.

— Ele — corrijo, revirando os olhos. — É sério, Asha? As pessoas dizem que não somos normais, mas aqui estamos, discutindo por causa de um gatinho.

— É uma criatura que você encontrou em um templo dedicado a demônios e que não só muda de forma, como também se alimentou do seu sangue — diz Britta. — Eu vi esse negócio te morder no templo.

— E se ele quiser nos matar enquanto dormimos? — acrescenta Adwapa. — Já pensou nisso?

Reviro os olhos de novo.

— Ah, pelo amor de Oyomo, seja lá o que Ixa for, ele não é um monstro. Até eu sei disso. Ele é apenas algum tipo de metamorfo que quem quer que vivia naquele templo estava criando. — Isso eu sei que é verdade. — Além disso, o estado de combate me disse para cuidar dele.

As sobrancelhas de Britta se erguem.

— O estado de combate disse a você? Você entende que é um estado de existência, certo? Algo que usamos para acessar nossas habilidades.

— Bem, estou usando uma forma mais profunda — murmuro, me irritando. Não posso culpá-las por não saberem mais sobre o assunto. Mãos Brancas se recusa a ensiná-las, dizendo que seria um esforço perdido, já que elas não têm as habilidades que eu tenho. — E quando estou usando, Mãos Brancas diz que vejo as coisas com mais nitidez do que normalmente. Esta é uma dessas coisas. Ixa não vai nos fazer mal.

De... ka..., concorda Ixa.

— Você perdeu a razão — diz Britta. — Sabe disso, né?

Eu suspiro, voltando para a cama e puxando as cobertas ao meu redor. Não vou mais discutir.

— Vou falar com Mãos Brancas sobre Ixa amanhã, que tal? Se ela me disser para me livrar dele, pensarei no assunto.

— Tá — bufa Britta. — Mas eu quero ir junto, para ver você falar com ela.

— Tá — respondo.

Espero até ouvir seus passos e resmungos se afastando antes de olhar para Ixa.

Só não prove que elas estão certas, sim?, sussurro silenciosamente.

De... ka... é a resposta dele.

Ele se aconchega ao meu lado e, juntos, adormecemos.

Mãos Brancas está esparramada em seu tapete de sempre, uma jarra de vinho de palma na mão, quando chego ao lago para ter aulas na noite seguinte. Várias frutas secas e um prato de queijos lhe fazem companhia. Mãos Brancas adora seus prazeres — isso nunca vai mudar. Sou a primeira a chegar, então ela dá um tapinha no espaço ao lado dela.

— Sente-se, Deka.

— Sim, Karmoko — respondo, ajoelhando para ela na saudação tradicional antes de me sentar a seu lado, relutante, meus músculos tensos.

Sei que tenho que contar a ela sobre Ixa, mas não tenho certeza do que dizer. Além disso, Britta ainda não chegou, e prometi que esperaria até que ela chegasse para falar com Mãos Brancas sobre ele.

— Soube que seu primeiro ataque foi um sucesso — murmura ela, servindo um cálice de vinho de palma e entregando-o para mim.

Balanço a cabeça, recusando.

— Sim, Karmoko, derrotamos todos os uivantes mortais que fizeram ninho na caverna.

— Ótimo — diz ela, aquele constante olhar divertido em seus olhos. Ela toma um gole do vinho. — E você aprendeu alguma coisa sobre seu dom no processo?

Na mesma hora, penso na forma como o saber fluiu dentro de mim enquanto eu estava na caverna, em como o estado de combate profundo assumiu praticamente assim que meu sangue formigou em aviso. Não precisei meditar, não precisei forçar, ele apenas veio quando eu precisei e me deixou quando eu não precisava mais.

— Acho que estou começando a entender como funciona — respondo por fim.

— E como funciona?

— O estado de combate está conectado ao meu sangue. Se meu sangue se agita, estimula o estado de combate. É por isso que eu tive que correr ou entrar em pânico antes para experimentar o estado de combate. E agora também sei como a voz funciona. Acho que afeta o corpo dos uivantes mortais. — Então me lembro de como comecei a sentir os batimentos cardíacos dos uivantes antes de vê-los, fazendo-os desacelerar a cada comando meu. — O poder sai de mim, e é isso que faz com que seus corpos reajam, desacelerem. É por isso que eles fazem tudo o que eu quero — concluo.

Algo nas minhas palavras faz a testa de Mãos Brancas franzir.

— Então você não precisa falar de verdade... — É quase como se ela estivesse entendendo isso pela primeira vez.

Sempre pensei que ela sabia tudo sobre a minha habilidade, mas obviamente não é o caso, porque ela arfa e se vira para mim. Um olhar estranho e animado brilha em seus olhos.

— E se, em vez de nos concentrarmos em usar sua voz, nos concentrássemos em direcionar seu poder, em canalizá-lo?

— Como? — pergunto, intrigada.

— Movimentos direcionados. Uma dança, por assim dizer. — Mãos Brancas dá batidinhas com o dedo nos lábios, perdida em pensamentos. — Sim... Acho que devemos criar uma arte marcial especialmente para você.

Uma arte marcial especialmente para mim? Mal consigo imaginar isso, mas é óbvio que Mãos Brancas pensaria em algo assim.

Todas as okai são versadas em artes marciais. Têm até o próprio estilo específico de luta. Karmoko Huon o demonstrou uma vez, mas é inútil para as alaki, pois requer uma delicadeza que não temos mais. Há muita força bruta por trás de nossos movimentos.

Observo Mãos Brancas enquanto ela continua falando, aquele entusiasmo crescendo em seus olhos.

— Eu tinha pensado nisso quando comecei a te ensinar, mas agora sei que é necessário. Vamos começar amanhã, não há tempo a perder. A cruzada terá início em breve e quero que esteja pronta caso seja necessária.

Caso eu seja necessária? Tento não rir de suas palavras. Está mais para *quando* eu for necessária. Sei que Mãos Brancas pretende me usar durante a cruzada, uma arma de estimação que ela apresentará com grande pompa ao imperador. É por isso que continua me pressionando mais e mais, sempre me lembrando de como a cruzada será muito mais difícil do que qualquer coisa que já experimentei até agora.

Se ela conseguir me tornar a arma perfeita, poderá ganhar um status maior aos olhos do imperador. Estou começando a entender como ela pensa.

Ainda assim, fico aliviada quando a figura familiar de Britta aparece no horizonte. Só porque estou preparada para uma eventual batalha, não significa que quero pensar nisso.

— Tem mais uma coisa que eu falar com você, Karmoko — digo.

— Sim?

— Encontrei algo dentro da caverna onde estavam os uivantes mortais.

— Ah, você está falando do seu novo animal de estimação? — murmura Mãos Brancas.

Olho para Britta, que está chegando agora.

— Você já contou a ela?

O rosto de Britta fica vermelho de culpa.

— Tive que contar, Deka. É meu dever te proteger!

Me levanto, furiosa.

— Me proteger? Eu te disse para não...

— Bem, com certeza não é um gato — interrompe Mãos Brancas, tamborilando os lábios com os dedos em um estado pensativo. — Se bem que... pode ser confundido com um, a distância... — Ela se vira para mim. — O que você acha que é, exatamente?

Eu pisco, momentaneamente distraída da raiva.

— Algum tipo de metamorfo — respondo. — Minha mãe disse que essas criaturas existiam no Sul.

Mãos Brancas dá de ombros.

— Longe de mim questionar as verdades de sua mãe.

— Você acha que ele é um perigo — concluo, estreitando os olhos.

— Acho que você precisa descobrir exatamente o que o seu animal de estimação é antes de continuar embalando-o no peito e alimentando-o com seu sangue.

Torno a me virar na direção de Britta.

— Você contou isso também!

Tenho permitido que Ixa tome goles do meu sangue desde que o trouxe do lago. Ele parece gostar, então não acho que há muito problema em fazer isso. Mas não consigo acreditar que Britta me traiu assim.

Sua expressão rebelde me diz que ela não vê dessa forma.

— Eu precisei! — sibila ela. — Você não estava agindo racionalmente.

— Sou perfeitamente racional! Eu estava na metade do estado de combate quando o encontrei e teria notado se houvesse algo ruim nele! Além do mais...

— Vou dizer o que acho — interrompe Mãos Brancas. Quando me viro em sua direção com relutância, ela continua: — Você parece ser muito perceptiva enquanto está em estado de combate, então eu tenderia a ouvi-lo. Se ele diz que seu animal de estimação é seguro, então é seguro. Por enquanto...

Ela assente, tomando uma decisão.

— Vou permitir que você fique com ele enquanto faço algumas consultas. Apenas certifique-se de me informar o que acontecer quando você o alimentar com mais ouro amaldiçoado. Quaisquer reações ou mudanças podem nos dar uma pista sobre suas origens.

A boca de Britta se curva para baixo.

— Não gosto disso — lamenta. — Não gosto nada disso.

Dou de ombros, dirigindo a ela um sorriso presunçoso.

— Você pediu que karmoko falasse, e agora karmoko falou. Vamos começar a aula, que tal?

Mãos Brancas está tão encantada com sua nova ideia de criar uma arte marcial para mim que não tem tempo para de fato nos ensinar durante a aula.

— Ataquem com as espadas, sem restrições — instrui quando Belcalis e Gazal chegam, então se aninha em seu tapete e passa a próxima hora rabiscando anotações no pergaminho.

Acho que ela está criando os movimentos que usarei para controlar meu poder, mas sei que é melhor não perguntar. Eu já a vi assim antes, quando está no calor do treinamento, a animação pulsando por ela. A batalha — ir atrás dela — é o que a move. Nesse ponto, ela é como Karmoko Huon. Conforme Britta, Belcalis, Gazal e eu fazemos o que ela manda, investindo e atacando umas às outras com toda a nossa força, ela continua a rabiscar.

As feridas se abrem, o sangue jorra. Mãos Brancas não nota nada, exceto o pergaminho à sua frente. Quando o horário termina, ela sai correndo, ansiosa para planejar suas novas aulas. Agradeço pela distração. Significa que posso passar mais tempo com Ixa.

Ixa, chamo, usando meus pensamentos para falar com ele. Ele tem me acompanhado em forma de gato o dia todo, então fico surpresa quando um passarinho com penas azuis, chifres e olhos pretos voa em nossa direção.

Britta franze a testa ao vê-lo.

— Isto não...

Ixa suavemente muda para a forma felina.

Caminho até ele, maravilhada.

— O que você é? — sussurro, o acariciando.

De... ka, ele responde.

— Deka — diz Belcalis, com um olhar pensativo. — Como exatamente você planeja cuidar dele?

Me viro para ela.

— Cuidar dele?

— Bem, ele não parece do tipo que come comida cozida. E pela maneira como ele te segue, parece que costumava ter um cuidador. Então, como você vai alimentá-lo?

Eu paro. Não tinha pensado nisso.

Enquanto franzo a testa, pensando na resposta, um respingo atrai minha atenção para o lago. Ixa está saindo dele em sua forma de drakos, um peixe se contorcendo em sua boca. Ele o parte e oferece a metade para mim.

Empurro o pedaço de volta.

Você pode ficar com isso, eu digo.

De... ka?, pergunta Ixa, incerto.

Coma, digo a ele.

Ele obedece, engolindo a outra metade do peixe.

— Bem, isso está resolvido — diz Britta, e suspira.

Mas agora há uma expressão de horror no rosto de Belcalis.

— Ele não pode mudar para a forma humana, pode?

Me viro para Ixa. *Você pode?*

De... ka? Ixa parece confuso com a ideia. Ele começa a se aninhar aos meus pés.

— Acho que não — respondo, sentando para que Ixa possa ficar confortável no meu colo.

Eu o acaricio e ele ronrona, lambendo a crosta de sangue em meu ombro.

Não faça isso na frente delas, digo a ele.

Ele para imediatamente, erguendo a cabeça para mim.

Os olhos de Belcalis se estreitam.

— Você está falando com essa coisa, não é — diz ela, uma afirmação, não uma pergunta.

— Ele — eu a corrijo. — E sim, ouço a voz dele na minha cabeça... e respondo da mesma forma.

Britta arfa.

— Você não contou nada disso para Mãos Brancas, Deka!

— Porque eu não queria dar a ela nenhuma informação que pudesse virá-la contra Ixa! Você queria saber por que eu pensei que ele era inofensivo. Esse é o motivo. Eu posso ouvi-lo... embora ele mal consiga falar. Acho que ele é um bebê. — Olho para ela. — Você não vai contar a Mãos Brancas, vai?

Britta revira os olhos e solta um suspiro.

— Não, vou deixar vocês duas resolverem isso.

— Obrigada, Britta — digo, sorrindo.

Ela volta a suspirar.

— Sei que você acha que estou sendo boba, mas estou preocupada com você, Deka. Você fica agindo diferente, e não de um jeito normal. Fico com medo por você.

Há algo em sua voz, um apelo que me obriga a ficar de pé.

— Estou bem, Britta, de verdade — digo, caminhando até ela e a abraçando. — Está tudo bem.

Ela resmunga.

— Apenas se certifique de que isso seja verdade.

Eu assinto, depois olho para Belcalis.

— Você disse que ele está acostumado a ter um cuidador. Você acha que ele pensa que eu sou a mãe dele? — pergunto.

Belcalis dá de ombros, ajoelha e estende a mão para ele. Ixa deixa escapar um barulhinho simpático, e ela começa a acariciá-lo.

— Ele é tão macio — murmura Belcalis. — E não parece hostil. Mãos Brancas disse que você poderia ficar com ele? — pergunta, olhando para mim e Britta.

— Ela disse que tentaria aprender mais sobre ele, o que significa que ele está aqui para ficar. — Ergo Ixa e beijo suas bochechinhas gordas. — Sim, você está, não está, Ixa?

Ixa gorjeia, esfregando o rosto contra o meu.

Britta resmunga.

— Só não deixe essa coisa dormir na minha cama.

— Ele — corrijo.

— Mas o que é essa coisa?

Essa é a primeira pergunta que Keita faz quando explico a ele a situação com Ixa. Como de costume, estamos sentados sob nossa árvore nystria, aproveitando o pouco tempo que temos até o jantar. Ixa ronda pelos galhos acima de nós, arremetendo nas folhas como se fossem pequenos animais. Keita o observa com uma carranca.

— Um metamorfo de algum tipo, já falei — repito.

— Se você o encontrou perto do ninho dos uivantes mortais, por que não me contou?

Dou de ombros.

— Porque você teria me dito para me livrar dele — digo, olhando para Ixa.

O calor se espalha por mim quando ele gorjeia desconfiado para uma folha. Ou talvez seja pelo quão perto estou de Keita.

Estamos sentados lado a lado agora, nossos corpos se tocando dos braços aos pés. Se eu quisesse, poderia me aproximar e apoiar minha cabeça no ombro dele, bagunçar seu cabelo bem cortado e olhar em seus olhos. Mas é óbvio que não faço nada disso. Mesmo que eu me sinta mais ousada com ele quando estamos aqui, debaixo de nossa árvore, ainda não sou tão ousada assim.

Ele assente.

— Você está certa, eu teria dito isso. — Keita vira a cabeça para mim. — Você tem que ter cuidado, Deka, essa coisa é…

— …Uma criança, uma criança inocente, sozinha no mundo?

— Uma bizarrice. Algo que a maioria de nós nunca viu antes. Você tem que ter cuidado com as bizarrices, Deka. Às vezes, podem ser perigosas. Às vezes, sua mera existência as torna perigosas.

A maneira como ele me olha de soslaio me diz que não está falando só sobre Ixa.

Suspiro, olhando para o meu novo animal de estimação.

— Ele vai ficar escondido — digo por fim, sabendo que não estou falando só sobre Ixa.

— Boa ideia. — Então ele se vira para mim, uma expressão hesitante em seu rosto. — Deka, sobre sua karmoko… a Senhora dos Equus.

Franzo a testa.

— O que tem ela?

— Perguntei aos meus comandantes se eles a conheciam e, ao que parece, ela é bastante… notória. Há rumores de que ela é encarregada das missões especiais do imperador. — Keira respira fundo e me encara. — Ela cria monstros para ele, Deka.

Meu coração se sobressalta.

— Monstros?

Todas as perguntas que já tive voltam correndo.

25

◇ ◇ ◇

Monstros...

A palavra se repete na minha cabeça a noite toda, nauseante, me forçando a perceber que tenho sido muito complacente nos últimos meses. Mãos Brancas me prometeu as respostas que eu procurava, mas e se ela for a fonte de todas as minhas perguntas? Ela surgiu tão misteriosamente em Irfut, me resgatando dos meses de tortura. E parece saber todo tipo de coisa sobre mim. Será que sou um dos monstros que ela produziu para o imperador? Será que Ixa também? A presença dele no lago foi muito conveniente.

E quanto a mim? Minha mãe estava grávida um mês antes de conhecer meu pai. Será que Mãos Brancas ajudou a me criar — algum tipo de projeto de procriação de alaki? Se eu aceitar que ela fez Ixa, então é possível que ela me tenha feito, possível que eu também seja algum tipo de metamorfo. Esse pode ser o motivo de meus olhos às vezes mudarem, de eu me parecer com meu pai, embora seja impossível que tenhamos parentesco. Mas se for esse o caso, por que permitir que ele me criasse? Por que me permitir morar em Irfut tanto tempo?

Meus pensamentos dão voltas e mais voltas até que escuto passos estranhos adentrando o quarto. Me ergo em um instante, mas logo me acalmo. É Gazal. Ela está se aproximando da minha cama, uma pilha de novas vestes em sua mão. Ela deve ter sido enviada por Mãos Brancas. Sufoco uma risada amarga com a ironia. É só pensar no infernal que ele aparece — há um bom motivo para dizerem isso.

Procuro por Ixa, mas, felizmente, não consigo encontrá-lo. Ele deve estar caçando, como costuma fazer durante a noite.

— A Senhora dos Equus requere sua presença — diz Gazal, jogando as vestes em mim. — Levante-se. Agora.

Ao meu lado, Britta se mexe, os olhos arregalando ao notar Gazal.

— O que está acontecendo? — pergunta, preocupada.

— Está tudo bem — digo, tranquilizando-a. — Mãos Brancas está me chamando.

— Não a deixe te obrigar a fazer nada estranho cedo assim — avisa ela antes de se virar com um bocejo. — Na semana passada, ela nos colocou para lutar no lago usando armadura completa. Quase me afoguei algumas vezes... — O resto de suas palavras são abafadas pelo travesseiro.

— Não vou deixar — prometo enquanto coloco minhas roupas.

A escuridão uma capa de veludo que quase posso tocar, ainda cerca Warthu Bera quando Gazal e eu saímos. As tochas continuam acesas e as luzes de Hemaira tremulam vagamente a distância. Quão cedo é, exatamente? Sei que não devo fazer essa pergunta a Gazal. Ela é uma sombra carrancuda me guiando até nosso destino, uma das construções mais remotas na beira da colina de Warthu Bera.

Mãos Brancas está esperando lá dentro quando entramos, uma tocha simples na mão. A escuridão parece se acumular sinistramente ao seu redor. Tento não demonstrar meu desconforto.

— Saudações matinais, Karmoko.

Gazal e eu nos curvamos.

— Saudações matinais — responde Mãos Brancas. Então ela assente para Gazal. — Muito obrigada, aprendiz. Você pode ir para a próxima tarefa.

Gazal faz mais uma reverência e sai, se afastando tão silenciosamente quanto veio. Agora somos apenas Mãos Brancas e eu. Ela me olha.

— Posso sentir seus pensamentos agitados. Fale logo, Deka.

Assinto.

— Ouvi algo... angustiante, Karmoko.

— Sim?

— Ouvi dizer que você cria monstros para o imperador.

Mãos Brancas suspira.

— E agora você acha que pode ser um monstro. Que de alguma forma eu criei você.

Não tento negar. Mãos Brancas revira os olhos.

— O engraçado sobre você, Deka, é que seus pensamentos estão sempre agitados. Você pensa, pensa, faz sua mente andar em pequenos círculos e, ainda assim, nunca compreende de fato as questões. Eu disse que lhe daria todas as respostas antes do fim da cruzada, e darei. Quando chegar a hora certa, direi tudo o que você precisa saber. Por enquanto, eis o que quero que você entenda: existem vários tipos de monstros neste mundo. Você não é um deles.

Olho em seus olhos. Eles estão firmes, cheios de convicção. Ela está dizendo a verdade. Mas tenho uma última pergunta.

— Mas você os cria. Monstros.

Seu sorriso de resposta é leve.

— Faço o que precisa ser feito. Vamos lá.

Ela se afasta de mim, gesticulando para a sala, que é coberta por grandes espelhos de bronze, um por parede.

É óbvio que nossa conversa acabou. Deixo minhas preocupações de lado. Passe muito tempo ruminando na batalha e é assim que você morre.

— Você deve estar se perguntando o que é tudo isso — diz Mãos Brancas, indicando os espelhos.

— Sim, Karmoko.

— Veja bem, tenho uma teoria, Deka. Acho que toda vez que você usa sua voz, usa toda a sua energia. Isso é o que causa a exaustão. Se pudermos fazer com que você use quantidades menores, você poderá controlá-la melhor. Portanto, formulei uma série de movimentos de meditação que permitirão que você controle sua energia durante o estado de combate. Com sorte, em breve você será capaz de direcionar essa energia de forma tão eficaz que não terá mais que sucumbir à exaustão ao usar sua voz. Quando a cruzada chegar, você será capaz de usar sua habilidade sem se cansar nem um pouco.

A repulsa me invade ao pensar nisso, mas mantenho meu rosto impassível. Mesmo com toda a apreensão que surge dentro de mim quando penso em matar outro uivante mortal a sangue frio, é meu dever manter Otera em segurança. Minha mente vai para Katya, aquela surpresa em seus olhos quando o uivante arrancou sua coluna, depois para aqueles aldeões caídos na neve.

Tenho um dever a cumprir. Não vou desanimar com minha própria fraqueza.

— Vamos começar com o primeiro movimento: centralizar a energia em seu corpo — diz Mãos Brancas. — Afaste as pernas, mãos para cima. Agora inspire profundamente.

Ela demonstra e eu imito seus movimentos.

— Feche os olhos e visualize o oceano que você vê no seu subconsciente.

Obedeço, fechando os olhos e imaginando o oceano escuro. Talvez seja a quietude da noite, o silêncio da câmara ao nosso redor, mas eu o sinto quase imediatamente, chegando à minha mente.

— Passe pela porta dourada. Além dela está a fonte de sua energia, seu poder. Visualize-o como uma luz branca fluindo por seu corpo.

Assinto em silêncio, afundando cada vez mais em minha mente. Quando a porta dourada se aproxima, passo por ela nadando, como Mãos Brancas instruiu, então observo, maravilhada, enquanto sou banhada por uma imensidão branca. Minha energia, brilhando como uma estrela distante. Agora sei por que as pessoas brilham quando as vejo no estado de combate. É a energia deles que estou vendo, o poder perto de seus corações brilhando mais forte do que o resto.

Me concentro na minha, sentindo-a aumentar e formigar dentro de mim.

— Conseguiu? — pergunta Mãos Brancas.

Assinto.

— Acho que sim.

— Ótimo — diz ela, abrindo uma porta que eu não tinha notado no fundo da sala.

Gazal e Jeneba estão esperando lá, no topo de uma escada escura e sinistra. Não preciso perguntar para saber que leva às cavernas — aos uivantes mortais. Já posso sentir a presença de um, aproximando-se cada vez mais, tão familiar que logo consigo distingui-lo. Chocalho.

Ele está amordaçado e preso, lutando contra o grupo de aprendizes que o arrasta escada acima. Quando ele me vê, para, sua expressão cautelosa, como sempre fica quando estou por perto. Surpreendo-me com como ele parece dócil em comparação aos uivantes mortais com que me deparei na selva, como ele está abatido. Não consigo definir exatamente o que é, mas sei que há algo errado com ele e com os outros uivantes nas cavernas.

— Você está com sua energia? — pergunta Mãos Brancas, voltando-se para mim.

Pisco, forçando minha mente a focar o presente.

— Sim.

Posso senti-la girando dentro de mim, uma bola branca e brilhante.

— Imite meus movimentos — diz ela, colocando a mão perto do coração e, em seguida, estendendo os dedos.

A energia dela flui para fora, um fio branco e transparente que ela leva lentamente para cima, para longe de seu coração. Conforme faz isso, ela se vira em direção ao espelho, gesticulando para que eu faça o mesmo. Agora estamos lado a lado, nos observando no espelho enquanto ela dá instruções.

— Puxe um fio de energia do coração para a garganta. Use-o para fortalecer seu comando. Apenas esta pequena quantidade, nada mais — instrui Mãos Brancas, os dedos puxando aquele fio brilhante por todo o caminho até a garganta.

Ele brilha lá, mais intensamente do que o resto da energia rodopiando em seu corpo.

Eu gostaria que ela pudesse ver, a energia em seu corpo, tremeluzindo tão forte quanto uma vela. Mas os humanos não têm o ouro amaldiçoado ou a capacidade de chegar ao estado de combate. Mãos Brancas não consegue ver nada além de si mesma no espelho.

Afasto o pensamento e assinto, seguindo seus movimentos. Posso sentir o poder agora, vê-lo vibrando em minha garganta. Me concentro nisso e viro para Chocalho, me fortalecendo contra a culpa enquanto dou uma ordem.

— Ajoelhe-se — digo, minha voz cheia de poder.

Quando ele rapidamente obedece, caindo de joelhos, Mãos Brancas bate palmas, satisfeita.

— Ótimo trabalho, Deka.

Assinto, sorrindo de leve para imitar sua expressão. Assim como ela prometeu, não sinto nenhuma exaustão, nenhum cansaço.

— Obrigada, Karmo...

As palavras morrem em meus lábios quando tenho um vislumbre de mim mesma no espelho de bronze.

Meus olhos estão pretos de uma borda à outra — como a morte brilhando em meu rosto. Então é isso que outros viram antes, o que eles estavam falando quando disseram que meus olhos mudaram. Deve acontecer apenas quando uso minha energia. Não é de admirar que eu não tenha conseguido ver, todas aquelas vezes que tentei. Me aproximo do espelho, observando-os mais de perto. De alguma forma, parecem ornar com meu rosto. Parecem me pertencer.

— Você nunca viu isso antes, viu? A maneira como seus olhos mudam... — murmura Mãos Brancas, se aproximando.

Balanço a cabeça, então volto para o espelho. Depois de examinar cada centímetro deles, me viro para ela.

— Devo continuar? — pergunto, olhando para Chocalho.

Ela assente.

— Sim.

Encorajada, puxo outro fio até a garganta e me viro na direção do uivante mortal.

— Erga as mãos.

Ele obedece, e novamente não sinto a exaustão, nem mesmo o menor sinal de cansaço.

— Abaixe as mãos — ordeno, usando outro fio.

Ainda sem sentir a exaustão enquanto ele obedece, puxo o próximo fio, sem prestar muita atenção.

— Ande em círculo — ordeno.

Fico completamente empolgada quando o uivante acata, mas então outra sensação irrompe: exaustão, me atingindo como um martelo. Eu me olho no espelho e no mesmo instante vejo o motivo. Minha garganta está coberta por massas de energia. Muito, muito mais do que eu deveria ter usado.

Por que não prestei atenção?

Quando eu desabo no chão, meus olhos fechando, Mãos Brancas resmunga, irritada.

— Eu te avisei, apenas um fio.

Aprender a dominar o estado de combate é uma tarefa cansativa. Às vezes, consigo manter o controle e uso apenas a quantidade necessária de energia para mandar em Chocalho e nos outros uivantes mortais. Outras, calculo errado e pego tanto que mal me mantenho de pé até a noite. Estou usando melhor minha habilidade a cada dia, e não demoro muito para aprender a direcionar minha energia pelas veias como pequenos rios de poder, todos sob meu comando.

É uma coisa boa também — o ataque onde encontrei Ixa foi apenas o primeiro de muitos em que fazemos a nossa parte para exterminar os uivantes que cruzam as fronteiras de Hemaira. No início, me sinto culpada por usar minha habilidade, culpada por deixar os uivantes mortais indefesos diante das espadas dos meus companheiros. Depois, vejo pilhas e mais pilhas de cadáveres humanos nos ninhos, e minha culpa se torna raiva — raiva pelo que os uivantes estão fazendo com as pessoas que matam.

Não hesito em usar minha habilidade de novo.

Nosso minúsculo grupo logo se torna tão eficaz que as pessoas na cidade adotam o nome que Adwapa nos deu, assassinos mortais, por nossa capacidade aparentemente fantástica de acabar com todos os ninhos de uivantes que encontramos. Elas comemoram e jogam flores em nós quando passamos — uma mudança notável desde a primeira vez, quando nos chamaram de prostitutas.

— Bem-vindos, assassinos mortais! — gritam, abarrotando as ruas sempre que ouvem que estamos chegando.

É quase como se fôssemos heróis agora, e as pessoas nem parecem se importar que alguns de nós sejam mulheres que podem ou não ser humanas. Óbvio, elas não fazem ideia do meu talento específico. Nem mesmo as outras garotas de Warthu Bera sabem — embora elas logo passem a conhecer Ixa. Em poucos dias, ele fez de sua encarnação felina uma presença familiar no campo de treinamento, roubando peixes das cozinhas, perseguindo os pássaros e se enrolando no meu pescoço sempre que não estou treinando.

Com exceção de Keita, Britta, Gazal, Belcalis, Asha e Adwapa, ninguém mais parece vê-lo como algo mais do que um gato amigável, e riem sempre que meus amigos tentam convencê-los do contrário. Tento não me perguntar o porquê disso à medida que nossos ataques continuam, assim como nosso sucesso.

Os meses se passam e, logo, a estação fria — como é de praxe — começa a se infiltrar em Hemaira, deixando os dias um pouco menos quentes e as noites confortavelmente frescas. Os uivantes mortais parecem estar cientes de nossa existência agora, porque há cada vez mais sentinelas esperando por nós. Eles até conseguem nos pegar desprevenidos algumas vezes, ferindo gravemente todas as alaki pelo menos vez ou outra, mas, apesar de nossos ferimentos, sempre triunfamos no final. Nenhum uivante consegue resistir ao meu poder. Nenhum deles consegue resistir aos meus comandos. Só muito raramente uso minha voz agora, prefiro recorrer aos movimentos para fazê-los obedecer às minhas vontades. Só preciso mexer as mãos para dominá-los.

Tudo está indo tão bem que uma noite recebemos um visitante especificamente para os assassinos mortais. Estamos saindo dos campos de areia após o treino de combate quando a carruagem mais grandiosa que já vimos — puxada por um par de equus gêmeos, com listras em preto e branco, como zebras, e adornados com joias de ouro — entra no pátio e vai em direção a Mãos Brancas.

Um homem gordo com vestes oficiais sai e entrega a ela o que parece ser um pergaminho.

Ela o examina, inclinando a cabeça. O homem faz uma reverência profunda e respeitosa, depois volta para a carruagem e vai embora.

Quando ela vê Keita e eu, acena, e nós dois corremos.

— Sim, Karmoko? — perguntamos depois de fazer uma mesura.

Ela nos entrega o pergaminho, que está selado com o kuru.

— Chamem o resto dos assassinos mortais — declara ela. — Fomos convidados para o palácio pelo imperador Gezo.

O olho de Oyomo é tão dourado por dentro quanto por fora. Isso é o que descubro enquanto caminho pelos corredores cheios de ouro do palácio hemairano na manhã seguinte, meu coração batendo acelerado. Nunca vi tanta opulência na vida. Para onde quer que me vire, há outra pedra preciosa, outra escultura imponente. Jatu com as armaduras vermelhas mais extravagantes que já vi estão em posição de sentido ao lado de cada porta, e cortesãos em vestes grandiosas sussurram por trás de seus leques quando passamos.

Felizmente, estamos vestidos com a melhor armadura que Warthu Bera tem a oferecer — Karmoko Huon insistiu que a usássemos em vez das vestes ornamentadas que as outras karmokos queriam que vestíssemos —, assim como máscaras de guerra para cobrir nossos rostos. Nós, alaki, não somos mais mulheres humanas, ela lembrou às outras, e é melhor que o imperador e aqueles ao seu redor não nos vejam como tal.

— Ai, minha barriga — sussurra Britta à medida que nos aproximamos das portas duplas que levam à sala do trono. — Está acontecendo de novo.

— Por que você sempre tem dor de barriga quando está chateada? — pergunta Li, exasperado.

— Eu sou assim. — Britta suspira. — Pelo menos estou com a máscara de guerra, então não vou nos envergonhar — diz, tocando a moldura de bronze.

Não sei como ela consegue aguentar. Ainda que o ar esteja fresco neste corredor gigantesco, a máscara está quente contra minha pele e o suor umedece minha testa.

Keita sorri ao notar o nervosismo em meus olhos.

— Coragem, Deka — sussurra. — Vai ficar tudo bem.

— Você também — digo. Então pigarreio e adiciono: — Você está muito bonito hoje.

Assim como eu, ele está usando uma armadura ornamental esplêndida, feita especialmente para esta ocasião. Ele assente, e eu coro, minha barriga se revirando. Eu não deveria ter elogiado ele assim. Por que eu o elogiei, afinal?

— Você também está bonita — sussurra ele, e minhas bochechas ardem de vergonha e alegria.

Preciso dar tudo de mim para não sorrir de orelha a orelha. Esta é a primeira vez que um homem além de meu pai e Ionas me chamou de bonita e realmente falou sério. *Pai...* Me pergunto como ele se sentiria se pudesse me ver agora, me pergunto se ele ao menos sente minha falta. Tento imaginar o olhar que ele me lançaria, mas não consigo. Não consigo me lembrar do formato de seus olhos, muito menos da cor de suas sobrancelhas ou do comprimento de seu cabelo.

Por que não consigo me lembrar do rosto dele?

Tambores soam e as portas da sala do trono se abrem, espantando a pergunta da minha mente.

— Os assassinos mortais — anunciam.

Respirando fundo para invocar bravura, caminho pelo longo corredor, tentando não ficar boquiaberta diante dos nobres sentados em cada lado da sala, envoltos por tanto ouro é joias que chegam a fazer meus olhos doerem. Eu achava que as pessoas normais em Hemaira fossem bem-vestidas, mas os nobres são baús de tesouro ambulantes, suas roupas e corpos incrustados de joias, seus rostos cobertos por máscaras douradas, embora sejam homens. Mãos Brancas nos informou que os cortesãos usam máscaras para mostrar sua submissão ao imperador da mesma forma que as mulheres usam máscaras para não ofender os olhos de Oyomo.

O imperador está sentado no fundo da sala, separado dos outros por um enorme trono com véu. Meu queixo quase cai quando o vejo, com seus filetes de ouro no elegante material vermelho. Dizem que o imperador é o mais próximo de Oyomo que alguém pode ser neste mundo — ainda mais do que os sumos sacerdotes. Olhando para o trono, não duvido. A escada que leva até ele é de ouro maciço, com as bordas revestidas por uma fina crosta de rubis.

Capitão Kelechi e Mãos Brancas, como representantes de cada grupo, param um pouco antes das escadas e se prostram no chão. Faço o mesmo, meu corpo inteiro tremendo. Não consigo acreditar que estou aqui, na frente do imperador. Pensar nisso faz meu corpo tremer ainda mais.

— Vossa Majestade Imperial — murmura Mãos Brancas.

— A Senhora dos Equus — devolve o imperador, sua voz profunda e ressonante para combinar com a silhueta robusta, que posso apenas distinguir através das cortinas finas. — Como é maravilhoso vê-la novamente, e em circunstâncias tão auspiciosas.

Estreito os olhos, tentando vê-lo com mais nitidez pelo canto do olho, mas é difícil com as pontas da máscara bloqueando minha visão periférica. Por que um dia eu quis usar uma dessas? Me concentro, forçando meus olhos na direção dele. Pelo que noto, ele é muito alto e tem ombros largos — é corpulento também, embora eu suspeite que seja mais musculoso do que gordo. Uma barba cuidadosamente aparada ocupa a maior parte de seu rosto, e seus lábios parecem quase femininos de tão exuberantes. Eles o fazem parecer um pouco mais humano — carne e osso, em vez do ser divino que eu esperava.

Mãos Brancas se senta de repente e o encara.

— É maravilhoso vê-lo novamente, primo. Você parece... saudável.

Primo? A palavra me atravessa como um raio. Mãos Brancas é da realeza? Pensei que ela fosse apenas uma nobre, de alta posição, mas de sangue comum, como todos os outros nobres são. E pensar que ela tem sangue imperial — o sangue do imperador — correndo em suas veias. Isso explica muitas coisas: a deferência com que as pessoas a tratam, sua confiança aparente frente a todas as adversidades. Até o fato de ninguém nunca dizer seu nome verdadeiro, e ela poder se sentar na presença do imperador. Não é à toa que é encarregada das atribuições especiais dele, de seus monstrinhos, o que quer que sejam. Ela é prima dele!

O imperador ri.

— Você tem um humor e tanto, prima. Suponho que eu tenha ficado um pouco mais rotundo nos últimos meses.

Mãos Brancas dá de ombros.

— Se você diz. — Ela gesticula para nós. — Aqui está o que eu prometi: os assassinos mortais, a mais alta elite dentre matadores de uivantes mortais em toda Otera. As joias da coroa de seu novo regimento.

Novo regimento? Eu me esforço para manter meus olhos focados no chão enquanto ouço as palavras de Mãos Brancas. O que ela quer dizer com "novo regimento"? A confusão me domina, até que percebo algo: mais uma de suas promessas se provou verdadeira. Ela disse que nos tornaria joias da coroa no exército do imperador, e fez isso.

Qual é a verdade sobre Mãos Brancas?, me pergunto. É a agente sinistra do imperador ou algo mais? Algo que ainda não consigo entender.

Há um farfalhar atrás do véu do trono quando o imperador assente. Então ele se volta para os cortesãos.

— Vocês podem sair.

— Mas, Vossa Majestade Imperial... — protesta um cortesão alto e negro.

— Não podemos deixá-lo sozinho — completa outro.

— Seria um sacrilégio — diz mais um cortesão, um homem sério do Leste.

A resposta do imperador é uma palavra:

— Agora.

Os cortesãos se apressam para obedecer ao comando e, em poucos segundos, todos se vão, a porta batendo atrás deles. Ouço um movimento quando o imperador se levanta, depois passos descendo as escadas. Grandes pés negros envoltos em sandálias incrustadas de joias param bem na minha frente.

— Diga-me, qual deles é a anomalia?

— Levante-se, Deka — ordena Mãos Brancas.

Eu levanto a cabeça, tentando ao máximo não olhar enquanto o imperador me encara. Ele é muito bonito de perto, cabelo cortado rente, exceto pela barba, cabeça coberta por uma imponente coroa dourada cravejada de diamantes do tamanho de ovos de pombo. Ele também é bastante retinto, sua pele do preto-azulado suave das profundas províncias do Sul. A casa de Gezo sempre foi composta de sulistas.

Ele me olha de cima a baixo, olhos castanhos inteligentes me avaliando. Há uma expressão estranha neles, quase reconhecimento — embora eu não tenha certeza do que ele está reconhecendo.

— Você é muito pequena para uma assassina — diz ele finalmente.

— Sim, Vossa Majestade Imperial.

Ele franze a testa.

— Seu sotaque. Você é do Norte?

— Sim, Vossa Majestade Imperial.

— Mas sua pele é negra.

— A mãe dela era das províncias do Sul — explica Mãos Brancas. — Uma ex-Sombra.

O imperador Gezo assente.

— O melhor tipo para criar guerreiros. — Ele se vira para os outros. — Vocês também podem levantar a cabeça.

Quando obedecem, o imperador se vira para Keita, novamente franzindo a testa.

— O jovem lorde de Gar Fatu. Ouvi dizer que você também estava com os assassinos mortais.

— Sou o uruni da Deka, Vossa Majestade Imperial — explica Keita. O imperador assente.

— Veja se você a protege bem. Espero grandes coisas de você, pequeno lorde.

Keita assente.

— Sim, meu imperador.

Fico ali parada, os pensamentos ainda agitados, enquanto o imperador caminha de volta ao trono e se senta. Ele nos encara com olhos severos.

— Como sabem, o exército começará uma cruzada em breve. Exterminaremos os uivantes mortais, destruiremos seu ninho principal e iniciaremos o caminho para a vitória neste combate interminável.

O imperador se inclina para a frente.

— Vocês se saíram bem nos últimos meses, assassinos mortais. Notícias de suas façanhas chegaram até meus ouvidos. Como recompensa, vocês cavalgarão à minha direita, bem na frente do exército, no regimento especial que fiz, composto pelos melhores soldados de Otera.

Todos nos entreolhamos, chocados. Mãos Brancas tinha nos dito isso, mas ouvir dos lábios do próprio imperador... é um pouco demais para assimilar. Britta, Belcalis, Gazal e eu quase desmaiamos, mas os meninos, principalmente Li e Kweku, parecem prestes a pular de alegria. Acalan é o único cuja reação se assemelha à nossa; está completamente atônito com a honra.

Mãos Brancas se curva suavemente.

— Você nos honra, primo.

— Não, você me honra — insiste o imperador. — Lembra quando você veio até mim com a ideia de soldadas alaki?

Quase torço minha cabeça de choque. Foi até ele? Encaro Mãos Brancas, meus olhos praticamente saltando para fora das órbitas quando percebo o que o imperador acabou de dizer. O regimento alaki, o fim do Mandato de Morte — foi ela quem fez tudo isso? Meu corpo começa a tremer, e me sinto inteiramente tomada pela gratidão. Não importa o que Mãos Brancas seja, não importa o que tenha feito, ela salvou a vida de inúmeras garotas. Salvou essas meninas da morte certa. Me salvou.

A isso lhe dou crédito.

Mal ouço o imperador enquanto ele continua:

— Eu estava cético... não, *revoltado* com a ideia. Garotas impuras cavalgando para a batalha... Mas você provou o quão errado eu estava, todas vocês provaram, e agora Otera está melhor. Os campos de treinamento das alaki dizimaram hordas de uivantes mortais, diminuindo os exércitos que enfrentaremos durante a cruzada. Será um longo caminho, não se enganem, mas com as alaki ao nosso lado, teremos a vantagem. Vamos continuar neste caminho e levar nosso amado Reino Único à vitória, livrando-o dessa peste de monstros de uma vez por todas.

— Obrigada por suas gentis palavras, primo — diz Mãos Brancas, curvando-se.

Com isso, nossa audiência com o imperador acaba, e nos retiramos da sala dando passos para trás, para não desonrá-lo virando-lhe as costas.

À medida que cavalgamos de volta para Warthu Bera, Ixa emergindo de minha bolsa para ficar no meu ombro, minha confusão continua a crescer. Mãos Brancas cria monstros para o imperador, mas também o convenceu a fazer os campos de treinamento alaki? Ela realmente cria monstros ou essa é uma das muitas ilusões que usa em vez de uma máscara? Seria ela uma vilã ou a salvadora que nos protegeu? Não sei mais o que pensar. Tudo o que sei é que tenho muito mais a agradecer a ela do que imaginava. Todas temos — é por isso que nós, neófitas, continuamos olhando para ela, sem saber o que dizer, enquanto ela cavalga na frente sobre Braima, Masaima trotando ao lado deles.

Depois de um tempo, ela se vira para nós?

— Posso sentir seus pensamentos como pequenos insetos correndo pelas minhas costas.

— Você persuadiu o imperador a criar os campos de treinamento. Por quê? — pergunto.

Ela dá de ombros.

— Porque não gosto de ver as coisas serem desperdiçadas, por isso. As alaki estavam sendo jogadas fora. Um desperdício...

— Você nos salvou — sussurra Belcalis. Para minha surpresa, as lágrimas estão turvando seus olhos, e há uma expressão estranha e inquieta neles. — Você nos salvou...

— Ela está certa — diz Britta. — Sem você, quem sabe onde estaríamos?

— Bem, não fiquem sentimentais — bufa Mãos Brancas. Pela primeira vez, vejo que está desconcertada. — Se estão mesmo gratas, mostrem no campo de batalha.

— Ah, nós vamos — promete Adwapa. — Certamente vamos.

Mãos Brancas resmunga, segue em frente e eu continuo a observá-la, ainda sem saber o que pensar.

Quando terminamos as aulas naquela noite, Belcalis e eu ficamos para trás para guardar as armas. Todas nos revezamos a cada noite, e hoje é a nossa vez de polir e armazenar as espadas de prática. Como de costume, estão imundas, então temos que mergulhá-las cuidadosamente em água-régia e, em seguida, esfregá-las para remover a crosta de ouro do sangue que foi derramado.

Faço isso com mais vigor do que o normal, minha mente acesa com todas as coisas que descobri hoje. Mãos Brancas nos libertou do Mandato de Morte e nos deu a chance de lutar. Assim como ela prometeu, nós somos as joias da coroa do imperador e cavalgaremos ao seu lado em menos de dois meses e libertaremos Otera dos uivantes mortais de uma vez por todas. Ela provou ser uma mulher de palavra várias vezes.

Então por que me sinto inquieta?

Quando termino de polir as espadas no arsenal, me viro para Belcalis. Ela está fazendo mais água-régia, os olhos preocupados enquanto mistura a solução química. Normalmente, eu apenas a deixaria com seus pensamentos, mas hoje foi um dia estranho. Preciso de alguém para conversar.

— Consegue acreditar que foi Mãos Brancas o tempo todo? — digo, na esperança de iniciar uma conversa. Me aproximo dela. — Que sorte a nossa que ela apareceu. Se tivéssemos nascido apenas um ano antes, já teríamos sido executadas.

— Sorte? — A palavra pinga como ácido dos lábios de Belcalis. — Existe tal coisa para a nossa espécie?

Quando a encaro, ela está tremendo, todos os músculos espasmando com uma fúria mal contida. Mesmo que raramente fale sobre seu passado, sei que ela estava em um lugar horrível antes de vir para cá. Onde quer que fosse, tenho certeza de que era ainda pior do que o porão do templo — que era tão apavorante que ela acorda gritando pelo menos uma vez a cada poucas semanas, e que ela carrega um suprimento constante e interminável de dor e raiva.

— O que aconteceu com você... o que aconteceu comigo... essas coisas, elas nos mudam — diz Belcalis. — Nos mudam das maneiras mais fundamentais. O imperador e seus homens, eles podem usar Mãos Brancas e o resto das karmokos para nos tornar guerreiras, eles podem até nos dar a absolvição, mas nunca poderão mudar o que fizeram. Eles nunca poderão retirar os horrores que já foram infligidos a nós.

Ouro no chão... A expressão nos olhos de meu pai... A memória da minha tortura surge antes que eu possa impedi-la, aquele peso familiar que a acompanha. Aquela dor e humilhação mais uma vez vindo à tona.

Nos últimos meses, tenho me dedicado muito para me tornar a guerreira perfeita. Eu realmente pensei que tivesse superado tudo isso? Eu realmente pensei que poderia perdoar e esquecer, simples assim?

Se não fosse por Mãos Brancas, eu ainda estaria naquele porão e os anciões ainda estariam fazendo o que fizeram, se aproveitando de minha ignorância, do meu desespero, para garantir que eu continuasse me submetendo às atrocidades que eles disfarçaram de piedade. Essa compreensão é um tapa na cara, assim como uma outra:

— Não me lembro mais das coisas como antes — sussurro, olhando para Belcalis. Pela primeira vez, me permito sentir a dor dentro de mim, a dor que tantas vezes sufoco em um esforço para fingir que estou bem. — Eu costumava ter uma memória excelente, mas desde o porão, pequenas coisas me escapam. Como o rosto do meu pai... A única coisa que me lembro dele agora é sua expressão enquanto me decapitava no porão. Suas feições, como era seu sorriso... não me lembro mais de nada.

É uma coisa terrível e devastadora a admitir, e arfo em busca de ar, tentando me proteger da força disso.

— Sei que o que ele fez foi errado, mas ele é meu pai. O único que tenho, de qualquer forma. Houve bons momentos, antes... Agora, toda vez que tento me lembrar dele, seu rosto me escapa. — Olho para baixo, surpresa com as lágrimas em meus olhos. — Todas as minhas memórias de antes estão simplesmente se esvaindo.

É por isso que esqueci minha raiva tão facilmente hoje? É por isso que esqueci tudo o que passei?

— Eu tinha treze anos quando aconteceu — diz Belcalis baixinho, virando-se para mim. — Me cortei fatiando cebolas. Cebolas. Você consegue imaginar como isso é estúpido? Meninas não devem brincar com facas... Quando meu pai viu o ouro, ele soube imediatamente o que era. Ele era um sacerdote, sabe? Pensou que era a vontade de Oyomo que meu sangue tivesse aparecido tão cedo. Um sinal de que eu deveria ser poupada. Então, chamou seu irmão em Gar Calgaras e pediu a ele que me ajudasse a desaparecer na cidade para que eu nunca precisasse passar pelo Ritual da Pureza. Meu pai confiava no irmão, o amava... Ele era um boticário, um homem bom que ajudava as pessoas.

Ela dá uma risada curta e amarga.

— Não demorou nem um mês para que aquele "homem bom" me vendesse para o bordel. Mas esse foi o erro dele, entende? Quando os cafetões viram meu sangue dourado, perceberam que era de verdade, eles o mataram imediatamente, para que nunca levasse o jatu até eles, sem querer ou não. E então me ofereceram para os clientes mais... particulares. Aqueles que gostam de machucar crianças, que gostam de ver quando elas gritam.

Minhas mãos começam a tremer. Há tanta dor nos olhos de Belcalis que sinto que ecoa dentro de mim.

— Belcalis — eu digo —, você não precisa...

— Eles davam uma faca quando os homens entravam na sala. — A voz de Belcalis está baixa e atormentada conforme ela continua. — "Você pode fazer o que quiser com ela e ela vai se curar", diziam aos clientes. "Ela vai se curar."

A voz de Belcalis falha com essas palavras.

— "Não importa o que você faça, não importa o quanto você a machuque, esmague-a sob seus pés: ela vai se curar. Ficará sempre novinha em folha. Mesmo que você corte a garganta dela."

Belcalis soluça de forma entrecortada, e algo dentro de mim se estilhaça. Nos últimos meses, estive tão determinada a enterrar minha própria dor, a provar a mim mesma que estou bem — estive tão focada em meus próprios problemas —, que esqueci que outras garotas também estão sofrendo.

— Belcalis... — sussurro.

De repente, ela agarra os laços de suas vestes e começa a desamarrá-los.

Meus olhos se arregalam.

— Belcalis, você não precisa...

— Eu quero que você veja — insiste ela. — Lembra daquelas cicatrizes que você viu há muito tempo? Veja agora.

Ela tira o robe e se vira, mostrando as costas para mim. Pisco, assustada.

— Sumiram.

As costas dela estão completamente lisas agora. Mas é óbvio que sim. As únicas cicatrizes que permanecem são as adquiridas antes de o sangue mudar.

— Quando parei de ser ferida, de ser violada, elas desapareceram. — Ela sorri amargamente. — E essa é a pior parte. O corpo físico, ele cura. As cicatrizes desaparecem. Mas as memórias são para sempre. Mesmo quando você esquece, elas continuam ali, zombando de você, ressurgindo quando você menos espera.

Meu corpo inteiro está tremendo agora.

— Eu sinto muito — sussurro. — Eu sinto muito mesmo.

Belcalis balança a cabeça.

— Não quero que você se desculpe — diz ela. — Eu quero que você se lembre das minhas cicatrizes. Preciso que alguém se lembre do que aconteceu comigo. Eu preciso que alguém...

Corro para ela e a seguro em meus braços.

— Eu não vou esquecer — prometo. — Nunca vou esquecer.

As lágrimas que Belcalis segurou por tanto tempo saem dela em grandes soluços.

— Não se atreva. — Ela chora. — Não se atreva. Eles podem precisar de nós agora porque somos valiosas, podem fingir que nos aceitam, que vão nos recompensar, mas nunca esqueça o que eles fizeram com a gente. Se fizeram uma vez, Deka, com certeza farão de novo, não importa quantas promessas cheias de floreios nos façam.

— Eu não vou esquecer — prometo, lágrimas descem por meu rosto, a determinação cresce em meu peito. — Nunca vou esquecer.

26

❖ ❖ ❖

É noite e estamos nos arrastando pelos pântanos na extremidade sul de Hemaira, indo em direção a um ninho de uivantes mortais no final da região. A névoa densa nos cerca, assim como uma nuvem de mosquitos que picam nossos rostos sem cansar. Sanguessugas fariam o mesmo com nossas pernas, mas, felizmente, usamos botas resistentes para a ocasião. Mesmo assim, este é o ataque mais exaustivo de que já participei. Agora que a cruzada está quase chegando, estamos fazendo ataques ainda mais difíceis em terrenos ainda mais difíceis, lugares onde os uivantes se misturam tão bem com o ambiente que quase nunca os notamos até que seja tarde demais.

— É como os Reinos Infernais — resmunga Britta baixinho.

— O ânus dos Reinos Infernais — murmura Belcalis, seu insulto favorito em horas como esta.

Keita dá de ombros.

— Se você acha que isso é ruim, espere até visitar a casa da minha família em Gar...

Uma pedra passa zunindo tão rapidamente que ele tem apenas alguns segundos para se esquivar. Logo entro no estado de combate, o tempo parece passar mais devagar quando percebo o quão silencioso o pântano ficou. Está anormalmente quieto. Os uivantes mortais estão próximos.

Poder corre em minhas veias enquanto ergo as mãos, reunindo a energia nelas. O ar ao meu redor começa a vibrar à medida que meu corpo obedece ao comando silencioso.

— Mostrem-se — ordeno.

Os juncos ao nosso redor farfalham conforme os uivantes pulam para fora, respondendo ao meu chamado. Para minha surpresa, todos estão usando anéis de metal estranhos em torno da cabeça. Eu os encaro, me perguntando o que diabos são. Um dos uivantes acena para algo atrás de mim.

Me viro, alarmada, e é quando percebo meu erro. Essas argolas de metal são bloqueadores, protegendo os uivantes mortais dos efeitos da minha voz. Usamos a mesma coisa debaixo de nossos capacetes para nos proteger dos gritos das criaturas. Antes que eu possa gesticular para congelá-los no lugar, um dos uivantes joga uma pedra no meu rosto, esmagando minha mandíbula e garganta. Eu gorgolejo, sangue escorre dos fragmentos da minha mandíbula, mas a próxima pedra é ainda maior, e quebra minhas mãos, de forma que não posso movê-las. Estou em choque agora, meu corpo fica frio, a escuridão toma minha visão. Nem consigo absorver o fato de que os uivantes mortais estão usando pedras e bloqueadores — o fato de que obviamente se prepararam para a minha chegada. Tudo o que sinto é dor e confusão enquanto o sangue dourado jorra de mim, caindo na água.

— Deka! — Keita corre em minha direção, usando seu corpo para me proteger da tempestade de pedras que os uivantes começaram a jogar.

Mais deles correm para fora dos arbustos do pântano, com estilingues nas mãos. É uma emboscada, mas não posso fazer nada, apenas continuar gorgolejando de forma indefesa à medida que meu próprio sangue enche minha boca e garganta, me afogando. Se eu pudesse apenas mover meus braços — um dedo...

— Faça com que eles parem, Deka! — ruge o capitão Kelechi.

Ele é humano, então não tem como ver o que aconteceu comigo na escuridão enquanto bate em retirada com os outros.

— Ela não consegue, foi atingida! — responde Keita, me segurando mais perto de seu corpo.

Agora, a escuridão mancha minha visão, e não sinto mais meus membros. O sangue já foi drenado deles. Vou morrer de novo. Será essa minha morte final? Nunca tive o rosto esmagado antes. A serenidade desse pensamento me abala, me forçando a lutar contra o frio, contra o desamparo.

Não, não, não! Preciso ficar acordada.

Keita cobre meu pescoço desesperadamente, tentando conter o fluxo de sangue.

— Deka! — grita ele. — Deka!

Ele não parece notar os uivantes mortais se reunindo ao seu redor, as garras prontas. Eu aponto para eles com os olhos, tentando desesperadamente fazer Keita vê-los, prestar atenção neles. *Cuidado, Keita!* Tento dizer, mas não adianta. Não consigo mais mover minha língua — ou qualquer outra parte de mim. A escuridão me envolve, trazendo com ela aquele frio familiar. Minha pele já está adquirindo aquela estranha cor dourada. Eu deveria estar aliviada por ser apenas uma quase morte, mas não estou. Estou com medo por Keita, com medo por todos os meus amigos. O que vai acontecer com eles quando eu entrar no sono dourado? Por favor, por favor, permita que fiquem bem.

DEKA!

Escamas azuis reptilianas passam por mim de súbito, um corpo monstruosamente grande. Gritos de uivantes mortais preenchem o ar enquanto a enorme criatura os despedaça, garras brilhando, mandíbulas mastigando.

Ixa?, penso, meus pensamentos distantes e leves.

E isso é tudo que tenho tempo de perguntar antes de cair no sono dourado.

Quando acordo, está totalmente escuro e estou aninhada dentro de um cobertor quente e macio. Me espreguiço, confortável dentro dele. Eu não me sentia tão confortável havia tempos.

— Ela está acordando! — arfa uma voz. — Deka... Deka, você consegue me ouvir?

Britta?, penso. É difícil afastar a escuridão ao meu redor, e, sinceramente, não quero. Eu gosto daqui, da escuridão. É tão confortável.

— Por que só não atraímos a criatura... ou atiramos nela? — sugere uma voz irritada. Gazal.

— Ah, sim, isso parece muito razoável — retruca outra voz, com um sarcasmo afiado. No mesmo instante sei que é Adwapa. — Abater a única coisa que nos protegerá dos uivantes, caso eles voltem.

— Não está nos protegendo, está protegendo ela. — Esta voz pertence a Li, e não soa nada alegre, como normalmente é.

O cobertor em volta de mim farfalha quando passos se aproximam, esmagando ruidosamente a lama.

— Deka, por favor, acorde. — É a voz de Keita, e ele parece preocupado. — Não podemos sair daqui até que você acorde.

Keita! O pensamento percorre meu corpo, quebrando minha escuridão.

— Keita? — chamo, acordando. — Você está vivo!

O alívio toma conta de mim quando me lembro da última vez que o vi, seu corpo me protegendo dos uivantes mortais. Mas ele está vivo e bem. Olho ao redor, tentando me orientar. Para minha surpresa, estou cercada por escamas azuis suaves e cintilantes, cobertas por leves camadas de pelo azul. Quando olho para cima, um enorme rosto felino com olhos pretos reptilianos encontra o meu.

Deka..., murmura Ixa, me acariciando com seu focinho gigante.

— Ixa? — arfo, chocada. — Você está tão grande!

Ele nunca se transformou em um drakos tão grande antes.

— Ele se transformou quando você morreu — diz a voz de Keita.

Ele está de pé no chão abaixo de mim, seus olhos tomados de preocupação. Estou deitada em uma árvore, percebo agora, e o que pensei ser um cobertor é na verdade o corpo de Ixa enrolado ao meu redor. Me protegendo...

Observo a área em nosso entorno. Está cheia de cadáveres de uivantes mortais, partes de seus corpos espalhadas pelo pântano com um descaso macabro. A familiar doçura almiscarada de seu sangue se acumula no ar, e eu engasgo. Mesmo depois de todos esses meses, ainda não me acostumei.

Keita se aproxima na ponta dos pés.

— Ele matou todos os uivantes mortais que atacaram você. Cuidamos do resto, mas ele te levou aí para cima antes que pudéssemos chegar até você.

Enfim percebo que os outros estão reunidos a uma distância segura em um acampamento improvisado, observando a mim, Keita e Ixa. Todos o viram nesta forma. Todos.

Quando olho para o capitão Kelechi, seu olhar severo faz meu coração ficar com medo. Ele nunca tolerou nada que pensasse ser irregular. E aponta para Ixa de uma maneira acusadora.

— Agora que você acordou, Deka — diz ele baixinho —, vai me dizer o que é essa criatura.

Ixa funga com desdém, erguendo o focinho. Ele nunca deu muita importância para o capitão.

— Ele é meu animal de estimação — digo rapidamente, tentando não olhar para todos os cadáveres dos uivantes espalhados pelo chão. Os cadáveres que Ixa abateu sozinho, se o que ouvi for verdade. Tento não deixar transparecer meu mal-estar enquanto me viro para o capitão. — O que quer que ele tenha feito, foi para me proteger.

— Isso não responde à minha pergunta — retruca o capitão Kelechi, se portando totalmente como o comandante jatu que é ao perguntar de novo: — O que exatamente é essa coisa?

Olho para Ixa, tentando encontrar uma resposta. Como posso explicar uma criatura com chifres que na metade do tempo parece felina, mas que se transforma em uma monstruosidade gigantesca quando surge a necessidade?

— Apenas um animal de estimação — repito, sem saber o que dizer.

— O seu animal de estimação tem uma raça específica? — pergunta o capitão Kelechi entre dentes, o rosto aristocrático ainda mais sombrio por conta da impaciência agora.

— Não sei… exatamente…

— Você não sabe? — O capitão dá um passo para mais perto, mas para quando Ixa sibila para ele.

— Chega, Ixa — eu digo, dando um tapinha nele. *Me deixe descer.*

Fungando em sinal de aborrecimento, Ixa balança a cauda para que eu possa deslizar para baixo. No momento em que meus pés tocam o chão, ele se encolhe, voltando ao seu estado felino normal, e se enrola em volta do meu pescoço com um pequeno chilreio.

— Você viu aquilo? — arfa um dos recrutas. — Acabou de mudar de novo!

Eu caminho até o capitão, nervosa.

— Eu só meio que o encontrei — digo, tirando Ixa do meu pescoço e relutantemente o segurando para que ele possa ver.

O capitão Kelechi estreita os olhos.

— Onde?

Engulo em seco, o suor de repente brotando em minha testa.

— Em…

— Warthu Bera — diz Belcalis, dando um passo à frente. — Nós o encontramos em Warthu Bera. Ele estava perto do lago.

— Do lago? — repete o capitão, incrédulo. — Qual deles?

— Aquele onde temos aulas com a Senhora dos Equus — diz Britta. Ela também dá um passo à frente, entrando facilmente na mentira de Belcalis. — E ele não era tão grande quando o encontramos. Achamos que ele era algum tipo de gato. Como você pode ver, ele muda de forma.

— Ele provavelmente está fazendo isso há algum tempo — acrescenta Adwapa, com o rosto completamente sério. — Pelo menos, é o que Karmoko Mãos Brancas diz. Foi ela quem disse a Deka para cuidar dele.

Algo que eu não sabia estar retesado dentro de mim relaxa. Minhas amigas estão vindo ao resgate de Ixa. Elas o estão protegendo por mim.

O capitão Kelechi olha de uma para outra e assente de repente.

— Muito bem — diz ele, se virando. — Continuaremos esta discussão mais tarde com a Senhora dos Equus.

Solto o ar, aliviada. Foi muito melhor do que imaginei.

Quando voltamos ao acampamento, seguro Ixa firme, imersa em pensamentos. *O que exatamente ele é?*, eu me pergunto, olhando para sua forma azul peluda. Esta é realmente sua forma real, ou é aquela em que ele se transformou antes, quando nos salvou? Ainda mais importante, o que eram aqueles uivantes mortais lá atrás? Eles estavam usando bloqueadores e estilingues. Eu já sabia que a espécie era muito mais inteligente do que predadores comuns, mas isso — isso desafia todas as expectativas. Estou tão mergulhada nesse raciocínio que mal percebo Adwapa, Britta e Belcalis se aproximando até estarem nos meus dois lados, me afastando do grupo.

— O quê? — pergunto, olhando de uma para a outra quando percebo que Britta está evitando meu olhar.

Belcalis olha em volta, certificando-se de que ninguém está ouvindo. Os recrutas e os outros estão se encaminhando para a extremidade do pântano, onde as matronas e assistentes de batalha aguardam com os cavalos.

— Ixa não foi a única transformação preocupante que aconteceu hoje — diz ela, voltando-se para mim.

E assim, a sensação de aperto está de volta no meu estômago.

— O que você quer dizer? — pergunto.

— Quando você deu a ordem para os uivantes mortais, seus olhos... mudaram — explica Britta em um sussurro abafado.

— Isso sempre acontece — eu digo.

— Mas então o restante de você também começou a mudar. — Esta declaração baixa vem de Belcalis.

Eu paro, me virando para ela.

— O que você quer dizer com isso?

— Que por um momento sua pele ficou revestida por couro. — Todas nos viramos para encarar Gazal, que se aproximou tão silenciosamente que nem a ouvimos. Seu rosto tem a expressão habitual de calma quando diz: — Igualzinha à de um uivante mortal.

Meu coração para, as palavras o atravessando como flechas. Couro? Mudanças? Do que elas estão falando?

— Mas isso nem foi a pior coisa que aconteceu — acrescenta Adwapa.

— Como assim? — pergunto, meu coração batendo tão forte que parece que vai pular do meu peito.

Quando ela desvia o olhar mais uma vez, desconfortável, o ritmo de meu batimento cardíaco parece dobrar.

— Ela quer dizer que sentimos... Sua voz. Quando você disse aos uivantes mortais se mostrarem, todas sentimos o comando dentro de nós, nos compelindo — diz Gazal.

— Compelindo...?

Eu olho de uma para a outra, ainda sem entender.

— Comandando — diz Belcalis. — Sua voz nos comandou do jeito que fez com os uivantes mortais. Precisei de toda a minha força para resistir. Foi muito lindo, mas de uma forma estranha e assustadora.

Me sinto tão chocada que meus joelhos ficam fracos. Então tenho outro pensamento. Olho para os recrutas, que agora estão fora do pântano e correndo para seus cavalos.

— Os recrutas, eles...

— Não acho que notaram — Britta rapidamente me tranquiliza. — Não pareceu afetá-los. Não acho que funcione em humanos.

Estou tão atordoada agora que tudo parece distante.

— Você está dizendo que não sabia que isso estava acontecendo? — pergunta Gazal.

Balanço a cabeça, meu corpo inteiro pesado. Uivante mortal? Compelidas? Ainda não entendo totalmente o que elas estão dizendo. Não quero entender. Porque se eu entender, significa que é minha culpa. Eu causei essas mudanças, fazendo todas aquelas aulas, desenvolvendo o poder dentro de mim. Eu fiz com que me tornasse ainda mais monstruosa do que já sou.

— Não pode ser possível — eu digo. — Não pode ser.

— Mas é. — O tom de Belcalis é implacável, e há algo em seus olhos agora... algo quase próximo a medo. — E a questão é: o que você vai fazer?

Me viro para ela.

— Tem certeza de que nenhum dos recrutas me viu mudar? Ou me ouviu?

Meus olhos pousam em Keita, apertando as tiras de sua sela. Por favor, não. Por favor... Eu não aguentaria se ele se afastasse de mim, se de repente me odiasse como Ionas me odiou quando percebeu que eu era diferente das outras pessoas.

Britta balança a cabeça, enviando uma onda de alívio sobre mim.

— Estava muito escuro para que eles te vissem. Só vimos o que aconteceu porque nossa visão noturna é melhor — diz Britta. Em seguida, ela acrescenta: — Acho que você deveria falar com Mãos Brancas. Seja lá o que for isso, precisamos resolver antes que mais alguém descubra. — Ela segue meu olhar para Keita. — Qualquer um.

Eu assinto.

Não preciso esperar para ter uma reunião com Mãos Brancas, porque ela me chama para o telhado de Warthu Bera no momento que retorno. Quando Isattu, a assistente de nosso quarto compartilhado, me deixa lá, Mãos Brancas está recostada em uma pilha de travesseiros, fumando aquele cachimbo de água de sempre. A noite hemairana nos envolve, quente e com um cheiro doce, mas tudo que consigo sentir agora é pânico e medo. Sei que provavelmente Mãos Brancas me chamou aqui para falar sobre o que aconteceu com Ixa, mas tenho preocupações mais urgentes.

Ela não parece notar minha ansiedade ao dar outra tragada em seu cachimbo.

— Ouvi dizer que você tem passado por algumas mudanças preocupantes recentemente.

Fico olhando para ela, assustada. Como ela soube?

Então me lembro: Mãos Brancas comanda Warthu Bera, e isso inclui todas as matronas e assistentes aqui. Eu não ficaria surpresa se ela colocasse Isattu para espionar quando partimos em invasões, ou mesmo se todas as assistentes estiverem espionando por ela.

— As assistentes são suas espiãs — digo, de repente percebendo por que são tão respeitosas sempre que a veem.

— As matronas também — diz ela, casualmente. — Tento me cercar do melhor.

Sua presunção só aumenta meu pânico. Se ela sabe o que está acontecendo, como pode ficar tão calma? Eu mal consigo ficar parada de tão agitada que estou. Eu fecho e abro minhas mãos para me impedir de cutucar as unhas.

— São as aulas? — pergunto, puxando Ixa do meu pescoço para os meus braços enquanto me aproximo. — É isso que está me mudando?

Mãos Brancas assente, uma lânguida inclinação da cabeça.

— Pode ser.

— Pode ser? Preciso de uma explicação melhor do que essa. Me diga por que isso está acontecendo! Você prometeu que explicaria!

Mãos Brancas não responde, apenas se levanta e gesticula para que eu a siga até a beira do telhado. Abaixo de nós, Hemaira se estende como um oceano escuro pontilhado por leves luzes bruxuleantes.

Ela aponta para a cidade.

— Diga-me, o que vê diante de você?

— Hemaira — respondo.

O que isso tem a ver?

— E o que enche a Hemaira?

Mãos Brancas olha para mim, como se quisesse avaliar algo.

— Pessoas — respondo.

Aonde ela quer chegar com isso?

— E além de Hemaira? O que preenche a natureza?

— Uivantes mortais — digo, acrescentando rapidamente: — nossos inimigos.

Por um momento, uma expressão estranha passa por seu rosto, mas então ela volta para aquele sorriso divertido.

— Entendo.

— O que isso tem a ver com o que está acontecendo comigo? — pergunto, impaciente.

— Tudo... E nada.

A resposta me enfurece.

— Eu não tenho tempo para respostas vazias. Estou mudando, Karmoko. Você disse que eu não era um monstro, mas sou algum tipo de mistura de uivante mortal?

Eu arranco as palavras do meu peito, um medo recém-germinado que quase não consigo expressar.

— Um o quê? — Mãos Brancas solta uma gargalhada. — Não, você com certeza não é isso.

— Então o que eu sou? Explique por que continuo tendo todas essas mudanças!

— Porque você continua usando seu poder. Cada vez que você o usa, ele cresce, muda as coisas ao seu redor.

Agora, um pensamento me ocorre — um pensamento que me enche de terror.

— E minhas amigas? — sussurro. — Vou afetá-las? Elas vão começar a mudar também?

Mãos Brancas balança a cabeça.

— Isso não vai acontecer. Você é a única com a voz. Você é a única com a habilidade. — Mãos Brancas se volta para a cidade. — E, além disso, não há nada que você possa fazer para impedir, não agora, de qualquer forma.

Ela parece tão certa que de repente chego à conclusão.

— Você já testemunhou isso antes, não é? — arfo. — Existem mais garotas como eu! Foi assim que você teve a ideia das aulas para aprender a dominar o estado de combate! — Consigo imaginar agora, um

263

exército inteiro de garotas com a habilidade de controlar uivantes mortais. Chego mais perto dela, implorando: — Quem são elas? Onde elas estão?

Quando Mãos Brancas enfim me olha, sua expressão é firme.

— Você não deve se preocupar com isso no momento. Por enquanto, ouça minhas palavras. Use seu poder apenas no escuro, quando os jatu não puderem vê-la, e use armadura completa. Tente se cercar de suas amigas sempre que usá-lo. Se um jatu perceber algum traço da sua mudança, ria e diga que ele está vendo coisas. Nunca se esqueça: o mesmo dom que faz com que te valorizem agora será motivo para te matarem mais tarde.

Suas palavras são tão semelhantes às de Belcalis que minhas entranhas chegam a gelar. Sempre soube que Mãos Brancas era mais complexa do que deixava transparecer, que havia algo a mais por trás dos planos que tinha para mim, mas isso está além de qualquer coisa que imaginei.

— Mas você me trouxe aqui — eu sussurro, o medo aumentando. — Foi você quem me deu esse propósito.

Ela assente.

— E eu pretendo que você sobreviva o suficiente para cumpri-lo, e é por isso que você deve entender, de verdade, quão instável é sua posição. O jatu, meu primo, o imperador, e seus cortesãos, todos eles vão te amar agora, enquanto houver uivantes mortais para derrotar. No momento que isso mudar, eles vão se lembrar de que você é mulher. De que você é anormal... É assim que eles são. É sempre assim que esses homens são.

— Diga como eu paro isso — imploro. Eu não quero fazer parte disso, seja lá o que Mãos Brancas está tramando. Eu só quero sobreviver. Glória, honra... isso é para outras pessoas. — Diga como faço isso ir embora.

— Não dá. — Os olhos de Mãos Brancas estão completamente sérios, nenhum traço de diversão neles agora. — Você vai continuar treinando, vai dominar o seu poder, desenvolvê-lo até que se torne tão forte que ninguém será capaz de ficar no seu caminho. No nosso caminho.

— Mãos Brancas... — digo, horrorizada.

Sei que ela não está falando sobre o regimento alaki agora, ou mesmo sobre o exército. Ela está falando sobre outra coisa, algo muito mais mortal. Rebelião... Esse é o objetivo dela, essa ideia de ter o poder para ser mais forte do que os homens no comando. Incluindo o próprio imperador de Otera.

Isso tudo é um jogo para ela — essa compreensão fica presa na minha garganta. Este é um daqueles jogos mortais que os ricos e poderosos jogam. E sou apenas um peão que ela trouxe para servi-la. Igualzinha a todas as assistentes e matronas em Warthu Bera.

— Mãos Brancas, eu...

Ela coloca um dedo em meus lábios, me interrompendo. Seus olhos brilham com uma expressão que nem consigo entender agora. Ela se inclina para mais perto.

— Não há ninguém como você, Deka. Você deveria saber disso. Nunca houve e nunca haverá.

Fico boquiaberta, suas palavras se assentando sob minha pele, e ela continua seu aviso.

— Esconda suas mudanças dos jatu. Fique em segurança, Deka. E sempre leve seu bicho de estimação com você.

Olho para Ixa, o horror crescendo dentro de mim. Será que ele também sempre fez parte do plano dela? Todas as minhas suspeitas sobre como o encontrei — talvez sejam reais. Ele pisca, sem entender o que está acontecendo.

— Expliquei às outras karmokos e aos jatu que ele é um novo tipo de criatura que venho criando em segredo. Isso deve satisfazê-los por enquanto. Afinal, sou a procuradora de monstros. Você estava errada a esse respeito, inclusive, Deka. Eu não crio monstros para o imperador, eu os encontro. Encontro as criaturas que este império considera impuras, indesejáveis, perigosas...

O medo em meu peito aumenta.

— O que Ixa é?

Eu sei que ela sabe. Ela sabe tudo. Esconde tudo.

— Ele é um metamorfo — diz Mãos Brancas. — Isso é tudo que você precisa saber no momento.

Meus pensamentos se embaralham, um mais assustador do que o outro. O que ela disse sobre os jatu, Ixa...

— Por que você está sendo tão evasiva? — pergunto. — Por que não responde minhas perguntas?

— Porque você não vai entender as respostas. Não agora, não do jeito que está. Tudo que você precisa saber é que você não é anormal, ou qualquer outra suposição horrível que passe pela sua mente agora. Nem o seu animal de estimação, aliás. Vocês precisam ficar juntos e não chamar atenção por tempo suficiente para passar pela cruzada. Estamos quase lá, quase no fim. Você só tem que sobreviver até lá, até que nosso império esteja livre desses monstros. Aí vou te contar tudo, te fazer ver para que tudo isso serviu. Está entendendo?

Assinto, sem saber como responder.

— Sim — respondo, o desespero cresce dentro de mim.

Bem quando eu estava começando a achar que podia confiar em Mãos Brancas. Agora vejo que ela é igual a todos os outros — pior, até. Uma aranha na teia, tecendo fios que não tenho ideia de como conectar. Ixa, as aulas sobre o estado de combate, meu dom — coisas que ela alimentou para usar em uma rebelião.

Mas de quem? E por quê?

Até que nosso império esteja livre desses monstros... A que ela estava se referindo com essas palavras? Aos uivantes mortais... ou aos homens que nos enviam para lutar contra eles? Em um instante enterro o pensamento nas profundezas da minha mente, apavorada com as implicações.

Eu sou apenas um soldado, lembro a mim mesma. Essas coisas estão fora do meu controle.

Mãos Brancas assente e depois se volta para a cidade.

— Que vista linda — diz.

Sei que fui dispensada.

Eu me afasto, tremendo, ainda sem ter ideia do que aconteceu. Mas sei de uma coisa: tenho que tomar cuidado com os planos de Mãos Brancas, ou posso acabar em conflito com algo ainda mais perigoso do que uivantes mortais.

O próprio império Oterano.

27

❖ ❖ ❖

— Eu a chamo de armadura infernal — declara Karmoko Calderis, erguendo um capacete dourado.

Está cedo e nos encontramos diante da estátua do imperador Gezo, vendo-a fazer esse anúncio triunfante, resultado de seus meses de trabalho exaustivo. Ela tem se esforçado dia e noite desde que as aprendizes chegaram no ano passado, refinando o método para produzir armaduras feitas do ouro amaldiçoado. Enfim seus esforços deram frutos: armaduras imunes às garras dos uivantes mortais, confortavelmente frescas mesmo sob os raios mais quentes de sol e leves o suficiente para que possamos correr.

— Nós revolucionamos o processo — afirma Karmoko Calderis.

— Ah, é óbvio que ela revolucionou algo. — Asha ri baixinho.

Ela acabou de voltar de uma invasão e ainda está suja de lama. Mesmo assim, está exuberante. A equipe bateu a cota. Sim, três das garotas ainda estão no sono dourado e, sim, uma delas perdeu um olho, mas ninguém está sendo esfolado esta manhã — uma enorme vitória, considerando o quão mais difíceis as invasões ficaram nas últimas semanas.

É quase como se os uivantes mortais sentissem que estamos prestes a atacar seu ninho principal, por isso estão dando tudo de si nas investidas. Eles querem matar tantas de nós quanto puderem, da mesma forma que queremos matar tantos deles quanto pudermos. Se está ruim assim agora, nem consigo imaginar como será a cruzada, quando houver centenas de milhares deles no campo de batalha.

— Ela é *toooda* revolucionária — continua Asha, rindo.

— Silêncio — sibila Britta.

Volto minha atenção para Karmoko Calderis, que dá instruções sobre como receber nossas armaduras. Preciso prestar muita atenção. Desde que falei com Mãos Brancas na noite em que ela me contou todas aquelas coisas horríveis, estou decidida a conseguir uma armadura que me cubra o máximo possível. Os capacetes improvisados que temos usado mal cobrem nossas cabeças, e aqueles com os quais cavalgamos pela cidade são muito volumosos para usar durante uma invasão.

Quero uma armadura que cubra todo o meu rosto e o resto do meu corpo. Não sei se minha pele ficará como couro de novo, mas, se acontecer, quero me certificar de que ninguém veja — especialmente Keita. Só de pensar nele testemunhando isso, já sinto o pavor em todo o meu corpo. Não quero que ele me veja assim nunca, nessa forma tão monstruosa.

Quando Karmoko Calderis abre a forja na manhã seguinte, Britta, Belcalis, Asha e Adwapa e eu estamos todas paradas ali, esperando. Meses de combates e invasões sangrentas acabaram com meu medo de sangrar, então sou a primeira da fila. Além disso, a karmoko nos disse que cada armadura pode ser personalizada, e estou ansiosa para ver os estilos que ela tem para oferecer.

O rosto da karmoko é tomado por um sorriso largo quando me vê, Ixa enrolado em volta do meu pescoço.

— Ah, Deka, você chegou na hora certa — diz ela alegremente, esfregando as palmas das mãos. — Entre. — Quando entro, ela para e olha incisivamente para Ixa. — Você pode deixar a criatura do lado de fora. O pelo vai atrapalhar o processo.

Ixa pisca os olhos escuros confusos para mim.

De... ka?

Ultimamente, ele parece entender mais e mais o que outras pessoas estão dizendo, embora ainda não consiga dizer nada além do meu nome. Eu me pergunto se algum dia ele conseguirá. Eu perguntaria a Mãos Brancas sobre isso, mas estou muito desconfiada da maneira como ela manipula tudo ao seu redor.

Sim, digo a Ixa. *Você tem que sair.*

Ele funga, aborrecido, e vai lá para fora. Entro na forja, meus olhos se arregalando quando vejo as mudanças que foram feitas nos últimos meses. Tubos de metal em espiral foram presos ao teto, e todos terminam em tanques gigantescos suspensos sobre um fogo alimentado por assistentes suadas.

Animada, Karmoko Calderis aponta para a grande cadeira de madeira no meio da forja.

— Por que você não se senta? Vamos começar.

Ela pega uma lâmina.

Respiro fundo, olhando para seu brilho.

— Estou pronta — digo, sentando na cadeira.

Tenho uma armadura para fazer.

O dia está quente, considerando a estação fria. Britta, Belcalis, Adwapa e eu estamos empoleiradas em uma falésia acima do afloramento rochoso onde os uivantes mortais fizeram um ninho. Eles estão ameaçando um vilarejo chamado Yoko, nos arredores de Hemaira, e seus anciãos pediram especificamente que os assassinos mortais viessem, e nos deram um mapa para a fonte do problema. É por isso que estou aqui, o suor escorrendo pelas minhas costas, a armadura de couro irritando minha pele. Faço parte da equipe avançada, minha capacidade de rastrear uivantes por instinto é um recurso indispensável em terrenos rochosos e difíceis como este.

Abaixo de mim, os uivantes mortais se amontoam em torno de uma saliência de rochas brancas. Eles soltaram apenas uma pequena quantidade de névoa, então são facilmente visíveis, apesar da distância de nosso esconderijo. Normalmente, seriam os sentinelas que vigiariam as criaturas antes do nosso avanço, mas, por sugestão minha, minhas amigas e eu começamos a fazer isso. É importante que estejamos familiarizadas com nossos inimigos para lidar com eles de forma eficaz. Pelo menos, é isso que Karmoko Thandiwe sempre diz.

O capitão Kelechi concorda, e é por isso que ele, os recrutas e as outras alaki estão no acampamento, fazendo os últimos preparativos enquanto nós observamos os uivantes. É óbvio que não contei a ele minha real motivação por trás disso: os uivantes se tornaram cada vez mais fascinantes para mim. Desde aquele dia no pântano, quando eles usaram os bloqueadores para impedir que minha voz se sobrepusesse a sua vontade, tenho feito tudo o que posso para observá-los — para estudá-los. E o que estou aprendendo me preocupa muito.

As karmokos e os jatu vivem dizendo que os uivantes são bestas irracionais com pouquíssima inteligência, e mesmo assim eles sempre pareceram quase humanos aos meus olhos. Eles até parecem ter uma linguagem. Levei algum tempo para identificar, mas lá estão eles em um círculo, rugindo e emitindo sons de cliques uns para os outros. Tirando a aparência aterrorizante, eles poderiam ser um contingente de alaki e recrutas se preparando para uma invasão. Na verdade, tenho certeza de que é isso que estão fazendo: se preparando para atacar Yoko novamente, para massacrar mais pessoas e roubar mais garotas.

Os anciãos choraram quando nos contaram sobre isso quando chegamos, choraram quando nos contaram como os uivantes mortais cercaram todas as garotas de 12 e 13 anos e as levaram, deixando seus familiares morrendo no chão, partes do corpo espalhadas ao redor deles. Não tive coragem de dizer que essas garotas provavelmente estão perdidas para sempre.

Nunca encontramos as garotas que os uivantes levam, nem mesmo seus restos mortais. As pilhas de cadáveres nos ninhos estão sempre cheias de adultos, todos homens — nunca há qualquer indício de mulheres ou meninas. Toda vez que me pergunto sobre isso, a lembrança daquela garotinha que vi na primeira invasão surge em minha mente. Sempre imagino o que aconteceu com ela — será que ainda está viva ou foi comida pelos uivantes mortais? Ou pior? Pensar nisso me abala, então me viro para Ixa, empoleirado em forma felina em uma árvore próxima.

Avise os recrutas, digo a ele.

Ele assente, abrindo asas ao partir. É um dos truques favoritos dele — e um pelo qual sou muito grata. Acabou fazendo com que Ixa fosse útil para o grupo, e o capitão Kelechi adora uma utilidade. Eu até fiz um capacete dourado com meu sangue para sua forma de drakos, que ele exibe com orgulho sempre que pode.

— Nunca vou me acostumar com isso — sussurra Adwapa ao meu lado. — Me dá calafrios.

Estamos longe o suficiente para não sermos ouvidas, mas sempre tomamos o cuidado de ficar quietas mesmo assim.

— Acostumar com o quê? — pergunta Britta.

Ela está do meu outro lado, o capacete de Ixa em sua cabeça. Ele não consegue usá-lo quando não está em sua forma de batalha, então ela está brincando com ele. Britta pode ser uma criançona às vezes.

— Ela quer dizer com Ixa mudando de forma — explico.

Britta se vira para mim, suas sobrancelhas franzidas.

— Repita.

Agora eu é que franzo a testa.

— Repetir o quê?

Britta tira o capacete e olha para ele.

— Isso é estranho.

— O que é estranho?

Essa conversa está muito confusa.

Britta torna a colocar o capacete e se vira para mim.

— Diga qualquer coisa. Qualquer coisa mesmo — insiste.

— Qualquer coisa mesmo — respondo, dando de ombros.

Ela tira o capacete e me olha com os olhos arregalados.

— Sua voz fica diferente quando coloco o capacete.

— Tudo bem…

Não estou entendendo toda essa bobeira.

Belcalis está ficando irritada.

— Chega disso. Há um ninho inteiro de uivantes mortais lá embaixo se preparando para massacrar um vilarejo próximo. Seja lá o que vocês estiverem falando, pode esperar até mais tarde.

Adwapa assente.

— Ela está certa. Devíamos estar nos preparando para acabar com eles. Sei que eu estou — diz ansiosamente.

Meses de invasões encorajaram a irreverência de Adwapa em relação à morte, embora ela sempre mate apenas sua cota de uivantes e ñenhum a mais. "Gosto de conservar minhas energias", ela sempre diz quando a provocamos por causa disso.

A irmã é do mesmo jeito.

Ao meu lado, Britta assente. Então se volta para nós.

— É só que… e se esta for a solução para o problema da voz?

Me viro para ela.

— Como?

Britta e as outras sempre sentem minhas ordens em seu sangue agora, mesmo quando falo especificamente com os uivantes mortais e não com elas. Elas tentaram usar bloqueadores, da mesma forma que os uivantes mortais no pântano, mas não funcionou. Minha habilidade está ficando cada vez mais forte. Estou sempre com medo de dizer algo que machuque ou, pior ainda, mate minhas amigas.

— Quando você falou e eu estava usando isso, sua voz pareceu estranha — explica Britta. — Eu conseguia ouvir, mas era quase… normal. Geralmente, quando você usa sua voz, o som é grave, como se várias pessoas estivessem falando ao mesmo tempo. Desta vez, estava normal. Acho que é porque o capacete é feito do seu sangue.

Eu me viro para ela, animada.

— Então talvez usar capacetes do meu sangue impeça a minha voz de dominá-las.

— Pode ser. — Britta dá de ombros.

— Vale a tentativa!

Se os capacetes me impedirem de prejudicar sem querer minhas amigas, fico feliz de sangrar até a última gota.

Belcalis assente.

— Então vamos testar depois da invasão.

Ela olha para o afloramento e os uivantes mortais ali reunidos. Um pássaro azul brilhante está voando acima deles, olhos pretos nitidamente reptilianos na escuridão. É Ixa, dando o sinal para atacar.

— Mas, primeiro, vamos matar alguns uivantes mortais, que tal? — diz ela, levantando.

Eu suspiro, erguendo minha espada.

— Vamos.

A primeira coisa que faço quando volto a Warthu Bera é pedir a Karmoko Calderis que faça alguns capacetes para minhas amigas, além da minha armadura infernal. A karmoko fica bem feliz em atender ao meu pedido, já que isso significa que poderá testar mais modelos.

Tudo o que é necessário é um pouco mais do meu sangue e, em menos de uma semana, tenho as quatro novas peças reluzentes de armadura. Decidimos testá-los no lago uma noite depois de nossa aula com Mãos Brancas.

— Depressa — diz Adwapa com entusiasmo enquanto os tiro da minha bolsa. — Vamos ver se funcionam.

— São tão bonitos — comenta Britta, maravilhada com o dela.

Podem falar o que quiserem sobre Karmoko Calderis, mas ela tem o talento de um ferreiro combinado com o olhar de um artista. Cada capacete é tão único que não é preciso se perguntar para quem é qual. O de Britta está inscrito com ursos de chifres, o de Belcalis tem chifres de verdade se projetando dele, e os de Asha e Adwapa têm asas nos lados.

— Vocês conseguem me ouvir? — pergunto quando cada uma está usando o seu.

— Sim — diz Britta, as outras três assentindo.

— Rápido — murmura Adwapa.

— Tudo bem — bufo, convocando o poder. Sorrio quando o sinto formigar em minhas veias. — Curvem-se para mim — ordeno, oscilando de uma perna para a outra com entusiasmo.

Por favor, funcione, por favor, funcione...

Para meu horror, no mesmo instante Britta começa a abaixar a cabeça. *Não...* A decepção me inunda. Eu estava tão animada com isso...

Britta rapidamente levanta a cabeça, uma covinha travessa aparecendo no canto da boca.

— Não quero — diz com uma risada. — Nada de reverência por aqui.

— Funcionou? — arfo, toda a tensão saindo do meu corpo. — Funcionou mesmo! — Pego Britta e começo a dançar. — Funcionou! Funcionou!

Britta ri, compartilhando minha alegria.

— Sim, funcionou!

— Boa ideia, Britta — diz Belcalis, batendo em seu ombro.

Britta ri de prazer e cai no chão. Eu faço a mesma coisa ao lado dela, expirando todo o meu medo. Viro a cabeça para ela.

— Muito obrigada, Britta — digo, pegando sua mão.

— Qualquer coisa por você, Deka.

Ela sorri, apertando minha mão.

Fico lá deitada, olho para as minhas amigas, animada e aliviada. Não preciso mais me preocupar em controlá-las por acidente. Agora só preciso fazer capacetes para o resto dos assassinos mortais antes de irmos para a batalha.

No fim das contas, escolho finas argolas douradas para cobrir as orelhas das outras garotas durante as invasões. Assim, elas podem usar por cima os capacetes que já mandaram fazer. Até peço umas para Gazal e Beax, embora não tenha certeza se Gazal usará a dela. Ela nunca gostou muito de mim. Karmoko Calderis fica feliz em atender ao meu pedido e incorpora alegremente essa nova adição a seus modelos. Acho que ela teria se tornado uma ferreira se as mulheres tivessem permissão para isso.

Nossas invasões também continuam, só que agora com algumas mudanças — Ixa sendo uma delas. Por recomendação de Mãos Brancas, ele se tornou um membro permanente de nossa equipe de invasão, e monto sua forma drakos ao sairmos de Warthu Bera, assustando as multidões que sempre esperam por nós — e deleitando Ixa. Se há uma coisa que ele ama, é se exibir. Felizmente, o capitão Kelechi não liga, sem dúvida por causa de todas as mentiras que Mãos Brancas contou a ele sobre a nova raça de criaturas que ela está criando. Sempre me pergunto como ela vai explicar a ausência de outras criaturas como Ixa para ele, mas isso é uma preocupação para outro dia.

Agora, quando saio, é com Keita de um lado e Britta do outro. Keita e eu usamos essas ocasiões para conversar. Ele me conta mais sobre a infância em Gar Fatu com os pais, sobre todas as aventuras que teve, vagando pelos pântanos de sua terra natal. Conto a ele o máximo que posso sobre Irfut, mas sempre paro antes de falar muito sobre meu tempo no porão após o Ritual da Pureza. Sempre vejo a raiva surgir em seus olhos, e a visão me fascina. Me tranquiliza.

Keita não é como meu pai e os outros homens que conheci, os homens que me abandonaram, que me torturaram para enriquecer. Sei que sempre posso contar com ele para lutar por mim, para me defender. Nunca pensei que teria alguém assim, e agora que tenho, sempre me sinto como se estivesse flutuando, mesmo nos meus piores momentos.

Às vezes, quando ninguém está olhando, ele e eu ficamos de mãos dadas. Até nos abraçamos, o toque me causa arrepios. Sinto como se pudesse me fundir a ele e nunca mais me separar. Mas me afasto no momento que alguém passa.

Com frequência me pego desejando poder ficar ao lado dele para sempre. Mas sei que pararei de envelhecer no ritmo humano quando atingir a maturidade física, como acontece com todas as alaki. Tenho apenas mais dois ou três anos, e então Keita vai passar a envelhecer mais rápido que eu. Ele ficará mais velho enquanto eu continuarei a mesma, e tenho que fazer as pazes com isso, tenho que entender que não importa o que eu sinta por ele, nunca seremos o que quero que sejamos.

Além disso, sempre terei Britta. Os sentimentos que tenho por Keita me aquecem, mas é Britta quem está sempre ao meu lado, pronta para me apoiar, para me encorajar quando estou sendo boba, para rir comigo quando preciso me animar. Aprendi muitas coisas nos últimos meses, e se há uma coisa que sei é esta: Britta é minha amiga mais próxima, e meu laço com ela é a base em que me apoio.

Tenho que me lembrar disso sempre que ela me irrita, como está fazendo agora.

Estamos nas profundezas da selva, como de costume. É um dos típicos lugares onde encontramos uivantes mortais. A névoa se acumula ao nosso redor, fria e ameaçadora em um local que deveria ser de calor sufocante, mas não há sinal das criaturas. Quanto mais nos aproximamos da cruzada, mais cautelosos eles ficam. Mas não importa, porque vamos encontrá-los logo.

O ninho deles está perto daqui, mais uma vez nas ruínas do que parece um templo, embora seja difícil distinguir qualquer coisa com toda a névoa e as videiras ao redor. Aperto os olhos, tentando ver melhor, mas é difícil.

— Caramba — resmunga Britta ao meu lado. — Não consigo ver nada nesta névoa.

Ela, Keita e eu somos os sentinelas hoje, então assinto.

— Vamos nos aproximar e fazer sinais com as mãos.

Keita balança a cabeça.

— Perigoso demais. Vamos usar Ixa.

Ele olha para o metamorfo, que está empoleirado em forma de pássaro na árvore acima.

— E fazer o quê, ler a mente dele para saber o que ele enxerga? — pergunto, o sarcasmo pinga de minhas palavras.

— Bem, sim — diz Britta, revirando os olhos.

Suspiro.

— Tudo bem, vou fazer isso. — Começo a me levantar, mas Keita me agarra. Eu olho para ele. — O que foi?

— Preste atenção ao que estiver em volta — avisa ele.

— Vou prestar.

Suspiro. Sério, com esses dois é como se eu tivesse duas karmokos irritantes sussurrando no meu ouvido.

Ele assente.

— Vamos — diz.

Siga-me, Ixa, ordeno enquanto entro nas brumas.

À minha volta, a selva está silenciosa, tensa. Os pássaros-macacos pararam de tagarelar e todos os leopardos que costumam andar por esta área desapareceram há tempos; não vemos nem sinal de suas formas felinas com chifres e pintas azuis. Esta é a única coisa boa de caçar uivantes mortais: sua presença espanta todos os outros predadores.

Conforme me esgueiro em direção ao templo, Keita e Britta fazendo o mesmo à minha frente, me mantenho alerta à presença de qualquer saltador. Passamos por alguns no caminho para cá, mas eu os evitei facilmente. Consigo antecipar a presença deles simplesmente ouvindo seus batimentos cardíacos. Tudo o que preciso fazer é abrir minha mente e me concentrar, e posso senti-los a distância — um formigamento quase palpável.

Estamos chegando mais e mais perto do templo, e agora sinto o rosnar dos uivantes no peito. Há dois deles parados diante dos degraus do templo, conversando. Faço meus passos ficarem mais silenciosos e me aproximo deles lenta e cautelosamente. Ao fazer isso, noto algo incomum.

Palavras.

— ...a Nuru virá? — diz uma voz estranha.

Eu paro, confusa. Quem acabou de falar?

Quando levanto a cabeça, Ixa está empoleirado no telhado do templo, me observando. Sei que não é ele quem está falando. Ixa até é capaz de dizer meu nome, mas só. Duvido que algum dia ele tenha conversas completas.

Outra voz se junta àquela.

— Esperemos que não. Ela vai nos destruir se vier.

— Como a Nuru pode ser tão traidora? Ela não se importa com a gente? — pergunta a primeira.

A voz é mais estranha do que qualquer coisa que já ouvi. É profunda e sibilante, e, ainda mais alarmante, não está falando em oterano. E ainda assim consigo entender.

Como consigo entender?

Enquanto procuro a fonte, meus olhos recaem sobre os dois uivantes mortais. O maior quase parece estar... dando de ombros.

— Talvez ela não saiba.

O outro uivante balança a cabeça pesarosamente em resposta, e o mundo vira de cabeça para baixo. *Não, não é possível*, penso, chocada. Não pode ser possível. Sim, eu já vi uivantes mortais falando uns com os outros antes — com grunhidos, estalidos e sons profundos e cadenciados —, e sim, eles sempre me entendem quando eu os controlo, mas nunca pensei que realmente seria capaz de entendê-los.

Mas aqui estão eles, conversando. Emitindo sons que posso entender, embora não saiba como.

Meu peito está tão apertado agora que mal consigo respirar. Tudo o que consigo pensar é: *como?* Como nunca os notei falando antes? Como eu poderia não saber?

Estou tão chocada com o que vejo que não noto as figuras escuras surgindo ao meu redor até que Keita grita:

— Deka, use sua voz!

Eu me viro para encontrar um uivante mortal avançando em direção a ele, as garras erguidas.

O poder cresce em mim, quente e a todo o vapor.

— PARE! — ordeno, erguendo os braços. O ar vibra com minha energia. — Não se mova até que eu ordene.

Eles congelam, pegos pelo poder saindo de mim em ondas. Mas sei que não estou com tempo. O resto da equipe de invasão está correndo em direção ao templo, e não vai demorar muito até eles chegarem aqui.

Eu ando em direção aos dois uivantes, ainda congelados no meio do caminho, a energia saindo de mim em ondas. Quando me aproximo do menor, o que falou primeiro, ele olha para mim, os olhos arregalados de terror e algo mais — algo que parece quase uma acusação de traição... Me lembra muito aquela expressão que nunca consigo decifrar no rosto de Chocalho. Meu coração aperta.

Agora, os outros já entraram no terreno do templo, e ouço ao longe o som revelador de espadas sendo desembainhadas, os grunhidos suaves dos uivantes ao serem abatidos. Rapidamente concentro minha atenção no uivante mortal diante de mim, mantendo fios de energia amarrados em torno dele enquanto começo minhas perguntas.

— Você falou? — pergunto, lutando contra a exaustão que começa a se infiltrar em minha mente.

Nunca tive que manter um uivante parado e falar com ele ao mesmo tempo.

— Deka, o que você está fazendo? Mate eles! — A voz de Belcalis parece vir de longe, um terrível lembrete de que muitas vezes participo dos massacres, imobilizando as criaturas e, em seguida, matando-as enquanto estão incapacitadas.

Afasto o pensamento conforme me volto para o uivante.

— Me responda — ordeno, o poder reforçando minhas palavras. Estou vibrando agora, meu corpo inteiro tremendo tão profundamente que o uivante se esforça para permanecer de pé. — Você falou?

Os olhos dele se arregalam. Ele olha para mim e abre a boca.

— Eu...

Sangue preto-azulado espirra em meu rosto.

Quando recuo, assustada e horrorizada, Belcalis casualmente retira a espada que agora se projeta do peito do uivante mortal.

— Eu disse para você matá-lo — ela diz enquanto a criatura cai com um baque pesado.

Minhas mãos estão tremendo tanto agora que tenho que segurá-las para parar. Onde está Britta? Eu preciso da Britta!

— Britta? — chamo, procurando por ela.

Preciso que ela me acalme.

Belcalis me sacode.

— Você está ouvindo, Deka? O que você tem?

Não respondo. Lentamente, limpo o sangue do meu rosto, então me agacho ao lado do uivante e o viro. Uma lágrima escorre de um de seus olhos. *Ele está chorando*, constato, impressionada. Ele está chorando enquanto morre.

Tudo parece distante agora. Tão, tão distante...

Keita corre em nossa direção, os olhos preocupados ao se livrar de um uivante próximo, então se vira para mim.

— Deka?

Não respondo. Não consigo responder — não agora, quando tudo parece tão quebrado.

Ele olha para Belcalis.

— O que há de errado com ela?

— Não sei. Ela está estranha desde que cheguei.

— Deka, você está bem? — Britta finalmente voltou ao grupo e está atacando um uivante próximo com Beax.

— Britta... — sussurro fracamente, meu coração na boca. Não sei mais o que dizer.

Havia apenas alguns uivantes mortais neste ninho, e eles estão mortos, e a culpa é minha. No momento em que os senti, os indiquei para os outros, suas vidas acabaram. Porque consigo senti-los chegando, mas eles não conseguem me sentir.

Todo esse tempo, pensei que eu era a heroína, a grande salvadora que estava aqui para libertar Otera do flagelo dos uivantes mortais. Mas, na verdade, eu era a destruidora — um monstro que pensava erroneamente que estava destruindo monstros.

Eu me viro para o templo, para os degraus que levam até lá. Estou tão cansada agora — muito cansada. Acho que é hora de me sentar.

— O que houve, Deka? — pergunta Britta, preocupada.

Mas não consigo mais falar, não consigo mais controlar meu crescente desespero.

Eu a ignoro e continuo andando, quase em transe, em direção às ruínas do templo. Não quero que ninguém veja meu rosto, não quero que ninguém veja o couro parecido com o dos uivantes mortais que, sem dúvida, já envolveu meus olhos. Quando chego à pedra mais próxima, sento e olho para baixo. Para minha surpresa, estou sentada no que parece ser um dedo do pé. Olho para cima, franzindo a testa quando distingo o resto da estátua sob toda a hera e a névoa. É uma estátua de deusa, uma sulista de aparência sábia em mantos esvoaçantes. A mesma figura feminina que vi naquele outro templo, seu rosto bem-definido e inteligente olha para o pergaminho em suas mãos.

Olho ao redor, distinguindo as outras estátuas, iguais às da caverna onde encontrei Ixa.

O restante das Douradas.

Penso nas rochas sob as quais os uivantes mortais fizeram ninho perto de Yoko. Era exatamente o mesmo tipo de rocha branca que estas onde estou sentada: os restos de outras estátuas.

A compreensão me atinge.

Cada ninho de uivantes mortais que atacamos é um templo para as Douradas. São os *uivantes mortais* que as têm adorado como deusas, os uivantes mortais que têm deixado flores e velas. E nunca nem pensamos neles. Nunca pensamos neles como seres inteligentes, muito menos com religião.

Mãos Brancas me disse que eu não sou metade uivante mortal, mas acho que ela mentiu. Acho que ela não só criou uma meia uivante mortal, mas uma capaz de destruir todos os outros.

Ela criou o monstro perfeito.

28

◈ ◈ ◈

Estou quieta quando voltamos para Warthu Bera, minha mente agitada com o que descobri sobre os uivantes mortais e os templos. Lembranças de todos os meus encontros anteriores com eles passam na minha cabeça — não apenas com os de fora, mas com os daqui também. De repente, penso em Chocalho e nos outros, em como seus olhos parecem opacos em comparação aos dos uivantes mortais selvagens. Por que eles são tão vazios e todos os outros uivantes não? Por que os uivantes fora de Warthu Bera são inteligentes o suficiente para manter templos, mas os que estão aqui parecem capazes de produzir pouco mais do que grunhidos? É um mistério que devo desvendar.

— Tudo bem, Deka? — pergunta Britta quando vamos dormir. Assinto.

— Tudo.

Eu gostaria de poder contar a ela o que descobri, mas não quero mais envolvê-la em meus assuntos. É muito perigoso. Todas aquelas coisas que Mãos Brancas disse durante nossa última conversa sobre rebeliões e monstros de verdade... Posso não ser a pessoa mais inteligente que existe, mas até eu sei que falar de rebelião leva rapidamente a execuções e mortes definitivas. Pior ainda são todas as mudanças acontecendo comigo — o couro no meu rosto, o fato de eu conseguir entender os uivantes mortais. Uma dessas coisas sozinha é assustadora, mas as duas combinadas — é o suficiente para me condenar.

Não quero minhas amigas por perto. Não vou condená-las comigo se algo acontecer e eu for sentenciada ao Mandato de Morte.

— Estou preocupada com você, Deka.

As palavras sussurradas de Britta me tiram dos meus pensamentos. Eu me viro para ela.

— O que você quer dizer?

— Você continua mudando — diz ela. — Parece que você está mais diferente a cada dia...

Ela não termina a frase, mas não precisa. Sei que ela está falando sobre o que aconteceu no templo hoje quando ouvi os uivantes mortais falando.

— Mudar não é uma coisa boa? — sussurro.

Um pensamento esperançoso, se é que algum dia houve um.

Britta olha para o teto.

— Não se você for uma alaki. Não se você estiver prestes a começar uma cruzada em alguns dias, onde o imperador e todos os outros estarão lhe assistindo.

Não preciso fazer mais perguntas para entender o aviso por trás de suas palavras.

— Eu vou ficar bem, Britta. Não vou chamar atenção para mim.

— Você diz isso, mas não tem como controlar, Deka. Às vezes, parece que algo simplesmente toma conta de você, como se você perdesse o bom senso quando usa suas habilidades. É como se você não conseguisse raciocinar direito.

— É por isso que tenho você para me proteger.

— Mas e se eu não estiver lá?

— Você sempre estará lá, Britta. E eu sempre estarei lá por você.

Britta suspira.

— Apenas tome cuidado, Deka. Fique a salvo.

Assinto silenciosamente conforme adormecemos.

Está frio nas cavernas quando entro, a névoa sobe como dedos úmidos pela minha coluna. Como de costume, Chocalho está parado perto das barras de sua jaula, me observando enquanto caminho pela fileira de jaulas que abrigam os outros uivantes mortais. Noto aquela expressão horrivelmente familiar em seus olhos, aquele olhar que só agora estou começando a entender.

Traição...

— Você consegue me entender, não consegue? — sussurro, me aproximando de sua jaula.

Ele não responde, não faz barulho. Apenas me observa, aquela expressão em seus olhos.

— Fale — insisto. — Diga alguma coisa. Qualquer coisa, Chocalho.

Mas ele permanece em silêncio. Depois de tudo o que aconteceu, essa demonstração de teimosia me enfurece.

— Fale! — eu ordeno, inflando minha voz com poder.

Chocalho recua, seus olhos se arregalam, sua boca se move, mas nenhum som sai. Nenhuma palavra. É quase como se algo as prendesse na garganta, impedindo-as de emergir. Chego mais perto — o mais próximo que já estive dele em todos os meses que passei aqui em Warthu Bera — e é quando sinto o cheiro novamente: o aroma adocicado e enjoativo que sai de seus espinhos, de sua pele, e que eu nunca reconheci — até agora. É a minúscula flor azul que as matronas às vezes comem quando querem esquecer suas tristezas.

De repente, eu entendo. Chocalho está sendo drogado. Todos os uivantes mortais em Warthu Bera estão.

É por isso que eles parecem tão brutos, tão pouco inteligentes, em comparação com os selvagens. As karmokos, as assistentes, os mantêm assim e, pela primeira vez, não tenho que perguntar por quê. Todas as funcionárias de Warthu Bera têm um objetivo simples: nos manter vivas tempo suficiente para que participemos da cruzada. Uivantes mortais em seu estado selvagem são muito mais difíceis de controlar, especialmente para neófitas ingênuas e sem treinamento que acabam de ser condenadas pelo Ritual de Pureza.

Então, eles são drogados até ficarem dóceis.

Chocalho é uma ferramenta, assim como o resto de nós — um peão que ajuda nos preparos para a cruzada. Não é que não queira falar comigo, ele não pode.

Assinto, me afastando da gaiola.

— Me desculpe, Chocalho — digo enquanto caminho em direção à saída da caverna. — Sinto muito pelo que estamos fazendo com você.

— E o que exatamente estamos fazendo com ele?

Quase engasgo, assustada, quando Keita sai das sombras.

— Keita. O que você está fazendo aqui?

— Procurando por você. Você tem me evitado.

Não é bem verdade. Tenho evitado todo mundo, assustada demais com minhas descobertas da última invasão para incomodar alguém com elas.

Meu estômago se revira quando Keita se aproxima, os olhos brilhando suavemente na escuridão. Não falo de verdade com ele há dias, não o abraço há o que parece ainda mais tempo. Tudo o que quero é sentir seus braços em volta de mim. Mas não posso fazer isso, não agora, quando estou neste estado. Vou contar tudo para ele se o abraçar, e depois disso não terei como voltar atrás. Ele será atraído para a teia da Mãos Brancas, e quem sabe os caminhos mortais que se seguirão.

— O que aconteceu quando estávamos no ataque? — pergunta ele.
— O que você não está me contando?

Eu o encaro, pensando em como responder. Por fim, suspiro.

— Vamos tomar um pouco de ar — digo, indo para a entrada das cavernas.

Como sempre, acabamos na nossa árvore nystria. Está escuro aqui fora agora, a noite rapidamente envolvendo Warthu Bera. Os últimos participantes da corrida a chegar estão entrando. Assim que chegamos à árvore, Keita se senta entre duas das raízes e dá um tapinha no espaço ao lado dele.

Me sento relutantemente, tensa até que ele me puxa para mais perto. Seu braço está quente e é reconfortante no meu ombro. Ele encosta a testa na minha e eu fecho os olhos, sentindo seu cheiro almiscarado. *Deixe isso correr bem,* imploro internamente.

— Você pode me contar qualquer coisa, Deka, sabe disso — sussurra Keita.

Os lábios dele estão tão próximos que, se eu me inclinar um pouco mais para perto, eles roçarão os meus.

Eu me afasto.

— Algumas coisas são perigosas demais para contar. Você mesmo sempre diz isso.

O corpo dele fica tenso e os olhos procuram os meus, com um brilho de preocupação.

— Se é perigoso para você, então quero saber. Somos parceiros, lembra?

Assinto e escondo a cabeça na curva de seu pescoço.

— E se eu tiver ouvido algo que não deveria ser possível? E se eu tiver ouvido algo que mudaria tudo o que pensávamos que sabíamos? Que talvez até destrua tudo?

— Você está falando sobre os uivantes mortais, não é? — Keita se afasta, inclina meu queixo para cima para que eu olhe em seus olhos. — O que você ouviu, Deka?

Desvio o olhar.

— Está mais para o que acho que ouvi.

— E o que você acha que ouviu?

— Eu acho que ouvi um uivante falar — me forço a dizer. — Não em oterano, ou em qualquer idioma humano, mas eu conseguia entender assim mesmo. Tão facilmente quanto entendo você.

— O que ele disse? — pergunta Keita, sua voz repentinamente rouca.

Engulo em seco.

— Traidora — sussurro. — Ele me chamou de traidora.

Keita fica ainda mais tenso, se é que é possível.

— Por que ele diria isso?

— Não sei. — A mentira desliza suavemente pelos meus lábios. — Não sei de mais nada.

— Você contou isso a mais alguém?

Nego rapidamente.

Ele assente, aliviado, e então me encara, seus olhos completamente sérios.

— Nunca mais fale sobre isso. Nunca mais, Deka. E nunca mais tente falar com eles de novo. — Quando abro a boca para protestar, ele suspira. — Você já consegue mandar nos uivantes, Deka. Agora, entendê-los também... deixar que falem com você... Esse é o tipo de poder que pode destruir a ordem natural do mundo. Pessoas matam por causa dessas coisas. Pessoas morrem por causa dessas coisas. Você pode morrer por causa disso. Nunca se esqueça, Deka, que em primeiro lugar você é uma alaki, porque eu garanto a você, ninguém mais vai esquecer.

Um suor frio me envolve, e meu coração bate tão rápido que meu corpo inteiro treme. As palavras de Keita ecoam as de Mãos Brancas, a mesma coisa que já pensei mil vezes.

Assinto.

— Você tem razão. Eu não vou falar sobre isso de novo. Nunca mais vou falar com eles.

Ele passa o braço em volta de mim, me abraça com tanta força que posso sentir seu batimento cardíaco através da pele. Seu coração está batendo forte, em pânico. Assim como o meu.

— Tudo que você precisa fazer é continuar em segurança até a cruzada terminar, Deka — sussurra Keita em meu cabelo. — Tudo o que você precisa fazer é continuar em segurança por mim.

— Eu prometo — sussurro, me aconchegando nele.

Permanecemos como estamos, os corações batendo em uníssono, até que os tambores soam, chamando todos para o jantar.

29

◆ ◆ ◆

Obrigada, Oyomo, pela minha armadura.

Isso é tudo que penso enquanto estou em posição de sentido no pátio de Warthu Bera na tarde da cruzada, o sol do meio-dia brilhando bem acima de nós. Voltamos à época de clima seco, e o calor sufoca as cem garotas que foram escolhidas para marchar na cruzada. Todas as outras vão ficar para trás, uma força de reserva para nos apoiar se novas ondas de ataque forem necessárias. Espero que não seja o caso, mas, como precaução, mais alaki são trazidas para Warthu Bera todos os dias. Elas nos encaram dos cantos do pátio, suas cabeças carecas brilhando miseravelmente sob o sol escaldante. Me pergunto se estão assustadas ou maravilhadas com o que veem.

Todas as garotas que partem hoje brilham da cabeça aos pés em armaduras douradas. A minha tem escamas que imitam a forma drakos de Ixa e espinhos pontiagudos nas costas. É estranhamente leve e fresca, considerando que cobre tudo, exceto meus olhos. Ela vibra sutilmente sempre que me aproximo, assim como todas as outras armaduras infernais — especialmente a de Ixa, já que também foi feita do meu sangue. Mãos Brancas pediu a Karmoko Calderis que fizesse para Ixa um traje para sua forma de drakos, porque queria garantir que o resto do exército visse o poder de Warthu Bera, que nossa destreza brilhasse acima de todos os outros campos de treinamento.

Ela e as outras karmokos estão na frente das garotas, mas apenas ela nos acompanhará, como nossa comandante, e é por isso que está montando um enorme garanhão branco, Braima e Masaima de guarda de cada lado dela. Como nós, eles todos estão cobertos da cabeça aos pés com uma armadura, embora a de Mãos Brancas seja branca como ossos, para combinar com suas manoplas. Os gêmeos também carregam assegai, longas lanças de madeira com lâminas de ônix afiadas. Aparentemente, dominaram tanto a arma que poderiam ser karmokos.

— Hoje é o dia para o qual vocês vêm se preparando há tanto tempo — declara Mãos Brancas. — Começaremos nossa marcha para o deserto de N'Oyo, onde encontraremos e destruiremos os uivantes mortais que perturbam nossa amada Otera. É aí que vocês, as honradas defensoras de Otera, vão gravar seus nomes na história de nosso império! É aí que vocês, as alaki de Warthu Bera, se tornarão lendas!

O discurso de Mãos Brancas é tão encorajador que as garotas aplaudem, a empolgação aumentando. Nem eu consigo controlar as repentinas batidas aceleradas do meu coração. Finalmente está acontecendo. Nossa hora finalmente chegou.

— Dá para imaginar, Deka? — diz Britta. — Enfim vamos para a cruzada.

— E mataremos todos os uivantes mortais que virmos — diz Adwapa com entusiasmo. — Vinte cabeças para cada uma por dia. Não, trinta!

A culpa se apodera de mim e cerro os punhos para impedi-los de tremer. *Lágrimas escorrendo dos olhos do uivante mortal...* Eu estremeço com a lembrança.

Ao meu lado, Belcalis olha para Adwapa.

— Excesso de entusiasmo existe, Adwapa — informa.

Adwapa bufa, sem se deixar abalar. Volto minha atenção para Mãos Brancas, que agora está erguendo o punho.

— Alaki de Warthu Bera! Vençam ou morram! — grita ela.

— Nós, que estamos mortas, te saudamos! — nós respondemos, erguendo os punhos e então batendo no peito.

— Onde quer que ataquemos, iremos vencer ou nos enterraremos em suas ruínas!

— Nós, que estamos mortas, te saudamos! — repetimos, batendo no peito. — Nós, que estamos mortas, te saudamos!

— Vamos! — ordena Mãos Brancas, avançando com seu cavalo.

Rapidamente fazemos o mesmo, descendo a colina e saindo pelos portões, onde os recrutas se encaixam perfeitamente ao nosso lado. Eles estão em cavalos também, mas os comandantes jatu montam em em pequenas tendas no topo de gigantescos mamutes cinza, ou em carruagens puxadas por orrilhões, os macacos de pelo prateado rosnando em advertência uns para os outros e para quaisquer cavalos que se aproximem.

Conforme nos dirigimos à praça principal de Hemaira para nos encontrar com o resto do exército, os cidadãos aplaudem e gritam.

— Que Oyomo os proteja, assassinos mortais! — gritam alguns.

Eu só posso balançar minha cabeça, maravilhada com a inconstância dos humanos, enquanto continuamos a cavalgar pelas ruas.

A jornada pelo deserto do Leste é longa e brutal, muito mais do que eu esperava. Estou acostumada a fazer invasões em terrenos acidentados, mas o deserto é uma fera totalmente nova. O imperador ordenou que nos posicionássemos na cordilheira N'Oyo, que faz fronteira com as extremidades do deserto, então, há duas semanas, estamos nos arrastando pela areia, rangendo os dentes quando ela entra pelas fendas de nossas armaduras e chega a nossas partes delicadas. Todos os dias, coucals voam de um lado a outro, passando informações — não que haja muitas. Sabemos que há milhares de uivantes mortais esperando por nós nas montanhas, mas os sentinelas nunca chegam perto o suficiente para fazer uma contagem completa. A névoa é muito espessa para adentrar.

Eu costumava não entender até onde a capital se estendia, mas agora não consigo evitar contar os dias e horas, rastreando o movimento do sol nas areias com irritação crescente. Não é apenas a apreensão, o medo de se aventurar no desconhecido. São os outros soldados — os comuns.

Mesmo que estejam agora totalmente cientes do que nós, alaki, somos, como quase todos em Otera, eles estão acostumados a ver mulheres apenas em casa. A ideia de mulheres soldados não os agrada, e eles têm nos tratado de forma correspondente, nos ofendendo quando os jatu não estão olhando. Eles são especialmente odiosos com as irmãs de sangue de Warthu Bera, já que somos as únicas usando armadura dourada.

As alaki das outras casas de treinamento estão de armaduras e pintadas ferozmente de acordo com suas casas, mas não são como nós. Mesmo que sejam milhares, não são tão rápidas, tão ferozes e não toleram a dor tão bem quanto nós. Eu as observei ao longo de nossa jornada, e parece que as karmokos estavam certas: nós, as alaki de Warthu Bera, somos mais fortes do que o resto, e isso se deve ao nosso treinamento. Enquanto as outras alaki eram tratadas como soldados normais — recebiam curandeiros quando estavam feridas, descanso quando estavam cansadas e comida quando estavam com fome —, nós éramos consideradas demônios e treinadas como tal. Fomos esfoladas, espancadas e submetidas aos gritos dos uivantes mortais. A injustiça disso faria meu coração doer, só que tenho consciência de que me tornou mais forte. É por esse motivo que não fico muito ofendida quando os soldados resmungam sobre mim e minhas irmãs de sangue e implicam conosco. Sei que podemos enfrentá-los em uma luta.

Tento me lembrar disso toda vez que monto Ixa. Os soldados comuns ficam ainda mais odiosos quando o notam, as escamas de réptil brilhando azul contra o sol escaldante do deserto. Sim, os mamutes são dez vezes maiores e os orrilhões talvez mais impressionantes em suas armaduras, mas só Ixa é capaz de fazer os cavalos se esquivarem e os zerizards fugirem quando passa.

Mesmo agora, que nos aproximamos da metade do trajeto, um oásis no meio do deserto, os animais ainda fogem, apavorados. Eu ignoro seus relinchos e cacarejos assustados enquanto corro em direção ao lago no centro do oásis. Ixa está com tanta sede que sua língua já está para fora.

— Está tudo bem — sussurro para ele quando chegamos à beira da água. — Você está aqui.

De... ka, sussurra Ixa, mergulhando na água.

Ele tem sentido muita sede nos últimos dias.

Pego meu cantil, prestes a me ajoelhar para enchê-lo, quando uma sombra cai sobre mim.

— O que, em nome de Oyomo, você está fazendo, alaki? — rosna uma voz desagradável.

Meu coração afunda. Baxo, um forte soldado de infantaria do Norte, se aproxima por trás de mim, uma carranca em seu rosto enrugado. Como muitos dos outros soldados de infantaria, Baxo decidiu perseguir as irmãs de sangue de Warthu Bera. Eu o ignoro e continuo enchendo meu cantil. Não faz sentido entrar em confronto com alguém que deveria estar do mesmo lado que você.

Quando não respondo, ele se aproxima.

— Você é estúpida ou não está me ouvindo? O que, em nome de Oyomo, você está fazendo, alaki?

Suspiro, levantando e fechando meu cantil.

— Pegando um pouco de água — respondo.

— Pegando um pouco de água? — rosna ele. — Então você acha que pode ignorar o resto da fila só porque tem essa besta gigante.

Agora vejo os outros soldados reunidos atrás de Baxo. Eles certamente não estão em nenhuma fila, mas estão lá, e isso é o suficiente para Baxo.

— Me desculpe — peço. Tento respirar para me livrar de minha raiva crescente. Esses homens são apenas humanos. Eles não são jatu; eles não são treinados. Eu poderia matá-los com menos esforço do que seria necessário para matar uma mosca. — Eu não te vi. Vou para o final da fila.

— Por quê? Você já conseguiu toda a água de que precisa. — Baxo aponta para o meu cantil. — Você não precisa voltar para a fila. O que você precisa fazer é voltar para aquela sua besta gigante e ir para onde o resto de sua espécie está.

Ele aponta para o outro lado do lago, onde as outras alaki se reuniram. Ou melhor, para onde foram conduzidas. Os soldados de infantaria se aglomeraram ao redor do lago e fizeram questão de empurrar todas as alaki para o lado mais lamacento.

— O que você está esperando? — diz Baxo. — Vá.

Ele aponta de novo, mas um rosnado baixo soa. Ixa está fora da água e avançando devagar, com os dentes totalmente à mostra. Cada um deles brilha, afiados feito um cutelo. Baxo dá um passo para trás, seu rosto ficando branco como giz.

Bom menino, Ixa, elogio silenciosamente quando ele vem até mim, rosnando cada vez mais.

Um suor temeroso escorre pela testa de Baxo agora. Mesmo assim, ele usa o momento para incitar os outros soldados.

— Estão vendo isso? — diz ele. — Estão vendo o que ela está fazendo aquela criatura fazer?

Ele volta o foco para mim.

— Vocês, vadias, pensam que são melhores do que nós, sussurrando entre sua espécie, nos olhando torto. Vocês não são nada além de filhotes de demônio malformados, e espero em nome de Oyomo que os uivantes mortais acabem com sua espécie bem antes de retornarmos do deserto.

Minhas mãos estão fechadas com tanta força agora que parece que a pele está prestes a se romper. *Você não pode massacrar seus camaradas, você não pode massacrar seus camaradas...* À minha volta, outros homens assentem em concordância e começam a externar seus próprios pensamentos.

— Demônios — diz um homem.

— Abominações — acrescenta outro.

— Prostitutas!

E, com isso, não posso mais ficar em silêncio.

— Prostitutas? — dou uma risada sarcástica, olhando Baxo e seus amigos. — Dificilmente. Somos soldados, assim como vocês. Muitas de nós vão morrer no campo de batalha, assim como vocês.

— Ótimo — zomba Baxo. — Mulheres não pertencem a este lugar, especialmente não as do seu tipo, e quanto mais de vocês morrerem, mais cedo vocês aprenderão.

Eu desembainho minha atika, avançando, um Ixa rosnante ao meu lado. Um sorriso corta meus lábios quando o rosto de Baxo fica ainda mais pálido com a minha abordagem.

— Veja, a graça está aí — digo. — A morte é uma coisa comum para nossa espécie, por isso damos boas-vindas a ela, a consideramos uma velha amiga. — Aponto minha atika para ele. — Você dá as boas-vindas à morte, Bax...

Uma mão quente e calejada pousa em meu ombro.

— Deka.

Eu me viro e encontro Keita atrás de mim, Li, Kweku e Acalan ao seu lado. Todos vieram da outra extremidade do lago.

Ele sorri para mim.

— Confia em mim? — pergunta ele.

Reviro os olhos, assinto e me movo para o lado enquanto ele se aproxima de Baxo, que dá um passo para trás, alarmado.

— Lorde Keita — sussurra o homem mais velho.

— Você me deixa em desvantagem — diz Keita. — Não sei o seu nome. Mas sei que você deveria ser grato pela presença das alaki. Especialmente da Deka. Ela é uma das assassinas de uivantes mortais mais eficazes que existe, valorizada pelo próprio imperador, e é por isso que recebeu sua montaria, a primeira da espécie, desenvolvida pessoalmente pela Senhora dos Equus. — Ele dá batidinhas com o dedo sobre os lábios pensativamente. — Você está dizendo que o imperador está errado?

— Espere, não acho que seja isso o que ele está dizendo — comenta Kweku, entrando na conversa. — Acho que ele está dizendo que tanto o imperador quanto os sacerdotes estão errados, porque foram eles que decretaram que as alaki viessem conosco.

— Além da Senhora dos Equus — acrescenta Li. — Ele está insultando o trabalho árduo dela. Ela criou Ixa pessoalmente, sabe...

Os olhos de Baxo estão arregalados agora, e ele se vira de um para o outro.

— Não, não, vocês estão enganados. Eu não estava dizendo nenhuma dessas coisas.

— Estranho. — Keita franze a testa. — Eu poderia jurar que você estava. Todos vocês, quero dizer. Na verdade, eu poderia jurar que é por isso que todos vocês se reuniram aqui e garantiram que as alaki se reunissem lá.

Ele aponta para o lado lamacento do lago.

— Não, não é isso mesmo! — Baxo balança a cabeça rapidamente. — Estávamos saindo, não é?

Os outros homens assentem.

— Vamos, então — insiste Baxo.

Ele e os outros homens fogem.

Depois que eles vão embora, Keita sorri para mim.

— Eu sei que você tinha tudo sob controle, mas você está sempre me salvando, Deka. Pensei em retribuir o favor pelo menos uma vez, embora você já tivesse feito a maior parte do trabalho sozinha.

— Então você é o herói — provoco, achando graça, apesar de tudo.

— Não, você é a heroína — corrige ele. — Mas, de vez em quando, o lagarto com chifres mostra a que veio. — Sorrio com essa lembrança de nossa primeira conversa verdadeiramente amigável, e ele gesticula com a cabeça. — Vamos, o pessoal está juntando água ali.

Keita aponta para a parte brilhante do lago, onde as alaki estão agora se reunindo, os uruni ao lado. Afinal, eles são parceiros. E Keita e eu... Bem, Keita e eu somos algo completamente diferente. Algo que quase parece com... namorados.

30
◆ ◆ ◆

— Que deserto odioso — reclama Britta, apertando os olhos contra o sol.

É uma manhã clara no deserto, e estamos nos dirigindo à pequena cadeia de colinas ao longe, o limiar das Montanhas N'Oyo. A partir dali, o ninho principal está a uma semana e meia de distância. Ao meu lado, Keita está sentado de forma rígida em seu cavalo, a mandíbula cerrada. As Montanhas N'Oyo fazem fronteira com Gar Fatu, o lar dele. Na verdade, sua casa de verão — a mesma casa onde sua família foi massacrada — fica no sopé das montanhas, e por isso ele parece mais tenso a cada passo. Eu gostaria de poder abraçá-lo para fazer com que ele se sentisse melhor, mas não posso fazer isso aqui, à vista de todos. Em vez disso, observo Britta resmungar sobre o clima.

— Se não é o sol, é a areia, voando para todo lugar e atingindo minhas partes delicadas.

Um sorriso aparece no canto da minha boca.

— Suas partes delicadas... Será que você vai conseguir sobreviver? — provoco.

— Não vou sobreviver por muito mais tempo se essa areia for mais fundo — murmura Britta.

— Ah, por favor — reclama Adwapa —, você não é a única garota que tem partes delicadas.

— E você sabe disso por experiência própria, não é? — Britta ri, as sobrancelhas se mexendo.

Todas sabemos que Adwapa está sempre dormindo na cama de Mehrut. A princípio me chocou duas mulheres terem tais inclinações, mas afeto é afeto. Se há uma coisa que aprendi nos últimos meses, é que você deve valorizá-lo seja lá onde o encontrar. Só estou feliz por elas terem se encontrado em Warthu Bera, em vez de em um lugar como Irfut, onde teriam sido espancadas e depois forçadas a uma vida de servidão como donzelas do templo por seus desvios.

— Vocês três são nojentas — solta Acalan, balançando a cabeça, embora haja um brilho em seus olhos.

Ele também ficou muito menos sério desde que chegou em Warthu Bera. O contato constante com a morte faz isso com uma pessoa.

— Não é problema nosso que você não conheça as partes delicadas — diz Asha, sorrindo para ele.

— Isso é porque sou um homem que teme a Oyomo — retruca Acalan.

— Você quer dizer um virgem que teme a Oyomo. — Belcalis ri, dando uma cotovelada nele.

Ele fica vermelho.

— Estou me guardando para o casamento — resmunga ele.

— Você ouviu isso, Keita? — É a vez de Li entrar na conversa, e se virar para Keita, rindo. — Nosso Acalan é virgem — diz ele, mexendo as sobrancelhas.

Keita dá de ombros, desviando o olhar.

— Não há nada de errado em ser virgem — responde. — Eu também nunca estive com ninguém.

A conversa para e todos se voltam para Keita, chocados, exceto Britta e eu. Como somos de vilarejos pequenos, tendemos a presumir que as pessoas solteiras são virgens. Foi só depois de algumas semanas em Warthu Bera que percebi que quem vem de cidades, como Kweku, ou de Nibari, como Adwapa e Asha, não age de forma tão rígida em relação a essas questões.

— Nunca mesmo? — pergunta Asha, parecendo totalmente confusa.

Keita volta a dar de ombros, balançando a cabeça.

— Que tal um beijo? — pergunta Kweku. — Você com certeza já beijou.

Keita dá de ombros mais uma vez.

— Por que não? — pergunta Belcalis, com ar pensativo.

— Nunca conheci alguém que eu quisesse beijar... antes, quero dizer.

Ele desvia o olhar, parecendo tímido.

Belcalis abre um sorriso cúmplice.

— E agora...?

Ela olha de Keita para mim, e eu sinto meu rosto esquentar até a raiz do cabelo.

Keita se mexe, desconfortável.

— Agora não é da sua conta — murmura ele. — E, sinceramente, estou decepcionado com vocês três.

— Mas por quê? — devolve Adwapa. — Você nunca nem sentiu uma garota antes. Eu já, várias vezes. É maravilhoso. Especialmente agora que posso fazer isso na privacidade de nosso quarto compartilhado.

Ela faz um movimento de apertar com os dedos e todos nós reviramos os olhos.

— Continue. — Adwapa gesticula. — Por favor, explique como somos decepcionantes.

— Porque vocês são alaki. — Keita suspira. — Vocês, mais do que ninguém, sabem o que é não ser do jeito que o mundo espera. Só porque sou homem...

— Garoto! — Asha tosse baixinho.

Keita revira os olhos.

— Só porque sou do gênero masculino, não significa que quero ficar correndo atrás de todas as garotas nas redondezas. Talvez eu queira que minha primeira vez signifique algo. Talvez eu queira me casar, ter um vínculo, antes de dormir com alguém. Achei que vocês entenderiam isso.

Ficamos em silêncio novamente.

Keita está certo, é óbvio. Ser virgem, não ser virgem — a escolha deve ser pessoal. Eu jamais poderia pensar assim antes, crescendo em

Irfut, mas estar em Warthu Bera me mudou. As Sabedorias Infinitas não têm mais tanto domínio sobre mim como costumavam ter.

— Eu também sou virgem — sussurro. — Não há nada de errado nisso.

— Somos duas — diz Britta.

— Eu também — comenta Lamin, o uruni de Asha, corando.

Ele é um garoto muito tímido, apesar de seu tamanho enorme. E só fala às vezes.

— Na verdade — Li pigarreia —, eu também. Mas já beijei antes... e fiz outras coisas.

— Seu hipócrita! — arfa Acalan. — E você zombou de mim.

Li dá de ombros.

— Você é um alvo fácil.

Todos nos voltamos para Kweku, mas ele também dá de ombros.

— Bem, não olhem para mim, eu cresci na cidade.

Então é a vez de Asha, Adwapa e Belcalis.

Adwapa é a primeira a responder, e ela o faz com um grunhido.

— É óbvio que comigo já rolou, né. E ainda bem. Várias vezes, inclusive. Como um navio atracando em todos os portos, por assim dizer.

— Somos duas — diz Asha, dando de ombros.

Quando todos se viram para Belcalis, pigarreio alto.

— Por que estamos falando sobre esse assunto? — Tento distraí-los. — Devíamos estar fazendo planos... planos de sobrevivência, planos de contingência.... Os uivantes mortais estão a menos de dez dias de distância.

Para meu alívio, Acalan morde a isca.

— A maior quantidade de uivantes mortais de todos os tempos, e todos esperando nas Montanhas N'Oyo — diz ele, com um tremor.

Dou uma olhada em Belcalis, tentando ver como ela está. Ela capta meu olhar e assente com gratidão.

— Obrigada, Deka. — Leio os lábios dela.

Volto para a conversa e vejo Britta olhando para o grupo.

— Alguém mais está com medo? — pergunta ela. — Quer dizer, eu me acostumei com as invasões, mas isso é diferente. Só de pensar minha barriga se contorce.

— Você e sua barriga sensível — murmura Adwapa. — E não, não estou com medo. Quando eu encontrar os uivantes, vou forçar até o último daqueles bastardos a saborear o infinito.

— Você e que exército? — rebate Britta. — Você só cumpre sua cota, preguiçosa.

E assim, a conversa se torna acalorada, todos discutindo com entusiasmo como vão lidar com os uivantes quando os encontrarmos. Meus pensamentos vagam, as mesmas preocupações assumindo o controle. Não sei o que vou fazer quando os encontrar novamente. Depois do que vi, do que descobri, não consigo mais enxergá-los como simples monstros estúpidos. Mas ainda não tenho certeza do que pensar sobre eles. Tento abafar minhas preocupações, e é quando noto algo — um formigamento subindo pela minha coluna, e então tomando conta de mim como uma enorme onda.

Batimentos cardíacos.

Muitos.

Ouço o barulho antes de ver a sombra vindo em nossa direção. Em seguida, uma rocha enorme atinge nossa fileira.

Os momentos após o impacto passam devagar, um balé macabro, mas gracioso. Sangue vermelho e dourado brilhante escorre para a areia, vários membros arrancados simplesmente largados. Alguns deles se movem, tentando se contorcer até alcançarem uns aos outros.

Partes de corpos de alaki desmembradas lutando contra o sono dourado.

— ...eka!

O som das trombetas de batalha parece distante, assim como o de batidas frenéticas de tambores. Os comandantes estão chamando suas tropas, tentando fazer com que se reagrupem. Não adianta, não com todas as rochas chovendo do céu, impossíveis de ver com a poeira e a areia girando no ar.

— ... de, Deka!

Estou sobrecarregada com meus batimentos cardíacos, meu medo, o formigamento. Ele corre por minha pele, uma onda gigantesca que só eu posso sentir. Uma massa disforme que se move a distância. Uivantes mortais — um exército inteiro marchando em nossa direção. Há tantos deles... Eu sabia que havia, mas isso... Isso desafia todas as expectativas.

— Ande, Deka! — A mão de Keita agarra meu ombro. Ele está parado atrás de mim, Britta ao seu lado. — Os uivantes mortais estão jogando pedras na gente!

Outra rocha atinge a guarda avançada, arremessando os soldados pelos ares.

— Assassinos mortais, comigo! — ruge uma voz. Capitão Kelechi, cavalgando à frente do exército.

A visibilidade está tão prejudicada que mal consigo ver além do meu próprio nariz. A névoa se espalha pela areia, tornando quase impossível ver qualquer coisa.

— Assassinos mortais, comigo! — repete o capitão, agitando uma bandeira, que corta a névoa, um brilho vermelho fraco quase invisível. — Comigo!

— Rápido, Deka! — chama Britta, fazendo seu cavalo avançar. — Vamos!

Afasto o torpor.

— Vai! — digo, incitando Ixa atrás dela e de Keita.

Juntos, corremos em direção ao capitão Kelechi, que agora está atrás das tropas avançadas que protegem o imperador. Quando chegamos, o imperador Gezo, Mãos Brancas e dois generais estão ao lado dele, assim como os gêmeos equus.

— Vossa Majestade.

Todos nos curvamos.

— Não temos tempo para formalidades agora, estamos no campo de batalha — diz o imperador. Ele se vira para Mãos Brancas. — Qual é a situação?

— Eles estão atirando em nós das colinas ali e ali.

Ela aponta.

— Pedras enormes — acrescenta Braima, e seu irmão gêmeo concorda.

O imperador se volta para mim.

— Você pode controlá-los?

Balanço a cabeça.

— Não desta distância, Vossa Majestade. Eu teria que ir até lá e...

Uma saraivada de lanças dispara pela névoa. Os soldados mal têm tempo de levantar seus escudos antes que atinjam a guarda avançada.

— Protejam o imperador! — gritam, e um contingente de jatu se distancia da guarda avançada e nos cobre apressadamente com uma cortina de escudos.

Eles fazem isso na hora certa. Outra chuva de lanças é arremessada, alcançando ainda mais longe do que a primeira.

— Por Oyomo — arfa um dos generais, nervoso, quando uma lança ricocheteia nos escudos. — Estão jogando lanças... malditas lanças.

— Precisamos levar Deka até eles — diz o capitão Kelechi.

— Eu tenho a solução — garante Mãos Brancas. — Ela me entrega um cilindro de aço que quase se parece com o chifre de um toros, uma criatura escamosa e parecida com um touro que vive nas margens de rios de fluxo lento. — Grite nisso, vai amplificar sua voz.

Assinto.

— Sim, Karmoko.

— Mas você tem que estar mais perto — diz Mãos Brancas. — Muito mais perto.

Ela olha além dos escudos para a distância, de onde ainda mais lanças estão sendo arremessadas.

Meu peito aperta. A armadura infernal certamente não é capaz de suportar isso. E se uma lança atingir qualquer um dos meus pontos vitais, isso vai desencadear uma quase morte, me forçando a cair no sono dourado pelo resto da batalha.

— Então ela tem que ir até lá — declara Keita, assentindo. — Eu vou protegê-la.

— Não, você vai ficar aqui — ordena Mãos Brancas, balançando a cabeça. — Deka, Britta e Belcalis irão. Gazal liderará a unidade.

Ao lado de Mãos Brancas, Gazal assente. Me pergunto onde estão Adwapa e Asha, então lembro que preciso manter o foco.

— Sua missão é garantir que Deka fique segura — instrui Mãos Brancas. — Belcalis, você nos avisará quando estiver feito.

Belcalis assente.

— Mas eu sou o uruni dela — protesta Keita. — Aonde ela for, eu vou.

Mãos Brancas se volta para ele.

— Deka, Belcalis e Britta são alaki — diz ela —, as que eu treinei pessoalmente. Elas são muito menos propensas a morrer lá fora do que você.

— Mas...

— Você é o lorde de Gar Fatu — interrompe o imperador Gezo —, o último de sua linhagem. Não vou mandá-lo em uma missão tão perigosa.

Keita faz uma reverência para o imperador.

— Sim, Vossa Majestade.

Simples assim. Com cuidado, coloco o chifre de toros de metal que Mãos Brancas me deu em minha bolsa, então assinto para Keita, tentando transmitir todos os meus sentimentos em um único olhar. Esperança, medo... afeição. Ele assente de volta, seus olhos refletindo as mesmas coisas. Deixo a visão me confortar quando Mãos Brancas indica a colina com a cabeça.

— Vençam os uivantes mortais ou enterrem-se lá — ordena.

Belcalis, Britta e eu nos curvamos.

— Nós, que estamos mortas, te saudamos.

Está estranhamente frio e silencioso durante nosso trajeto na névoa. Uma rocha ou outra ainda passa por cima de nós, mas a chuva de lanças cessou, felizmente. Britta, Belcalis, Gazal e eu nos concentramos nas colinas a distância. Os uivantes mortais se juntaram ali, e podemos ver vagamente suas formas se movendo na escuridão sinistra.

— Fiquem atentas — manda Gazal conforme avançamos. — Temos que deixar Deka perto o suficiente para controlá-los, depois podemos chamar o resto do exército.

— Sim, Irmã de Sangue — eu, Britta e Belcalis respondemos em uníssono.

Enquanto cavalgamos, Britta se vira para mim.

— Não se preocupe, Deka. Estou aqui. Se você cair, vou protegê-la.

— Farei o mesmo por você — respondo, mas Britta apenas assente.

Nós duas sabemos que minha vida é a mais preciosa agora. Tenho que chegar aos uivantes mortais pelo bem do exército. É um pensamento desconcertante. Não consigo imaginar uma vida sem Britta, não consigo imaginar o que faria se ela tivesse que abrir mão da dela pela minha.

Seguimos pela bruma, onde as colinas estão se aproximando, assim como outra coisa — uma massa disforme e em movimento, acompanhada por um som baixo de assobio.

O cavalo de Belcalis recua.

— Aquilo é...

— ERGAM OS ESCUDOS! — ruge Gazal enquanto lanças voam da névoa.

Puxo meu escudo.

Abaixe-se, Ixa!

Ele mergulha na areia assim que as lanças caem, uma delas jogando o cavalo de Belcalis para trás, matando-o instantaneamente.

— Belcalis! — grito, horrorizada.

— Estou bem! — a voz abafada dela responde. — Meu cavalo caiu em cima de mim!

— Espere um pouco, estou indo aí! — berro.

Mas, enquanto cavalgo na direção dela, uma poça azul-escura chama minha atenção. Me viro para ela e o chão perde a estabilidade. É Britta, empalada em uma lança. Meu mundo inteiro se limita ao sangue azul-escuro vazando de suas entranhas, manchando a areia com uma cor horrível. É como se eu estivesse me movendo pela lama, como se ela estivesse entrando no meu nariz e impedindo minha respiração. Nem mesmo sinto meus pés quando desço de Ixa.

Deka?, pergunta Ixa, me seguindo. Ele quer saber se estou bem, mas não consigo responder, nem consigo pensar.

Só consigo ver Britta deitada ali, aquele sangue azul horrível escorrendo de seu torso. Quando me aproximo, ela olha para mim, seu rosto pálido de suor se esforçando bravamente para sorrir.

— Sempre... foi a minha barriga — ofega ela.

Mal consigo ficar de pé agora.

— Britta... — sussurro. — Não fale. Você não precisa...

De repente, não consigo mais respirar, a tira do meu capacete está me sufocando.

Eu o jogo para o lado, ofegante.

— Deka! — A voz de Gazal parece muito distante. — O que você está fazendo? Temos um dever a cumprir! — Quando eu não respondo, ela aperta meus ombros e me força a olhar para ela. — Deka!

— Não posso deixá-la! — grito, as lágrimas inundando meus olhos. — Eu não posso deixar a Britta.

Algo que parece pena passa pelos olhos de Gazal, mas ela o suprime impiedosamente.

— Isso aconteceu enquanto ela tentava cumprir seu dever. Ela deveria se sentir honrada ao morrer por Otera.

Morrer. A palavra explode dentro de mim com a força de mil sóis. Britta está morrendo. Ela está morrendo aqui, onde os urubus farão um banquete com ela e o exército pisoteará seus restos mortais. Ela está morrendo aqui, onde ninguém que ela ama será capaz de encontrá-la, de chorar por ela.

Não posso deixar isso acontecer. Não posso deixar Britta morrer. Não há ninguém que eu ame mais do que ela, ninguém que me ame tanto quanto ela. Eu me desvencilho de Gazal e volto para ela.

— Você tem que viver — arfo, o poder crescendo dentro de mim. É como uma onda, lavando meu corpo, vibrando de minha pele.

— Deka... — diz Britta fracamente, com os olhos arregalados. — Seu rosto.

Ela toca meu rosto agora descoberto, mas seguro suas mãos entre as minhas, deliberadamente retirando seu capacete para que ela não possa ignorar minha voz.

Não sei se isso vai funcionar ou não, mas reprimo as dúvidas, me forçando a acreditar. Me forçando a colocar todo o poder nisso. Britta tem que sobreviver. Sem ela, eu não sou nada. Quando eu falo, minha voz nem parece mais humana. Toda a minha dor e fúria se combinaram no que parecem mil vozes ressoantes.

— Você não vai morrer, Britta — ordeno, forçando minha vontade nela, conduzindo minha energia em torno dela como uma teia viva.

Ela está desaparecendo, a luz nela diminuindo, então uso ainda mais energia, jogando para fora de mim e para dentro dela.

— Você vai esperar um curandeiro e vai sobreviver a isso. Você não vai morrer!

Os olhos de Britta ficam vidrados.

— Eu não vou... morrer — repete ela, fechando-os.

Olho para o torso dela e o aperto dentro de mim diminui. O sangramento está diminuindo, exatamente como mandei.

— O que é isso, Deka? — A voz de Gazal soa quase assustada atrás de mim. Eu me viro e ela dá um passo para trás, ofegando. — Deka, seu rosto... — arfa. — Seu...

— Proteja-a — ordeno, reforçando minhas palavras com um fio de energia. — Certifique-se de que ela veja um curandeiro.

Gazal assente, seus olhos se embaçando. Ao contrário das outras, ela nunca usou as argolas douradas que lhe dei de presente.

— Sim — diz ela, de forma arrastada. — Eu irei protegê-la.

Espero até que ela fique ao lado de Britta, com o escudo erguido protegendo-as contra quaisquer lanças.

Belcalis finalmente se libertou de seu cavalo. Ela arfa no minuto que me viro para ela, recuando.

— Deka, seu rosto...

Então ela vê Britta.

— Britta! — grita, correndo para ela. — Britta, não!

Lágrimas estão escorrendo pelo seu rosto agora.

— Ela vai sobreviver — digo, me forçando a acreditar em minhas palavras. — Ela precisa. Ela precisa... eu mandei.

Algo em minhas palavras deve tê-la convencido, porque ela assente devagar, enxugando as lágrimas.

Volto para Ixa, e então indico o cavalo de Gazal para Belcalis.

— Venha — eu digo, o poder ainda emergindo de mim. — Vamos acabar com isso.

Ela concorda, monta no cavalo de Gazal e balança a cabeça em sinal positivo mais uma vez, extremamente séria, seu rosto ainda pálido.

— Mate todos eles, Deka — sussurra. — Mate até o último daqueles bastardos.

— É o que pretendo fazer — respondo.

31

A névoa fica mais densa à medida que continuamos em frente, e as lanças aparecem voando mais rápido e com mais frequência. Agora, Ixa está ligado no som delas e se enfia na areia no minuto em que ouve o assobio, permitindo que Belcalis e eu levantemos nossos escudos antes que elas possam nos alcançar.

— Lá. — Belcalis aponta para as colinas após o fim de outra tempestade de lanças. — Eles estão todos lá.

— Vamos! — incito Ixa a seguir em frente.

Estamos quase lá.

Quando rompemos a névoa, vejo o que Belcalis está apontando — fileiras e mais fileiras de uivantes mortais na extremidade das colinas, catapultas no meio.

Belcalis para, chocada.

— Catapultas — arfa ela. — Onde eles conseguiram catapultas?

Parece que o uso de maquinário de guerra pelos uivantes fica mais avançado cada vez que os encontramos. Primeiro foram estilingues e bloqueadores, agora isso. Mas não fico presa a esse pensamento. Já estou erguendo as mãos, meu corpo tremendo com a força da energia que sai delas. Se eu pudesse ver meu reflexo ao usar o estado de combate, tenho certeza de que estaria brilhando como uma estrela agora. Até a areia debaixo de meus pés estremece e balança. Quando percebem, os uivantes mortais rosnam e emitem sons de cliques uns para os outros, o pânico percorrendo seu exército. Eu bato minhas mãos para baixo, enviando ondas de poder por seus corpos.

— ABAIXEM AS ARMAS — ordeno. — AJOELHEM-SE!

Eles obedecem lentamente, cada um ficando de joelhos conforme seus olhos assumem a aparência vítrea ao meu comando.

— Avise o exército — digo a Belcalis.

Ela assente e acende os fogos de artifício que trouxe para a ocasião. Eles explodem em uma demonstração colorida de tons de vermelho e, em poucos instantes, batidas distantes de tambores respondem ao seu sinal. O exército está a caminho.

Assim que termina, Belcalis olha para os uivantes ajoelhados e franze a testa.

— Onde estão os outros? Pensei que eram milhares deles. Isso parece equivaler a só alguns ninhos.

— Há mais — confirmo.

Posso senti-los, milhares de batimentos cardíacos soando em algum lugar atrás das montanhas, esperando por nós. Eles não são o foco da minha preocupação — ainda. Estes aqui são. São eles que machucaram Britta, que podem até ter causado a morte dela, a essa altura. Tento não pensar nessa coisa horrível enquanto me aproximo deles, vendo o terror surgir de suas peles, uma cor cinza brilhante que só eu posso ver usando o estado de combate.

Meus olhos rapidamente encontram o uivante mortal no centro, o com todos os espinhos. O líder. Quando ando em direção a ele, a areia treme sob meus pés, uma vibração muito mais profunda do que até mesmo minha energia pode causar. O exército está se aproximando, e bem na hora. Meus membros estão balançando com a força de emitir tanta energia. Meu colapso não demorará a acontecer. Mas antes que aconteça, farei o que tenho que fazer — pelo bem de Britta.

— Deka — diz Belcalis, virando-se na direção do barulho. — Coloque seu capacete. O exército está próximo. Eles não podem ver o seu rosto.

Faço o que ela diz e caminho até o líder dos uivantes mortais.

— Levante a cabeça — ordeno. Minhas palavras ecoam por seu corpo, apertando seu coração. Ele logo obedece. — Fale, mas continue ajoelhado.

A expressão dele ao olhar para mim é uma mistura surpreendente de raiva e nojo. Quando sua voz emerge, é grave, mas nítida.

— Nuru... — murmura ele.

Franzo a testa. Aí está, essa palavra de novo. Esse título. O que significa?

— Você nos... traiu...

As palavras inesperadas cortaram meu torpor. Pisco para ele, chocada.

— Traí você?

O uivante mortal sibila.

— Você... nos traiu... para os... humanos... Nuru... Nós... nunca... iremos te perdoar... por isso... Nunca.

A exaustão me atinge.

Então tudo escurece.

Quando acordo, está escuro e estou deitada dentro de uma luxuosa tenda vermelha.

— A heroína do momento — comemora uma voz. — Você está acordada.

Eu me viro e encontro o imperador Gezo sentado ao meu lado, Keita, Asha, Adwapa, Gazal e Belcalis ajoelhados ao lado dele. Hoje, seu rosto está coberto por uma máscara — um sol benevolente, brilhando sobre seus súditos.

Luto para me levantar, mas o imperador balança a cabeça.

— Não há necessidade disso. Você já serviu bem a Otera hoje. Você pode fazer uso desta tenda pelo tempo que precisar.

Observo os tecidos luxuosos, os realces dourados. Esta é uma de suas tendas particulares.

— Obrigada, Vossa Majestade — sussurro, atordoada. — Obrigada.

Então eu me recordo...

— Britta! — arfo, horrorizada.

— Sua amiga está bem ali. — O imperador aponta para o outro lado da tenda, onde Britta está deitada, enfaixada. — Ela vai sobreviver, mas foi por pouco. Graças a esta aqui — ele aponta para Gazal, que está ajoelhada, imóvel, ao seu lado —, ela foi capaz de chegar a um curandeiro a tempo.

Meu corpo inteiro relaxa.

— Obrigada — sussurro novamente. — Obrigada...

O imperador assente.

— Qualquer coisa por você, Deka de Irfut. Você nos salvou hoje e imagino que continuará a fazer o mesmo nos próximos dias. — Ele dá um tapinha no meu ombro. — Descanse agora. Cavalgaremos de novo amanhã.

Faço outra reverência.

— Meus mais profundos agradecimentos, Vossa Majestade.

O imperador sorri e gesticula para Keita.

— Venha, vamos dar privacidade a elas.

— Sim, Vossa Majestade.

Keita me lança um olhar preocupado ao sair.

Depois que eles vão embora, eu me volto para Belcalis.

— Me ajude a levantar — peço.

Ainda estou tão cansada que mal consigo mover meus membros sozinha.

Enquanto Belcalis se aproxima, Adwapa espia para fora da tenda para garantir que estamos realmente a sós.

— O que aconteceu lá fora, afinal? — pergunta, virando-se para nós.

Gazal, por sua vez, permanece onde está, cabeça baixa, mãos no colo.

Belcalis dá de ombros.

— Você vai ter que perguntar a Deka — diz ela, me ajudando a ir até Britta.

Ela está deitada em uma cama, muito pálida. Mesmo assim, fico grata. Aquela horrível cor azul diminuiu.

— Ela está mesmo bem? — pergunto, agarrando meu peito.

Meu coração está batendo em um ritmo tão desesperado agora que tenho medo de que salte do meu corpo.

— Ela vai sobreviver — diz Belcalis. — Você se certificou disso.

— Do que vocês estão falando? — Adwapa fechou a entrada da tenda e correu para o lado da cama. — O que aconteceu lá?

— O que aconteceu é que Deka se transformou. Seu rosto inteiro mudou — explica Belcalis. — Ela parecia... Ela não parecia humana. Seu rosto parecia o de um uivante mortal, Deka, mas ao mesmo tempo, não. Foi lindo, mas assustador... E quando você falou... se eu não estivesse com o capacete que você me deu, teria perdido a cabeça que nem a Gazal.

Ela gesticula para a aprendiz. Gazal ainda não se moveu, embora suas mãos se contraiam no colo quando seu nome é mencionado. Ela parece estranha, sentada ali tão silenciosamente.

— Ela não disse nada desde que trouxe Britta — sussurra Asha. — Apenas insistiu para que Britta conseguisse um curandeiro, e então ficou assim. Menti para o imperador e disse que ela estava em choque com a batalha, e por isso não se mexia.

Adwapa se vira para mim.

— O que, em nome de Oyomo, você fez com ela?

Não sei, quero contar a ela, mas seria mentira. Eu sei. Eu joguei todo o meu poder, toda a minha vontade, em Gazal. Foi isso que a fez ficar assim.

— Gazal? — chamo.

Quando ouve minha voz, ela lentamente olha para cima. Seus olhos estão vidrados, distantes.

— Sim? — responde.

— Você está acordada? — Quando ela não responde, uma pequena corrente de pânico desliza por mim. — Acorde, Gazal — insisto.

O olhar vidrado dela se desfaz. Ela olha ao redor, confusa.

— Onde estou? O que aconteceu? — pergunta.

— Acho... — começo, mas Belcalis me interrompe.

— Você está em uma das tendas do imperador — responde ela. — Você trouxe Britta de volta, mas algo deve ter atingido sua cabeça.

Gazal assente, tocando a cabeça como se procurasse um galo.

— Já me reapresentei? — pergunta ela.

— Acho que não — digo. — Mas a missão foi um sucesso. Você foi bem.

Gazal assente mais uma vez.

— Isso é bom — diz ela distraidamente, saindo, aquela expressão perplexa ainda em seu rosto.

— O que foi isso? — pergunta Asha, franzindo a testa. — O que aconteceu com ela?

— Foi a voz da Deka — explica Belcalis. — Está ficando mais poderosa, e a maneira como ela fica agora quando a usa... — Ela me olha, preocupada. — O que você é, Deka? — sussurra. — O que você é?

É tarde da noite quando Asha sai para contar aos uruni o que está acontecendo. Assim que ela o faz, Belcalis e Adwapa empurram seus colchões de palha para perto de Britta. Estou aliviada por elas ficarem. As imagens desta tarde começaram a passar pela minha mente, me confundindo e assustando ao mesmo tempo.

— Belcalis, Adwapa... — sussurro. — Posso falar com vocês?

— Sim?

Ambas se levantam e se aproximam.

— Agora eu me lembro do que aconteceu — digo enquanto elas se sentam ao meu lado.

— Não sabia que você tinha esquecido — comenta Adwapa.

— Eu fiz uma coisa... — começo, então me viro para elas, hesitante. — Se eu contar algo a vocês, prometem manter segredo? Podem prometer nunca contar a ninguém, nem mesmo às outras irmãs de sangue?

— Óbvio. — Adwapa assente.

Belcalis também.

— Eu nunca trairia sua confiança, Deka. Você sabe disso.

— Eu sei — digo, olhando para baixo. — Mas isso... isso pode ser perigoso — acrescento, dando o mesmo aviso que Keita me deu. — Pode ser que faça vocês serem... Pode ser que faça nós sermos...

— Mortas? — Adwapa ri. — Estávamos mortas assim que nosso sangue saiu dourado, eu sempre soube disso. Pensei que você também.

— Nós, que estamos mortas, te saudamos — concordo, assentindo.

— E não é a verdade? — Adwapa dá de ombros. — Agora, o que você queria nos contar?

Eu a olho.

— E se... e se eu tiver ouvido os uivantes mortais falando?

Elas congelam.

— Você não está falando dos cliques e rosnados, não é? — pergunta Belcalis baixinho.

Balanço a cabeça em negativa.

— Não, não estou falando dos cliques.

— Então você os entende? — Esta pergunta vem de Adwapa. Por algum motivo, ela não parece chocada.

Eu faço que sim.

— Há quanto tempo? — pergunta.

— Desde aquele último templo. Aquele onde fiquei atordoada.

Ela assente, pensando.

— O que eles dizem? — pergunta Belcalis. Quando não respondo, ela suspira. — Deve ser muito preocupante se você está tendo dificuldade em contar.

— Traidora — digo. — Eles estão me chamando de traidora.

— Você é? — pergunta Adwapa baixinho. — Você é algum tipo de uivante mortal, Deka?

A pergunta atinge profundamente meu âmago, lágrimas de medo e confusão enchem meus olhos. Quando balanço a cabeça, incapaz — *sem vontade* — de responder, Belcalis suspira mais uma vez.

— Bem, você precisa descobrir, Deka, e rápido, antes que os jatu descubram primeiro e acabem com sua vida.

32

O que eu sou?

A questão se revira em minha mente, assim como tem feito nos últimos dez meses. Eu sou realmente metade uivante mortal, ou algo mais? Não importa como eu tente interpretar, o poder que usei em Britta desafia toda a lógica, vai muito além de tudo que sempre pensei saber. A única coisa que sei agora é que Mãos Brancas tem as respostas — se ela ao menos me desse essas respostas...

Felizmente, ela não é a única a quem posso perguntar.

A distância, a névoa se enrosca nos assustadores monólitos pretos com picos brancos brilhantes. As Montanhas N'Oyo — as maiores minas de sal de Otera até a família de Keita ser massacrada lá. O ninho dos uivantes mortais está escondido em algum lugar nesses picos, e eles têm as respostas que procuro. Só tenho que chegar a eles antes que alguém perceba. *Antes que os jatu descubram e acabem com sua vida...*

— Você está preparada, Deka?

Essa pergunta vem do imperador, que está montado no mamute próximo a mim. O animal foi completamente equipado com uma armadura infernal, e até mesmo a tenda em cima é protegida por um telhado sólido de ouro amaldiçoado. Sempre suspeitei que Karmoko Calderis pegava muito mais ouro do que realmente precisava para nossa armadura infernal. Agora sei por quê.

— Sim, Vossa Majestade — respondo, olhando para a plataforma que carrega um chifre de toros gigantesco que as tropas construíram durante a noite. — Estou preparada.

— Ótimo — diz ele. — Avante.

Conforme o exército obedece, sinto o calor do olhar de outra pessoa nos meus ombros. Quando me viro, Mãos Brancas está me observando, a testa franzida. Me pergunto o que ela está pensando, se ela suspeita do que aconteceu.

— Você está bem, Deka? — pergunta Keita, seus olhos preocupados.

Não tivemos tempo para conversar em particular desde ontem, então não tive tempo de dizer a ele que falei de novo com os uivantes mortais — não tenho nem certeza se devo contar a ele. Eu me lembro de como ele insistiu, na última vez que conversamos, para que eu não fizesse isso outra vez.

Assinto.

— Totalmente recuperada — digo, tentando não preocupá-lo ainda mais.

— Tem certeza?

Keita parece ter dúvidas.

Me viro para ele.

— Por que você pergunta?

— Você está diferente desde ontem. O que aconteceu lá?

— Nada — respondo, olhando para baixo. Quando ele me lança um olhar questionador, acrescento: — Bem, não nada... É a Britta, estou preocupada com ela.

Ele se aproxima, aperta minha mão.

— Ela vai ficar bem. Se os humanos podem se curar de feridas quase fatais, com certeza alaki também podem.

Eu assinto, sorrio fracamente.

— Obrigada por isso, Keita. Eu só tenho que me lembr...

Uma bola de fogo explode na plataforma do toros. Enquanto os cavalos que a puxam galopam, relinchando, eu me viro para ver ainda mais bolas de fogo brilhando em nossa direção — flechas em chamas, iluminando o céu.

— Uivantes mortais! — grita o capitão Kelechi em algum lugar distante, tendo antecipado o ataque. — Escudos!

Abaixe-se, Ixa!, eu ordeno, levantando o escudo.

Ixa se encolhe na areia conforme as flechas caem. Gritos horripilantes ecoam, derrubando muitos soldados. Cheiro de urina e vômito irrompe, soldados convulsionam e caem dos cavalos por causa do som. Eles não estão acostumados aos uivantes mortais como o jatu e nós, alaki.

Acima do barulho, os generais convocam as tropas de cima dos mamutes.

— Preparem-se! — gritam eles.

Já é tarde demais. Os uivantes mortais estão avançando em meio à névoa, seus corpos cobertos por armaduras de couro grosseiras, armas — armas de verdade — nas mãos. Espadas e maças enormes aparecem em lampejos à medida que eles abrem um caminho sangrento através do exército, vindo em nossa direção. As tropas avançadas imediatamente se reúnem, tentando bloquear o trajeto para o imperador.

— Use sua voz, Deka! — o imperador grita para mim. — Use sua voz!

Assinto, me atrapalhando ao puxar meu capacete para baixo para que meu rosto não seja visto. Noto algo estranho em minha visão periférica — um uivante mortal saltador com espinhos vermelhos brilhantes descendo pelas costas. Essas pontas chacoalham com o vento, parecendo familiares — dolorosamente familiares.

— Deka! — grita o saltador, pulando sobre o exército. Sua voz é mais nítida do que a de qualquer outro uivante mortal que já ouvi. — Deka, pare! Sou eu!

Lágrimas caem dos meus olhos e minhas mãos tremem.

Por que sinto que estou reencontrando um amigo que não vejo há tempos?

— Deka! — A voz de Keita está estranhamente perto de meus ouvidos. — Use sua voz, Deka!

Ergo as mãos, canalizando poder, mas paro quando o saltador faz o mesmo freneticamente, estendendo as próprias mãos.

As mãos *dela*?

Por que acho que o uivante mortal é fêmea? Eles são todos machos, foi o que nos disseram. Foi o que sempre vimos.

Uma sombra cai sobre mim — a de Keita.

— Deka, preste atenção! Mate os uivantes mortais!

— Sim — eu digo, me afastando daquele estranho saltador.

Faço com que meu poder se erga novamente, deixando-o invadir cada parte de mim.

— PARE ONDE VOCÊ...

— DEKA, SOU EU, KATYA! — grita o saltador naquela linguagem estranha e estalada, invadindo nosso exército.

— Katya?

Minhas mãos caem.

Não, não pode ser. Lembro de Katya, com o cabelo ruivo espalhado, a pele ficando azul quando aquele uivante mortal arrancou sua coluna.

— Você não pode ser Katya! — respondo em oterano. — Isso é um truque! Você está tentando me enganar!

Keita olha de mim para o uivante, chocado.

— Deka? — chama ele.

O saltador se apressa para chegar mais perto, afastando quaisquer soldados em seu caminho. A batalha ainda está acontecendo ao nosso redor, mas de alguma forma parece que somos os únicos aqui.

— Não, Deka, são os humanos que estão enganando você! Isso é o que acontece conosco quando morremos nossa morte final. Não importa como seja essa morte final, é isso que nos tornamos! Você tem que vir com a gente, rápido! — diz ela, em cliques.

— A gente? — pergunto, o sangue martelando nos meus ouvidos. — Quem é a gente? — sussurro.

— Uivantes mortais e alaki! — diz Katya. — Somos a mesma coisa! Quando uma alaki tem sua morte final, ela renasce como um uivante mortal! O imperador sabe disso. É por isso que ele está usando você para nos matar. Ele está usando você para destruir sua própria espécie. Ele quer que todos nós morramos, desta vez para sempre!

O chão cede sob meus pés.

— Não… — sussurro. — Não pode ser.

Mas, mesmo enquanto digo isso, eu me lembro da já longínqua conversa com Mãos Brancas, lembro das palavras dela. "Até que nosso império esteja livre desses monstros."

É disso que ela estava falando? Foi isso que ela quis dizer?

— Deka — diz Keita, me agarrando. — O que você quer dizer com "Katya"? Aquilo está dizendo que é ela?

Keita olha para ela, nojo visível em seu olhar. Posso imaginar o que ele vê — um uivante mortal, rosnando, horrível, mas não é isso que vejo agora. Tudo o que vejo é minha amiga Katya, sua forma de uivante mortal ainda pálida, e aquele cabelo ruivo transformado em espinhos vermelhos brilhantes.

É mesmo ela.

Mesmo depois de todas as nossas orações para que ela tivesse uma vida após a morte pacífica, aqui está ela, novamente no campo de batalha.

E agora há um contingente de jatu se aproximando dela — dois de cada lado e dois por trás. Eles vão matá-la. Eles vão matá-la de novo.

A raiva explode dentro de mim, despertando as bases do meu poder. Minha voz emerge como um estrondo inumano.

— Uivantes mortais — eu rujo para os que estão por perto ouvir —, protejam Katya!

Os batimentos cardíacos dos uivantes mortais desaceleram; seus olhos ficando vidrados enquanto meu poder os domina. Eles se lançam em direção a Katya, destruindo os soldados no caminho. Alaki, jatu, todos eles caem de lado enquanto os uivantes mortais correm para obedecer ao meu comando.

O rosto de Keita está pálido agora.

— Katya? — repete, atordoado. — Explique isso, Deka!

Uma sombra enorme cai sobre nós enquanto respondo. O mamute do imperador. Há uma expressão no rosto do imperador que eu nunca vi antes — uma de raiva em seu estado mais puro. Ele aponta o dedo para mim, enfurecido.

— Aquela alaki enlouqueceu! — grita. — Matem a traidora! Matem Deka de Irfut!

Meu estômago afunda.

— Vossa Majestade — arfo, atordoada. — Eu...

Mãos vermelhas em armaduras me arrancam de cima de Ixa.

Deka!, rosna Ixa, atacando-os, mas o imperador aponta para ele também.

— Destruam o animal dela também!

Os jatu voltam as espadas na direção dele, com um olhar mortal.

— Ixa, corra! — grito. — Corra!

Deka!, ele protesta.

— CORRA, IXA! CORRA PARA KATYA! — berro, enfiando em sua mente a imagem do uivante mortal com espinhos vermelhos.

Essa é a única ordem que tenho a chance de dar antes que uma mordaça seja colocada em minha boca, e mãos em armaduras me forcem para a areia, de forma que eu não consiga mover minhas mãos para dar comandos. Quando meu capacete é removido, vejo de relance Ixa correndo em direção a Katya e ouço vagamente arfadas horrorizadas.

— Olhe o rosto dela!

— Ela está igual a um uivante mortal! Ela é um deles!

— Não! NÃO! — Adwapa e Asha gritam de algum lugar próximo, juntando-se aos protestos das irmãs de sangue ali por perto.

O imperador não se importa.

— Matem-na! — grita ele. — Matem a uivante traidora agora! Matem qualquer um que tentar ajudá-la!

As sombras se movem rapidamente sobre mim. Quando torno a olhar para cima, o capitão Kelechi está parado diante de mim, uma espada na mão. Ele tem uma expressão calma e resignada.

— Você mesma causou isso, alaki — diz ele, erguendo a espada.

— ESPERE! — Keita irrompe da multidão, mas os outros jatu rapidamente o imobilizam. Meu coração acelera com essa visão, medo e alívio tomando meu corpo ao mesmo tempo. Ele está tentando me salvar. — Não, você não pode fazer isso, capitão! — grita ele, desesperado.

O capitão Kelechi se vira para ele, balançando a cabeça.

— Você não pode ajudá-la agora, Keita. Você está vendo o que ela é.

Ele se volta para mim, a espada erguida.

Os olhos de Keita estão determinados enquanto ele grita:

— Então, deixe que eu faça isso! Deixe que eu a mate. Eu sou o uruni dela. Eu deveria ser o responsável por ela.

O que ele disse?

Quando o capitão não responde, Keita tenta novamente.

— Ela salvou sua vida! — grita ele. — Ela salvou todos nós, inúmeras vezes! Se você fizer isso, estará apenas desonrando tudo o que ela fez por você!

O capitão Kelechi fica imóvel e se vira para Keita, que assente desesperadamente.

— Ela precisa de uma morte final pacífica — sussurra ele. — Você deve isso a ela. Todos nós devemos. Mesmo que seja uma traidora, ela matou pelo nosso lado primeiro.

Keita me olha e tudo dentro de mim congela. Eu vejo o olhar distante e frio em seus olhos, a certeza. Ele não está tentando me salvar. Ele está tentando acabar com minha vida.

Assim como Ionas fez.

Um grito longo e interminável se estilhaça dentro de mim, silêncio e um grande peso o seguindo. Mais uma vez traída. E, assim como antes, pelo garoto que eu amava.

O capitão olha para mim, pensando. Então se vira para Keita.

— Se você tentar ajudá-la a escapar, será a sua cabeça — diz ele.

— Eu sei — responde Keita. — Eu sei que não existe saída para ela agora, exceto a morte. Mas ela é minha parceira, minha responsabilidade, e só eu sei como acabar com isso. Só eu sei sua morte final.

Tudo dentro de mim está tão dormente agora que nem fico chocada com suas palavras. Não consigo ver mais quase nada, não sinto quase nada por trás desse vazio profundo e dolorido crescendo dentro de mim.

O capitão Kelechi ergue os olhos para o imperador, que está observando tudo de cima de seu mamute.

— Vossa Majestade?

O imperador assente.

— Como você fará isso, jovem lorde de Gar Fatu? — pergunta ele a Keita.

Keita se livra dos jatu que o seguram e se levanta.

— Vou desmembrá-la, Vossa Majestade — diz ele.

Eu pisco, confusa. Não posso morrer por desmembramento — Keita sabe disso. Ele sabe...

A respiração morre na minha garganta. Keita está tentando me salvar. Tentando garantir que eu sobreviva me executando antes que outra pessoa o faça.

Ele ignora meu arfar abafado e continua:

— É a única maneira segura de matá-la.

— Como você sabe? — pergunta o imperador.

Keita olha direto nos meus olhos.

— Ela me disse uma vez. Ela me contou a verdade sobre sua morte final.

Lágrimas inundam meus olhos. Ele está se sacrificando por mim, assinando sua própria sentença de morte. Se ele me desmembrar, irei para o sono dourado em vez de ter minha morte final, e todos saberão que ele é um traidor. Eles vão matá-lo, e, diferentemente de mim, ele não vai voltar.

Ele nunca mais vai voltar.

Esse pensamento traz meu corpo de volta à vida.

— Não! — grito, o som abafado pela mordaça. — NÃO, KEITA!

Keita me ignora e se volta para o imperador.

— Vossa Majestade?

O imperador assente.

— Prossiga.

Keita se aproxima de mim.

— Você não deveria ter feito isso, Deka — declara ele. — Você não deveria ter me dito como te matar. — Há esperança, a determinação, em sua voz. Eu me sacudo, tento gritar para que ele possa me ouvir, mas Keita levanta a espada. — Sinto muito — diz ele, abaixando-a.

Quando minha cabeça se separa do corpo, meus olhos encontram os seus. Eles estão cheios de lágrimas. Os olhos de Keita estão cheios de lágrimas. Ele está chorando enquanto me mata.

Ele está chorando enquanto se condena.

Está de noite quando eu acordo, está noite e uma escuridão de dar coceira me cerca. Algum tipo de tecido está me prendendo no lugar. Tento virar a cabeça para me livrar dele, e é quando paro, perplexa. Não consigo virar a cabeça. Não consigo nem virar o pescoço. Há uma dor lancinante em algum lugar entre os dois — uma dor que parte meu corpo de uma forma estranha e repentina, como se houvesse lacunas. Tento levantar minhas mãos para sentir meu pescoço, mas elas não se movem. Na verdade, nem consigo senti-las. A única coisa que sinto é aquela dor, e uma sensação enervante de deslizamento, como se partes do meu corpo estivessem... tentando se alcançar.

Meu corpo não está conectado. Fico completamente abalada quando entendo. As fibras estão voltando a crescer e se juntar, como acontecia no porão em Irfut. Isso faz parte da punição do imperador? Eles já mataram Keita? Por favor, diga que Keita está bem. Um gemido baixo e agudo se forma na minha garganta.

— Deka? — Algo mexe no pano que me rodeia e a luz adentra sua escuridão. — Deka, você não pode estar acordada!

Sou puxada para cima e a primeira coisa que vejo é o rosto de Keita. Choque e perplexidade brigam em seus olhos.

— Deka, como você pode estar acordada? — pergunta ele. — Você ainda está se curando!

— Keita. — Eu choro, lágrimas de alívio correndo por meu rosto. — Você está vivo, você está vivo!

— Óbvio que estou vivo — diz ele, franzindo a testa. — Por que não estaria?

— Todos viram você me dar uma quase morte, não uma final. Eles sabem que você é um traidor.

Keita balança a cabeça.

— Não, eles viram você sangrar o azul da morte final. Pensaram que você estava morta.

— Azul? — pergunto, franzindo a testa. — Como eu posso ter sangrado azul se não foi minha morte final?

— Foi ideia da Britta. Ela sabia que algo assim aconteceria mais cedo ou mais tarde, então pediu a Belcalis que fizesse uma solução com algumas plantas em Warthu Bera. Aparentemente, ela tem experiência com boticas?

— O tio dela era boticário — digo, me lembrando do que ela contou sobre aquele homem mau.

Pelo menos ela aprendeu algo com ele que acabou sendo útil.

— Britta deu um pouco para mim e Adwapa por precaução. Eu borrifei em você quando... quando... — Ele engole em seco, incapaz de terminar. — Foi o suficiente para convencer a todos que tinha funcionado. Depois os uivantes mortais avançaram no exército e todos ficaram ocupados lutando. Ninguém nos viu juntando as partes do seu corpo ou as levando para Ixa.

— Ixa?

Keita me ajuda a inclinar minha cabeça para baixo, e então vejo: estamos cavalgando em Ixa, presos em suas costas, enquanto ele corre pelas areias do deserto.

— Ixa! — arfo, aliviada. — Você está bem!

De... ka, responde Ixa, feliz.

— Ele voltou para te buscar quando deixou aquele uivante mortal em segurança. — Keita me ajuda a inclinar minha cabeça para trás, estremecendo quando faço uma careta.

A dor é a mais estranha que já senti, passageira e desconectada.

— Desculpe — sussurra ele. — Eu não sabia que você poderia acordar desse jeito.

Nem eu, quero responder, mas fico quieta, sorrindo para Ixa.

Esse é o meu Ixa, eu o elogio silenciosamente.

Deka, diz Ixa, satisfeito.

Volto a olhar para Keita.

— Por que você fez isso? — pergunto. — Você e Adwapa, por que aceitaram o plano de Britta?

Ele dá de ombros.

— Porque conhecemos você, Deka. Quando você usa suas habilidades, você muda: sua voz fica diferente e você não parece… humana. Não importa o quão cuidadosa você tenha sido, nós sabíamos que era apenas uma questão de tempo antes que fosse descoberta, acusada de ser algum tipo de uivante mortal ou bruxa, e executada. É óbvio que não prevíamos que isso aconteceria no dia seguinte.

Meus olhos se arregalam.

— Você sabia o tempo todo? Sobre a pele de couro, quero dizer?

Keita assente.

— Sim. Eu vi uma vez, à luz da lua, durante uma invasão. E não me assusta, se é isso que você está pensando. Sei que você estava com medo de que me assustasse, mas nada vai mudar o que eu sinto por você, Deka… Sei que você não é um monstro.

O calor se espalha por mim, as lágrimas fazem meus olhos arderem. Keita me aceita como eu sou — me ama. Ele não precisa dizer as palavras, eu consigo senti-las. Sinto na maneira gentil como ele segura minha cabeça decepada, embora o próprio fato de ter que segurá-la devesse horrorizá-lo. Sinto nas ações dele — ações que ele sabia que poderiam muito bem ter dado um fim a sua vida. Ele desafiou o imperador por mim, colocou sua própria vida em risco por mim — a única que ele tem.

Desafiando todas as probabilidades, ele me ama.

Keita me ama.

Como pude pensar que ele me trairia?

Agora, tanto calor flui através de mim que nem sinto mais minhas feridas. Então tenho um pensamento repentino.

— Espere, por que você não parou quando arrancou minha cabeça? Você não precisava me desmembrar totalmente, sabe?

— Bem, sei disso agora. — Keita suspira. — Mas tive que te dar uma morte da qual ninguém poderia acreditar que você sobreviveria.

— Você tinha que fazer um espetáculo para eles — digo, entendendo.

Keita assente, então desvia o olhar, seu corpo treme um pouco. Vejo que não fui a única ferida pelo desmembramento. Só posso imaginar como ele se sentiu, me cortando. Queria muito conseguir usar os braços neste momento, abraçá-lo e dizer que está tudo bem.

— E agora? — pergunto, tentando distraí-lo.

— Encontrei um lugar onde você pode se curar direito — diz Keita, me virando para a frente enquanto Ixa para diante do nosso destino: a entradinha de uma caverna na extremidade das montanhas, escondida por montes de pedras pretas semelhantes a vidro e cobertas de sal.

Ele me leva para uma caverna enorme, e meus olhos ardem quando passamos por parede após parede daquela pedra preta, trilhas de sal escorrendo pelas laterais. Quanto mais fundo vamos, mais o sal toma conta, até chegarmos às profundezas da caverna, que são apenas pedras brancas de sal entremeadas pelas pedras pretas.

— Olhe para cima.

Keita me ajuda a inclinar meu rosto para que eu possa ver o grande buraco no centro do teto, a lua e as estrelas brilhando ao longe.

— Como você encontrou este lugar? — pergunto, boquiaberta de tão admirada.

— Esta era uma de nossas minas de sal — responde ele. — Eu costumava brincar aqui quando era pequeno, com a minha família.

Quero assentir, mas isso é impossível, já que meu pescoço não está totalmente preso. Não consigo imaginar o que Keita sente estando aqui, no local onde o massacre de sua família aconteceu. Eu gostaria de poder abraçá-lo, gostaria de poder pelo menos apertar sua mão.

Ele continua até o destino, o lago no centro da caverna.

— Dizem que as águas aqui têm propriedades curativas — comenta ele.

Conforme Keita me carrega, tenho um vislumbre do meu reflexo, meu corpo com um brilho dourado sob o fino pano branco em que está enrolado.

— Meu corpo ainda está no sono dourado? — pergunto, impressionada.

Keita assente.

— E exatamente por esse motivo tudo isso é tão esquisito para mim — diz ele. — Você ainda deveria estar dormindo. Todas as alaki dormem durante este período. É o que sua espécie faz.

— Não acho que sou da espécie — sussurro. — Não acho que sou uma alaki.

Keita olha para mim.

— Então o que você é? — pergunta, nenhum indício de julgamento em seu olhar. Nenhum indício de repulsa.

— Eu achava que talvez fosse uma criatura feita por Mãos Brancas, alguma criatura metade uivante mortal que ela criou para o imperador. Mas depois do que aconteceu no campo de batalha, não tenho mais certeza...

Quando ele me lança um olhar questionador, confesso:

— Eu trouxe Britta de volta. Ela estava à beira de sua morte final e eu a fiz voltar.

Keita assente ao entrar na parte rasa, e cuidadosamente desliza meu corpo para baixo no frio relaxante. Há tanto sal que meu corpo flutua. Faíscas saem dos meus músculos quando suas conexões começam a ficar mais fortes. Para meu alívio, não é doloroso, como quando acordei, só desconfortável — uma coceira que não passa.

Assim que estou firme, Keita olha para mim, preocupado.

— O que quer que você seja, nunca vai poder voltar para Hemaira. Você sabe disso, certo, Deka? Você nunca vai poder voltar.

Eu pisco para ele, tendo cuidado para não mover nada além dos meus olhos. Mesmo que esteja me dizendo para ficar longe de Hemaira — dele —, Keita não desvia o olhar enquanto observa meu corpo se recompor, não mostra nenhum nojo, embora deva ser horrível de ver.

Quando um dos meus dedos se contrai, ele pega minha mão e a segura. Consigo sentir vagamente o calor do toque percorrendo minhas veias. Olho para cima para encontrar lágrimas silenciosas nos olhos dele.

Isto é um adeus.

— Você é muito poderosa, Deka — diz Keita com tristeza. — Você sempre foi. Foi por isso que eles mataram você. E é por isso que vão matar de novo se você voltar. Você nunca pode voltar para Hemaira, está me ouvindo? Nunca.

As lágrimas queimam meus olhos e meus lábios tremem conforme tento encontrar uma resposta. Nunca voltar? Nunca mais o ver? Nunca ver minhas amigas, nunca ver Britta?

Estou tão presa à minha infelicidade que não noto as sombras entrando na caverna até que uma voz familiar soe.

— Ah, ela não vai, jovem lorde de Gar Fatu — ronrona ela. — Deka nunca mais vai voltar para os humanos.

33

◆ ◆ ◆

Um leve sopro enche a caverna. Olho para o teto, onde sete mulheres voam sobre grifos, bestas gigantes que parecem gatos-do-deserto listrados, porém cobertos de penas e com asas brotando dos ombros. Cada uma das mulheres usa uma armadura dourada e carrega uma enorme lamparina de vidro. Mesmo da água, posso sentir as vibrações em suas armaduras.

São armaduras infernais, o que significa que estas mulheres são alaki. Mas há algo diferente nelas. Eu as estudo, meus olhos se estreitam quando começo a entender. Essas mulheres são mais velhas do que todas as outras alaki que conheci. Muito, muito mais velhas.

Antigas, na verdade, se suas aparências significam alguma coisa. Algumas delas parecem ter mais de quarenta anos, o que quer dizer que devem ter vários milênios de idade — afinal, levamos séculos para envelhecer um ano.

A mulher na frente é imediatamente reconhecível em sua armadura branca. *Mãos Brancas*. Conforme ela desce, a névoa se enrola para alcançá-la. Está vindo dos uivantes mortais que se espalham pela caverna, todos com espinhos, todos com armaduras. Todos fêmeas.

Esse pensamento ressoa em mim e, com ele, o horror de entender o que elas são. O que eles *foram*.

— Keita — eu sussurro em advertência, mas ele já as notou.

Elas são todas muito altas. Facilmente localizo Katya, seus espinhos vermelhos brilham nas luzes fracas. Braima e Masaima a acompanham, suas formas pálidas e equinas distintas entre as uivantes mortais muito maiores e mais escuras.

— Deka — diz Keita, alarmado.

Ele se aproxima de mim, a mão na espada.

Mãos Brancas sorri ao se aproximar. Ela desce do grifo suavemente e coloca a lamparina no chão da caverna.

— Como você sem dúvida entende agora, Keita, uivantes mortais e alaki são as mesmas criaturas. Deka é nossa. Ela sempre foi nossa.

Keita olha para Mãos Brancas.

— Nossa? — repete, franzindo a testa. — Você é uma alaki?

— *Uma* alaki? — Mãos Brancas ri com desdém. — Eu sou a Primogênita. Fatu de Izor, mãe da casa de Gezo, verdadeira imperatriz de Otera. Eu sou sua ancestral, garoto. Você e toda a sua linhagem surgiram do meu ventre.

Agora, a mandíbula de Keita está frouxa com o choque — assim como a minha.

— Mas você não pode ser — contesto. — Você não pode ser uma alaki.

— Por quê? Porque você nunca me sentiu com sua intuição, como fez com as outras alaki? — Mãos Brancas sorri. — Sua mãe também nunca me sentiu, e ela era bastante intuitiva para um alaki de tão pouca idade.

Um rugido profundo preenche meus ouvidos.

— Minha mãe era uma alaki? — questiono, minha garganta de repente rouca. — Isso não é possível! Ela sangrou pura. Eu vi!

— Você viu o que ela queria que você visse. Você e seu pai.

As lembranças voltam rapidamente; os últimos dias antes de minha mãe morrer. Ela parecia tão doente, todo aquele sangue escorrendo de seus olhos e ouvidos, todo aquele vermelho. Era realmente tudo falso, tudo o que vi? Eu não consigo aceitar isso.

Mas... minha mãe era uma Sombra. Pensar nisso me arrepia.

O subterfúgio é a arte delas; o disfarce, seu ofício.

— O que aconteceu com ela? — pergunto. — Está mesmo morta?

Por um momento, a esperança floresce, botões se abrindo. Então Mãos Brancas me encara com um olhar sombrio, e minha esperança imediatamente morre.

— Minhas mais profundas desculpas, Deka. Sua mãe morreu de verdade.

— Como ela morreu? — É quase doloroso perguntar, mas preciso.

Mãos Brancas suspira.

— Ela estava fazendo preparativos para te salvar do Ritual da Pureza quando foi pega pelos jatu. Eles a condenaram ao Mandato de Morte.

Um soluço deixa minha garganta. *O Mandato de Morte.* Se a morte final da minha mãe tiver sido tão difícil de descobrir quanto a minha, não posso nem imaginar a agonia que ela suportou antes de deixar este mundo.

Minhas lágrimas estão caindo livremente agora, o que faz com que eu quase me assuste quando Mãos Brancas toca a minha bochecha.

— Espero que você se conforte com o fato de que sua mãe a amava muito, Deka. Tudo o que ela fez foi por você.

As palavras queimam. Não quero ouvi-las — não quero nem mesmo pensar nelas —, mas tenho que superar minha dor.

É hora de fazer perguntas. Perguntas difíceis.

— Criar você? — Mãos Brancas ri, parecendo surpresa. — Nem eu tenho esse poder. Não, era meu dever cuidar de você, e fiz isso durante toda a sua vida. Mesmo antes de você entrar na barriga de Umu, eu te observei. Era meu dever, entende?

Dever? Barriga da minha mãe? Do que ela está falando?

Mãos Brancas se aproxima, seu sorriso se tornando algo mais fervoroso, mais intenso. Ela está com a mesma expressão dos sacerdotes de Oyomo quando leem as Sabedorias Infinitas. As outras alaki se afastam dela, como súditas abrindo caminho para uma rainha. Como soldados abrindo caminho para seu general. Atrás delas, as uivantes mortais assistem à cena em silêncio, gigantes pairando sobre suas irmãs muito menores.

— Quando as Douradas choraram e criaram a semente dourada da qual você brotou, eu estava lá — anuncia ela. — Quando o jatu criou o Mandato de Morte contra nossa espécie e o inseriu nas Sabedorias Infinitas para que tivesse legitimidade, fui eu quem escondeu você em minha barriga. E quando minhas irmãs se reuniram para se preparar para esta guerra, fui eu quem encontrei sua mãe... uma jovem alaki prestes a passar pela transição, sem saber de sua herança divina.

Herança divina...

Algo nessa frase me causa arrepios, mas me forço a continuar quieta enquanto Mãos Brancas continua:

— Umu começou a sangrar o ouro divino aos quinze anos. Ela correu para mim em pânico, então eu disse que ela era o que havia acontecido com as outras de nossa espécie. Ela chorou aos meus pés, perguntou como poderia ser útil. Foi quando eu soube que ela era o receptáculo perfeito. Esperamos até que ela atingisse a maioridade para que pudesse carregá-la e, então, em uma ocasião em que ela se banhava no lago de Warthu Bera, coloquei sua semente nas águas. Dez meses mais tarde, lá estava você, moldada tanto à imagem dela quanto à do homem que ela escolheu para criar você. O mimetismo perfeito de um humano.

A esta altura, meu peito está apertado e mal consigo respirar. *Semente? Receptáculo?* Do que ela está falando?

Ao meu lado, Keita balança a cabeça.

— Você a está confundindo — diz ele. — Toda essa conversa sobre ouro divino e sementes... Fale na linguagem dos fatos em vez de na das lendas.

— *Lenda* é como os humanos chamam as coisas que não entendem — zomba Mãos Brancas. — Eles falam que eu sou uma lenda, e mesmo assim eu existia desde o início, desde que Otera nasceu das tribos guerreiras. Eu ajudei a criar este império. Eu, minhas irmãs, nossas mães... fomos nós que fizemos Otera o que ela é.

— Mães? — arfo. — Você está falando sobre as Douradas... os demônios.

Eu penso em todos aqueles templos que vimos. Será que ela me mandou até lá de propósito, para que eu mesma pudesse ver as estátuas?

— *Demônios?* — Mãos Brancas descarta a palavra com um aceno.

— As Douradas nunca foram demônios. Elas eram deusas. Governaram Otera até que seus próprios filhos se voltaram contra elas. Os jatu queriam desesperadamente governar Otera, então prenderam nossas mães e nos mataram, suas irmãs, assim como todos os nossos filhos. Eles pensaram que tinham conseguido nos exterminar, aqueles traidores, mas nossas mães usaram o que restava de seu poder para impedir esse plano. Com seus últimos suspiros, elas tornaram as alaki verdadeiramente imortais, dando-nos o poder de ressuscitar como criaturas ainda mais ferozes: uivantes mortais. E então elas criaram a Nuru, a única criatura que poderia existir entre as alaki e os uivantes mortais. A filha que poderia libertar todas as outras.

Algo dentro de mim se estilhaça. Agora eu entendo por que os uivantes mortais pareciam tão feridos sempre que diziam a palavra *Nuru*.

Mãos Brancas chega mais perto, me encarando.

— Você é a Nuru, Deka. Você é a libertadora. É sua missão libertar nossas mães. É sua missão libertar todas nós.

De repente, não consigo me mover, não consigo respirar. A libertadora? Libertar todas elas?

— Isso é absurdo! — protesta Keita ao meu lado. — O que você quer dizer com isso de que Deka deveria…

— Não cabe a você falar, filho do homem! — rosna uma das outras mulheres de armadura. — Você não é bem-vindo aqui.

As uivantes mortais se eriçam ao meu redor, rosnados raivosos ecoando na caverna.

— Assassino! — acusa uma.

— O lorde de Gar Fatu. Ele matou muitos de nós! — exclama outra.

Elas se reúnem ao redor dele, seus espinhos chacoalhando.

— Keita! — arfo, a água escorrendo do meu corpo enquanto me esforço para me levantar.

Keita rapidamente desembainha a espada, pronto para se defender.

— Acalme-se, Deka — diz Mãos Brancas, gentilmente me empurrando para baixo outra vez. Ela caminha até a mulher de armadura. — Deixe-o em paz, Zainab.

— Mas ele...

— Ele manteve a Nuru em segurança, arriscando a própria vida. Só isso já é uma garantia — interrompe Mãos Brancas severamente.

— Além disso, ele nunca trairia a Nuru. — Ela se vira e o olha com firmeza. — Trairia?

— Não, óbvio que não! — responde Keita. — Ela é minha... ela é minha parceira.

Mãos Brancas assente.

— De fato. — Ela se volta para Zainab. — Se não for o suficiente, ele também é um dos meus descendentes.

Zainab rosna.

— Você tem centenas deles. Todas temos. Somos todas mães também. Avós. Bisavós.

Mãos Brancas é implacável.

— Você não vai tocar nele. Nenhuma de vocês. — Ela olha de forma incisiva para as uivantes mortais reunidas. — De agora em diante, enquanto o lorde de Gar Fatu se abstiver de qualquer ação mortal contra nós, faremos o mesmo por ele.

Resmungos irrompem pela caverna, mas Mãos Brancas se vira para encarar as que estão reunidas.

— Esta é a minha vontade como sua general, e vocês irão me obedecer!

Os resmungos cessam imediatamente. As uivantes mortais não emitem nem mais seus cliques.

Mãos Brancas se volta para Keita.

— Você pode ir embora agora. Pegue Masaima. Ele o levará em segurança para o exército.

Keita se vira para mim, preocupado.

— Mas eu...

— Vá embora antes que minhas irmãs acabem com você — ordena ela. — A paciência delas está acabando.

Keita rapidamente assente.

— Posso pelo menos me despedir de Deka?

— Seja rápido.

Assentindo de novo, Keita entra na água e toca minha bochecha.

— Deka — diz suavemente, seus olhos tristes.

Eu me esforço para estender meu dedo mindinho em sua direção, sorrindo quando ele gentilmente entrelaça o dele no meu.

— Se eu pudesse mover minhas mãos, eu te abraçaria — sussurro. Então admito, em um murmúrio baixo e suave: — Keita, eu...

Ele cola seus lábios nos meus.

Faíscas explodem imediatamente em minha pele. Quase não noto os rosnados irritados das uivantes mortais, os resmungos das mulheres de armaduras — tudo o que sinto é o trovejar das batidas do meu coração e o sussurro do corpo dele contra o meu. Todo o meu ser está quente agora, apesar do frescor da água.

Keita tem gosto de carambola e fogo.

Keita tem gosto de casa.

O beijo é suspenso no tempo, a magia espiralando entre nós. Um momento que guardarei para sempre. Quando ele finalmente afasta os lábios dos meus, há admiração em seus olhos.

— Eu sempre quis que meu primeiro beijo fosse com alguém especial — sussurra ele. — Eu sempre quis que fosse com você.

Lágrimas ardem em meus olhos.

— Estou feliz que tenha sido com você, Keita.

— Eu também — responde ele. Aperta minha mão mais uma vez e sobe em Masaima. — Adeus, Deka. Talvez eu te veja novamente um dia.

E, simples assim, ele se vai, cavalgando para fora da caverna em Masaima enquanto uivantes mortais e alaki mais velhas rosnam. Estou sozinha de novo.

Não cair no choro se prova incrivelmente difícil, mas consigo domar minha tristeza. Existem outras coisas mais urgentes em que pensar. Tenho mil perguntas a fazer. Se eu sou a Nuru, criada para libertar uivantes mortais e alaki, como faço para cumprir meu propósito?

E quanto a Mãos Brancas? Se tudo o que ela me disse era verdade, por que me deixou cometer todas aquelas atrocidades contra os uivantes mortais? Ela e minha mãe poderiam simplesmente ter me levado para longe quando nasci e evitado tudo o que aconteceu. Por que permitir que eu fosse criada por humanos, para começo de conversa — por que me deixar sofrer tanto, quando eu poderia estar aqui com minha própria espécie o tempo todo?

As perguntas são um grande peso em minha mente, mas não tenho tempo para refletir sobre elas. A exaustão tomou conta de mim, e não demora muito para eu sucumbir a ela e adormecer.

Quando amanhece, Mãos Brancas ainda está ao meu lado, algumas outras uivantes mortais em torno dela. Formam um círculo ao meu redor, mãos dadas, gargantas ressoando. O som vibra pelo meu corpo, provocando ainda mais conexões. Posso sentir meus membros se juntando mais rápido, meus tendões se ligando e se fortalecendo, e sou grata por isso, grata por todo o cuidado que estão me dando. O exército do imperador está a apenas quatro dias de distância.

Embora os outros soldados levem muito mais tempo do que Keita e eu para chegar aqui, já que não têm animais tão rápidos quanto Ixa, fico preocupada só de pensar. Afinal, Britta e as outros ainda estão lá. Espero que não estejam sendo punidos agora que fui considerada uma traidora. Espero que Britta ainda esteja se recuperando — que não tenha sucumbido aos ferimentos ou a algo ainda pior.

Como o Mandato de Morte....

Afasto o terrível pensamento ao voltar à questão das minhas origens. O que significa ser a Nuru, exatamente? Como exatamente vou libertar as deusas? Sei que elas estão no topo desta montanha, escondidas em um templo como aquele onde os uivantes faziam ninho. É por isso que eles se reuniam nos templos, por isso que massacraram a família de Keita quando a encontraram aqui. Este é o local mais sagrado de todos para eles: o local de descanso de suas deusas. Os ninhos primitivos sempre foram apenas um mito criado por Mãos Brancas para que o imperador reunisse todos os seus exércitos aqui.

Suponho que isso torna as coisas mais fáceis para mim. Enquanto liberto as deusas, o imperador e seu exército estarão muito ocupados lutando. Mas o que acontece depois que eu as libertar? Ainda não faço ideia. Eu nem sei como são as deusas — qual é a verdade sobre elas, em comparação com o que as pessoas me disseram.

Me volto para Mãos Brancas. Ela agora está de mãos dadas com Katya e emitindo um som cadenciado.

— Mãos Bran... quero dizer, Fatu — digo, me corrigindo e usando seu nome verdadeiro.

Mãos Brancas sorri.

— Mãos Brancas está ótimo. Fatu é um nome antigo, que as pessoas há muito se esqueceram de temer. Mãos Brancas, no entanto... — Ela junta as pontas dos dedos cobertos por manoplas. — É um nome que em breve não será esquecido facilmente. Além disso, é uma grande honra ter sido nomeada por você.

Sinto um calafrio. Há algo em sua expressão, um olhar que me diz que ela realmente se sente assim.

— Por que libertar as deusas é tão importante? O que mudará se elas voltarem a este mundo?

— Tudo — responde ela. — Tudo irá mudar. Os imperadores de Otera oprimiram nossa espécie por muito tempo. Nos proclamaram demônios. Mas agora chegou a vez deles. Assim que você acordar as deusas, elas farão de Otera o que ela costumava ser: uma terra de liberdade, uma terra onde homens e mulheres governavam em igualdade, onde mulheres não sofriam abusos, eram espancadas, estupradas. Onde elas não eram aprisionadas em suas casas, chamadas de pecadoras e profanas.

Ela me encara, seus olhos sérios.

— Você nos ajudará a trazer de volta aqueles tempos alegres. Você nos ajudará a conquistar a liberdade para todas nós... todas as mulheres em Otera, mesmo aquelas que não são alaki.

Liberdade para todas as mulheres...

Eu tremo ao me lembrar do medo da água de Gazal, da vontade de Katya de voltar para casa, das lágrimas nos olhos de Belcalis enquanto ela me lembrava de jamais esquecer. Todas tão diferentes e, ainda assim, todas lutando contra um mundo onde eram indesejadas — pior, desprezadas.

Liberdade para elas — liberdade para todas nós. Deixo o pensamento precioso fluir na minha mente enquanto uivantes mortais retomam seu zumbido.

34

◈ ◈ ◈

Meu corpo leva dois dias para se curar totalmente. Todo esse tempo, uivantes mortais me cercam, gargantas ressoando. Nunca comem, nunca dormem, apenas continuam na tarefa, atentas. Quando me levanto no segundo dia, me sinto mais forte do que nunca. E ainda bem. O exército está no sopé das montanhas, a fortaleza das uivantes mortais. A batalha final está prestes a começar.

— Está na hora — diz Mãos Brancas, gesticulando para que eu saia da água.

Faço o que ela manda, maravilhada com a nova força dos meus músculos, o poder que sinto em meus ossos. Quando me mexo, veias douradas brilham logo abaixo da minha pele. Posso vê-las em minhas mãos. Apesar de tudo o que o oficial em Jor Hall disse, meu sono dourado destruiu a camada dourada que antes cobria minhas mãos e braços. Talvez seja parte do que significa ser a Nuru. Me sinto mais viva do que nunca.

Agora, conheço meu caminho. Conheço meu propósito.

Mãos Brancas acabou me explicando com muito cuidado.

Nos últimos dias, ela respondeu a todas as minhas perguntas — até me contou como ela e minha mãe se tornaram aliadas.

Como okai, minha mãe nunca teve que passar pelo Ritual da Pureza. Qualquer alaki em Warthu Bera era identificada imediatamente, já que as okai são feridas quase todos os dias, considerando a brutalidade do treinamento. Quando minha mãe começou a sangrar o ouro amal...— não, *divino* durante a menstruação, Mãos Brancas logo percebeu e a tomou como assistente, mantendo-a longe da batalha.

Então minha mãe ficou grávida, e suas superiores descobriram antes que Mãos Brancas pudesse escondê-la direito. Eles a sentenciaram à morte por manchar a honra okai. Mãos Brancas não teve escolha a não ser ajudá-la a fugir. Ela arranjou para que um soldado aposentado — meu pai — a levasse e, a partir de então, não fez mais contato com minha mãe por medo de colocá-la em perigo. A essa altura, o imperador já a observava de perto, desconfiado das ideias que ela lançava sobre um regimento alaki.

Então fiz quinze anos e a ameaça do Ritual da Pureza surgiu. Foi quando ela e minha mãe começaram a procurar uma pela outra.

E foi então que Mãos Brancas enviou aqueles uivantes mortais para Irfut.

A ironia disso me faz querer rir. Aqueles uivantes mortais fizeram tudo que podiam para me resgatar, mas ordenei que eles fossem embora, me condenando, assim, àquele porão. Fui a agente do meu próprio sofrimento.

Mas talvez passar por toda essa dor tenha sido melhor para mim. Ser criada em Irfut me ensinou o que significa ser uma garota humana — acreditar tão piamente nas Sabedorias Infinitas apenas para acabar aprisionada por seus mandamentos incessantes e depois ser traída pelos horrores do Mandato de Morte.

Se devo lutar pelas mulheres — por todas as mulheres —, preciso entender como as garotas humanas pensam, preciso ter experimentado a mesma dor que elas.

Penso nisso enquanto assinto para Mãos Brancas.

— Estou mais do que pronta.

— Então vamos nos preparar — diz ela, gesticulando.

Um par de alaki mais velhas se aproxima, com uma armadura branca cintilante nas mãos. Sei que é uma armadura infernal, mas é um tipo que nunca senti antes. Se a armadura infernal normal formiga, esta explode como fogos de artifício. Mil cores ondulam nela, como um arco-íris refletindo em um lago.

— Um presente de nossas mães — explica Mãos Brancas. — Armadura celestial. Uma adição valiosa ao seu *primeiro* dom.

Ela aponta para Ixa, que está esperando na lateral da caverna, usando uma armadura igual à minha. Ele tem asas agora — lindas asas azuis que brilham com penas e escamas, assim como o restante de seu corpo.

— As deusas me deram Ixa? — pergunto, chocada.

Mãos Brancas assente.

— Toda criança precisa de um animal de estimação, e qual animal melhor do que um que muda de forma e pode protegê-la quando você está vulnerável?

Ixa é, sem dúvida, todas essas coisas e muito mais.

Eu sabia que você era meu, sussurro para ele.

De... ka, ele concorda alegremente.

Depois de vestir a armadura, me viro para a água, olhando para o reflexo. Eu mal me reconheço, mal reconheço esta garota usando uma armadura alada e carregando espadas duplas cintilantes. Meus olhos me observam de volta, um cinza perturbador no negro do meu rosto.

O cinza dos olhos do meu pai quando ele me decapitou. O pensamento me enche de raiva, arrependimento.

O homem que deixei em Irfut nunca foi realmente meu pai — nenhuma gota de seu sangue corre em minhas veias. Talvez seja por isso que ele me abandonou tão facilmente ao Mandato de Morte. Mesmo que ele sempre tenha me reconhecido como sua, algo dentro dele deve ter sussurrado que eu não era. Que eu não era sua carne, não era seu sangue. Como as deusas que me criaram, sou completamente divina — uma criatura que não é uivante mortal nem humana, com a capacidade de imitar os dois. Eu posso ser o que eu quiser.

E não quero mais ser como aquele homem.

Enquanto penso isso, meus olhos mudam, escurecem. Quando torno a olhar para a água, eles estão da mesma cor negra dos olhos de

Mãos Brancas — das alaki mais velhas. São os olhos que realmente me pertencem, os olhos que sempre pertenceram a mim.

São os olhos que mostram que amadureci em meu poder.

Sorrindo agora, coloco a máscara de guerra que vem com a minha armadura e me viro para Mãos Brancas e Katya, que me acompanhará em um grifo próprio. Ele faz um barulhinho roncado quando ela o acaricia com a mão coberta pela armadura.

— Estou pronta — digo.

Mãos Brancas sorri, acaricia minha bochecha com ternura.

— Lembre-se, você é do divino. Você não pode ser morta por meios mortais. A única coisa que os humanos podem fazer é prendê-la, como fizeram com nossas mães.

— Vou me lembrar. — Eu assinto.

— Então, vamos.

Voamos para fora de nossa caverna na montanha em direção ao rugido da batalha. Abaixo de nós, exércitos colidem um com o outro, alaki e humanos lutando contra uivantes mortais, sangue vermelho e dourado contra um mar azul. O cheiro metálico vem à tona, acompanhado pelos cheiros de urina e vômito. Cheiros de batalha. O cheiro de morte e agonia. Meu estômago dói. Agora que sei o que os uivantes mortais são, não aguento ver minhas irmãs de sangue erguendo os braços contra eles, inconscientemente erguendo os braços contra sua própria espécie. Não suporto vê-los se matando. Os rostos dos meus amigos passam diante de meus olhos — Britta, Keita, Belcalis, as gêmeas, os outros uruni. Se algo acontecer com eles durante esta batalha sem sentido, não sei o que farei.

Tento reprimir meu medo enquanto fico de pé nas costas de Ixa, imitando Mãos Brancas e Katya, que estão na mesma posição sobre seus grifos. Os exércitos ainda não nos notaram — eles estão muito ocupados lutando entre si, muito ocupados matando uns aos outros.

Eles não notam o exército alaki marchando na direção deles, espadas em punho.

Agora sei a razão pela qual os uivantes mortais continuaram atacando as vilas, a razão pela qual sempre levavam jovens e sempre mulheres, a razão pela qual vi a garotinha fugindo na selva durante aquela invasão. Uivantes mortais conseguem sentir o cheiro de garotas prestes a se transformar em alaki, o cheiro de ouro correndo em suas veias. Todo esse tempo, as uivantes resgataram suas irmãs alaki, treinando-as para este exato momento — o momento em que libertaremos nossas mães. É um pensamento que me enche de esperança, de determinação.

Vou despertar as deusas.

Já consigo sentir o poder se acumulando dentro de mim. Não tenho que entrar no estado de combate para invocá-lo, não tenho que afundar no oceano escuro do meu subconsciente. Sempre esteve lá, uma onda esperando para subir em minhas veias.

— Irmãs alaki — rujo em uma voz mais alta do que mil tambores.

A luta é interrompida imediatamente. Todos olham para cima, cobrindo os olhos quando me veem pairando sobre eles. Eu só posso imaginar a visão que devo ser, uma figura de armadura em pé em um drakos alado com armadura semelhante, duas mulheres em grifos me flanqueando, o sol às nossas costas. Mesmo que Katya seja uma uivante mortal agora, eu a vejo como uma mulher, porque é isso o que ela é.

Ainda mais impressionantes são as fileiras ordenadas de alaki atrás de nós, cada uma brilhando em sua armadura infernal, cada uma pronta para a batalha. Essas são todas as garotas que os uivantes resgataram, garotas que estão prontas para lutar por suas mães.

— Não lutem contra os uivantes mortais. São suas irmãs — eu grito. — O imperador e os sacerdotes mentiram para vocês. Eles estão forçando vocês a matar sua própria espécie. Quando as alaki morrem, renascem como uivantes mortais. Não lutem contra eles!

Por um momento, as alaki se entreolham, descrentes. Tenho que dar a elas mais motivos para acreditarem em mim do que palavras vazias e um espetáculo cintilante. Tenho que convencê-las a obedecer por vontade própria, não forçá-las usando minha voz, como fazia antes com os uivantes mortais.

Retiro o capacete e a máscara de guerra e os entrego a Katya. Então mergulho até estar um pouco acima das primeiras fileiras. Estou perto o suficiente agora para ficar cara a cara com os generais, com Belcalis e o resto dos recrutas. Tento encontrar Keita, Adwapa e as outras, mas não os vejo.

— Deka — arfa Belcalis, chocada. Ela ignora os protestos dos generais, os movimentos tensos dos outros soldados, enquanto olha para mim. — Deka, é você?

Assinto.

— Não esqueci, Belcalis — eu digo. — Eu nunca vou esquecer o que aconteceu com você. Com todas nós. — Eu me viro para as alaki reunidas, usando minha habilidade para amplificar minha voz: — NUNCA ESQUEÇAM COMO OS HUMANOS NOS TRATARAM! NUNCA ESQUEÇAM DO QUE ELES NOS CHAMARAM!

Apunhalo minha palma, erguendo-a quando o sangue começa a escorrer.

— Demônios! — grito, apontando para os soldados agora se virando, confusos. — Eles nos chamavam de demônios, embora sejamos filhas de deusas! As Douradas nunca foram seres infernais. Elas foram as deusas que fundaram Otera. Deusas que os jatu aprisionaram nestas mesmas montanhas. Hoje é o dia em que nos libertaremos das mentiras do jatu. Alaki, lutem ao lado das uivantes mortais, suas irmãs! Libertem-se do jatu!

Desta vez, a verdade em minha voz não pode ser negada. Um tumulto começa quando as alaki rompem as fileiras e se dirigem para o lado das uivantes mortais. As alaki às minhas costas começaram a descer da montanha, lideradas pelas alaki mais velhas. Há centenas e centenas delas.

Em pânico, os generais gritam para seus soldados:

— Destruam as alaki! Matem todas as traidoras! E matem ela!

Eles apontam para mim, mas já estou voando de volta antes que os arqueiros possam mirar.

— Uivantes mortais, alaki! — chamo. — Não machuquem os recrutas jatu se não for necessário. Eles não sabiam de nada disso.

Conforme subo mais, em direção às montanhas, com Katya me acompanhando em seu grifo, Mãos Brancas se curva para mim.

— É aqui que eu as deixo — diz ela. — Preciso ficar e supervisionar a batalha. — O receio deve transparecer em meu rosto, porque ela acrescenta: — Não se preocupe, há um guia te esperando quando você chegar ao templo.

— Obrigada, Mãos Brancas. — Assinto. — Por tudo.

Agora, mais do que nunca, entendo como Mãos Brancas é sábia, como ela tem sido meticulosa em seu planejamento. Ela usou o imperador para libertar sua espécie do Mandato de Morte, prometendo-lhe que mataríamos os uivantes mortais, e, em vez disso, começou a transformar as alaki em um exército — um exército que luta ao nosso lado, agora que entende a verdade de sua herança.

Até que nosso império esteja livre desses monstros... Agora entendo do que ela estava falando, entendo quem são os verdadeiros monstros.

Mãos Brancas assente de novo.

— Posso ter parecido cruel nos últimos meses, mas tinha motivos — diz. — Espero que você possa me perdoar por todas as coisas que deixei de fazer, por todas as verdades que não lhe contei, pela dor que você teve que encarar por causa do meu silêncio.

Eu faço um sinal positivo com a cabeça.

— Agora sei que você fez todas essas coisas para que eu pudesse aprender — respondo, aceitando seu pedido de desculpas.

Ela sorri, então se volta para a batalha e sopra um chifre curvo de marfim. Um estrondo distante soa em resposta. Quando me viro, vejo hordas de equus saindo das dunas atrás do exército humano, suas garras se movendo com uma precisão natural. E mais equus emergem das laterais do exército humano e se chocam contra eles, uma estratégia de batalha atemporal.

— Vença ou morra! — Mãos Brancas acena para mim.

— Nós, que estamos mortas, te saudamos! — respondo, batendo a mão sobre o coração.

Mãos Brancas assente, sorrindo. Então ela salta do grifo, derrubando um general humano de seu mamute na queda. Ela rasga a garganta dele com as garras antes de chegarem ao chão, então gira na linha de frente, dançando um balé mortal sem esforço algum enquanto o sangue chove sobre ela.

Dou as costas àquela visão, meus olhos fixos no pico da montanha acima de mim. Tenho minha própria missão a cumprir. *Eu consigo fazer isso*, sussurro com firmeza para mim mesma. *Eu vou fazer isso.*

Está frio e nublado quando Katya e eu alcançamos o topo das Montanhas N'Oyo. Felizmente, não sinto o impacto do tempo. Minha armadura celestial e a máscara de guerra me mantêm aquecida e dissolvem os cristais de gelo que se formam em meu rosto.

— Você está pronta, Deka? — pergunta Katya à medida que avançamos.

Ela parece nervosa, mordendo os lábios da mesma forma que fazia quando era alaki.

— Mais do que nunca — respondo, olhando para os brilhantes picos brancos. Então me viro para ela. — Como é? Ser uma uivante mortal, quero dizer.

Agora que tenho tempo para pensar, estou curiosa — ou talvez esteja apenas tentando evitar que minha mente se concentre na urgência da minha missão.

Katya dá de ombros.

— Não é tão estranho quanto foi no início. — Quando franzo a testa, confusa, ela explica: — Em um segundo, aquelas garras estavam cortando minhas costas, e no seguinte, eu acordei neste corpo. Aconteceu assim. — Ela estala os dedos. — Existem uns... ovos, entende? Estão todos no fundo desses lagos...

Arfo, olhos arregalados, quando me lembro do lago de onde Ixa saiu, as pedras douradas no fundo. Provavelmente é um dos lugares onde uivantes mortais nascem. Ixa deve ter sido colocado lá para proteger os ovos enquanto amadureciam.

Volto minha atenção para Katya enquanto ela continua:

— Quando uma alaki morre, um novo ovo se forma, e você acorda como uma uivante mortal adulta.

— O que acontece com o antigo corpo?

Eu vi cadáveres de alaki apodrecendo no campo de batalha, todos daquela horrível cor azul da morte final. Eles só ficam lá, como qualquer outro cadáver, mas talvez algo aconteça depois.

Katya dá de ombros.

— Imagino que apodreça. Mas o novo... meio que simplesmente explode daquele ovo, e aí você já está nadando, e todas essas irmãs de sangue estão reunidas para acalmá-la, dizendo que você está bem. Só que são todas uivantes mortais, e agora você é uma também. O pior é que todo mundo sempre tem medo da gente. — Seus olhos se afastam dos meus. — Essa é a pior coisa, sabe: o medo humano.

— Por quê? — pergunto.

— Porque nos faz matá-los — sussurra ela, miserável. — Quando os humanos nos sentem por perto, eles começam a ter medo. É como se eles pudessem nos sentir, e o medo os domina. Então, o cheiro do medo nos domina, e é isso que dá início à névoa e aos gritos.

Agora eu entendo.

As Douradas fizeram os uivantes mortais como predadores naturais. É por isso que eles são maiores e mais assustadores, por isso que têm o instinto de destruir seus inimigos naturais. Eles foram literalmente feitos para resistir aos humanos.

Assim como eu.

Agora entendo por que vejo muito melhor no escuro do que as outras, por que não preciso de comida ou água para sobreviver e minha tolerância à dor é muito maior do que a das alaki comuns. As Douradas me deram todas as habilidades de que eu precisaria para sobreviver em um mundo preparado para me matar.

— Mas estou feliz — acrescenta Katya de repente.

— Por quê?

Ela dá de ombros.

— Porque não estou morta.

— Mas o que acontece se você morrer de novo? Como uivante mortal, quero dizer.

Já matei uivantes mortais o suficiente para saber que seus corpos não desaparecem do nada. Eles continuam ali no chão, sólidos, apodrecendo... isto é, até que alguém pegue um troféu. A culpa se agita em mim como um lembrete.

— As mais velhas dizem que existe o Além, assim como para todo mundo. — Katya dá de ombros. — Embora eu provavelmente não fosse me importar... de ir para o Além, quero dizer...

— Por quê?

Ela se vira para mim e dá um sorriso corajoso e triste.

— Porque então não vou precisar mais lutar. — Katya olha para as garras. — Eu te disse antes: tudo que eu sempre quis fazer foi me casar com Rian. Ter meus filhos, um lar...

Pobre Katya.

Depois de todo esse tempo lutando, quase me esqueci das garotas como ela — garotas que sempre quiseram uma família e um lar. Elas sempre morreram mais rápido em Warthu Bera, morriam primeiro nas invasões, em acidentes ou em práticas de combate.

— Agora, nunca terei isso — continua ela —, mas no Além, terei paz. Todo mundo merece paz, você não acha?

Assinto.

— Todo mundo merece paz. Com sorte, quando isto acabar, teremos.

— Também espero — diz Katya com um sorriso.

Abaixo de nós, as nuvens estão se dissipando e o Templo das Douradas está aparecendo. Fica no meio de uma cratera no pico mais alto das Montanhas N'Oyo, pelo menos quatro vezes maior do que qualquer outro que eu já vi, os degraus que levam a ele serpenteando por pelo menos dois quilômetros. Um lago de puro sal branco o rodeia, e o sol cintila de tal forma nos grãos que tenho que proteger meus olhos contra o brilho.

Para meu espanto, há um grupo de zerizards nos degraus do templo — no mínimo cinquenta deles. O medo se agita dentro de mim no momento que vejo as selas vermelhas. Agora sei por que não vi o imperador ou seus guardas no campo de batalha. É porque ele estava aqui todo esse tempo, esperando por mim.

— O imperador, ele já está aqui! — digo, descendo de Ixa de maneira apressada.

— Não importa, nós também estamos — responde uma voz familiar atrás de mim.

Me viro, assustada ao encontrar Adwapa na entrada sombreada do templo, um sorriso malicioso no rosto.

Ela estala a língua em sinal de desaprovação.

— Você nunca teve muita consciência do seu entorno, Deka. Precisa trabalhar nisso no futuro, se sobrevivermos.

35

◈ ◇ ◈

— Adwapa? — arfo, correndo para abraçá-la. — O que você está fazendo aqui?

Ela me aperta com força e então me solta.

— Esperando por você — responde ela. — Fomos enviadas aqui para servir como suas guardas.

Agora vejo as outras alaki e as uivantes mortais paradas atrás dela. Há um contingente delas, e Asha também está aqui. Ela faz um aceno rápido e sorri.

Retribuo o gesto e avanço com rapidez em direção à entrada atrás de Adwapa.

— Mas como? — pergunto, chocada. — Por quê?

Ela se vira para mim com um dar de ombros.

— Os Nibari sempre adoraram as Douradas. Mesmo após o Mandato de Morte, mantivemos nossas crenças. Minha irmã e eu temos esperado por este momento por toda a nossa vida.

Quando Asha assente, solene, enfim percebo: elas foram para Warthu Bera deliberadamente. Elas não precisavam se revelar como alaki. Os sacerdotes não vivem com os Nibari — os consideram gentios demais. Eles viajam para o deserto apenas duas vezes por ano, para realizar o Ritual da Pureza. As gêmeas poderiam ter se escondido a vida inteira se quisessem, mas não quiseram.

É por isso que sempre pareciam tão à vontade durante o treinamento, correndo mais rápido e lutando melhor do que todas nós, porque sempre pareciam um pouco mais velhas, um pouco mais sábias, mesmo quando fingiam imaturidade.

— Adwapa? Você é uma das Primogênitas?

Ela começa a rir.

— Primogênita? Não, de jeito nenhum... minha irmã e eu temos só trezentos anos.

— Trezentos... — repito, atordoada. — Mas e...

— Explico mais tarde — diz Adwapa, parando abruptamente.

Agora, estamos no saguão de entrada do templo, encarando o desconhecido. Corredores escuros estendem-se na escuridão, levando a só Oyomo sabe onde. Minhas mãos tremem com o pensamento.

— O imperador está em algum lugar lá dentro — me lembra Adwapa.

— Eu sei. Vi os zerizards.

Eu sabia por que não tinha visto o imperador no campo de batalha — porque ele estava aqui, esperando por mim.

— Mas ele não é o único que está lá — diz Adwapa, a preocupação surgindo em seus olhos. — Keita também está lá dentro.

Tudo em mim congela.

— Keita?

Adwapa assente.

— O imperador o capturou depois que ele deixou você no lago. Provavelmente vai ser ruim, Deka. Você precisa se preparar.

O interior do templo está úmido e silencioso. Colunas pretas se erguem acima de nós, imagens das Douradas gravadas nelas. Lá estão as quatro: a sábia do Sul, a gentil do Norte, a guerreira do Oeste e a maternal do Leste, todas derrotando monstros, lutando contra rebeldes, erguendo as muralhas de Hemaira. Em cada um dos entalhes, elas são muito maiores do que os humanos — gigantes, na verdade.

Me pergunto se elas são assim na vida real. Há tantas coisas que me pergunto, e talvez, se eu continuar ponderando, não terei que pensar em Keita à mercê do imperador, não terei que reconhecer o imenso terror que pesa sobre meu corpo.

Continuo a olhar para os entalhes, as deusas sentadas em quatro tronos reais, olhando gentilmente para os humanos muito menores. Alaki e jatu as cercam, a armadura se destacando entre as vestes dos humanos normais e dos sacerdotes. Esses sacerdotes estão acompanhados de indivíduos sobre os quais nunca pensei antes — algo que nunca sequer imaginei.

Sacerdotisas.

Uma após a outra, as colunas mostram mulheres diferentes fazendo coisas — *sendo* coisas — que eu nunca sonhei serem possíveis: sacerdotisas, anciãs, escribas, todas as coisas que os homens são. Minha raiva aumenta quando percebo como minha mente foi completamente envenenada, a ponto de eu me chocar ao ver mulheres nessas posições. Eu respiro fundo, tentando me acalmar. Tenho que estar pronta para encontrar o imperador.

Ele está bem ali, no final do corredor, onde a luz fraca se derrama de uma câmara escondida. E Keita está com ele.

Uma mão toca meu braço e quase pulo.

— Você está bem? — pergunta Adwapa.

Assinto.

— Você não pode baixar a guarda, Deka. Não aqui.

Não com o destino das deusas em jogo — sem contar o de Keita, termino a frase de Adwapa em pensamento.

— Não vou baixar — digo, tocando minhas duas atikas. — Estou preparada.

— Tudo o que você precisa fazer é libertar as deusas — lembra Adwapa. — Apenas as liberte. Nós cuidaremos do resto. Vamos proteger Keita.

Torno a assentir. Conheço minha missão.

Adwapa me toca de novo.

— Eu acredito em você — diz suavemente. — Sempre acreditei, desde o momento que Mãos Brancas me enviou a você.

De repente, me lembro da primeira vez que encontrei Adwapa naquela carroça, revirando os olhos e com aquela atitude desafiadora. Desde então, ela está ao meu lado, sempre pronta para contar uma piada com um sorriso torto e irônico. Não me incomoda que ela seja espiã de Mãos Brancas — ela sempre foi minha amiga de verdade. Sei disso com a mesma certeza com que conheço meu próprio coração.

Ela respira com dificuldade.

— É por isso que eu conseguia fazer todas aquelas coisas, matar todos aqueles...

— Você nunca matou mais do que sua cota — eu a lembro, apertando sua mão para impedi-la de dizer mais.

Não consigo imaginar como ela deve ter se sentido, sabendo todo esse tempo o que os uivantes mortais eram, mas fingindo o contrário, olhando e até mesmo participando enquanto as massacrávamos. Mesma coisa com Mãos Brancas e todas as outras que fizeram parte dessa rebelião oculta. A culpa delas é também a minha, um poço ácido em meu estômago.

Lembro a mim mesma que tudo tinha um propósito. Todas aquelas mortes estavam levando a este momento.

Não vou decepcionar Adwapa. Não vou decepcionar ninguém.

— Eu também acredito em você — digo a ela.

Adwapa assente, e juntas avançamos.

O que encontro é muito pior do que eu imaginava.

Não apenas Keita está aqui, amarrado e amordaçado, mas Britta também. Ela está consciente, mas pálida, amarrada no chão. O imperador está sentado ao lado deles em um assento ornamentado, com um sorriso presunçoso. Diferentemente dos jatu, ele mal usa armadura e traz até uma coroa na cabeça. Há uma besta com flechas douradas ao seu lado.

— A Nuru — zomba quando desço as escadas para a câmara.

Meus olhos pousam em Keita, uma onda de horror me tomando quando vejo seu rosto, machucado e ensanguentado, um de seus braços também sangrando. Estou enjoada e preciso cerrar as mãos em punho para não correr até ele. Correr até Britta.

Quando Keita me encara, seus olhos enviam aos meus uma mensagem rápida: *Corra, Deka.*

Eu ignoro, volto minha atenção para o imperador, que sorri para mim.

— Você enfim se revela pelo que é — diz em um tom de voz malicioso.

O rosto dele está completamente diferente: frio, odioso. Não se parece em nada com o homem que conheci, que quase admirei.

— Acabei de descobrir o que sou — respondo. — Mas você sempre soube.

— Eu não sabia que era você. — Ele dá de ombros, levantando-se. — Achei que você fosse apenas mais uma anomalia, como sua amiga aqui.

O imperador pisa com a bota no pescoço de Britta, e ela arfa, com lágrimas nos olhos.

Tudo dentro de mim congela.

— Por favor... — solto.

— Por favor, o quê? — pergunta ele. Quando olha para Britta, seus olhos estão frios, muito frios. Eles me lembram os olhos de meu pai... os de Ionas. — Você sabia que ela quase escapou? Fraca como está, ela quase acabou com meus soldados. Felizmente, ainda tínhamos algumas daquelas cordas que usamos para prender minha avó. — Quando me mostro confusa, ele explica: — A Senhora dos Equus. É assim que a chamam agora, não é? Antes, ela era conhecida como Fatu, a Implacável.

Deixo escapar uma arfada. Lembro como Mãos Brancas olhou com amargura para a estátua feminina que se erguia das Lágrimas de Emeka — a estátua que agora sei que foi inspirada nela.

O imperador continua, um sorriso horrível se formando nos lábios.

— Você sabia que nós a desmembramos uma vez? Meus antepassados, quero dizer. A cortaram em quatro partes e as empalaram nas masmorras do palácio quando ela tentou defender suas mães. Meu pai me contou tudo. Ele ouviu a história de seu próprio pai, que ouvira do próprio pai, e assim por diante. Infelizmente, meus ancestrais não conseguiram descobrir sua morte final, então eles apenas a deixaram lá por algumas centenas de anos, até ela enlouquecer. A Primogênita não sucumbe ao sono dourado, sabe. Como ela implorou que a libertassem! Por centenas de anos, ela implorou e chorou, prometeu que nos serviria, essa vadia traidora. E foi o que ela fez por séculos. Até agora.

Um soluço fica preso na minha garganta. Pobre Mãos Brancas. Achei que eu tivesse sofrido em Irfut, mas o que aconteceu com ela foi mil vezes pior. Não é de admirar que ela não se impressionasse com a minha dor, com a das outras. As coisas que ela deve ter passado durante aqueles séculos infernais… Minhas mãos tremem ao pensar, a raiva agita-se dentro de mim.

O imperador Gezo não nota enquanto pisa no pescoço de Britta novamente. Cerro os dentes quando ela arfa de dor.

— Usamos as mesmas cordas para prender sua amiga. São feitas de ouro celestial, o ouro que colhemos das deusas antes de prendê-las aqui. São inquebráveis, mesmo para a sua espécie. Até para Fatu.

Ele estala a língua em um sinal de reprovação para Britta, enojado.

— Uma alaki não deveria ser tão forte, mas essa é a natureza das anomalias. Mas foi por isso que coloquei todas vocês em Warthu Bera: a mais forte, a mais rápida, a mais esperta de todas. Mandei todas as anomalias para lá.

— Você estava nos observando — digo, horrorizada.

Ele assente.

— Eu estava procurando a Nuru. Minha avó traiçoeira tentou me convencer de que seria um uivante mortal, mas eu sabia que seria uma alaki. A princípio, achei que seria uma das fortes, ou pelo menos uma ágil. Só percebi que era você muito mais tarde. Sabe, minha avó me escondeu detalhes da sua habilidade.

O imperador se aproxima, sorrindo e parecendo achar graça quando as alaki e as uivantes mortais chegam mais perto para me proteger. Pelo menos ele não está mais pisando no pescoço de Britta. Olho para ela, me certificando de que ela está bem, então volto a encarar o imperador.

— Quando você percebeu? — pergunto, tentando fazê-lo continuar falando.

Preciso manter sua atenção em mim o máximo que puder. Qualquer coisa para impedi-lo de machucar Britta ou Keita novamente.

— Assim que vi seu rosto na sala do trono — diz ele. — Você poderia ter disfarçado o quanto quisesse com essa sua aparência humana, mas eu conseguia sentir o cheiro delas em você.

— O cheiro de quem?

— Das vadias divinas! — sibila ele, apontando para o fundo da sala, onde quatro estátuas douradas gigantescas das deusas estão sentadas em tronos pretos colossais.

As Douradas.

Mesmo sem me aproximar, sei que são elas. Soube assim que entrei na sala e senti o poder me atingir como um terremoto silencioso. Meu corpo treme ao ver suas expressões: tristeza, resignação, raiva. Elas foram sepultadas vivas, presas enquanto estavam sentadas nos tronos.

— Elas pensaram que podiam mandar em nós — diz o imperador, irritado. — Que, já que não podíamos matá-las, nós as deixaríamos nos aterrorizar para sempre. Nós mostramos a elas, esses demônios. Nós mostramos a elas... — Ele se vira para mim, os olhos brilhando de ódio. — Você sabe o que fizemos com elas? Meus ancestrais, quero dizer?

Nego.

— Nós as enterramos no sangue das próprias filhas — explica ele, com uma risada alegre e sinistra. — Derretemos dezenas de armaduras infernais... dissemos às alaki que estávamos fazendo uma homenagem às nossas mães. Então as atraímos até aqui e derramamos o ouro derretido sobre elas. Nós as aprisionamos.

— Por quê? — pergunto, atordoada. — Por que vocês fariam uma coisa dessas?

— Porque elas eram uma praga! — sibila o imperador. — Demônios encarnados, apesar da aparência celestial! Desde tempos imemoriais, nós, os jatu, juramos proteger Otera, portanto as aprisionamos e garantimos que nunca mais voltassem. Nunca mais as mulheres governariam Otera. Essa era a missão de todos os imperadores da casa de Gezo. — Ele olha diretamente nos meus olhos. — Nunca vou permitir que uma de vocês, vadias imundas, se sente no trono outra vez.

Suas palavras, seu ódio, são um golpe profundo no meu coração. *Vadias*. Uma palavra tão feia quanto todas as outras que os homens jogam contra nós. Preciso me segurar para não desembainhar minhas espadas, mas faço uma última pergunta.

— Por que você não me matou no momento que soube o que eu era?

O imperador sorri cruelmente.

— Porque você era útil. Como foi lindo usar você contra as uivantes mortais... Você, o próprio instrumento que as Douradas criaram para destruir minha espécie. Em vez disso, te usei para massacrar a delas.

Repulsa e culpa me inundam quando penso em todas as uivantes mortais que condenei à morte, todas as que eu mesma matei, apesar de todos os meus instintos gritarem contra isso.

— Quantas uivantes mortais você ajudou a matar, Deka? Quinhentas? Seiscentas? Mil? — O imperador ri. — Ninhos inteiros de uivantes mortais ruíram sob sua voz, sob a habilidade divina que suas mães lhe deram para libertá-las.

Adwapa se move ao meu lado.

— Deka, não dê ouvidos a ele. Vamos acabar com isso agora.

Balanço a cabeça, ouvindo enquanto ele continua o discurso.

— Você em algum momento sentiu nojo do que estava fazendo? Culpa? Remorso? Deve ter sentido! Você deve ter sentido em seu sangue! Um reconhecimento de todo o sangue que você derramou. Assassina de sua própria espécie. A grande traidora!

As palavras dele me ferem, mas respiro fundo, me acalmando. Não permitirei que o imperador Gezo mexa com a minha cabeça. Não permitirei que ele me coloque em um torpor mortal. Vou acabar isso do meu jeito — não apenas por mim, mas por todas as outras mulheres que ele e sua espécie já brutalizaram e maltrataram. Não importa o que ele diga, nunca vou esquecer o que fez — o que todos eles fizeram.

A lembrança das costas de Belcalis cheias de cicatrizes passa pela minha mente.

Nunca vou esquecer, prometi a ela.

Encaro o imperador Gezo enquanto lentamente desembainho minhas espadas.

— Tudo isso pode ser verdade, mas estou aqui agora, assim como você. — Aponto uma atika para ele. — Você sabe que vou libertar as deusas. Você sabe que vou completar minha missão. Isso é o que as karmokos me treinaram para fazer... o que *você* as fez me treinar para fazer.

— Então, temos um impasse. — Ele dá de ombros.

— Imagino que sim.

O imperador assente para os jatu. Quando eles erguem as espadas, ele diz uma palavra:

— Ataquem.

E a batalha começa.

36

— Deka, vá para as deusas! — ruge Adwapa enquanto ela e as outras se chocam contra os jatu. — Vamos deixá-los longe de você.

Assinto, me virando para Katya.

— Proteja Britta e Keita! — grito, gesticulando para eles.

Sua forma gigantesca salta para o tumulto, e em segundos ela está agarrando Britta com uma das mãos e Keita com a outra e correndo pelas paredes, tão rápida quanto quando era uma alaki. A respiração que eu não sabia que estava prendendo escapa de mim.

Estão todos seguros. Agora posso me concentrar em minha missão.

Corro em direção aos tronos, me mantendo nas extremidades da câmara, bem longe da luta no meio. A situação ali está travada. Os uivantes mortais e as alaki empurram os jatu, mas os jatu, por algum motivo, conseguem resistir.

Como eles são tão fortes?

Um som sibilante encerra esse pensamento. De repente, o imperador está diante de mim.

Suspiro, atordoada.

— Como você…

Ele me arremessa contra a parede com tanta força que ela desmorona. Quando olho para cima, confusa, ele está de pé acima de mim, um sorriso cruel no rosto.

— Surpresa — diz enquanto me pega pelo calcanhar.

Ele me arremessa contra a parede. Estrelas explodem em minha cabeça. A escuridão vem em ondas. Mal consigo pensar, mal consigo me mover. O que acabou de acontecer?

Deka?, ouço a voz de Ixa como se estivesse distante.

Olho para cima e vejo Ixa entrando na câmara em uma explosão. Quando me nota deitada aqui, sangrando, ele ruge, enfurecido.

DEKA!, grita, correndo em direção ao imperador, os dentes arreganhados.

Eles desaparecem no ar. O corpo do imperador sumiu, como se nunca tivesse existido. Torno a piscar, chocada. Aonde ele foi?

— Ah, o metamorfo — diz o imperador Gezo de algum lugar atrás de Ixa. — Eu estava esperando por você.

No instante que Ixa se vira, o imperador está parado atrás dele, sua besta engatilhada. Ele dispara dezenas de flechas em uma rápida sucessão, carregando e recarregando tão rápido que nem consigo vê-las se movendo. Tudo o que sinto é um vento forte soprando por mim e, quando olho para cima, Ixa está preso à parede por flechas douradas. Ele está rugindo conforme luta contra elas.

DEKA!, chama ele, sua raiva transformando-se em pânico. Ele morde as flechas, tentando se libertar.

O pânico me atinge como uma pancada quando percebo que são feitas de ouro celestial. Ele não será capaz de retirá-las, não importa o quanto tente. Só vai piorar suas feridas.

— Pare, Ixa! — grito. — Você só vai se machucar!

— Tanta preocupação por um animal estúpido. — A voz do imperador Gezo está perto do meu ouvido. Olho naquela direção e seu corpo pisca no espaço ao meu lado, o movimento tão rápido que é quase invisível. Ele sorri com a minha confusão. — Você deveria se preocupar mais consigo mesma, Nuru — diz ele, me agarrando pela garganta e me jogando no chão.

O chão racha sob mim e minha cabeça bate contra o capacete. O sangue começa a escorrer de meus ouvidos e nariz.

O imperador Gezo se inclina sobre mim de novo, com um sorriso malicioso nos lábios.

Seus olhos parecem diferentes — mais escuros... Agora que estou olhando diretamente para eles, percebo que são mais semelhantes aos meus e aos de Mãos Brancas do que aos de um ser humano normal. Eles são completamente pretos, como os de uma alaki mais velha. Não é à toa que ele prefere usar máscaras.

— O que você é? — arfo, horrorizada.

O imperador me joga contra outra parede.

— Você não adivinhou? — zomba ele, me agarrando mais uma vez. — Eu sou um jatu, um descendente masculino das Douradas.

Ele me bate contra o chão.

— Mas os jatu são humanos — digo, recuando horrorizada. — Eles sangram puros.

O imperador agarra meu pé, me arrastando pelo chão. O sorriso em seu rosto é quase sereno agora. Ele está gostando disso — gostando de me machucar.

Como pude pensar que ele era benevolente?

Ele continua me batendo contra a parede.

— Poucos dos jatu que você conheceu são jatu de verdade. — BUM. Um golpe. — Somos todos mortais... finitos. — BUM. Outro golpe. — Nós sangramos vermelho, de fato. — BUM. Mais um golpe. — Também morremos, como os humanos. — BUM. BUM. Mais golpes. — Mas as características de nossa espécie são a força e a velocidade muito maiores até do que a das alaki.

Ele me bate contra a parede uma última vez.

Tudo está escuro agora. Mal consigo abrir os olhos, estou com muita dor — faíscas brancas como fogo disparando em meus nervos, corpo latejando, ossos doendo.

— Então sua espécie se escondeu... Todo esse tempo vocês se esconderam...

O imperador se agacha diante de mim, entretido.

— Sempre estivemos em menor número do que nossas irmãs, então fizemos as alaki e todos os outros acreditarem que tínhamos enfraquecido, perdido nosso poder. Logo depois, demos o nome aos soldados humanos comuns para aumentar a confusão. O tempo todo, estávamos escondidos debaixo do nariz de todos, esperando pelo dia que você surgiria para que vencêssemos essa luta pelo poder definitivamente.

Olho para o meio da câmara, onde os jatu ainda estão lutando contra as alaki e as uivantes mortais.

— Então é isso — gorgolejo através do sangue escorrendo da minha boca. — Tudo o que resta dos jatu... dos verdadeiros.

— Basicamente — diz o imperador, aquele sorriso cruel surgindo em seus lábios novamente. — Há apenas o suficiente de nós aqui para impedir sua espécie de uma vez por todas.

— Bom saber — digo, devolvendo o sorriso.

Eu chuto mirando nas pernas dele.

Em um piscar de olhos, o imperador vai para trás de mim, tão rápido que seu corpo parece se materializar do nada. Me afasto assim que ele dá um soco. O chão se desfaz sob seu punho. Ele olha para mim, surpreso, depois desaparece de novo, mas já estou pegando minha adaga.

Movimento a lâmina para trás no instante em que ele aparece às minhas costas, sorrindo quando ela penetra a armadura, depois a carne. A armadura jatu nunca foi tão resistente quanto a armadura infernal.

— Sua putinha! — arfa ele, agarrando a lateral do corpo.

O sangue pinga — o mesmo sangue agora mancha minha adaga.

Sorrio para ele.

— Aprendi bem em Warthu Bera. Karmoko Huon, em especial, me ensinou como fingir ser mais fraca e mais patética do que realmente sou.

O imperador tenta desaparecer de novo, mas eu o bato na parede. É a vez dele agora. Sua cabeça estala com o baque — com força, mas não força o suficiente para matá-lo. Assim que eu o solto, ele desaparece de novo.

Sorrio quando o imperador aparece atrás de mim. Tão previsível...

— Na estratégia de batalha, Karmoko Thandiwe me ensinou como ler e, em seguida, antecipar os movimentos de um inimigo — digo, jogando-o no chão sem esforço.

O imperador escancara os dentes vermelhos de sangue.

— Como você...

— E Karmoko Calderis me ensinou a lição mais importante de todas — interrompo, sussurrando em seu ouvido. — Como identificar minha própria armadura infernal quando ela estiver disfarçada de algum outro objeto — digo, arrancando sua coroa.

O terror brilha em seus olhos e ele se afasta de mim, horrorizado.

— Não, você não poderia...

Rio, amargamente entretida.

— Você achou mesmo que eu não notaria que você estava usando uma coroa feita do meu próprio sangue? Obrigada por isso. Me fez perceber algo importante.

O imperador desaparece de novo, mas não estou preocupada.

— Pare — ordeno no instante em que ele reaparece atrás de mim.

Então abaixo minhas mãos, empurrando energia com elas.

Metal tilinta no chão — o som de uma armadura contra a pedra. Me viro e encontro o imperador já ajoelhado, com medo e ódio nos olhos.

— Sabe — murmuro —, na verdade, não preciso mais usar meu dom para mandar nos outros. Eles fazem o que eu digo. — Coloco a espada em seu pescoço, então me viro para os combatentes no meio da câmara. — Jatu! — grito. — Abaixem as armas ou o imperador morre. AGORA!

Meu comando reverbera pelo ambiente. No momento que os jatu veem o imperador de joelhos, minha espada em sua garganta, eles param de lutar, em choque.

Pressiono o pescoço do imperador com a ponta da espada, e seus olhos quase saltam de raiva.

— Pare com isso agora — sibila. — Pare com isso, sua vadia anormal!

— Anormal? Vadia? — zombo. — Essas palavras costumavam me chocar, me machucar, mas não mais, graças a você e sua espécie. — Eu aperto a espada na carne dele mais uma vez. — Ordene aos jatu que soltem as armas e se ajoelhem. Eu mesma faria isso, mas afetaria os uivantes mortais também.

O imperador tenta fugir.

— Eu disse: ordene que eles façam isso! — rujo.

— Larguem suas armas! Ajoelhem-se! — grita ele imediatamente.

Devagar, os jatu fazem o que ele manda. As alaki e os uivantes mortais imediatamente agarram suas armas, garantindo que não possam mais lutar. Dentro de instantes, eles são despojados de toda a armadura e as armas.

— Bem, vejo que você tem tudo sob controle — diz uma voz familiar.

Olho para cima e vejo Mãos Brancas de pé na entrada da câmara, os gêmeos equus e Belcalis ao seu lado.

— Mãos Brancas! Belcalis! — arfo, aliviada. — Vocês estão bem!

— Óbvio que estamos. — Mãos Brancas se vira para os equus. — Segurem o imperador.

— Com prazer — respondem Braima e Masaima.

Eles caminham até o imperador e o agarram, rindo enquanto ele fica preso naquela postura ajoelhada, assim como ordenei. Talvez minha voz seja ainda mais eficaz contra os verdadeiros jatu do que contra as alaki e os uivantes mortais.

— Venha, jatu travesso — zombam eles conforme o levam embora.

Assim que isso acontece, corro para Ixa. Ele ainda está preso à parede, suas feridas pingando sangue no chão.

Deka, diz ele, me acariciando fracamente com o focinho quando arranco as flechas que o prendem no lugar. Elas cedem com facilidade sob meus dedos, respondendo à divindade que flui em minhas veias.

— Eu sinto muito... sinto muito mesmo, Ixa — sussurro, acariciando-o.

Ele está tão machucado... não sei o que fazer.

— Por que você não sangra por ele? — sugere Mãos Brancas, se aproximando. — Vai ajudar na cura.

Rápido, faço o que ela diz, oferecendo meu braço a Ixa. Ele o morde e, em poucos instantes, as feridas em suas asas estão se fechando. O alívio toma conta de mim. Ixa está se curando, como Mãos Brancas disse que aconteceria.

Quando ele está completamente curado, Mãos Brancas me oferece uma pequena adaga dourada que brilha sob a luz fraca.

— Chegou a hora — diz ela, indicando as deusas com a cabeça.

Eu assinto, inspirando fundo.

Enfim é hora de concluir minha missão.

As deusas são muito maiores de perto do que pareciam à distância. Minha cabeça chega apenas à altura de seus pés, e um único dedo divino é grande o suficiente para que eu fique de pé sobre ele. É quase impossível conceber a ideia de que seres como estes um dia vagaram por Otera.

Vou até a deusa mais próxima, a sábia do Sul — Anok era seu nome. Mãos Brancas me contou tudo sobre as deusas enquanto eu me curava — suas histórias, suas personalidades. Anok sempre foi a mais habilidosa. Faz todo o sentido, considerando que ela é a mãe de Mãos Brancas.

O saber está sussurrando para mim agora, dando todas as informações de que preciso para completar o despertar. Enfio a adaga na palma da minha mão, esperando até que o ouro saia. Então, como farei com cada deusa, esfrego-a nos pés de Anok.

— Mãe Anok — sussurro. — Levante-se.

O corpo da deusa treme. Não tenho certeza se é minha imaginação, mas espero que não.

Avanço até a próxima deusa, a gentil do Norte, Beda. Mãos Brancas me disse que ela era uma alma boa que amava a natureza.

— Mãe Beda — digo, esfregando sangue em suas vestes. — Levante-se.

Desta vez, sei que não estou imaginando quando suas vestes esvoaçam.

— Mãe Hui Li — sussurro para a guerreira do Leste, a mais briguenta do grupo, de acordo com Mãos Brancas. — Levante-se.

Espalho meu sangue nas pontas das asas emplumadas que arrastam no chão.

Mais um tremor.

— Mãe Etzli — sussurro para a maternal do Oeste, aquela que amava e cuidava de todas as crianças, alaki ou não, enquanto espalho meu sangue sobre um dedão colossal. — Levante-se.

Quando todo o corpo da deusa vibra, dou um passo para trás, chocada ao ver que o tremor se transformou em convulsões profundas. Grandes rios de ouro amaldiçoado fluem das deusas. Me afasto, maravilhada, conforme partes das peles são reveladas — negra, rosa, preto-azulada. Meu sangue está fazendo o que foi criado para fazer: libertar as deusas.

— LIVRES. — A palavra soa como um terremoto pela câmara. — ENFIM, ESTAMOS LIVRES!

O estado de admiração se desenrola dentro de mim à medida que, uma por uma, as deusas se levantam, se esticando pela primeira vez em milhares de anos, seus corpos tão grandes que quase alcançam o teto. Nunca vi algo mais humilhante na vida. Me sinto um inseto, uma formiga aos pés de gigantes. Meu coração se expande, alegria preenche cada canto dele, enquanto as vejo se mover, vejo seus corpos ganharem vida.

— FILHA.

A palavra inunda minha mente, um lembrete de todas as vezes que ouvi essas mesmas vozes nos meus sonhos, todas elas se fundindo com as de minha mãe.

Olho para cima, surpresa ao ver quatro rostos perfeitos olhando para mim.

— VOCÊ COMPLETOU SUA MISSÃO. VOCÊ NOS LIBERTOU. COMO SOMOS GRATAS A VOCÊ!

Lágrimas escorrem por meu rosto, uma reação inconsciente às suas vozes. Euforia, medo — todas as minhas emoções se combinam em uma única onda poderosa ao som das vozes das deusas. Agora eu sei como é receber minha voz.

Quando as deusas dão um único passo em minha direção, recuo, com medo de ser esmagada. Mas elas encolhem à medida que descem e, no momento que dão o próximo passo, são apenas um pouco mais altas do que uma pessoa normal.

— Mães — digo, me ajoelhando respeitosamente quando elas se aproximam de mim.

Mãos frias erguem meu queixo. Elas pertencem a Anok, que tem um sorriso satisfeito.

— Você se saiu tão bem, Deka — sussurra ela, aquela compulsão em sua voz. — Estou muito orgulhosa de você, minha criação.

— Estamos todas orgulhosas de você — dizem as outras.

Meu coração infla tanto de alegria que temo que vá explodir. Que essas deusas, esses seres, me reivindiquem como delas... é quase mais do que consigo absorver.

— E agora? — sussurro, ainda maravilhada.

— Agora? — Essa resposta vem de Etzli. Seus olhos escuros encaram os meus. — Agora nosso Reino Único, Otera, está em crise e muitos sofrem.

— Vamos ajudá-los — diz Hui Li. — Reconstruiremos o Reino Único como antes: um lugar onde todos possam existir em harmonia, em paz... Garantiremos que ele torne a prosperar.

— E você vai nos ajudar, Deka — diz Beda. — Você nos ajudará a reconstruir este mundo.

— Será uma honra — eu digo, me curvando.

Mais tarde, quando as deusas se reúnem com seus filhos — as alaki, as uivantes mortais e até mesmo os jatu —, olho para todas as pessoas aqui no templo celebrando o retorno delas. Lá está Adwapa, com lágrimas de felicidade escorrendo do olho que restou — ela perdeu o outro durante a batalha, mas não tenho dúvida de que logo vai crescer de novo. Ao lado dela está Asha, que também está ferida, embora seja apenas um corte na bochecha. Ela está rindo de orelha a orelha.

O sorriso cresce quando ela e Adwapa avistam o grupo de guerreiros negros como a meia-noite agora entrando no templo. Assim como Adwapa previu, os Nibari subiram a montanha. Eles vieram ver suas deusas. Eles rapidamente se juntam a outros para rodear as deusas, mas Mãos Brancas os mantém afastados.

Ela já voltou a ser a general das Douradas. Sorrio ao ver quão feliz ela está. Nunca vi Mãos Brancas sorrir de forma tão genuína antes.

Belcalis está de pé no canto, observando tudo com uma expressão quase estupefata. Ela olha para mim quando me aproximo.

— Não consigo acreditar nisso, Deka — diz ela, com a voz tremendo, maravilhada. — Ainda não consigo acreditar em tudo isso.

— Eu consigo — respondo. — O mundo está mudando agora. Vamos fazê-lo mudar. Vamos torná-lo melhor. Vamos garantir que o que aconteceu com a gente nunca aconteça com mais ninguém.

Ela assente. Então aponta para alguém atrás de mim. Britta, parada ali com lágrimas nos olhos.

— Britta! — arfo, abraçando-a.

— Ah, Deka — chora ela. — Você me salvou. Fez aquele uivante mortal me ajudar. — Ela gesticula para Katya, que está cercada por outras uivantes. — Sabe, ele é estranhamente familiar — reflete. — Quero dizer, *ela*. *Ela* parece estranhamente familiar.

Rio.

— Ela parece, não parece?

Há tanto que preciso contar a Britta, tanto que ela precisa saber.

Ela estende a mão para mim.

— Irmãs? — sussurra.

Eu a aperto.

— Irmãs para sempre.

Ela sorri e aponta com o queixo.

— Acho que tem alguém esperando por você.

Eu me viro para encontrar Keita na extremidade da câmara, segurando o braço machucado. Para meu alívio, os outros uruni estão com ele — Li, Acalan, Kweku, estão todos lá. Eles sorriem quando me aproximo.

— Acho que sobrevivemos — diz Li, feliz.

Assinto, meus olhos em Keita.

— Acho que sim.

— O que acontece agora? — Esta pergunta vem de Acalan.

Mais do que ninguém, ele terá problemas para se ajustar a esta nova mudança nas circunstâncias. Mas se ajustará. Todos os recrutas irão.

— Não sei — digo sinceramente —, mas espero que avancemos juntos.

— Obrigado por nos proteger — diz ele.

— Se você não tivesse dito aos uivantes para não nos machucar, não sei o que teria acontecido — comenta Kweku.

Eu assinto.

— Vocês são nossos uruni. Não importa o que aconteça, sempre seremos parceiros.

Meus olhos voltam para Keita, que ainda está olhando para mim.

Kweku assente, conduzindo os outros para longe.

— Vamos, então. Vamos dar privacidade a eles.

Agora estou olhando nos olhos de Keita.

— Keita, eu...

Ele me beija tão de repente que tenho que segurá-lo para me firmar. Estou tomada pelo calor, pela felicidade de nossas bocas se movendo em perfeita harmonia. Quando nos separamos, respiro de forma descompassada. Keita está olhando para mim, seus olhos insondáveis mais uma vez.

Não consigo imaginar o que ele deve estar pensando.

— Sei que será difícil para você — digo, nervosa. — Você odiou os uivantes mortais por tanto tempo, e agora...

— E agora eu sei por que eles são do jeito que são, como foram forçados a se tornar monstros por suas próprias mães... Também sei que o imperador abandonou meus pais para morrer. Ele poderia tê-los avisado do perigo a qualquer momento, contado a eles que este era um lugar sagrado, mas não.

Toco a bochecha dele.

— Ah, Keita, eu sinto...

Mas ele apoia a testa na minha, me interrompendo.

— Estou feliz por ter respostas. — Então ele sorri. — Sabe, também aprendi uma coisa importante nos últimos dias — sussurra. — Eu sou seu uruni. Não importa o que aconteça, vou caminhar por este mundo com você. Vou ficar ao seu lado, se você quiser...

Tenho que recuperar o fôlego, de repente me sentindo muito fraca.

Keita dá um passo para trás para que eu possa ver seus olhos. Há uma hesitação neles agora. Ele está me *perguntando*. É uma pergunta — uma que ele não consegue perguntar diretamente. Coloco meus braços em torno dele, aliviada quando ele devolve o abraço.

— Sempre. Sempre serei sua parceira... se você quiser — digo, devolvendo sua pergunta implícita.

Ele me olha intensamente.

— Então, não importa o que aconteça, vamos enfrentar isso juntos?

— Juntos — concordo, abraçando-o com mais força.

Keita assente, sorrindo. É a expressão mais óbvia que já vi em seu rosto.

Quando sorrio de volta, percebo algo lindo: todo esse tempo, estive em busca de amor, família, mas estava tudo bem aqui, ao meu alcance. Não importa o que aconteça neste novo mundo, agora tenho Keita, Britta, Belcalis, Asha e Adwapa.

Enfrentaremos juntos quaisquer problemas que surjam — lado a lado, de mãos dadas —, e isso é tudo o que se pode querer, certo?

37

◈ ◈ ◈

Os próximos dias são preenchidos com trabalho árduo. Temos que reunir o restante do exército do imperador, ensinar a eles a verdadeira história de Otera e trazê-los para o nosso lado. Aqueles que não querem lutar são enviados de volta para casa. Não há espaço para soldados relutantes no exército dos impuros, como decidimos nos chamar. A maioria dos homens decide partir, mas a maioria das alaki fica. Esta é a nova vida delas, e elas enfim têm uma causa em que podem acreditar.

Para minha surpresa, a maioria dos recrutas dos campos de treinamento alaki resolve ficar também. Todos aqueles meses lutando lado a lado com as alaki os fez criar laços com suas parceiras de um jeito que sacerdotes e comandantes jamais poderiam prever. Eles são nossos verdadeiros irmãos agora. Keita, particularmente, se tornou tão confiável para as deusas que por vezes se junta a mim na missão de protegê-las. Ele é obviamente o favorito de Anok, mas ela também é mãe de Mãos Brancas, o que significa que ele é seu tataraneto de milhares de anos. Keita só sai do meu lado para ir para o dela.

Não falamos palavras de amor desde o dia que libertei as deusas, mas eu o sinto em cada olhar dele, em cada toque. Assim como sinto o de Britta. Ela sempre está ao meu lado, minha guardiã e protetora. Minha bússola, me guiando sempre que tenho dúvidas.

Uma vez, há muito tempo, me perguntei como seria ser amada tão profundamente que eu poderia levar essa devoção ao Além. Agora tenho a resposta, e é melhor do que qualquer coisa que já conheci. É um bálsamo nesses dias turbulentos.

Há muito mais jatu escondidos em Otera do que o imperador disse. Eles fugiram para todos os cantos do Reino Único, onde começaram a articular uma resistência. Eles não aceitarão a derrota sem lutar, nem os sumos sacerdotes e os anciões das cidades e vilarejos. Os homens de Otera veem nosso exército como uma ameaça, e farão de tudo para nos derrubar antes que nos tornemos poderosas demais. Todos os dias, Mãos Brancas, as outras Primogênitas e eu formulamos estratégias e planos de guerra com as deusas.

Os imperadores de Otera cometeram um erro crucial ao lidar com nossa espécie. Eles ensinaram as alaki a sofrer, mas também nos ensinaram a sobreviver — a vencer. E usaremos essas lições. É hora de pegar nossas espadas mais uma vez.

Otera pode ser grande, mas pretendemos reconquistar cada pedacinho dela. É hora de reclamar o Reino Único e fazer dele nosso mais uma vez.

AGRADECIMENTOS

Em primeiro lugar, gostaria de agradecer imensa e infinitamente à minha agente, Alice Sutherland-Hawes, que apostou em mim e neste livro. Alice, obrigada por acreditar em *Sangue dourado* depois de tantas pessoas dizerem *não* por tantos anos, e obrigada por ser minha maior defensora nesse ano bastante turbulento. Você é literalmente a melhor das agentes.

Às minhas editoras, Kelsey Horton e Becky Walker: cara, passamos por umas poucas e boas juntas. Vocês me apoiaram a cada reescrita, e agora este livro é ainda mais bonito do que eu poderia ter imaginado. Obrigada, obrigada do fundo da minha alma e do meu coração por me incentivarem e por tomarem as decisões difíceis. Obrigada por me darem aquele tempinho a mais sempre que eu precisava e por entenderem quando não pude estar presente. Vocês pegaram um diamante bruto e o lapidaram até que se tornasse sua melhor versão.

À minha amiga PJ Switzer: você leu este livro tantas vezes que tenho certeza de que seus olhos ficam embaçados sempre que o vê. Obrigada por ser minha conselheira, a pessoa com quem posso contatar a qualquer hora do dia para falar sobre histórias. Obrigada por me ajudar a ir aos lugares profundos e dolorosos onde eu não queria ir para conseguir as emoções e nuances deste livro.

À minha amiga Melanie, minha parceira: muito obrigada por ser meu porto seguro por todos os altos e baixos. Você estava lá enquanto eu escrevia este livro na graduação e, caramba, como chegamos longe. Mal posso esperar para ver aonde vamos.

A Shekou: obrigada por me permitir ser Namina todos estes anos no conforto da sua casa. Você não precisava ter me deixado aparecer tantas vezes e comer toda a comida da sua casa, mas sempre me recebeu de portas abertas. Obrigada do fundo do meu coração.

A todos na Delacorte Press que torceram por este livro: obrigada, obrigada. Obrigada por me darem uma chance, por estarem abertos a lançar no mundo um romance com um tema tão difícil, mas tão necessário. Às minhas editoras, Candice e Colleen, obrigada pelo trabalho árduo e lindo que fizeram no manuscrito. Ele não seria nem metade se não fosse por vocês.

À minha amada Spelman College, obrigada por ser a inspiração direta para Warthu Bera, desde o Wakeup até a Olive Branch Ceremony. E obrigada por me ensinar a não me intimidar diante da luta.

Este livro foi composto na tipografia Minion Pro,
em corpo 11,5/15,65, e impresso em papel off-white,
no Sistema Cameron da Divisão Gráfica
da Distribuidora Record.